講談社文庫

碆霊《はえだま》の如き祀るもの

三津田信三

講談社

碆《はえ》霊《だま》の如き祀るもの

目次

●目次イラスト・絵図　村田 修
●扉・目次デザイン　坂野公一(welle design)

主な登場人物

◎怪談話の人々

伍助《ごすけ》　年少の漁師。「海原の首」の体験者。

浄念《じょうねん》　修行中の小坊主。「物見の幻」の体験者。

多喜《たき》　毒消し売りの少女。「竹林の魔」の体験者。

飯島勝利《いいじまかつとし》　日昇紡績の社員。「蛇道の怪」の体験者。

◎犢幽村《とくゆうむら》の人々

籠室岩喜《かごむろがんき》　笹女神社《ささめじんじゃ》の宮司。

篠懸《すずかけ》　岩喜の孫。笹女神社の巫女。

真海《しんかい》　竺磐寺《とくがんじ》の住職。

亀茲将《きじまさる》　竹屋の屋号を持つ竹細工の職人。

竹利《たけとし》　将の甥。

由松《よしまつ》　駐在所の巡査部長。

佐波男《さばお》　漁師。

蓬萊《ほうらい》　角上の岬の付け根の小屋に住む流れ者。

◎閖《ゆり》揚《あげ》村《むら》の人々

大垣《おおがき》秀寿《ひでとし》　代々に亘り庄屋を務めた家系の長。

秀継《ひでつぐ》　秀寿の孫。言耶の大学の後輩。

英明館の編集者。

垣沼亨《かきぬまとおる》　大垣家の没落した分家の者。

◎三つの村の人々

米谷《よねたに》　塩飽村《しあくむら》の医者。

井之上《いのうえ》　石糊村《いしのりむら》の村長。

善堂《ぜんどう》　磯見村《いそみむら》の鹿杖寺《ろくじょうじ》の住職。

◎その他の人々

及位廉也《のぞきれんや》　異端の民俗学者。

久留米三琅《くるめさぶろう》　日昇紡績の役員。

御堂島《みどうじま》　県の警察本部の警部。

森脇《もりわき》　同刑事。御堂島の部下。

村田《むらた》　同刑事。御堂島の部下。

見崎《けんざき》　同警部。

沢田《さわだ》　同刑事。見崎の部下。

刀城言耶《とうじょうげんや》　東城雅哉の筆名を持つ怪奇幻想作家。

祖父江偲《そふえしの》　怪想舎の編集者。

阿武隈川烏《あぶくまがわからす》　民間の民俗学者。

4

強羅地方絵図《ごうらちほうえず》

（刀城言耶の取材ノートのスケッチより）

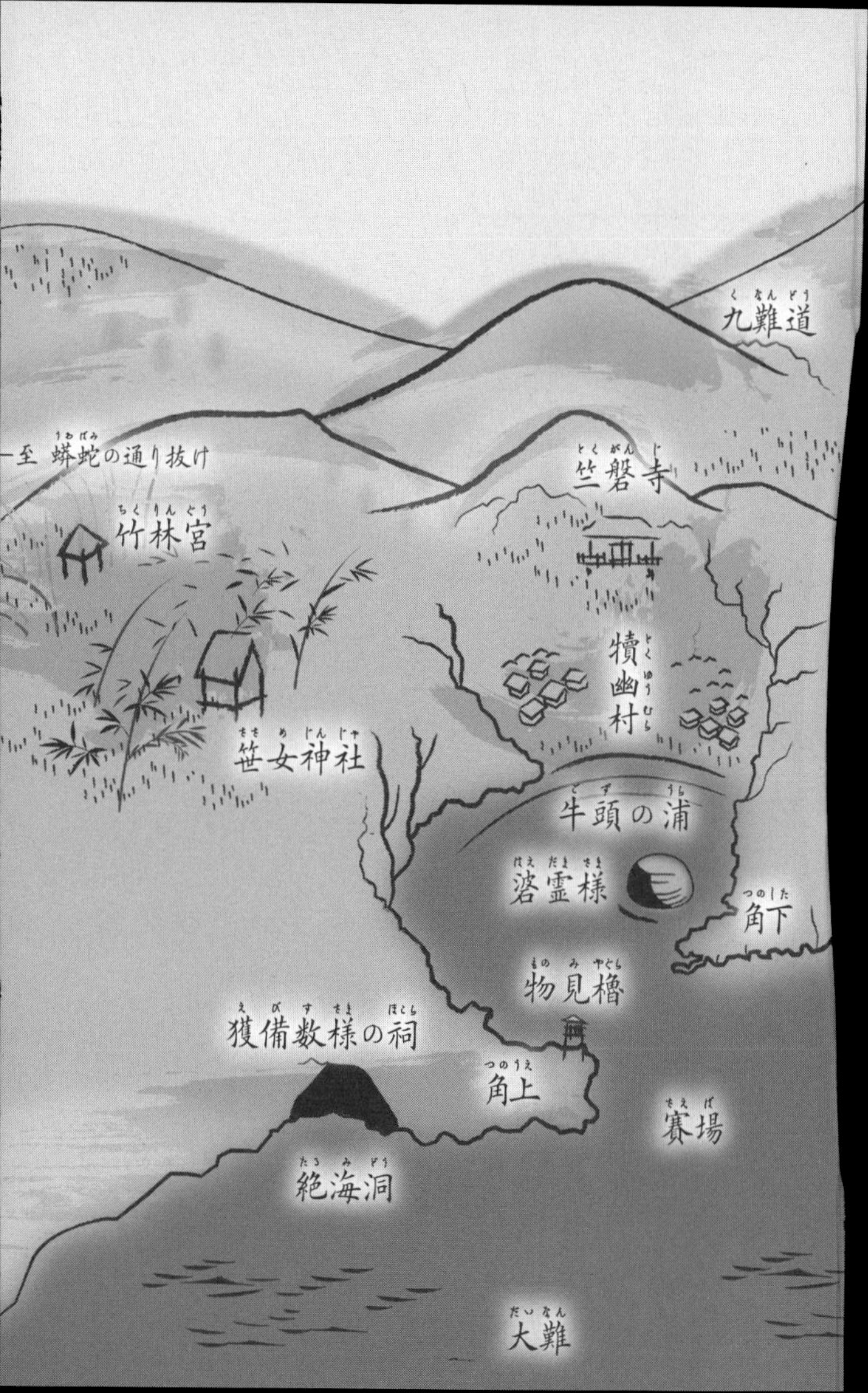

九難道《くなんどう》
至 蟒蛇《うわばみ》の通り抜け
竺磐寺《とくがんじ》
竹林宮《ちくりんぐう》
犢幽村《とくゆうむら》
笹女神社《ささめじんじゃ》
牛頭《ごず》の浦《うら》
碆霊様《はえだまさま》
角下《つのした》
物見櫓《ものみやぐら》
獲備数様《えびすさま》の祠《ほこら》
角上《つのうえ》
賽場《さえば》
絶海洞《たるみどう》
大難《だいなん》

はじめに

本記録に纏《まと》めた強羅《ごうら》地方の犢幽村《とくゆうむら》に伝わる三つの怪談と、同じく閖揚村《ゆりあげむら》に於ける一つの怪談は、英明館《えいめいかん》の大垣秀継《おおがきひでつぐ》君から聞いた原形のままでは決してない。そこに僕が調べた様々な情報を加味したうえで、わざと再構成したものである。

民俗学的な見地からすれば、もちろん原話を何ら変えずに収録するべきなのだが、この異様な「怪談殺人事件」の資料とする場合、それでは余りにも情報不足となるため、そういう措置を取ることにした。了とされたい。

また本記録が如何《いか》なる形であれ公表される時期が来るとすれば、それは強羅地方の五つの村の名称が役所の書類から完全になくなり、人々の記憶からも綺麗に消え去ったときであると明記しておきたい。

とある昭和の年の如月《きさらぎ》に　東城《とうじょう》 雅哉《まさや》こと刀城《とうじょう》言耶《げんや》記す

第一章　四つの怪談

海原の首——江戸

　犢幽村《とくゆうむら》の岩礁に覆われた遠浅の海に、伍助《ごすけ》は小舟を漕《こ》ぎ出した。爺《じい》からお父、お父から彼に受け継がれた舟は今にも朽ちそうだが、まだ辛うじて海原に浮かんでいる。

　新しいできれば、ええんじゃけど。

　こうして漁に出て、寄せ来る波に揺さぶられる度《たび》に、彼は心から思った。

　そうじゃったら舟も、もうちっと安定ばぁすんのに。

　少しでも波が高くなると、どっと海水が船内に流れ込む恐怖を、どうしても覚えてしまう。もしも舟が新しくなれば、そういう懼《おそ》れもなくなるに違いない。ただでさえ慣れていないのに、舟がこの有様では余計に大変である。

　もっとも小舟を新造する余裕など、残念ながら伍助の家には微塵《みじん》もない。家族が食べていくだけで精一杯なのに、新品の舟など夢のまた夢である。

「漁いうても、所詮《しょせん》は蛸《たこ》漁じゃからなぁ」

こういうとき伍助は決まって、そう呟《つぶや》いて自分を慰める。仮に立派な小舟を手に入れられても、それを活かせるだけの漁業が、生憎《あいにく》この地では決してできなかったからだ。

村は海に面していた。その南面は全て海だった。しかし、角のように競り出した二つの岬に囲い込まれ、更に浜から沖まで岩礁地帯が続いている。そのため村人たちは大型の船を持つことができず、充分な大きさの港を造ることも叶わなかった。

そうなると漁業も地先に限られてしまう。勢い磯漁が中心となるのだが、その一つが蛸漁だった。特に秋口に獲《と》れる骨無し蛸は、村の漁師たちにとって非常に貴重である。海が荒れはじめる冬季前に、どれだけ漁獲量を増やせるか。誰もが必死になっている。

「秋茄子《あきなす》は嫁に食わすな」とは、昔からよく言われる。これほど美味《うま》いものを、嫁なんかに食べさせるのは惜しい、という嫁いびりの一つである。全く同じ意味で、「夏蛸は嫁に食わすな」という諺《ことわざ》があるが、その反対が骨無し蛸になる。つまり美味《おい》しくないのだ。

蛸に骨がないのは当たり前なのに、この名前がついたのも恐らく味覚のせいだろう。蛸は夏が終わる時期になると、海岸の浅瀬にやって来て産卵を行なう。どの生き物でもそうだが、産卵後は栄養不足に陥る。それが骨無し蛸に当たるのだから、絶対に美味なわけがない。はっきり言って、むしろ不味《まず》い。

とはいえ犢幽村の人々にとっては、物凄《ものすご》く有り難い食料だった。伍助たち家族にとっても同じである。ただし、まだ子供の彼には、この蛸漁さえ荷が重かった。こうして海に小舟を出すだけでも、常に死に物狂いだった。

村の漁師たちの多くは、磯漁しかできない自分を、何処か恥じている節がある。そのため無理にでも沖へ漕ぎ出す者が、数年に何人かは必ず現れる。しかし誰であれ、見事に失敗してしまう。「大難《だいなん》」と呼ばれる沖合の海域には、非常に複雑な海流が通っていた。そこへ小舟で出て行くのだから、最初から勝負は目に見えている。生きて戻れれば良い方で、そのまま帰って来なかった漁師が、もう何人もいる。そのため大難の区域でも、特に漁師の遭難が多い所は、いつしか「後家場《ごけば》」と呼ばれるようになった。

沖での無謀な漁に比べると、地先での磯漁は安全だった。だが慣れない伍助には、大海原での過酷な漁業と何ら変わりない。襤褸《ぼろ》いせいで舟が安定しないのではなく、本当は自分の未熟さのせいだと、よくよく彼も分かっている。

しかし生憎、それを教えてくれる爺もお父も、既にいない。兄たちは他所《よそ》へ年季奉公に出ており、もう何年も帰って来ていない。村の漁師たちに乞えば教えてくれるが、もちろん肉親のようなわけにはいかず、かなりの気苦労がある。村全体が貧しく、いつも皆が飢えていた。そんな状況で、上手な蛸漁の遣《や》り方を伝授して貰おうとしても、なかなか難しい。結局は邪魔にならぬように気をつけながら、見様見真似《みようみまね》で覚えるしかなかった。

村人が飢餓に苦しむとき、瑙霊様《はえだまさま》が唐食船《からたぶね》を遣わして下さる。

もっと幼い頃は、この伝承を伍助は信じていた。唐食船とは、食べ物を一杯に積んで海の彼方《かなた》からやって来るという伝説の船である。夏が終わり掛け、秋がはじまる頃、寒さと飢えが来る冬の前に、その船は現れるという。

だが今は正直、半信半疑だった。それが本当なら、とっくに唐食船は現れているはずではないか。なのに待てど暮らせど、そんなものは来ない。その代わりこの時期には村から、なぜか女の子がいなくなる。毎年ではないものの、決して希《まれ》というわけでもない。爺に訊いても不機嫌そうな顔で、「生きるためや」とぶっきら棒に言われた。女の子は生きるために消えたのか。でも、いったい何処へ、どうして、なぜ……という疑問が次々と湧いて来る。

それに今では随分と減ったとはいえ、この時期には家船が戻って来て、村の人口が増えてしまう。家船とは文字通り船自体を家にして、海の上で暮らす漁民のことである。船が家であり、かつ家が船なのだ。普段は海上を漂泊しながら生活しているが、盆や正月など特別な時期には、いったん出身地へ戻る者が多い。それが犢幽村では暴風雨に見舞われる前の、ちょうど今頃に当たる。もっとも帰って来たところで食うに困るため、ここ数年は見掛けなくなっている。

村の住人であれ家船の者であれ、結局は自分で食い扶持《ぶち》を何とかするしかない。

伍助が幼いなりに達した結論である。磯漁を難なく熟《こな》す大人たちの方が、むしろ唐食船を信仰している事実が、彼には可笑《おか》しくてならなかった。

伍助は櫓《ろ》を操りつつ小舟を停めると、鉤竿《かぎざお》を手に取った。そこは二つの岬に囲われた牛頭《ごず》の浦《うら》のほぼ外れで、他の漁師たちからは少し離れた場所になる。ここなら誰からも文句は出ない。

この地では磯漁にも縄張りがあり、普通は親子代々に亘って引き継がれていく。だが、それも親子の間に漁師としての、明確な引き継ぎがあった場合に限られた。兄たちは地味なうえに漁獲量の少ない磯漁を嫌い、年季奉公の道を選んだ。そして彼は漁師の仕事を教わる前に、爺とも父とも今生の別れを経験してしまう。

そのため伍助は、村の磯漁では新参者の扱いを受けた。襤褸い小舟を使い、漁獲量の望めぬ名ばかりの漁場で、まだ慣れぬ蛸漁を行なう。正に三重苦とも言える状況だった。しかし家族が生きていくためには、骨無し蛸を獲らなければならない。

伍助が小舟の上で手にしているのは、竹で作られた鉤竿である。海とは逆の村の山沿いには、鬱蒼《うっそう》と茂った竹林が広がっているせいで、鉤竿作りには不自由しない。実際に村で漁をしない家の多くは、竹細工を生業《なりわい》としている。豊富な竹で旦那たちが飯籠や塩籠や魚籠《びく》、箕《み》や笊《ざる》や茶篦《ちゃへら》などを作り、女房たちが喰壊山《くえやま》を越えて行商に出るのである。もっとも「竹屋」という屋号を持つ職人の家でさえ、竹細工の売り上げだけでは食えなかった。それ以外の家と同様、残った子供や老人が浜へ出て、せっせと若《わか》布《め》や鹿尾菜《ひじき》などの海藻や貝類などを獲っている。

どれほど漁獲量が望めなくとも、「陸の孤島」である犢幽村で、耕すべき土地を持てぬ者は、いずれにしろ最後は海に頼るしか生きる術がなかった。

ほいなら最初から海にばぁ出てやろう。

子供ながらに伍助はそう決心して、今に至っている。海へと出る度に後悔の念に囚《とら》われるものの、少しずつだが漁の腕前が上達していることが、何よりも彼の励みになっていた。

伍助は鉤竿を持ち直すと、ゆるゆると海面に差し入れた。真っ直ぐに伸びた細い竹の先には鉤が取りつけられ、その横に赤い布が結びつけてある。これを生い茂った藻の側《そば》で、ゆらゆらと動かす。すると藻の奥に潜んだ蛸が、餌である甲殻類と勘違いして、すっと姿を現す。

簡単そうに思えるが、いざやってみると違う。なかなか上手くいかない。まず赤い布の動きが難しい。ただ揺らすだけでは駄目で、蛸に本物の餌だと錯覚させる必要がある。しかし蛸という生き物は、あの見た目からは想像できぬほど意外に賢い。未熟な伍助に騙《だま》されるほど、決して阿呆ではなかった。

運良く蛸が藻の奥から出て来ても、それを鉤で引っ掛けるのがまた大変である。そもそも海中で鉤竿を扱うのは至難の業だった。陸上にはない海水の抵抗という障害があるからだ。それを考慮に入れて、素早く引っ掛けなければならない。

斯様《かよう》に布と鉤の動きには、習得すべきコツがあった。だが、それ以前に鉤竿を操るための力がいる。にも拘《かかわ》らず伍助には、そのどちらもまだない。

一向に成果の上がらぬ蛸漁に没頭しているうちに、ふと気づけば小舟が流されて、角上《つのうえ》の岬から入江の外へ出ようとしていた。他の漁師たちの縄張りを荒らさないように舵《かじ》を取り、かつ角下《つのした》の岬の方向を無意識に避けた結果、どうやら思いの外、角上の側へと近づき過ぎていたらしい。

村の前の海を囲い込む二つの岬は、より高く長く突き出ている西側が角上、それよりも低く短い東側が角下と呼ばれている。その角下の岬の突端から入江内に少し入った辺りに、海面から顔を出した大きな丸い岩がある。よくよく目を凝らすと、その岩肌に縄の残骸のようなものが、辛うじてへばりついている。元は注連縄《しめなわ》だったものが、この一年の間にすっかり風浪に曝《さら》されて、もう見る影もなくなっている。注連縄を張るために、巨大な岩の両側に立てられていた二本の長い竹は、とっくに流されてしまってない。

この見様によっては人間の生首のようにも映る岩礁を、村人たちは「磯霊様」と呼んで崇《あが》め、昔から大切に祀《まつ》ってきた。故にこの付近での磯漁は禁止されているばかりか、磯霊様に近づくことさえ厭《いと》われている。伍助がつい角上の方向に櫓を操ったのも、村の漁師であれば無理もない反応だった。

ただ皮肉なことに磯霊様の周囲は、磯漁には実に打ってつけの漁場である。そのため過去には飢えに耐え兼ねた漁師が、こっそりと密漁を行なったこともあったという。しかし、その代償は余りにも大きかった。

ある漁師が仲間に見つからないように、皆が磯漁に出るよりも、もっと早朝に小舟に乗り込んだ。そして磯霊様に近づき、彼が禁忌を犯したときである。

うわぁぁぁーん。

磯霊様の岩礁から、まるで獣の鳴き声のような響きが、いきなり禍々《まがまが》しく轟《とどろ》いたという。

漁師は大いに慄《おのの》いたが、今更どうすることもできない。既に禁は破っている。毒を食らわば皿までと思い、とにかく彼は密漁を続けた。

結果は大漁だった。漁師は喜び勇んで家に帰ったが、その彼だけを残して、家族全員が貝に中《あた》って死ぬ。そして漁師は家族の葬式後に気が狂《ふ》れて、「砮霊様の口」と呼ばれる岩に空いた穴に首を突っ込んで事切れているところを、漁師仲間に発見されたという。

以来、誰も砮霊様の付近では磯漁をしなくなる。そればかりか年に一度の大祭のとき以外は、全く近づかなくなった。ただ厄介なのは、何処から何処までが禁漁の区域なのか、明確な線が引けないことである。飽くまでも漠然と「砮霊様の辺りは罷《まか》り成らん」と決められていただけで、禁漁の領域がはっきりしているわけではない。

砮霊様の近くに縄張りを持つ漁師たちは大いに困った。禁漁区を侵すつもりは毛頭ないが、砮霊様に近づくほどに漁獲量は上がる。だから誰もが、ぎりぎりの地点で漁をした。とはいえ、この行為は非常に危険だった。常に舟の位置を確かめておかないと、下手をすると全く気づかぬうちに、砮霊様の神域に入ってしまっている。

ある漁師は磯漁に熱中する余り、小舟の操作が疎《おろそ》かになっていた。それに気づいて、はっと顔を海面から上げると、かなり砮霊様に近づいている。慌てて戻ろうとしたところ、ぽっかりと水面に浮かぶ白くて丸いものが目に入った。

何じゃ、あれ……。

繁々《しげしげ》と眺めているうちに、それが漁師を凝《じ》っと見つめているような気がしてきた。

目鼻があったわけでもないのに、まるで生首が海面から顔を出しているようなのだ。ぞっとした漁師は慌てて小舟の向きを変えると、急いでその場を離れた。彼が必死に櫓を漕いでいる間も、それにずっと凝視されているのが分かった。しかし漁師は決して目を向けなかった。もしも見やってしまうと、それが追い掛けて来そうだったからだ。

この真っ白な生首のようなものを、碆霊様の近くで目撃する漁師が、その後も出た。村の年寄りたちは、「そりゃ亡者《ぼうもん》に違いない」と言って恐れた。海で死んだ人間が成仏できずに現れ、仲間を増やすために海へと引き摺《ず》り込もうとする。それが亡者である。

遠浅の岩礁地帯が続く犢幽村の前の海では、とにかく難破する船が多い。その中は碆霊様に船体の横っ腹を破られ、無残にも浸水して沈む船もあった。そうなると乗船していた者は、ほぼ間違いなく助からない。

「碆霊様ばぁお祀りしとるんは、亡者を鎮《しず》めるためじゃ」

爺はそう言ったあと、内緒話をするかのような小声で、こうも教えてくれた。

「村を飢えから救うて下さる唐食船の周りにも、ほんまは亡者がうじゃうじゃと纏《まつ》わりついて泳いどるんじゃ。ほいやから気ぃつけんといかん」

村の誰に訊いても否定するだろうが、お前は肝に銘じておけと、怖い顔で爺が口にした。

「ええようにしか思えん話でも、そん裏には別の面が時としてあるもんじゃ」

　碆霊様の岩礁の付近が格好の漁場でありながら、同時に恐ろしい場所であることも、正にこの爺の言葉に当て嵌《は》まった。

　儂《わし》には縄張りがのうて良かった。

　碆霊様に纏わる怖気話《おぞけばなし》を耳にする度に、そのときばかりは伍助も心から安堵《あんど》した。爺とお父が持っていた区域が、碆霊様の近くだったから余計である。我が家の縄張りが残っていれば、飢える心配が少しは減ると分かっていても、やっぱり怖いものは怖い。

　それなのに今、伍助は気づかぬうちに角上の岬を越えて、入江から外へ出てしまっていた。牛頭の浦と大難の間の海域は、「賽場《さえば》」と呼ばれている。賽《さい》の河原がこの世とあの世の境目のように、この賽場も平穏な入江内と危険な大難の、ちょうど境界線のような空間である。だからといって安全かと言えば、そうでもない。

　大して幅のない細長い岬の反対側に来ただけなのに、まるで大海原にでも出たような不安に囚われる。牛頭の浦と同様この辺りの水深もまだ浅いはずなのに、物凄く深い海の上を小舟で漂っているような心細さを覚える。何よりも北西の方向に聳《そび》える絶壁の眺めに、別世界かと見紛《みまが》うほどの異様さがあった。

角上と角下の岬に囲まれた入江内に留《とど》まっていれば、何処で漁をしようと常に浜の風景が望めた。だが、いったん岬の外へ出てしまうと、海原の他に見えるのは断崖だけになる。全く人を寄せつけぬほど切り立った黒々とした高い岩の壁が、恰《あたか》も覆い被さるように聳え、かつ東西に広がっていた。

不安になって小舟の後ろを見上げると、角上の突端に建てられた物見櫓《ものみやぐら》が、凝っと伍助を見下ろしている。そこに村人の姿でもあれば、まだ安心できたかもしれないが、実際には人っ子ひとり見当たらない。そもそも櫓に人が上っている姿など、彼は未だ目にしたことがなかった。

それなら前方の絶壁の上に、ぽつんと覗《のぞ》いている獲備数様《えびすさま》の祠《ほこら》を仰いでいる方が、どれほど良かったかしれない。ただし問題は、その切り立った岩壁の下にあった。裂けた分厚くて黒い板が何枚も重なったような岩壁と海面が接する下部に、ぽっかりと穴が口を開けている。決して大きくはないが、小舟なら余裕で入れそうな洞穴である。だからといって覗く者など一人もいない。

なぜなら「絶海洞《たるみどう》」と呼ばれる穴の中には、難破船の死者の亡骸《なきがら》が、村人たちの手によって埋葬されていたからだ。

村に墓地がないわけではない。ちゃんと埋葬地があるにも拘らず、難破船の死人は全員が絶海洞に葬られる決まりだった。他所者だったからではなく、祟《たた》りを懼れた故である。そういう訳ありの仏たちを、自分たちの先祖と一緒に供養するわけにはいかない。そこで新たな埋葬地として絶海洞が選ばれた。と同時に磐霊様が祀られはじめたらしい。

そんな話を伍助は、亡き爺から何度も聞いている。ただし、いつも同じ内容ではなかった。彼が歳を一つ取る度に、爺の語る内容が少しだけ難しくなる。そして怖くもなる。

「磐霊様のほんまの恐ろしさばぁ、そんうち厭《いや》でも分かる日が来る」

そう呟いて爺は、常にこの話を締め括《くく》った。そのときの顔が、できれば知らずに越したことはない……とでも言っているようで、伍助は苦手だった。普段の爺は優しくて大好きだったが、磐霊様に関わる毎年の話のときだけ、まるで別人かと見紛うほど厭わしくなった。幼い伍助が必ず泣いてしまうほどに。

爺は絶海洞の中に入ったことがあり、その話を伍助は一度だけ聞かされていた。

洞内は松明《たいまつ》の明かりがなければ真の闇だという。村では松の幹や根を用いる通常の松明ではなく竹松明が使われる。竹細工によって出た竹屑を固く束ねて、その一端に火を点《つ》けるのだ。松よりも煤《すす》が少なく、かつ着火し易い利点がある。

その竹の明かりに照らされて、穴に入ってすぐ右手に、奥へと延びる岩場が現れる。しばらく岩場を進むと、無数の小さな石の転がった、まるで賽の河原のような所に出る。ぐねぐねと蛇行する小石の原を辿《たど》って更に行くと、今度は砂地が出現する。そこには二本の竹が立てられ、注連縄が張られている。その砂地は一種の境内で、奥に難破船の死者たちの供養碑がある。鳥居のような竹の左右には大小の石が積まれ、それ沿いに折れた銛《もり》や鉤竿、破れた網や壊れた天草掻《てんぐさかき》などが、所狭しと置かれている。それらは豊漁を願う供物だという。

この細長く続く賽の河原の左手には、海水が滔々《とうとう》と流れており、恰も三途《さんず》の川のように見える。そのせいか川を渡った者は誰もいない。向こう側にも洞穴は広がっているが、松明の明かりでは見通せないほどの暗闇があるだけで、完全に未踏の地らしい。出入口の穴の大きさからは想像もできないほど、洞内は広いのだという。

そんな絶海洞の穴を伍助が眺めていると、沖合を大きな帆船が通り掛かったため、一気に注意がそちらへ向いた。

四百石はあるじゃろうか。

彼の眼差《まなざ》しには憧れの色が浮かんでいる。風を受けた帆に藩の家紋がないことから、何処かの商船に違いない。

あれにばぁ乗れたらなぁ。

磯漁どころか、そもそも漁師をする必要がない。海に船を出しているのに、全く漁業をしなくて済むのだ。その驚くべき事実が、とにかく伍助には新鮮だった。

いんや、別に乗れんでもええ。

ああいう巨大な船が難なく入れる湾があり、ここが寄港地として栄えさえすれば、とにかく彼は満足だった。そうすれば仕事も色々と見つけられて、きっと村も発展するに違いない。

次第に遠ざかる商船を見送りながら、そんな夢を伍助は見ていた。だから思いの外、小舟が絶海洞の近くまで流されていることに気づくのが遅れた。

元の場所に戻らんと……。

我に返った彼が大いに焦りつつ、櫓に手を掛けようとしたところで、それが目に入った。

ぷかぷかと海面に漂う白くて丸いもの。

たった今、まるで絶海洞の中から出て来たかのように、ぽっかりと口を開けた穴の前に、それは浮かんでいる。

まさか……。

爺から聞かされた、禁漁区の磬霊様の岩礁の側に現れるという例の亡者に、かなり似ている気がする。

けど……。

あれは磬霊様の側に現れるものではないのか。前方に見えるのは絶海洞である。両者は余りにも離れ過ぎている。

そう伍助は考えようとした。しかし、どちらも難破船の死者を弔《とむら》っている場所である。片方に亡者が出るのであれば、もう一方に現れても不思議ではない。いや実際に、そうとしか映らないものが、そこにいるのだ。

真っ白な生首のようなもの。

それが水面に顔を出して、凝っと伍助を見詰めている。いくら目を凝らしても白い塊にしか見えないのに、なぜか正面を向いていると分かった。そうして彼を、ひたすら凝視している。

さぁあっと二の腕に鳥肌が立った。

ここを早《はよ》う離れんと……。

櫓を握る手に力が籠る。しかし、ぴくりとも動かない。伍助に自覚はなかったが、彼は恐怖の余り固まってしまっていた。

すると白くて丸いものが、いきなり動きはじめた。

ひょっこり、ひょっこり。

海面に半ば沈み、再び顔を出すかのような動作を繰り返して、少しずつ小舟へ近づいて来る。その動きは妙に軽妙で、楽し気にさえ映るのだが、もちろん伍助にとっては違う。彼が覚えたのは、ぞっとする怖気である。

この恐怖心が、ようやく伍助の身体を動かした。彼は急いで櫓を操ると、牛頭の浦を目指して必死に小舟を漕ぎはじめた。そうしながらも絶えず後ろを向き続けた。距離を縮められて追いつかれたら大変なことになる。きっと海中に引き摺り込まれるに違いない。

……死んでも厭じゃ。

櫓を漕ぐ手に思わず力が籠った。あと少しで角上の岬を越えられそうである。入江内に入れば安全とは限らないが——碆霊様は牛頭の浦の内にあるのだから——いざとなれば村の漁師たちに助けを求められるのが、何よりも心強い。

ところが、小舟が角上の岬の突端に差し掛かる前に突然、白くて丸いものが海面に沈んだ。

ちゃぽん。

そんな音と共に、あっさり海面下に消えた。

あれは余り絶海洞から離れられないのか。もしくは入江内に入って来られないのか。いずれにしろ助かったと伍助は胸を撫《な》で下ろした。

それでも元の漁場まで戻ったときには、すっかり彼は疲弊していた。もう何もやる気が起きない。だが今日は、まだ一匹も獲っていない。このまま釣果なしの状態では、さすがに帰るわけにもいかない。

伍助は大きく息を吐いて気を取り直すと、鉤竿を手に蛸漁を再開した。藻の奥から誘い出すのは止《や》めて、今度は岩陰を狙うつもりだった。竿の先に結びつけた赤い布を揺らしながら、ひたすら骨無し蛸が引っ掛かるのを待つ。

ゆらゆら、ゆらゆら。

海中で幻想的に揺らめく赤い布を見詰めているうちに、視界の片隅で妙なものが蠢《うごめ》いていることに、ふと彼は気づいた。

全く自然に視線を向けて、ぞわぞわっと項《うなじ》が粟立《あわだ》った。そこに信じられない光景を見て、思わず絶叫しそうになった。

真っ白な人影の如きものが、ゆっくりと海底を歩いている。

しかも伍助の小舟に向かって、一直線に近づいて来ている。

それにとっては海底の如何《いか》なる起伏も、何ら問題ではないらしい。どれほど厄介な岩礁が行く手にあろうと、難なく越えつつ進み続けている。

……さっきの生首。

その正体を察したところで、伍助は総毛立った。何とか逃げられたと思ったのに、実は海中でずっと追い掛けられていたと知り、がくがくと両足が震えた。

それには頭の下が……。

ちゃんとあるように見える。生首だけの存在も怖いが、人に似た形なのに人とは明らかに違うものの方が、もっと恐ろしいのかもしれない。

そんな得体の知れぬ何かが、ゆらゆらゆらと海底を歩いている。こちらに迫って来ている。

早う逃げんと……。

今度は固まることなく、非常に素早く動けた。まず鉤竿を海中から上げて舟底に置き、それから櫓に手を伸ばす。

ところが、そこで礑《はた》と困惑した。

何処へ逃げたらええんじゃ。

普通なら浜を目指して必死に漕いで、急いで小舟を引き揚げて、きっと家まで走ったに違いない。でも、その結果、恐ろしい事態を招いたらどうするのか。

あれが家まで跟《つ》いて来たら……。

いくら何でも海から上がれば大丈夫だろう、とは思う。だが、あれは入江内には入れないという判断は間違っていた。同じ過ちを犯さないとも限らない。少しでも不安があるなら止めるべきだ。あれを家に連れて帰るわけには絶対にいかない。

けど、いったい何処へ逃げたら……。

浜へ戻れないとなると、あとは牛頭の浦の外へ出るしかない。しかし、墓穴を掘るようなものではないか。それとも絶海洞から離れさえすれば、あれは自然に消えるのだろうか。

あっ、絶海洞に誘い込んだら……。

とんでもない案が浮かんだ。あの洞穴から出て来たように、あれは見えた。だったら元の場へ戻してやれば良いのではないか。

だが、それこそ完全に墓穴を掘る羽目になるだろう。賽の河原に上がれても、あれに追い詰められてお終《しま》いではないか。三途の川を漕いて逃げるにしても、何処まで続いているのか分からない以上、余りにも運を天に任せ過ぎである。それ以前に絶海洞の中は、真っ暗なのだ。とても逃げられるものではない。

こうして伍助がもたもたしている間にも、あれは向かって来ていた。いや、もう小舟の真下まで来ているかもしれない。

ばちゃん。

船尾で水音がした。あれの真っ白な片手が、にゅうっと海面から伸びて船縁《ふなべり》を摑《つか》むような気がして、伍助は慌てて舟を出した。

藁《わら》にも縋《すが》る気持ちで、ぐるっと周囲を見回して、ふと箸霊様が目に留まった。その瞬間、彼は爺から聞いた話を思い出した。

伍助が生まれる前、爺が喰壊山で岩鬼茸《いわきだけ》狩りをしたとき、うっかり幽鬼茸《ゆうきだけ》を採ってしまった。岩鬼茸は美味だが、幽鬼茸には毒がある。だが皮肉なことに、両者はそっくりだった。普段から茸《きのこ》狩りをしている者なら、それでも見分けられるらしいが、漁師の爺には無理である。そのため伍助のお母が幽鬼茸に中ってしまう。己の過ちを悟った爺は、お母に蛇顔草《じゃがんそう》を煎じて飲ませた。蛇顔草は薬草の一種だが、それ単体では毒とされている。他の植物と混ぜることで、ようやく使用できる。眠り薬にもなるが、取り扱いを誤ると二度と目覚めない羽目になる。それほど危険な存在だったが、爺は蛇顔草のみをお母に与えた。その結果、幽鬼茸の毒は中和され、お母は助かったという。

毒を以て毒を制す。

そういう諺があることを、この爺の話で彼は知った。潴霊様を見た途端、それを思い出したのである。

とはいえ伍助も、さすがに躊躇《ためら》った。下手をすれば毒が倍になって、自らを亡《ほろ》ぼし兼ねないからだ。完全に裏目に出ても可怪《おか》しくない。

しかも選《よ》りに選《よ》って、これまでに幼少の頃と一昨年の二回、秋口から初冬に掛けての風の強い真夜中に、潴霊様の方から聞こえる物凄い咆哮《ほうこう》を耳にして、思わず目を覚ました経験が、ぱっと彼の脳裏に蘇《よみがえ》った。

おおーん、ぼおーん。

そんな叫び声のような轟きが、けたたましく鳴り響いた。たちまち全身の血が凍るほどの恐怖を覚え、わぁわぁと伍助は泣いた。

　すると爺は、何とも言えぬほど辛そうな顔をして、

「お前が泣いて、どげんするん。ありゃ、碆霊様が哭《な》いていなさるんじゃ」

そう言って伍助を宥《なだ》めようとしたが、完全に逆効果だった。余りの恐ろしさに、彼は全く眠れなくなってしまった。

　あのときの戦慄が、まざまざと蘇りそうになり、伍助は焦った。

　ざざぁっっ。ばしゃばしゃ。

　結局、彼を動かしたのは、いきなり船尾から聞こえた水音だった。愚図愚図しているうちに、あれに追いつかれてしまったらしい。

　伍助は急いで櫓を漕ぎ出した。碆霊様へ向かって、真っ直ぐ小舟を進めはじめた。

　牛頭の浦の中で、骨無し蛸の漁に精を出す村の漁師たちの誰もが、そんな彼にしばらく気づかなかった。だが一人、また一人と、妙に焦っている伍助に目を留め、不思議そうに眺め出した。

　そのうち不審に感じた者が、彼に声を掛けはじめた。

「おーい、伍助ぇぇぇ。何をそげに慌てとるぅぅ」

「いったいお前はぁ、何処に行く気ねぇぇ」

　やがて伍助に注意を向けていた全員が、彼の小舟の行き先に気づいたのか、それま

で以上の大声を上げ出した。

「伍助ぇぇ、待てぇぇぇ。待つんじゃぁぁ」

「そっちへ行くんやないぃぃ。止まれぇぇぇ」

「瀦霊様にばぁ近づく奴が、あるかぁぁぁっっ」

「こん阿呆がぁぁ、すぐさま舵ばぁ切らんかぁぁ」

それでも伍助の小舟が止まらず、進路も変えずに、一直線に瀦霊様へ突き進んでいると分かった漁師たちは、慌てて自分たちの舟を動かし、彼の行く手を遮ろうとした。だが、もう間に合わない。伍助の小舟は正に、瀦霊様に達しようとしていた。

こっから、どげんすればええんじゃ。

瀦霊様の周りを回るのか。岩礁の手前で浜へ方向を変えるのか。それとも瀦霊様に舟を着けるのか。最も効果的な方法は何か、当たり前だが伍助には分からない。

あと少しで、この重要な判断をしなければ、このまま岩礁に突っ込む羽目になる。というときだった。

瀦霊様の岩陰から、ひょいと白い顔のようなものが覗いた。

その途端、ぶるっとした悪寒を背筋に覚えながらも、伍助は大きく舵を切っていた。小舟は浜を目指して、見る見る瀦霊様から遠ざかって行く。あとから村の漁師たちの舟も、彼を追うように続いた。蛸漁をしている者など、もう誰一人いない。

浜に着いた彼が小舟から降り、そのまま浜辺に倒れ込んでいると、あとから漁師たちが次々に上がって来て、「何があったんじゃ」と口々に問い質《ただ》された。その様子を見た村人たちも集まり出したため、たちまち浜は騒然とした雰囲気に包まれた。ところが、伍助が息も絶え絶えに事情を話すうちに、すうっと周囲の騒めきが消えていった。いつしか浜は、今までの喧騒《けんそう》が嘘のように、ひっそりと静まり返っている。しかも一人、また一人と逃げるように、その場から足早に去る者が出はじめた。

結局、最後まで残っていたのは、その日の漁に出ていた漁師たちだけだった。

「磑霊様だけじゃのうて、絶海洞にも近づかんようにばぁせんと」

「ほんに恐ろしい所じゃ」

「ちゃんと磯漁さえしとったら、そげな心配をすることもないじゃろ」

伍助に声を掛けるわけではなく、皆が勝手に喋《しゃべ》っている。

やがて村の漁師の纏《まと》め役が、改めて注意を促して、その日の漁は取り止めになった。不満を口にして、伍助のせいだと文句を言う者もいたが、かといって小舟を出し直す漁師は皆無だった。誰もが磑霊様の岩礁を、畏怖の眼差しで見詰めていた。

翌日から伍助は、全く漁に出られなくなった。牛頭の浦では磑霊様に近づかずに、あとは入江の外にさえ向かわなければ大丈夫だと思うものの、どうしても小舟に乗れない。仮に乗って海へ漕ぎ出したとしても、とても海中を覗けそうにない。

海底から真っ白な顔が、儂を見上げとったら……。

そんな想像をついしてしまう。そうなると、もう駄目だった。家から浜までは行けても、小舟の側に立てても、そこで足が竦《すく》んで何もできない。

しかし、いつまでも漁をしないわけにはいかない。子供である伍助の働きも、家では完全に当てにされている。このままでは家族が飢えてしまう。

見兼ねたらしい年配の漁師が、伍助に話し掛けてきた。

「何処の地方の漁師でも、海で仏に遭《お》うたら、大抵は吉兆と見做《みな》しよる。すぐには無理でも、きっと漁の帰りには引き揚げてやるからいうて、そん代わり大漁を約束させるんじゃ」

「仏さんに」

驚いて訊き返す彼に、漁師は重々しく頷《うなず》きながら、

「獲備数様ばぁ知っとろう」

「笹女神社《ささめじんじゃ》に祀られとる神様じゃ」

「そうじゃけんど、儂らにとっては唐食船を招く、有り難い神様なんじゃ。けど本来は、宝船に乗ってなさる七福神のお一人でな」

唐食船は笹女神社の由来にも記されている、船内に一杯の食物を積んで異国から訪れる船のことである。それを招来して下さるのが、獲備数様だった。

「ほいとは別に、漁師が海で見つけた漂流しとる死体んことも、エビスと呼んで尊ぶ風習が各地にあるんじゃ」

「大漁を齎《もたら》してくれるから」

「ああ、そうじゃと聞いとる。漁の帰りに仏を見つけた海域に戻るとな、ちゃんと待っとるいうんじゃよ」

「……その仏さんが」

俄《にわ》かには信じられなかったが、漁師の表情は飽くまでも真剣である。

「お前が見たいう亡者も、本《もと》を正せばエビスじゃ。つまり大漁を約束してくれるもんじゃ。そう考えたら漁にばぁ出んのは、ちいと勿体《もったい》ない気ぃになるじゃろ」

この漁師の話のお陰で、ようやく伍助は小舟に乗ることができた。とはいえ最初は、海の中を覗くのが怖かった。

鉤竿の先の赤い布を揺らしていると、藻の奥から骨無し蛸ではなく、あの白い顔がにゅうっと出るのではないか。そんな風に怯《おび》えて、なかなか集中できない。にも拘らず蛸漁は順調だった。ほいほいと面白いように獲れる。場所を移さずとも、はじめに小舟を停めた角上の岬の近くで、あっという間に魚籠が一杯になった。

あれが獲備数様じゃったとは……。

伍助は一休みしながら、尚も信じられない思いだった。だが実際に、彼は大漁に中っている。その証拠が、この満杯の魚籠である。


にこにこ笑いながら魚籠を覗いて、骨無し蛸の間から彼を見上げる白い顔と目が合った。

それから数日後、伍助は兄たちと同じように年季奉公に出た。年月が経ってから村に帰ることはあっても、もう彼は決して海に出ようとはしなかった。

物見の幻——明治

浄念《じょうねん》は笠磐寺《とくがんじ》の山門から出ると、長い石段を下りはじめた。

北側の背後には既に春めき出した喰壊山《くえやま》が、南側の前方には二つの岬に囲まれた牛頭《ごず》の浦《うら》と、その向こうに西日をあびて輝く大海原が広がっている。寺の反対となる西側の高所には、竹林を背にした笹女神社《ささめじんじゃ》が見える。あの竹林の何処かに、彼が未だ行ったことのない竹林宮《ちくりんぐう》があるのだろう。

この風景を目にしていると、如何《いか》にも長閑《のどか》な地に思えてしまう。

だが実際に犢幽村《とくゆうむら》に覚えるのは、ただの見窄《みすぼ》らしさだった。村のあちらこちらに見て取れるのは、遣《や》り切れない貧しさである。

深い森を頂く峻険《しゅんけん》な喰壊山を背後に、角上《つのうえ》と角下《つのした》という二つの岬に囲まれた入江を目の前に持つ村は、急な斜面と狭い浜から成っていた。そのため平坦《へいたん》な地がほとんどなく、田畑も勢い段々畑と棚田ばかりである。しかも土地が痩せているせいで、収穫は余り望めない。それなら漁業が盛んかといえば、これが違った。入江内は岩礁の多い遠浅のため、そもそも大きな船が持てない。そのうえ入江の外には複雑な海流が流れており、村の漁師の小舟では全く歯が立たず、どうしても磯漁に頼らざるを得なかった。

そんな村の唯一の産業が、竹細工である。喰壊山で竹は豊富に採れるため、「竹屋」の屋号を持つ職人の家があるほど、昔から竹を加工する技術が進んでいた。ただし生憎《あいにく》、それで全村が食べていけるほど盛んではない。そもそも繁盛するほどの産業にしたくても、端《はな》から無理な相談だった。肝心な商品の流通に、大きな問題があったからだ。

北側を険しく奥深い山で、東西を足場の悪い岩山で遮られた村では、陸上での荷の運搬が過酷を極めた。剛力《ごうりき》でも雇えれば別だが、彼らの日当は高くつく。そんな余裕はとても村にはない。残るのは南方の開けた海だが、小舟しか使えないのでは大量の輸送は無理である。正に八方塞がりの状態だった。

そのため村の生業《なりわい》は昔から、どれも中途半端と言えた。陸の斜面で百姓たちが耕す段々畑と棚田も、職人たちが家内で取り組む竹細工も、漁師たちが天候の荒れる秋口から初冬に浜で行なう塩焼きも、そして地先での磯漁も、決してそれだけでは食えなかった。そういう意味では、真の百姓も、竹細工職人も、漁師もいなかったことになる。誰もが複数の仕事を掛け持ちした。そうしなければ生きていけなかった。

村人たちの生活を優先させるために、ここには寺院があっても墓地はない。土葬に適する土地が少しでもあれば、とっくに段々畑か棚田に耕されていた。仏の安住を求めようとすれば、その前に生きている者の安寧が必要になってくる。

では、亡くなった村人たちは、いったい何処に埋葬されるのか。

角下の岬から南南東の方向へ進んだ先の沖合に、奥埋島《おうしま》と呼ばれる無人の地がある。別名を墓場島という通り、ここに笠磐寺の墓地があった。いや、島の一部を埋葬地として使っているというよりも、島そのものが墓場だった。

なぜなら奥埋島を利用しているのは、犢幽村だけではなかったからだ。物凄《ものすご》く分厚い壁のような岩山を挟んだ東隣にある塩飽村《しあくむら》も、そのまた東隣の石糊村《いしのりむら》も、この島に墓地を有している。この三つの村では誰が亡くなっても、必ず奥埋島に埋葬された。それが仮に村の有力者であっても同じだった。石糊村の東隣の磯見村《いそみむら》のみ、山側の斜面に墓地を持っていたのは、他の三村に比べて戸数が少ないせいである。

最西端の犢幽村から東へ向けて、塩飽村、石糊村、磯見村、そして閖揚村《ゆりあげむら》と続く辺り一帯は、昔から強羅《ごうら》と呼ばれている。どの村も東西を岩山に挟まれており、浜は幅が狭いうえに岩礁の続く遠浅という厄介な地形を持っていた。そのうち磯見村だけは少し恵まれた入江を有していたが、飽くまでも他の四村と比べた場合である。戸数の差こそ多少はあれ、基本的によく似た五つの集落が並んでいた。

この強羅の最東端に位置する閖揚村の、北側に聳《そび》える久重山《くえやま》を越えた先の内陸に、明治になって平皿町《へいべいちょう》が開かれる。やがて町は紡績業によって発展するが、浄念が四男として生まれ育った商家は父親の事業の失敗により、急速に傾いてしまう。そこで日頃から信心深かった父が、食い扶持《ぶち》を減らすために彼を出家させた。もっとも世間的には、誰もが知る諺《ことわざ》が使われた。

一子出家すれば九族天に生ず。

即《すなわ》ち子供が一人でも出家すれば、その功徳によって高祖父から玄孫《やしゃご》に至る一族九代の者が皆、天に生まれ代わる――という例の都合の良い諺である。

浄念にしてみれば、どちらでも同じだった。前者より後者の方が立派な出家の理由だとは、どうしても思えなかった。むしろ食い扶持を減らすための方が、現実的に家族の助けとなる分、より高邁《こうまい》ではないかと感じていた。

ただし父も彼も、肝心な問題に余りにも無知だった。明治の新政府が発した太政《だじょう》官《かん》布告などにより、既に神仏分離と廃仏毀釈が広く行なわれていた事実に、彼らは疎《うと》かったのである。当時は全国的に数多くの寺が廃され、還俗《げんぞく》する僧侶も少なくなかった。二人にとって幸いだったのは、地方によってかなりの差があったことだろう。仏教が盛んな地に比べると、強羅の近辺での取り組みはまだ緩かった。にも拘《かかわ》らず平皿町の寺院での修行を予定よりも早く切り上げ、わざわざ強羅地方でも最西端に位置する犢幽村の笠磐寺にやらされたのは、やはり廃仏毀釈の破壊行為を懼《おそ》れたためだったのか。

浄念は正直、ここに来る前は不安で仕方なかった。如何に他の町村から離れた土地とはいえ、寺に対する風当たりが強いのではないかと懸念した。

ところが、それは見事なまでに杞憂《きゆう》に終わった。村人たちが笠磐寺に接する態度は、笹女神社に対するものと何ら変わらない。全く分け隔てがなかった。そもそも寺の住職と神社の宮司とが、普通に仲良く付き合っている。

他所《よそ》にはない奥埋島という特有の墓地のせいかな。

そんな風に浄念は考えたが、どうも違うようである。だったら同じことが、塩飽村と石糊村の寺にも言えるはずなのに、この二村では明らかに寺の立場が弱かったからだ。地理的な問題もあり、強羅地方の各寺院の付き合いは、昔から薄かったらしい。それでも神仏分離と廃仏毀釈の嵐が全国に吹き荒れたとき、何処の寺も宗派を超えて団結しようとした如く、この地方でも横の繫《つな》がりができたという。しかし笠磐寺だけは、その団結に加わらなかった。住職に何か考えや信念があったせいではない。全く必要がなかったからだ。

強羅でも犢幽村は特に、最も辺鄙《へんぴ》な地に位置している。ただ、だからといって村人たちの結びつきが他よりも強いと見るのは、どうも違う気がした。厳しい自然と貧しい村という状況は、塩飽村も石糊村も磯見村も同じだった。ならば他村よりも排他的な村民性があるかといえば、特にそうは思えない。むしろ一番戸数の少ない磯見村の方が、他所者を寄せつけない風潮が強いと聞いている。

他の三村にはなく、犢幽村にあるものは何か。

もしくは犢幽村にはないのに、他の三村にあるものを探すべきか。

笠磐寺で修行をはじめてしばらく経つと、いつしか浄念はそんなことを考えるようになっていた。邪念であるとは分かっていても、どうにも気になって仕方がない。この村の寺に骨を埋《うず》める覚悟でいるのなら、ちゃんと理解しておくべきではないか。そう思った。

住職には一度、はっきりと尋ねたことがある。「お前の考え過ぎじゃ」または「それがこの村の良いとこじゃろう」とはぐらかされるかと心配したが、意外にも真面目に答えてくれた。ただし、何の解決にもならなかった。

「そのうち時ばぁくれば、厭《いや》でも分かるかもしれんし、分からんかもしれん。せやから、もうちっと待っとけ」

ただの言い訳ではなく住職の本心らしい。

「私が推察するのは、とても無理ですか」

だから彼も敢《あ》えて尋ねたのだが、しばらく住職は黙ったのちに、

「ほいでも見る目ばぁあれば、分からんこつはないじゃろ」

そう言われた。しかし、黙り込んでいる間の住職の表情が妙に恐ろしかったことに、浄念は引っ掛かった。

どうして、あんな怖い顔をしたのか。

折に触れ彼は、まずこの点を考えるようになった。すると「怖い顔」という連想から、この村には「怖い場所」が結構あることに、ある日ふと気づいた。

村を見下ろす峻険な喰壊山。

村の沖合に浮かぶ埋葬の奥埋島。

竹林の迷路を持つ笹女神社の竹林宮。

牛頭の浦の巨大な丸い岩を祀った碆霊様《はえだまさま》。

獲備数様《えびすさま》の祠《ほこら》の下部で口を開けている絶海洞《たるみどう》。

咄嗟《とっさ》に思い浮かぶだけでも、これだけ存在している。しかも喰壊山では山鬼が彷徨《うろつ》き、奥埋島では人魂《ひとだま》が飛び交い、竹林宮では魔物が出て、碆霊様と絶海洞では亡者《ぼうもん》が

海中を歩く……と密《ひそ》かに恐れられている。
平皿町にも魔所はあったが、決して広いとは言えない犢幽村にこれほど点在するのは、どう考えても可怪《おか》しくないだろうか。
この疑問を突き詰めるうちに、はっと浄念は思い当たった。
だからなのか。
村人たちが恐怖するものが多いからこそ、否《いや》が応《おう》でも皆が協力し合わなければなら
ない。そうやって犢幽村の人々は生活してきた。そのため自然に他村よりも村内での
団結力が強まった。そこには竺磐寺も当然ながら含まれる。だから神仏分離と廃仏毀
釈の外圧にも、この村は決して影響されなかったのではないか。
すうっと当初に覚えた不安が消え去り、胸の閊《つか》えが下りたような気分に浄念はなっ
た。だが、すぐに新たな疑問が湧いてきた。
竺磐寺の住職や笹女神社の宮司、それに村の古老から、この地に伝わる様々な怪異
を聞いているうちに、彼は妙なことに気づいた。
笹女神社の祭神は天宇受売命《あめのうずめのみこと》と獲備数である。その神社が祀《まつ》る碆霊様も、実は獲備
数様であるらしい。そして漁師たちの間では、海で見つけた遺体はエビスと呼ばれ
る。このエビスが成仏できずに化けると、海に出没する亡者になるという。その亡者
が奥埋島に渡ると、夜中に飛び交う人魂と化すらしい。そんな人魂が陸まで飛んで竹

林に入り、なんと魔物になるという。しかも魔物が喰壊山に登ると、今度は山鬼に変《へん》化《げ》すると言われているのだ。

個々の話を聞く限りでは、特に引っ掛からなかった。しかし、こうして纏めてみると、その異様さが分かる。

もしかすると様々な怪異の正体は、全て同じなのではないか。

そんな疑惑が浮かんできた。もっとも神である獲備数様と、漂流仏であるエビスとを同一視することが正しいのかどうか。これが単なるこじつけに過ぎなければ、この疑惑もただの妄想に終わってしまう。

浄念は迷った末に、笹女神社の宮司に尋ねた。すると宮司が意外にも、あっさり「そうじゃ」と認めた。彼が驚いていると、宮司は丁寧に説明してくれた。

「エビス様は一般的に、七福神の一柱とされるため、如何にも日本の神様のようじゃが、実際は外来の神様じゃな。また漁師たちの間では、古くは鯨を意味しとった。漂着神のお顔をお持ちなんも、そういったお立場のせいじゃな」

だから海を漂う遺体を「えびす」と呼ぶと知り、浄念は納得した。と同時に自分の考えが間違っていなかったと分かり、何とも恐ろしくなった。

それが宮司に伝わったのか、不思議そうに訊かれた。

「田の神様と山の神様が、実は同じ神様じゃいうことを、浄念さんはご存じじゃないのかな」

浄念が頷《うなず》くと、やっぱり町の人じゃな、という笑みを浮かべながら、

「春になると山の神様が下りて来られて、田の神様になられる。そして秋になると田の神様が帰られて、山の神様に戻られる」

「田植えから収穫の時期に掛けて、山の神様が田の神様になられる。そういうことですか」

「はい。けんど逆の言い方をしたら、いったいどげんなるじゃろう」

浄念が答えられないでいると、

「秋になると田の神様が山に入られ、山の神様になられる。そして春になると下山され、田の神様に戻られる」

「主体が山の神様から、田の神様に変わるわけですね」

「獲備数様は七福神のお一人であると同時に、また漂流する仏でもある。そこに何ら矛盾はないんじゃ。仏教には、輪廻《りんね》いう思想がある。全ての生命は、無限の転生をくり返しとる。ほいやから少しも、怖いことはないんですわ」

そう諭されて、確かにそのときは不安感が薄らいだ。

だが、寺での日々の修行と村での生活に戻ってしばらくすると、やはり何かを懼れている自分がいることに、浄念は気づいた。

いったい何に対して……。

それが分からないからこそ、彼は懼れたのかもしれない。いや、懼れではなく恐れか。それとも畏れに近いだろうか。

こういう場合は住職に相談するよりも、宮司に教えを乞うた方が遥かに安心できることを、既に浄念は学んでいた。だからといって今更、宗旨替えもできない。いや、仏教から神道へ変わるのなら、単に宗旨替えでは済まないだろう。もっと大きな変化になる。

ただ皮肉なことに世間では、とっくに神仏分離と廃仏毀釈が行なわれていた。ここで彼が寺から神社に移ったところで、全く何の問題にもならないどころか、むしろ褒められて歓迎されるに違いない。

しかし浄念に、その気はなかった。全国的に神道が勢いを増し、仏教が廃れていく中で出家した彼は、最初に身を寄せた平皿町の寺から、かなり特異な環境にある犢幽村の竺磐寺へと移ったあと、豬霊様をはじめとするこの地に特有の信仰に触れたことで、神仏への信心そのものが大いに揺らいでいたからだ。

信心するのに、神や仏の区別などない。

そういう気持ちを彼は、実は幼い頃から持っていた。とはいえ出家するからには、仏様に仕えるつもりだった。だが今、神仏の問題よりも、その信仰に迷いが生じている。まだ断言はできないが、そんな芽生えを感じ取っていた。

「そげな悩みは、一心に念仏ばぁ唱えたら解決する」

大抵の問題に対する住職の答えは、いつも同じだった。

「物見櫓《ものみやぐら》に上がって、試しに瞑想《めいそう》してみては、どげんでしょうな」

一方の宮司には、そんな方法を勧められた。瞑想は仏教の十八番《おはこ》かと思っていたが、言葉こそ違え神道にもあるらしい。そもそも宗教と名のつくものなら、瞑想は避けられない修行の一環ではないか、と宮司には言われた。

角上の岬の先端に建てられた物見櫓とは、木造の高い台の上に屋根と四方の壁を持った小屋を載せた代物である。漁業が盛んな地域であれば、灯台やアテの役目を果たす所だが、当然ここでは違った。帆船による輸送が主だった時代に、難破による海難事故を防ぐために建てられたのが、この見張りの櫓らしい。

櫓小屋からは厚くて長い物見板が海へと伸びており、その先に掲げた鉄籠の中で、目印の火を燃やしたという。つまり役目から考えると、ほとんど灯台と変わらないことになる。そうやって沖を通る船に、この海域の岩礁の存在を知らせたのだろう。ちなみにアテとは羅針盤のない時代に、海に出た漁船が陸を見て、自分の位置を把握するために目印とする存在を指す。その多くは山の頂上や高台に生える樹木、または神社仏閣の建物などだった。

そんな物見櫓が今も残っているのは、笹女神社の宮司が修理を施して、瞑想の場として常に使えるように心掛けていたからである。ちなみに宮司が瞑想を行なう場は、全部で三箇所あるらしい。物見櫓と竹林宮と、あと一つは秘密だという。浄念は喰壊山の何処かではないかと睨《にら》んでいるが、場所までは分からない。その三つの場で宮司は、短いときは十数秒から十数分、長くなると半日から一日を掛けて瞑想する。もっとも時間は関係なく、問題は中身だと宮司には言われたが、今の彼には取り敢えず試みることが大切だった。

だが、村を抜けて角上の岬の付け根まで来たところで、いったん浄念の足が止まった。前方の物見櫓を眺めているだけで、躊躇《ためら》いの気持ちが湧き上がってくる。実物を目にした途端、怖気《おじけ》づいてしまったらしい。咄嗟に踵《きびす》を返しそうになり、そこで彼は固まった。

岬の付け根の岩壁の下に、粗末な掘っ立て小屋が建っているのだが、その小さな窓から蓬萊《ほうらい》が覗《のぞ》いていたのである。いつも被っている薄汚れた布袋の、たった一つだけ空いた穴から、ぎょろっと目ん玉を覗かせて……。

この氏名も年齢も出身地も不明な男は、何でも数年前に海から村へと流れ着いたという。そして勝手に小屋を建てて、そこに住み着いてしまった。そのとき既に彼は布袋を頭から被っていたので、素顔を見た者は誰一人いない。片目しかないのかどうか、それも不明である。村人によっては、「右目で覗いている」「いや、左目で見ていた」と、今でも意見が分かれるためだ。

普通なら村から追い出されるところだが、相手が海からやって来たこともあり、どうやら村人たちの誰もが邪険にできなかったらしい。以来この世捨て人は、皆から「蓬莱さん」と呼ばれ、村人たちの厚意で暮らしていた。

その蓬莱が小屋の中から、凝《じ》っと浄念を見詰めている。

自分の臆病風を見透かされたようで、非常に決まり悪くなった浄念は、そのまま岬を突端まで進んだ。あんな世捨て人のような者でも、誰かに見られていると思えば、少しは勇気も湧いて来る気がするのだから不思議である。

だけど――。

海風を頬に感じつつ物見櫓を見上げて、またしても浄念は怯《ひる》んだ。なぜなら瞑想の場が、厚くて長い物見板の先だったからだ。その下は、もちろん海である。

こうして岬の際に立って、眼下の海を眺めているだけでも、両足の竦《すく》む思いがするのに、あんな櫓の上の、更に板の先に座るのかと考えると、早くも眩暈《めまい》を覚えそうになる。

これが住職の案なら、さっさと踵を返していたかもしれない。宮司の助言だったからこそ、取り敢えず物見櫓に上がってみようと、浄念は前向きに考えた。

ぎぃ、ぎぃぃ。

櫓小屋の真下にある梯子段《はしごだん》に足を掛けると、風の音に交じって微《かす》かな軋《きし》みが聞こえる。普段なら気にもしなかっただろうが、今は妙に不吉さを感じる。それが悪鬼の鳴き声のように思えるだけでなく、段が脆《もろ》くなっていて折れるのではないか、という懼れも抱いてしまう。

ここを使用しているのは、村では宮司だけである。しかも、どれほどの頻度で使っているのか分からない。宮司の多忙さを考えると、そう頻繁ではないだろう。となると知らぬ間に、梯子の段が劣化していても可怪しくない。

いいや、あの宮司さんに限って——。

そんないい加減なことはないはずだ、と浄念は首を振った。彼に勧めた手前、事前に物見櫓の安全性を確かめるくらい、きっとやっているに違いない。

ともすれば鈍る足を、浄念は何とか動かし続けた。そうして時間を掛けながらも、櫓の上に建てられた小屋まで、どうにか上がることができた。

櫓小屋の内部は思っていたよりも狭く、北東の隅に小さな箪笥《たんす》が一つあるだけの、何とも殺風景な眺めだった。頭上には切妻屋根の、何の変哲もない屋根裏があった。床の中央には四角の穴が空いており、上がって来たばかりの梯子が下へと延びている。北と東西の壁は板張りで、窓は一つもない。海側に当たる南の正面の壁には、扉一枚分の長方形の空間があり、床から長い板が虚空に向かって突き出ている。そのため海から強い風雨が吹けば、小屋の中はびしょ濡れになるに違いない。

空中に突き出た物見板の先で瞑想するのだから、雨が降れば嫌でも濡れるけど。

再び踵を返したい気持ちになりながらも、浄念は隅の箪笥に目をやった。そこには手拭いと着替えと傘が仕舞われていると、宮司から聞いている。雨に濡れたときは、自由に使って良いと言われていた。

準備は万端か。

どうやら不足しているのは、浄念の心構えだけらしい。彼は大きく深呼吸すると、そろそろとした慎重な足取りで、ゆっくりと板の上を歩き出した。

その途端、風を強く感じた。決して強風ではないが、岬で吹いていた風よりも、かなり強いのは間違いない。

びゅううう……という風の唸《うな》り。

ざあぁぁっ……という波の轟《とどろ》き。

この二つに耳朶《じだ》を打たれるだけで、わんわんと頭の中まで響き渡った。静かなはずの櫓の上が、これほど煩《うるさ》いとは思いもしなかった。

物見板は六尺以上の長さだったが、その半分まで進むのにも、かなり時間が掛かった。幅には少し余裕があったが、何の慰めにもならない。

たった今、物凄い強風が吹けば、真っ逆様に海へと落ちる。

脳裏を巡るのは、その心配だけである。真下が海の場合、助かる確率が普通なら上がりそうだが、ここでは違う。浜から沖まで岩礁の多い遠浅が続くため、これほどの高さから落ちれば、海中の岩で頭部を強打して、運が悪ければ死ぬだろう。

いったい何のために……。

自分はこんな危険に身を曝《さら》しているのか。頭が混乱しているうちに、幸いにもと言うべきか、彼は板の先端に着いていた。

そこから正座するのが、また何とも恐ろしかった。平衡感覚を失い、一気に墜落する。そういう懼れに、今度は見舞われた。立っている状態から、まず蹲《しやが》み、そこから両膝を同時について、そして正座をする。この余りにも慣れた一連の動作が、どうしてもできない。意識すればするほど、どのように身体を動かすべきなのか、本当に分からなくなってくる。

……考えるな。

思わず己に言い聞かせる。日々の修行の中で、自然と行なっている正座をする。それだけに過ぎない。自然に身を任せるのだ。

日常の場では考えられないほど時間を掛けながらも、浄念が正座できたのは、やはり普段の修行の賜物《たまもの》だったに違いない。彼に自覚はなかったが、そういう意味では住職の指導に救われたことになる。

だが、真に大変だったのは、それからだった。

物見板の先に座って、徐《おもむろ》に両目を瞑《つぶ》るのだが、常に墜落の恐怖が頭を過《よ》ぎる状態で、瞑想など到底できるものではない。寺の本堂で仏様を前に正座するのとは、当たり前だが全く訳が違う。

これじゃ瞑想どころか、むしろ邪念だらけだ。

思わず目を開けると、夕陽に染まって鈍く光る大海原が、いきなり眼前に飛び込んで来る。くらっと眩暈を覚えそうで、慌てて視線を下げると、視界の右隅に絶海洞が映った。

無理に両目を閉じ、頭を起こす。何とか心を落ち着けようと、意図的に呼吸する。しばらく吸って、吐いてをくり返すうちに、ほんの少しだけ平常心を取り戻せた気がした。

なるほど。

こういう状況にも拘らず瞑想ができれば、もうその事実だけで大きな修練を一つ果たしたことになる。きっと宮司は、それを伝えたかったのだ。

ゆっくり両の目蓋を開けると、赤銅色に輝く海原が恰《あたか》も末広がりの如く、何処までも続いている。つい先程、同じ景色を見たばかりなのに、こうも気持ちが違うものか。全く新たな心持ちで夕間暮れの海原を眺めているうちに、ふと浄念の脳裏に浮かんだ言葉があった。

補陀落渡海《ふだらくとかい》。

それは小さな木造船に行者が乗り込んで、そのまま海の彼方《かなた》へと旅立つ捨身行である。ただし船内に食べ物は一切ない。また船には帆も櫓もないため、全く航行ができない。船でありながらも、決して船ではない存在と言える。ただただ波のうねりに流されて、ひたすら常世国《とこよのくに》を目指したうえで、それは成仏するためのものだった。

もっとも時代と場所によっては、自らの意思ではなく強制的に補陀落渡海をやらされた行者も、希《まれ》にいたと聞く。

そんな目にだけは、絶対に遭いたくない……。

せっかく落ち着いた心が、再び騒めくのを感じながら、浄念は両目を瞑った。そうして再び、静かな気持ちになろうとした。

ところが、そのうち右斜め下の方が、なぜか気になり出した。それも結構ここから離れている所に、どうしてか妙な気配を感じてしまう。

その方角にあるのは、絶海洞だった。先程ちらっと視界に入った、絶壁の下に口を開けた無気味な洞穴である。

どうして……。

そんなものが気になるのか。頭《こうべ》を垂れた姿勢で左斜め下に目をやれば、入江の逆側に賭霊様の岩礁が見えるはずである。それを先程は偶々《たまたま》、右手に視線をやったに過ぎない。飽くまでも偶然に、ほんの少し目に入っただけの絶海洞が、なぜ引っ掛かるのか。

このままでは瞑想どころではないため、浄念は再び両目を開けて頭を下げると、右斜め下を見てみた。

すると黒々と口を開けた洞穴の隅の、海面すれすれの辺りに、ぽっかりと何か灰色っぽいものが浮かんでいるのが目についた。かなり小さく映っているが、それは丸かった。そういう得体の知れぬものが、洞穴の出入口の縁に見えている。

あれって……。

しかも、それを眺めているうちに、向こうもこちらを見上げているような気が、なぜか無性にしてきた。物見櫓の物見板の上に座る浄念を、その訳の分からない何かが、ひたすら凝視しているように思えてきた。

莫迦《ばか》な……。

あれはただの漂流物で、単にあそこへ流れ着いたに過ぎない。そう言えば住職から、ここで瞑想する許可を貰ったとき、楽しそうに注意されたではないか。

「気ぃつけんとおえん。もし物見櫓から落ちてもうたら、海流の影響で絶海洞に吸い込まれて、遺体も発見して貰えんこつになるからな」

浄念が気を取り直して、頭を起こそうとしたときである。その灰色っぽくて丸いものが、信じられない動きを見せた。

すすすっと泳ぐように、洞穴の縁から外へと出て来たのだ。

普通は逆だろう。漂流物は絶海洞の中へと呑まれて、海面から消えるはずである。それなのにあれは、全く反対の動きをしている。そのうえ移動しながらも、まるで顔を上げるかのように、こちらを見上げている気がして仕方がない。

そんな……。

浄念が思わず目を凝らしたのと、それが急にぷくっと海中に没したのとが、ほぼ同時だった。そのため正体は相変わらず謎のままだったが、やはりただの漂流物に過ぎなかったのだと、彼は思うことにした。洞穴内から外へ出て来たのも、今この時間帯の海流の関係に違いない。漁師でもない素人の彼が聞き齧《かじ》った知識――この海域で死んだ仏の遺体は全て絶海洞へと流れ着く――だけで判断したのが、そもそもの間違いだったのだ。

頭を起こして姿勢を正し、ゆっくりと両目を瞑る。しかし、またしても何かが邪魔をする。たった今、自分で出した結論が、やはり引っ掛かるのか。いや、そうではない。あれ自体に、妙な既視感があるせいではないか。

海面を漂う灰色の丸いもの……。

それは絶海洞内から現れた……。

「あっ」

浄念は声を出すと共に、かっと両目を見開いた。

住職から聞かされた村の昔話の中に、江戸時代の怪談があった。伍助《ごすけ》という子供が小舟で磯漁に出るが、そこで怪異に遭遇する話である。

あれに出て来たのが……。

白くて丸い人の顔のようなものだった。それが絶海洞の前の海面に、ぷかぷかと浮かんでいるのを伍助が目撃する。

……似てないか。

色こそ白と灰色で少し違うが、似ていると言って良いだろう。慌てて眼下に目をやるが、もう何も見えない。あれは完全に海中に没したらしい。

けど……。

伍助も同じ体験をしたのではないか。海の中に消えたと安心していたら、実は海中を彼の方へと移動していたのではなかったか。

ひょっとすると……。

今このとき、あれは海中を歩いているのかもしれない。浄念が座る物見板の真下を、正に通り過ぎようとしているのかもしれない。

どうして……。

外海から牛頭の浦に入るためか。そこから碆霊様まで行くのだろうか。それとも浜に上がるつもりか。そして角上の岬を目指すのだとしたら……。この物見櫓に上がって来るのが、あれの目的だったとしたら……。

いくら何でも考え過ぎだ。

あれは、きっと幻に違いない。

浄念は強く首を横に振った。瞑想中には様々な邪念が湧くものだと、宮司から事前に忠告を受けている。その中には魔的な物からの誘惑もあると、はっきりと宮司は言っていた。その手のものは本物のような、見事な幻を見せるのだと。

だが、まだ瞑想の緒にさえ就いていない。こんな状態で、いきなり魔物が現れるだろうか。少しでも冷静になれれば、とても有り得ない妄想だと分かる。

もう何があろうとも、閉じた目は決して開かない。

そんな決意を胸に、まず彼は心を静めようとした。宮司に教わった呼吸法を試すうちに、お陰で興奮は治まった。けれど、どうしても脳裏の片隅で、ついあることを想像してしまう。

あれは今、どの辺りにいるのか。

幻か妄想に過ぎないと分かっているのに、あれの居場所を考えている。それを止《や》めることが、どうにもこうにもできない。

「どげんしても邪念を追い払えんときは、徹底的に突き詰めて考えてみるんも、一つの手かもしれんなぁ」

ちらっと宮司の助言が頭を掠《かす》める。しかし浄念は、今の場合は違うような気がした。あれに関しては思い浮かべるだけで、何らかの害を受けそうである。まして突き詰めて考えるなど、以《もっ》ての外ではないか。

にも拘らず脳裏から離れない。どうにも意識してしまう。かといって頭が一杯なわけではない。飽くまでも頭の隅に、あれが巣くっている感じである。

とっくに入江内には入っており、そろそろ磐霊様に近づく頃か。

それとも浜を目指して、真っ直ぐ進んでいるところか。

二つの光景が思い浮かぶものの、ゆらゆらと灰色の人影が海中を歩いているのは、どちらも同じだった。ただし、前者なら岩礁であれは消えるかもしれないが、後者なら物見櫓までやって来るのではないか……という大きな不安が残る。

しばらくは浄念の脳裏に、海中で蠢《うごめ》く灰色の影が揺れていた。

ざばあぁぁっ。

やがて突然、あれが海から浜へと上がる映像が、ふっと浮かんだ。

……こっちに来たのか。

咄嗟に怯《おび》えるが、全ては妄想に過ぎないと、改めて自分に言い聞かせる。

ざくっ、ざくっ。

あれが砂浜を歩き出した。灰色の人影を目にできない村人がいれば、いきなり砂の上に印《しる》される足跡だけが、その人物には見えることになるのか。

ぺたっ、ぺたっ。

やがて岩場に達して、そこから上りとなる。村人なら岬の付け根まで迂回《うかい》しなければならないが、あれは果たしてどうか。

ぺたっ、ぺたっ。

その前に、蓬莱に気づかれないか。それとも他の者には見えないのか。

ぐいっ、ぐいっ。

あれが岩壁を難なく上りはじめた。海中の岩礁地帯を歩けるのだから、傾斜のきつい岬の側面であろうと、何の問題もないのだろう。

ざっ、ざっ。

角上の岬に上がると、次は草地を進むことになる。

ひたっ、ひたっ。

その草地を横切りさえすれば、すぐに土道へと出られる。あとは物見櫓まで、真っ直ぐ歩くだけで済む。

……ぎぃ。

今、本当に物音が聞こえなかったか。それも梯子段の、微かな軋みが……。

……ぎぃぃ。

ほら、やっぱり聞こえる。妄想ではない。幻聴とも違う。確かに梯子が軋んでいる。誰かが、何かが、物見櫓の梯子に足を掛けている。

……ぎぃ、ぎぃ、ぎぃぃ。

あれが梯子を上りはじめた。これは現実だ。早く目を開けて立ち上がり、ここから逃げなければならない。

…………。

いいや、あれそのものが邪念なのだ。全ては想像に過ぎない。そんな音が聞こえると、自分自身で思い込もうとしているだけである。

……ぎぃ、ぎぃ。

本当にそうか。この響きは、実際には聞こえていないのか。でも、微かながらも、確かに鳴っている。耳朶を打っている。それだけでない。少しずつ大きくなっていないか。次第に上がって来ているのではないか。何かが梯子を上っている。絶対に間違いない。

……たんっ。

それが櫓小屋の床に立ったのが、浄念には分かった。遂に梯子を上り切ったのだ。

……ぺたっ、ぺたっ。

そして歩き出した。小屋の中を、彼の方に向かって。

……ぺたっ、ぺたっ。

濡れた裸足で板張りの床を踏んでいる。そんな足音が後方から聞こえてくる。

……したっ、したっ。

それが変わった。小屋から出て、物見板の上に差し掛かったからだ。

……したっ、したっ。

ゆっくりと近づいて来る。もう半分くらいは過ぎている。

……ぐぅぅっ。

板が鈍く軋む。浄念だけでなく、あれが乗っている証拠ではないか。

……したっ、したっ。

ほとんど真後ろまで、もう来ている。

……した。

あれが止まった。浄念のすぐ背後で、何か得体の知れぬものが、ぬぼうっと立っている。ひたすら彼を見下ろしつつ、凝っと突っ立っている。

依然として浄念の両目は閉じられたままで、顔も正面を向いていた。だから分かるはずはないのに、そう察することができた。背中に覚える忌まわしい気配だけで、真後ろの様子が目に見えるようである。

ぞわぞわっと項《うなじ》が粟立《あわだ》つ。それが背筋を伝い下り、すぐさま悪寒に変わる。ぶるっと身体が震えて、一気に体温が下がった気がした。

そんな僅かな動きにも拘らず、彼は物見板から墜落する恐怖を味わった。だが、それ以上に悍《おぞ》ましいものが、すぐ後ろにいた。

板から落ちるのは、もちろん怖い。だが、もっと恐ろしいのは、訳の分からない存在に捕まることだろう。その後どうなるのか、全く想像できないのだから……。

ふうぅぅ。

空気が揺らいだ。海風ではない。もっと身近な所で、何かが動いた気がする。

後ろの、あれ……。

浄念が反射的に身構えていると、

じいぃぃ。

右横から突然、あれの視線を感じた。信じられないことに、本当に彼の真横からである。この感覚が正しければ、あれは空中に浮かんでいるとしか思えない。

ぐいぃぃぃぃぃ。

その視線が、いきなり浄念の正面に移動した。この一瞬の動きで、何が起きているのか、彼は分かった気がした。

宙に浮かんでるわけじゃない。

今ぱっと目を開ければ、あれと真正面から顔を合わせる羽目になるかもしれない。

彼の真後ろから首だけを長く伸ばした、あれとご対面することに……。

すすすすすっ。

あれの首が急に、後ろに戻った気配がした。

そのまま立ち去れ。

浄念は必死に祈ったが、背後の様子に変化はない。相変わらず凝っと佇《たたず》んだ状態で、ひたすら彼を見ろしている。

そうだ。御経を……。

遅蒔《おそま》きながらも両手を合わせると、浄念は経を唱えはじめた。姿勢を正して合掌しながら、一心に祈り出した。

……じぃ。

すると背後から、微かに声が聞こえた。

……じぃぃ。

耳を傾けてはいけないと思い、とにかく読経を続ける。

……じぃぃよぉぉう。

しかし後ろの声は、少しずつ大きくなっていく。

……じぃぃぃよぉぉぉうぅぅ。

そのうち何と言おうとしているのか察しがつき、彼は震え上がった。

……じぃぃぃよぉぉぉおうぅぅぅねぇぇぇぇえんんんんん。

あれは「浄念」と名前を呼んだのだ。どうして知っているのか。絶海洞から物見櫓まで上がって来たのは、偶々ではなかったのか。洞穴からあれが出て来たところを、偶然にも彼が目にしたため、それで憑《つ》いたのではないのか。ここにいるのが彼と分かったうえで、わざわざやって来たのか。しかし、なぜ……。

頭が混乱した。あれの存在そのものに対する恐怖に加えて、自分が狙われたらしい事実に、とにかく戦慄した。

がしっ。

いきなり右肩を摑《つか》まれ、浄念は悲鳴を上げそうになった。

がしっ。

次いで左肩も押さえられ、もう生きた心地がしない。

……じょおぅぅねぇぇん。

しかも耳元で名前を呼ばれ、遂に彼は絶叫した。

「うわあぁぁぁぁぁぁあっっ」

そこから身体を揺さ振られ、物見板から落ちそうになったところで、逆に物凄く強い力で押さえつけられた。

浄念は暴れながら身を捩《よじ》った。板から墜落する恐れよりも、あれに伸《の》し掛かられている恐ろしさの方が、彼には耐え切れなかったからだ。

そのとき突然、念仏が聞こえてきた。

はっと身体が反応し、自然に身動きが止まる。そこから我に返ったのは、すぐだった。彼は物見板の上に横たわり、それを住職が押さえつけていた。

「こ、これは、いったい……」

「ようやく正気にぁ戻りよったか」

住職は大きく息を吐くと、両腕の力を緩めた。

「そ、それでは、先程から私の名前を呼んで……、両肩を押さえていたのは……」

「儂《わし》じゃ」

再び息を吐きながら、住職が文句を言いはじめた。

「それをお前は、無茶苦茶にぁ暴れるもんじゃから、もう少しで二人とも落っこちて、お陀仏になるとこやったわ」

「……も、申し訳、ありません」

慌てて謝る浄念を立たせると、住職は慎重な足取りで、彼を櫓小屋まで導いた。

とっくに太陽は沈んだらしく、いつの間にか辺りは、もう真っ暗になっている。ここで足を踏み外したら、それこそ元も子もない。

無事に小屋まで戻れたところで、二人は同時に安堵《あんど》の溜息を吐いた。

「お前のような弟子ばぁ持って、ほんに儂も難儀なことじゃ」

ぶつぶつと尚も文句を口にする住職に、浄念は平謝りしつつも、物見櫓での信じられない体験を話した。

「でも、やはり妄想だったようです」

そのうえで瞑想を行なう難しさを、改めて学べたと告げた。問題の妄想が途中から、いつまで経っても戻らない弟子を心配して様子を見に来た住職の行動と合わさり、こんな事態になったという分析は、もちろん口にしなかった。結果的に助けられたのは事実である。ここは素直に感謝するべきだと思った。

ところが、浄念の話を一通り聞いたあと、住職が信じられない台詞《せりふ》を口にした。

「儂が村での用事ばぁ済ませて、そろそろ寺に帰ろうとしとったら、蓬莱さんが寄って来てな。いつも淡々として物事に動じん男が、珍しゅう怯えた様子をしとるんじゃ。儂が『どないしたんじゃ』て尋ねたら、あん男は何度も岬の方を振り返りながら、『ついさっき物見櫓へ、ゆらゆらと歩いて行きよる、何や灰色っぽい妙なもんを見た』て訴えよるんじゃ。すぐに儂は、『こらあかん』と思うてな。ほいで、こうして上って来たわけじゃが……」

この出来事があってから数日後、浄念は平皿町の寺へと戻った。そして結局、還俗してしまった。その後の彼については、何も伝わっていない。

竹林の魔——昭和（戦前）

毒消し売りの多喜《たき》は、目の前の断崖絶壁に穿《うが》たれた物凄く細い道筋を、ちょっと信じられない面持ちで呆然《ぼうぜん》と見詰めた。

まさか蟒蛇《うわばみ》の通り抜けが、こんなに酷《ひど》い道やったなんて……。

背負っていた行李《こうり》を思わず下ろして、その場に彼女は座り込んでしまった。

そこまでの山径も、決して平坦というわけではなかった。だが、この商売をしていると、訪問先の多くが地方の田舎になる。すると時には難儀な峠を越えたり、深い谷の吊り橋を渡ったり、森で藪漕《やぶこ》ぎをしたり、足場の悪い岩場を通ったり、という苦労を強いられる。それで足腰が鍛えられたお陰か、彼女は少々の難所でも音を上げなくなっていた。

でも、これは……。

両側に鬱蒼《うっそう》と樹木の茂った山径を、大いに汗を掻き掻き登り切った途端、目の前に海が広がった。夏の強い日差しに照らされて、海面が綺麗に輝いている。うわっと感動したものの、すぐさま両足が震えた。そこが断崖絶壁の縁だったからだ。すとんと真下まで落ちていて、全く遮るものが何もない。しかも眼下には、絶壁に沿うように岩場が左右に続いている。もし誤って墜落すれば、全身の骨が完全に砕かれるに違いない。

そんな崖の縁から左手に目をやると、頭上を遥かに越える高さの岩壁が、ずっと東の方向に延びている。本当なら多喜が辿《たど》った山径は、ここで行き止まりだったようである。これから先は東西どちらにも進めない。もちろん海に下りることもできない。完全なる終点だ。

ところが、東側の切り立った壁面に、なんと道が通されていた。正確には絶壁に空けられた穴というか、アルファベットの「C」のような形に、岩壁が穿たれている。正に蟒蛇が通り抜けた跡のようである。昔の人が鑿《のみ》と槌《つち》などを用いて、何十年も掛けて空けたに違いない。その偉業には頭の下がる想いを抱いたが、同時に不満も持ってしまった。

もう少し、どうにかして欲しかった……。

それが無理な注文であることは、多喜も重々に承知している。先人の苦労を想像すると、罰《ばち》が当たるほど勝手な文句だと分かってはいる。しかし、目の前に延びる「道」を今から歩くのだと思うと、自然に愚痴の一つも出てしまう。

絶壁に通された穴は、最初こそ「C」の字に近かったが、すぐに「D」の字を左右に反転させて、縦棒を取ったような格好になっている。つまり崖側に滑り留めになるような縁が、完全になくなるのだ。それが彼女の立つ崖からも、容易に見て取ることができた。かといって海側に、墜落を防ぐ柵があるわけではない。しかも穴の大きさは、大人が頭を屈《かが》めながら独りで、やっと歩ける程度である。手ぶらでも危険に映るのに、彼女は大きくて重い行李の荷を背負わなければならない。

時間を大幅に節約できると知り、こっちの道を選んだことを、彼女は心から後悔した。だが、もちろん後の祭りである。

多喜は実家が農繁期に入る四月から十月に掛けて、地方の村々で薬を行商する毒消し売りの娘だった。「毒消し」とは大仰だが、薬の効能は頭痛、眩暈《めまい》、歯痛、食中り、腹痛、血の道、便秘、蕁麻疹《じんましん》などで、特別なものではない。ただし毒消しの成分は家伝の秘法であり、絶対に口外無用とされている。正に家伝の秘薬だった。

多喜が生まれ育った村では、女たちは農繁期になると、誰もが毒消し売りに出る。もちろん、いきなり行商するわけではない。経験者である親方に弟子入りして、若いうちは一緒に連れて回って貰う。そうして商いに必要な知識と知恵を、親方から教わる。その後は独立するのだが、独りで行商する者はほとんどいない。若い女の独り旅は不用心だという心配と、宿屋に泊まるとき相部屋にして宿代を節約するなど、複数で動くと便利なことが実は多いからである。それにまだ経験不足のうちは、様々な場面で互いに助け合えるのが、何と言っても利点だった。

多喜にも同じ村の幼馴染みの、優季子《ゆきこ》という仲間がいた。二人は昨日、最後に行商した野津野《のづの》地方の鯛両町《たいりょうちょう》で、各々が別の民家に泊めて貰った。そのとき優季子は家の手伝いをして、不運にも左の足首を痛めてしまう。先方の厚意で宿泊させて貰う際には、必ず家事などを率先してするようにと、二人は親方から指導を受けていた。だから彼女も手伝いをしたのだが、それが裏目に出たわけである。

その家の人は気の毒がり、強羅《ごうら》地方の村の話をしてくれた。かなり辺鄙《へんぴ》な土地にあるため、毒消しの行商に訪れると、きっと歓待されて大いに売れるに違いないというのだ。ただし、ほとんど陸の孤島のような所なので、大変な山径を歩かなければならない。その分の時間も掛かる。村は五つあるが、村同士の地の繋がりも悪い。隣村に行くのも、やはり難儀な山径を辿る必要がある。もっとも駄賃を払い、小舟で送って貰う方法もあるので、そこは余り心配しないで良いかもしれない。

この話に俄然、優季子は乗り気になった。今の自分には無理でも、多喜に任せようと考えたのだ。毒消しの行商について、親方は色々と大切なことを教えてくれる。だが、顧客に関しては別だった。親方から弟子へと、長年の顧客を譲り渡す風習は残念ながらなかった。自分たちで一から、全て開拓しなければならない。

優季子から話を聞いて、多喜もやる気になった。今回は自分が五つの村を回るが、次に来たときは村の戸数を考慮したうえで、彼女と分担すれば良い。二人は相談した結果、移動の不便さを考え、一つの村に一日は掛かると計算して、六日目に海龍町《かいりゅうちょう》で落ち合うことに決めた。五つ目の村の更に東に栄えているのが、この海龍町である。優季子は強羅地方の五つの村で、新規顧客の開拓を試みるつもりだった。

ただ、ここで問題となったのが、最初に訪れる犢幽村《とくゆうむら》までの、鯛両町からの道程である。今も使われている九難道《くなんどう》という山径は、かなりの遠回りになる。その名の通りに九つの難所があるうえに――実際はもっと多いらしいが――全体に勾配がきつく、上り下りも激しいという。当然だが時間も掛かる。如何《いか》に山径に慣れた多喜でも、女の足だと丸一日は掛かるというのだ。仮に夜明けと共に出発しても、とてもその日のうちには着けないらしい。

ところが、そんな山径の途中に、一つの枝道がある。そこを辿って行くと、今では通る者がほとんどいない「近道」に出られる。蟒蛇の通り抜けと言われる道だ。ここを通れば、ほぼ半日で済む。とはいえ険しくて危険でもあるため、かなりの用心が必要になる。

という話を、優季子を泊めてくれた家の、既に漁師を引退した老人が、こっそり教えてくれたらしいのだが……。

とんでもない爺《じい》さんやなぁ。

真ん丸の切断面が半分欠けた穴のように見える岩壁の道を目の前にして、多喜はぼやいた。本当に老人は、ここを通ったことがあるのか。他人《ひと》から昔々に聞いた話を、単に優季子にしただけではないのか。考えてみれば元漁師の老人が、ここを通る用事など一度もなかったように思われる。自分の余りの思慮のなさを、彼女は心から後悔した。

だからといって戻るわけにはいかない。そんなことをすれば、丸々一日を無駄にしてしまう。「家の人に貰ったから」と蜜柑《みかん》を一つお裾分けしてくれた、五日後に海龍町で落ち合う優季子のためにも、ここは何とか乗り切らなければならない。

「よし」

多喜は掛け声と共に立ち上がると、慎重に身形《みなり》を整え出した。まず両手の手甲と両足の脚絆《きゃはん》を巻き直す。それから前掛けを外して、着物の帯を締め直す。再び前掛けをつけ、頭の菅笠《すげがさ》を被り直してから、最後に行李の荷を背負う。

この一連のお馴染みの行為が、彼女を少しだけ落ち着かせた。お陰で余り躊躇《ためら》わずに、岩穴の道へ足を踏み入れることができた。ここを通り抜けさえすれば、最初の犢幽村に着ける。それだけを考え、とにかく進もうと決めた。しかし、そんな決意を頼りに前進できたのも、十数歩が精々《せいぜい》だった。

右手を見ちゃいけない。

そう思って前だけに目を向けるのだが、意識すればするほど気になる。それに剝《む》き出しの岩場を歩く以上、常に足元を注意しなければならない。自然と頭が下がる。すると右手の切り立った絶壁が、嫌でも視界に入ってしまう。すとんと海まで落ちている眺めを、どうしても目にしてしまう。その途端、余りの高さに両足が竦《すく》んで、くらっと眩暈を覚える。慌てて左手の岩壁に寄り掛かり、立ち止まって息を整える。

この繰り返しを何度もする羽目になった。そのため一向に進まない。ほとんど距離を稼げない有様である。

前進を阻むものは、断崖絶壁の恐怖だけではない。山径を登っているときは、ひたすら暑くて敵《かな》わなかった。しかし、ここでは海風に吹かれる。当初は涼しくて気持ち良いと喜んだが、そのうち身体が芯から冷えてくるような気がして、逆に厭《いと》わしくなってきた。また時には強風が横殴りに吹きつけるので、ぐらっと身体が揺れることもあり、その度《たび》にぞっとする。風は海側から来るため、倒れそうになるのは岩壁側になる。だったら安心かというと違う。所々で岩壁から染み出した水が、足場を濡らしていた。そこで強風に吹かれたら、たとえ岩壁側に倒れたとしても、ずるっと足を滑らせて、そのまま墜落する懼《おそ》れがある。

　結局ここでは、ちょっとした油断が命取りになる。常に注意を怠らないようにと思い、そのため神経が少しも休まらない。

　多喜は横風に耐えつつ、足元に注意を払いながらも、できるだけ右手に目をやらないようにした。そうして数歩ずつ、とにかく歩を進めた。その合間に、時折ちらっと前方を見やる。だが、ずっと先まで延びている岩穴の道が、ほとんど縮まったように映らない。背後を振り返ると、それなりに前進しているはずなのに、行く手には延々と過酷な道が続いている。そんな眺めが、ともすると彼女の決意を挫《くじ》きそうになる。どうにか乗り切れたのは、親方の下で積んだ修業のお陰と、優季子の厚意を無駄にしたくない想いからだった。

　永遠に終わらないと感じられた岩穴の道も、遂に曲がり角まで辿り着けた。ただし、そこを曲がるのが怖かった。また同じような道が、ずっと先々まで続いているのかもしれない。そう想像しただけで、物凄《ものすご》い絶望感に囚《とら》われた。

　恐る恐る角から顔を出すと、二十四、五尺ほど先で道は上りになっている。その向こうは見通せないが、どうやら幸いにも岩穴の道から出られそうな雰囲気がある。

　多喜は逸《はや》る心を抑えると、これまで以上に慎重に足を踏み出した。親方がよく口にしていた諺《ことわざ》を、ふっと思い出したからだ。

「百里を行く者は九十を半ばとす」

百里の道を歩こうとする者は、九十里まで来た所で、ようやく半分まで進んだと心得て、決して気を抜いてはいけない、という意味だと教えられた。今の自分が正にこの状態だと、彼女は賢明にも悟っていた。

無事に岩穴の道を抜けた先は、またしても断崖の上の岩場だった。しかし、そこを過ぎると竹林が現れた。犢幽村では竹細工が盛んだと聞いていたので、たちまち多喜は嬉《うれ》しくなった。この風景は、もうすぐ村に着くという証《あかし》ではないか。そんな風に彼女には感じられた。

ところが、いくら行けども竹林から出られない。何処までも竹の群れが続いている。ずっと広がっている。まるで果てがないかのようである。

そんなこと……。

あるわけがないと思うのだが、竹林の奥へと入るに従い、次第に不安感が増す。どんどん怖くなってくる。引き返そうにも、とっくに来た方向が分からない。

どうしよう……。

途方に暮れ掛けたところで、やっと竹の群れが途切れた。丈の低い下草が生えた、野原のような所に出ていた。

えっ……。

だが、そこで多喜が目にしたのは、またしても竹林だった。それも野原の中央に、なぜか円を描くように密生している。その場所の群れを恰《あたか》も円形の状態に残すために、わざわざ周囲の竹を伐《き》り払うだけでなく、根っ子まで抜いて地面を均《なら》したかのような、何とも奇妙な眺めである。それらの独立した竹林の高さが、周囲より低くなっているうえに、綺麗に揃《そろ》っているのも何処か異様である。

な、何……これ。

少し距離を取りながら、その奇妙な竹林の周りを回っていると、ぽっかりと口を開けた空間を見つけた。まるで出入口のように、人間が一人だけ通れる幅くらい、そこには竹がない。しかも左右の竹の上部には、なんと注連縄《しめなわ》が張り渡されているではないか。

……祀《まつ》られてるってこと。

しばらく出入口らしい場所を見詰めたあと、多喜は念のために残りも回ってみた。だが先程の空間の他は、相変わらず円を描くように竹が生えているだけで、他に何の変化もない。

この中に、いったい何が……。

竹と竹の間を覗《のぞ》こうとしても、隣り合う竹同士の密度が濃くて、全く内部が見えない。そこで出入口と思われる場所に戻ってみたが、やはり黒々としており、その中心を見据えることができなかった。

でも、注連縄があるからには……。

この竹林の奥に祀られているのは、いずれかの神様ということになる。つまり鎮守の森ならぬ竹林というわけだろうか。

そんなの、聞いたことないけど……。

多喜は首を傾《かし》げながらも、ここは参拝するべきだと判断した。親方の教えの中に、新たな土地に入ったら神社や仏閣だけではなく、きちんと道祖神や地蔵にも参るように、という心構えがあったからだ。

「ここで商いをさせて頂きます、という挨拶を土地の神様に必ずしなさい」

それが礼儀だと言われた。この参拝を疎《おろそ》かにしたがために、全く行商が上手くいかなかった毒消し売りが嘗《かつ》ていたという。

多喜も優季子もこれまで、ちゃんと親方の教えは守ってきた。今更ここで自分だけ破るつもりは毛頭ない。

にも拘《かかわ》らず、なぜか躊躇いを覚える。目の前で口を開けた竹林の中に、どうしても入る気がしない。何度も注連縄を見上げては、ここには神様が御座《おわ》すのだ、と自分に言い聞かせても、不思議なことに少しも安心できない。

かといって、このまま素通りするのは気が退《ひ》けた。いや、絶対に駄目だろう。毒消し売りの規則――旅先での化粧の禁止や色恋沙汰の御法度《ごはっと》など――と同様に、親方の教えも蔑《ないがし》ろにはできない。それを破ることはしたくない。

多喜は注連縄の前で一礼したあと、迷いに迷ってから背負っていた行李を下ろし、それを円形の竹林の側《そば》に立て掛けた。狭そうな参道に入るためには、邪魔になると考えたからだ。普段なら荷を置いて離れることはしないが、ここなら大丈夫だろう。それに円形の竹林は、そんなに大きくはない。この中心に祠《ほこら》が祀られているにしても、往復に時間が掛かるとも思えない。

彼女は注連縄に向かって、もう一度頭を下げると、鳥居のような二つの竹の間に、そろりと足を踏み入れた。

……じゃり。

参道に敷き詰められた玉砂利が足元で鳴ると同時に、さっと視界が翳《かげ》った。ほとんど何も見えない。普通なら木漏れ日が射し込んで薄暗くなる程度なのに、いきなり真っ暗闇に投げ込まれたような気分である。

思わず天を仰ぐと、左右どちらの竹も先に行くほど内側に弧を描いており、無数の葉と共に頭上を覆っている。そのため余り陽光が射し込まないらしい。とはいえ、これほど群れて生えている竹林を、今まで彼女は見たことがなかった。そもそも竹とは、こんなに群生するものなのだろうか。

竹林に入るや否や、一歩も進めずに立ち止まっていたが、そのうち目が少し慣れてきた。薄ぼんやりとではあるが、周りの様子が少しずつ分かってきた。

意外だったのは、参道と思われる道が数歩ほどで、すぐに左折していたことである。

多喜は素直に左へ曲がった。だが、七、八歩ほど進んだ所で、道は右折している。

注連縄越しに覗いたとき、黒々としか見えなかったのも無理はない。恐る恐る曲がると、次は二、三歩で再び右折し、それから五、六歩ほどで左折した。やがて枝道が現れたが、そこを右折すると行き止まりだった。戻って左折すると進めたが、その後も同じような道行が続き、すっかり彼女は困惑してしまった。

まるで迷路のような……。

いや、実際に竹林の参道は、完全なる迷路だった。それほど竹林の円周が大きくないため、すぐ中心に辿り着けると考えたのだが、あれは過ちだったことになる。多喜は後悔した。噂に聞いた富士の樹海に――規模は全く違うはずなのに――迷い込んだ思いである。もしも彼女が樹海に足を踏み入れていたら、寄る辺《よるべ》ない茫漠《ぼうばく》とした恐ろしさを覚えたかもしれない。それに比べてこの竹林には、間違いなく密集の怖さがあった。奥へ進むに従い左右の竹が少しずつ狭まっているような、そんな不安感に苛《さいな》まれる。今にも竹の群れに押し潰されそうな戦慄が常にある。ただでさえ大人がようやく歩ける幅しかないのに、それが縮まったら身体を斜めにしなければ、きっと通れないだろう。蟒蛇の通り抜けよりも遥かに歩き易いはずなのに、そんな気が全くしない。正に隘路《あいろ》である。

後悔すると言えば、こうして竹林内に入ってしまったこと自体を、彼女は遅蒔《おそま》きながら悔いる羽目になった。

土地の神様に御参りするのだから……。

自分を納得させようとしたが、そこに誤魔化しがある気がした。この竹林の奥に土地の神様が祀られているのは、ほぼ間違いないだろう。しかし、それが他所《よそ》者の関わって良い存在かどうかは、当たり前だが分からないのだ。

普通の神様じゃないかも……。

竹林の迷路を奥へと進むに従い、そんな懼れが徐々に芽生えはじめた。

不自然な円形の竹林、唯一の出入口に張り渡された注連縄、余りにも密度の濃い竹の群生、迷路の参道……と何に目をやっても異形である。

親方や経験者が語る苦労話には、訪れた土地で見聞した奇妙な風習や信仰に関わるものが少なくない。珍しい話だからという理由だけでなく、そこにお邪魔する他所者として何に気をつけるべきか、それを教え諭すためだろう。ただ、仮にその内容が神仏に纏《まつ》わる場合でも、恐ろしいと思える話が、なぜか多く感じられた。このとき彼女が思い出したのは、ある地方の竈《かまど》の神様の話である。

　昔々その村に一人の農民がいた。彼は旅の帰路で雨に降られたため、道祖神の森の陰で雨宿りをした。そこへ馬に乗った人が通り掛かり、村でお産が二つあるので、一緒に行って名づけをしようと、道祖神を誘った。しかし道祖神は、今は雨宿りの客がいるので行けないと断った。それで馬の人は、独りで村へ向かった。

　しばらくしてから、馬の人が戻って来た。そして本家では男の子が、分家では女の子が生まれたと報告した。ただ、女の子には福運があるのに、男の子にはないという。でも、この二人を夫婦にすれば上手くいくらしい。

　この話を聞いた農民は、急いで村に帰った。すると自分の家では男の子が、隣の分家では女の子が生まれていた。そこで彼は分家と相談をして、行く行くは子供たちを縁組させる約束を、このとき取り交わした。

　やがて二人は大人になり、親同士の約束通りに結婚した。農民が道祖神の森で耳にした通り、家は次第に栄えるようになった。しかし夫は、それが妻のお陰だと認めたくない。そのうち気に入らないことばかりが増えてきたので、ある日、赤飯を炊いて赤牛に結わえつけ、それに妻を乗せて、遠くの野原で追い放した。

　妻は泣きながらも赤牛に乗ったまま、行方を牛に任せていると、山中の一軒家に辿《たど》り着いた。その家の主人は親切で、色々と世話を焼いてくれた。他に行く所もないいため、とうとう彼女は一軒家の嫁になった。すると家の暮らし向きが、見る間に良くなっていった。何人もの使用人を雇うようになり、全く不自由のない身分になった。

それと同じ頃、夫の家は急速に没落しはじめた。終いには代々の田畑まで手放す始末になり、彼は零落して笊《ざる》売りになった。

笊売りはあちこちへ行商したが、なかなか売れない。あるとき山中の立派な一軒家を訪ねたところ、残っていた笊を全て買って貰えた。他では相変わらず売れないため、それから彼は毎日のように山中の家に行っては、笊を買って貰っていた。

ある日、いつも笊を買ってくれるお上《かみ》さんが、つくづく笊売りの顔を見て、「どうしてお前さんは、そんなに零落《おちぶ》れたのか。元の女房の顔も見忘れてしまったのか」と言った。それで彼も目の前の彼女が、なんと自分が追い出した妻だとようやく分かり、びっくり仰天して泡を吹いて死んでしまった。

彼女は可哀相に思い、彼の遺体を竈の後ろの土間に埋めて、牡丹餅《ぼたもち》を拵《こしら》えて供えた。そこへ家の者が使用人を連れて帰って来たので、「今日は竈の後ろに荒神様《こうじんさま》を祀って、そのお祝いに牡丹餅を拵えたから、いくらでも食べるように」と言った。

以来、その地方の農民の家では竈の神を祀るようになったという。

多喜の実家も台所に竈神を祀っているため、彼女にとっても身近な神様だった。それなのに神様の由来が、突然死を遂げた農民の遺体なのだから、それはもう衝撃を受けた。しかも死んだ理由が、決して褒められたものではない。だからこそ哀れに思った元妻も、もう祀るしかなかったのだろう。しかし他人には、全く何の関係もないではないか。むしろ元夫の遺体を密かに埋めてしまった、元妻の行為が何とも恐ろしかった。

そんな意見を多喜が遠慮がちに口にしたところ、この話をしてくれた女性は笑いながら、

「神様になられた菅原道真《すがわらのみちざね》公も平将門《たいらのまさかど》公も、身分が違うとはいえ、この農民と同じ元は人間やった。しかもお二人は祟《たた》りをなしたために、それを鎮《しず》めようと祀られた。けど、竈神になった農民は違う。果たして怖いのは、どっちなんか」

言われてみればその通りだと、一応このときは納得した。が、あとになって考えてみると、やはり違う気がしてきた。

道真公と将門公の神様は、元の身分がどうこうという以前に、そもそも存在自体が遠かった。しかし竈神は、大抵の家の台所に祀られている。庶民の生活の中に、しっかり溶け込んでいる神様である。にも拘らず昔話のように、実は忌まわしい由来があると分かると、それだけで空恐ろしくなってしまう。無理もない反応だろう。

ところが、多喜も独立して行商するようになり、各地の伝承に触れる機会が増え出すと、竈神の話が決して特異なものでないと分かりはじめた。その地方でだけ特に祀

られた神様の中には、同じように恐ろしい謂《いわ》れを持つ存在が、意外にも多いと気づき出した。

この竹林の神様も、ひょっとしたら……。

いいや、相手が神様ならまだ良い。下手をすると悍《おぞ》ましい化物が、ここには封印されているかもしれないではないか。

そう言えば竈神の話を教えてくれた女性から、かなり気味の悪い伝承を聞いた覚えがある。何でも日本各地を常に移動している、空と山と海と地に巣くう魔物の四姉妹がいるという。これに出遭った者は、暗雲と山奥と海中と地の底へ引き摺《ず》り込まれてしまうらしい。

ここで出会《でくわ》すとしたら、山の魔物か……。

無数の竹で作られた迷路を歩きながら、ぶるっと多喜は身震いをした。そんなものと滅多なことで出遭うはずがないと思いながらも、がたがたと身体は小刻みに震えている。

本当に肌寒いのかも……。

ほとんど日差しが遮られているとはいえ、これほど群れた竹林の中である。蒸し暑くて当然なのに、ひんやりとしている。竹の鳥居を潜ったときには、ここまで空気は冷たくなかった。参道を奥へと進むにつれて、どうやら気温が下がっているらしい。

奥へ……。

本当に竹林の中心地へ向かっているのか、どうにも心許《こころもと》ない。実際はただ群れた竹の中で、ぐるぐると円を描きながら、ひたすら歩いているだけかもしれない。その円から内に入ることも、外に出ることもできずに、ずっと回り続けるだけなのかもしれない。

私がここに入ったことを、誰も知らない……。

そう考えた途端、ぞおっとした震えが背筋を伝い下りた。

いつまでも竹林の迷路を彷徨《さまよ》うだけで、どうしても出ることができずに、そのうち死んでしまう。しかし、そんな彼女の末路に誰も気づかない。海龍町で待っていた優季子は心配して、強羅の村々に捜しに来てくれるが、何の手掛かりもない。そもそも多喜は村に入っていないのだから当然である。

そうなったら優季子は、きっと蟒蛇の通り抜けまで行くに違いない。その途中で、ここを見つけるだろうか。

けど、彼女も足を踏み入れたら……。

多喜の二の舞になってしまう。それとも犢幽村の人たちに、「あの竹林には入るな」と事前に忠告されるだろうか。

そうだ。村の誰かが来れば……。

自分を見つけて貰える、と多喜は喜び掛けたが、すぐに期待薄だと悟った。ここまで竹林の参道を進む途中で、何度も蜘蛛《くも》の巣を手で払っている。足元の玉砂利を見下ろしても、ほとんど踏まれた痕跡が見当たらない。かなり長い間、ここには誰も入っていない証拠ではないか。

こんな所で、私は……。

人生を終えるのかと絶望しつつ、もう何度目になるのか忘れた左折をすると、いきなり目の前が開けて、ぽっと竹林の中心に出ていた。

あれ……。

そこまで怖くて悪いことしか思い浮かべていなかったため、一瞬にして顔が綻んだ。だが、その笑顔も長くは続かなかった。

円形の竹林の真ん中には、同じく円形の草地があった。十数畳はあるだろうか。竹林の円周からは、ちょっと考えられないほどの広さである。これだけの空間が内部にあるのなら、もっと参道は短かったはずではないか。それとも迷路という作りのせいで、あれほど長く感じただけなのか。いや、それにしても変である。可怪《おか》し過ぎる。

円形の草地には、外と同じように丈の低い下草が生えていた。特に手入れがされているようには見えないが、かといって雑草が繁茂してもいない。そんな草地の奥に、ぽつんと祠が祀られている。かなり神さびている以外は、切妻屋根に格子戸を持つ、何処の田舎でも見掛けるお馴染みの祠である。

にも拘らず多喜は、なぜか怖いと思った。びっしりと生えた竹を背にして、円形の草地の向こう側に鎮座した祠が、まるで得体の知れぬ化物の住処《すみか》のような気がしてならない。

竹と言えば祠の両脇には、彼女よりも背の高い竹の棒が一本ずつ、恰も狛犬《こまいぬ》の代わりのように立てられている。いや、その上部には注連縄が張られているため、出入口にあった二本の竹と同じく鳥居なのかもしれない。六尺はあるだろうか。その根本には笹の葉のついた枝が、それぞれ突き刺してあった。

この鳥居のような竹と枝の存在が変わっている点だったが、それ以外は本当に普通の祠にしか映らない。でも、なぜか異形に感じてしまう。

ううん、あそこには神様が……。

そう思い直そうとするのだが、どうしても躊躇いを覚える。その証拠に彼女の足は、その場に根が生えたように動かなかった。一歩たりとも草地に踏み入ることができない。

回れ右をして戻る。

最も賢明な選択ではないか。ここで一礼して両手を合わせても、一応は参った格好になる。普段なら絶対に許せない行ないだが、この場合は良しとしよう。

そう決心したはずなのに、なぜか祠がどんどん近づいて来る。気がつくと彼女の方が、草地の奥へと向かっていた。自らの意思には関係なく、知らぬ間に両足が前へと出ていたらしい。

……呼ばれてる。

ぞわっと二の腕に鳥肌が立つ。

ぐうぅぅっ。

そのうえ急に、なぜかお腹が鳴った。と思ったら突然、物凄い空腹を覚えた。たちまち片腹が痛くなるほどの、それは急激な飢えだった。

確かにもうすぐ昼である。犢幽村に着いたら、まずはお昼にする予定だった。でも、だからといって、いきなり空腹を感じるのは変だろう。

やっぱり……ここ、可怪しい。

飢えた腹の底から、ぞくぞくっとする怖気《おぞけ》が立ち上ってくる。それで一瞬、空腹が消えた。恐怖は飢えさえも凌駕《りょうが》するのか。

だが、すぐに腹が鳴りはじめた。餓鬼にでも憑《つ》かれたように、とにかく腹が空《す》いて仕方ない。

ひだる神。

そのとき親方から聞いた、山中で人間に憑依《ひょうい》して餓死させる妖怪のことを、ふと多喜は思い出した。これに憑かれると空腹の余り動けなくなり、下手をすれば死んでしまう。助かるためには少量で良いので、何か食べ物を口に入れるしかない。だから弁当を使う際には、必ず少しだけ残すようにと言われた。

あぁっ、でも……。

昨夜、鯛両町で泊めて貰った家の奥さんに、今朝になって渡された弁当は、行李の中に仕舞ってある。そして行李は竹林へ入る前に、背中から下ろして置いて来てしまった。

どうしよう……。

泣き出しそうになった彼女の眼に、ぱっと祠が飛び込んできた。

えっ……。

いつの間にか、草地の奥に着いている。目の前に、神さびた祠が鎮座していた。

すとんっ。

次の瞬間、余りの空腹から、その場に彼女は座り込んでしまった。

……お腹が空いた。

もうそれしか頭にない。他のことは考えられない。

このまま、ここで、餓死するのかな。

自分の最期を思い浮かべて、ぞっとする。そんな死に方だけは厭だと、首を横に振ろうとするが、最早その元気もない。

そうや。祠の神様に、お参りして……。

助けて貰うしか手はないと、とにかく多喜は合掌して頭を垂れた。何と祈れば良いのか分からず困ったが、そのうち自然と言葉が心に浮かんできた。

お供えの食べ物を持って戻って参りますので、何卒《なにとぞ》お助け下さい。

それを繰り返して心中で唱えるうちに、少しずつ空腹が消えはじめた気がした。依然として腹は空いているが、一時期ほどの飢餓感はなくなっている。

今のうちに……。

多喜は座ったまま四つん這《ば》いになると、祠に尻を向ける格好で一散に逃げ出した。下草が両の掌《てのひら》に当たり、ちくちくと痛い。だが、それどころではない。祠から離れるに従い、再び空腹感が増しはじめたからだ。この草地を出る前に、あの壮絶な飢餓感にまた襲われたら、間違いなくその場に倒れ込んで、もう二度と起き上がれないだろう。

……くらっ。

余りの空腹から眩暈を覚える。咄嗟に何とか踏ん張るが、これでは倒れるのも時間の問題かもしれない。

前方にぽっかりと口を開けた竹林の出口が、とても遠くに映る。いくら両手両足を動かしても、一向に近づいて来ない。それなのに空腹感は弥増《いやま》すばかりで、おまけに身体の力も次第に抜けていく。もう両手にも両足にも力が入らない。

どさっ。

遂に多喜は草地に倒れ込んだ。全身が怠《だる》くて、とにかくしんどい。それなのに顔面に当たった下草が、ひんやりとして気持ちがいい。このまま横たわっていたい。そんな風に一瞬でも感じた自分に、彼女は身震いした。

……厭《いや》だ、死にたくない。

そこから多喜は力を振り絞り、草地の上を這いはじめた。

ぶち、ぶち、ぶちっ。

左右の手で摑《つか》んだ下草を引き抜くようにして、少しずつ前進する。彼女にとって幸いだったのは、円形の草地の半分を過ぎた辺りから、空腹の度合いが徐々に減りはじめたことだ。あの祠から充分に離れられれば、この飢餓感もなくなるのではないか。

……もう少し、……あと少し。

必死に己を励ましながら、多喜は最後の力を振り絞るように這い続けた。

もうちょっとで……。

草地から参道の玉砂利へと右手を伸ばした途端、すうっと身体の怠さが薄れた。

……助かった。

あとは無我夢中で、草地から脱していた。

ところが、全身が楽になったものの、後遺症でもあるのか足腰に力が入らない。仕方なく側の竹に縋《すが》りながら、どうにか立ち上がる。そして蹌踉《よろ》めく足取りで、一刻も早くこの悍ましい場所から立ち去ろうとしたときである。

……きぃ。

物凄く微《かす》かな物音が、背後で聞こえた気がして、はっと彼女は足を止めた。

……きぃいぃい。

今度は確かに聞こえた。余りにも古びた板戸を開けるような物音が……。

……祠の格子戸。

とても有り得ない状況が、たちまち多喜の脳裏に浮かんだ。振り向いて確かめたかったが、どうしても身体が動かない。

……ざっ。

すると新たな物音がした。

……ざぁ、ざぁ。

それは草地を摺《す》り足で、まるで誰かが歩いているように聞こえた。

嘘……。

神さびた祠の格子戸が開き、その中から何かが出て来て、こちらに向かって草地を歩き出している。そんな光景が、まざまざと見えるようである。

そんなこと……。

絶対に有り得ないと思ったが、背後から異様な気配が少しずつ近づいて来ているのは、紛れもない事実だった。

……ざぁ、ざぁ、ざぁ。

その摺り足で進むような様が、恰も空腹のために両足に力が入っていないように感じられ、彼女はぞっとした。

竹に両手をついたまま、逃げなければと思うのだが、まだ充分に回復できていないのか、ふらふらする。

……じゃり、じゃりり。

参道の玉砂利を踏む両足も、全く安定しない。それでも歯を食い縛って片足ずつ前へ出したのは、すぐ後ろに迫る何かの気配が、余りにも禍々《まがまが》しかったからだ。

……厭だ、厭だ、厭だ。

心の中で多喜は何度も首を大きく振った。半狂乱になって振り続けた。

それに追いつかれてしまったら、きっと私は可怪《おか》しくなる。

この圧倒的な恐怖心が、彼女に力を与えた。草地から迷路に入って数歩も進むと、すぐ直角に右折している。これで後ろを向いても、もう祠は決して見えない。それが今の彼女には、とにかく嬉しかった。

相変わらず足取りは弱々しいものの、ようやく多喜は参道を戻りはじめた。左右どちらかの竹に絶えず縋りつきながら、できるだけ急ぐ。一刻も早く、ここから出たい。その思いだけで進んで、三度目の角を曲がったときである。

……じゃ、じゃ。

摺り足が参道に入った物音が、彼女の耳朶《じだ》を打った。

……じゃり、じゃり。

多喜の足音に合わせるように、

……じゃ、じゃ。

それの摺り足の音が、背後から竹林に響いている。いや、正確には後ろではなかった。竹の壁を隔てた状態で、多喜はそれと対峙《たいじ》していた。つい数秒前に彼女が通り過ぎた通路を、今はそれが歩いている。ほぼ彼女の左横に当たる。

……見たら、駄目。

そう強く思いながらも、視線は左手に向いていた。びっしりと生えた竹の群れ越しに、向こう側の通路を覗こうとした。

……ちら、ちら、ちらっ。

しかし瞳に映ったのは、そこを歩いている何かの影だけである。確かに人のようなものが移動しているのは間違いないが、その正体までは分からない。竹同士の狭い隙間から、ちらちらする動きしか見えないため、それ以上は何の判断もできない。

だが、多喜には充分だった。人のように見えるけど人では有り得ないものが、自分を追いかけている。その事実が認められただけで、改めて彼女は震え上がった。

……じゃり、じゃり。

玉砂利を蹴散らすように、多喜は足を速めた。少しでも後ろから来るそれと離れたくて、できる限りの早足で進む。両手で片側の竹に縋るのではなく、両腕を広げて左右の竹を次々と摑みながら、彼女は参道を戻った。足だけでなく腕の力も使って、とにかく逃げようとした。

行き止まり……。

何度目かに曲がった角の先には、竹の壁しかなかった。袋小路である。慌てて戻る途中が、物凄く怖くて心臓が止まりそうだった。今にもそれが参道の角を曲がって、ひょいっと顔を覗かせるのではないか。その懼れから生きた心地がしない。

急いで分岐点まで戻り、もう一つの道を選ぶ。しばらく進んだ所で、ふっと厭な想像をしてしまう。

自分が間違って迷路の行き止まりに入っている間に、後ろの何かに追い抜かれていたら、いったいどうなるのか。

いずれは何処かで多喜が、それに追いついてしまうのではないか。忌むべきものから逃げているはずが、それの懐に飛び込む羽目になるのだとしたら……。

……また、行き止まりだ。

悲鳴を上げそうになるのを、必死に我慢する。半狂乱の体《てい》で道を間違えた地点まで戻り、正しい方に進む。

……じゃ、じゃ。

そうしている間にも摺り足の響きが、すぐ身近で聞こえている。最早その足音が後方からなのか、実は前方からなのか、全く判断ができない。竹の壁を隔てた向こう側ということ以外、もう何も分からなくなっている。

思わず天を仰ぐが、先端が内側に曲がった竹とその葉の間から、どんよりと曇った空の一部が僅かに見えるだけで、少しも助けにならない。竹林の迷路の何処に今いるのか、完全に多喜は自分を見失っていた。

……じゃ、じゃ。

それでも彼女が足を止めなかったのは、何とも気味の悪い足音が、もちろん決して止まなかったからだ。

何度目になるのか分からない角を曲がったとき、またしても分岐点に出た。右に五、六歩ほど行くか、左に七、八歩ほど進むか、すぐさま決めなければならない。

　この光景に、多喜は既視感を覚えた。竹の鳥居を潜って少し参道を辿った辺りで、こんな風に長い通路のほぼ半ばで、自分は右に折れなかっただろうか。左右に延びる道は曲線を描いているが、その丸みは緩く映った。つまり円周に近づいている証拠である。そして記憶通りなら、彼女は左手から来たことになる。

　多喜は迷わず左へ進んだ。直進して行き止まった先を、今度は右に曲がる。

　えっ……。

　右に折れた道は、再び右に曲がっていた。しかし三、四歩ほど先で、行き止まりだった。そこは袋小路になっていた。

　そんな……。

　完全に記憶違いだったらしい。そもそも迷路と化した道筋を、ちゃんと覚えていられるわけがないのだ。

　……すぐに戻らないと。

　多喜は急いで踵を返し掛けた。

　……じゃ、じゃ。

　と同時に、それが先程の分岐点に入って来たのが分かった。ここで彼女が戻ると、それと諸《もろ》に顔を合わせる羽目になる。

　さあっと顔から血の気が引いた。今にも貧血で倒れそうな気がした。

こっちへ来るな！

向こうへ行け！

彼女は必死に念じた。ひたすら祈った。心から願った。

……じゃ、じゃ。

それが歩き出した。その足音に耳を澄ます。そして多喜は絶望した。

こっちに来る……。

縋るような思いで、目の前と左側の竹の群れを眺める。だが、何処を探しても通り抜けられそうな隙間など少しもない。片手くらいは入れられそうだが、竹林に身体を押し込むことは無理だった。仮にできたとしても、そこで身動きが取れなくなるのは目に見えている。

……じゃ、じゃ。

その間にも、それは近づいていた。もう少しで角に達しそうである。それが角を曲がり、この袋小路に入って来たら、いったい彼女はどうなるのか。何が起こるか分からないのに、ちらっと想像しただけで、多喜は絶叫しそうになった。頭が可怪しくなりそうである。

……じゃ、じゃ。

それが角に達した。そして右折して、もう一度それが右に曲がって……。

多喜は行き止まりの竹の壁を向いたまま、その場に蹲《しゃが》み込んだ。両手で頭を抱え、団子虫のように蹲《うずくま》る。

……じゃ、じゃ、じゃっ。

それが彼女の真後ろで、ぴたっと立ち止まった。影が落ちたように感じたが、実際のところは分からない。

ただ、凝《じ》っと見詰められている。ひたすら見下ろされている。それは間違いなかった。物凄く厭な気配が、犇々《ひしひし》と背中一面に伝わって来る。途轍《とてつ》もない悪寒に何度も見舞われ、もう生きた心地が全くしない。

……喰われる。

唐突にそう思った。本能的に察したのだろうか。

ぐああああぁぁぁぁあっっっっっ。

それが背後で大きく口を開けはじめた。顎が外れるかというくらい、ぐわっと口が広がっている。彼女の頭を丸呑みできそうなほど、物凄く口が開いている。

もちろん見たわけではないが、そんな気配が濃厚に感じられて、がたがたっと瘧《おこり》に罹《かか》ったように身体が震えた。

……ぐび、ぐび、ぐびっ。

それの喉が蠕動《ぜんどう》する物音まで、本当に聞こえて来そうで、ぞわぞわっと全身に鳥肌が立った。

……もうお終《しま》い。

自分の人生は、こんな訳の分からない竹林の中で終わる。その事実が恐ろしいだけでなく悲しく、かつ腹立たしい。だが、悲哀や憤怒よりも勝っていたのは、やはり恐怖だった。

……厭だ。死にたくない。

ただでさえ死は怖いのに、得体の知れぬものに喰われるのだと考えるだけで、頭が変になってそれこそ死んでしまいそうになる。

厭だ、厭だ、厭だ、お母さん……。

実家の母の顔が浮かぶ。母の匂いが香る。母の温《ぬく》もりを覚える。

ぎゅっと多喜は自分自身を両手で抱いた。母に抱かれているように、自分を抱き締めた。我が身に何が起ころうと、母が護《まも》ってくれると己に言い聞かせた。

そのときである。着物の懐に触れた右手に、ふと違和感を覚えた。反射的に右手を差し入れて取り出すと、蜜柑だった。

あっ……。

すっかり忘れていたが、それは優季子と別れた今朝、泊めて貰った家で頂いたと、彼女がお裾分けでくれた蜜柑だった。

はっと多喜は身動《みじろ》ぎしたあと、咄嗟に蜜柑を握ったままの右手を、さっと背後に差し出した。

…………。

すると突然、背後の気配が静まった。

……しゅる。

あっという間に右手から蜜柑の重みがなくなる。ただしその瞬間、べちゃと濡れた手拭いが指先に当たったような、そんな気色の悪い感触があって、彼女は慌てて右手を引っ込めた。

そこから五、六秒ほど間があって、

……じゃ、じゃ。

それが遠ざかって行く足音が、ようやく背後から聞こえ出して、ぺたんっと多喜はその場に尻餅をついていた。

…………助かった。

蜜柑一個が、彼女を救ったことになる。どれほど優季子に感謝しても、本当に感謝し足りないくらいである。

とはいえ多喜は、完全に摺り足の音が聞こえなくなるまで、そこに座り込んでいた。恐る恐る立ち上がって参道を戻るときも、ずっと耳を澄まし続けた。あとは竹の鳥居の出入口まで、ほとんど時間は掛からなかった。あれほど迷ったのが嘘のように、残りの道程は一度も間違わずに辿ることができた。

円形の竹林から出られた途端、くらっと眩暈を覚えた。空は曇っているのに、やたら眩《まぶ》しく感じられる。まるで真っ暗な穴蔵から、急に外へ出たような気分である。

できれば少し休みたいが、その一方で早くここを離れたい気持ちもあった。

多喜は行李を背負い直すと、野原の先にも続いている竹林に入った。正直もう竹は懲り懲りだったが、ここを抜けないと犢幽村には行けそうにもない。

新たな竹林を出た所は、神社の境内だった。笹女《ささめ》神社《じんじゃ》とある。やはり竹と何か関係があるのだろうか。

さすがに思案したが、その土地の神社と寺は無視できない。普段通りに挨拶をしておくべきである。そう彼女は考えた。

いったん境内から出て、鳥居の前に立つ。そこで身嗜《みだしな》みを整え、心を落ち着けてから、丁寧に一礼して、改めて境内に入る。手水舎《ちょうずや》で口と手を清め、参道の端を歩いて拝殿まで進む。鈴を鳴らし、賽銭《さいせん》を静かに賽銭箱へ入れ、お辞儀を二回してから、柏手《かしわで》を二回打つ。それから村での行商の許しと成功を、彼女は願った。

参拝後は、境内の横に建つ「籠室《かごむろ》」という表札のある家の前で、多喜は礼儀正しく案内を乞うた。

出て来たのは宮司で、毒消し売りの行商について話すと、村人を紹介してくれるという。彼女が遠慮がちに、その前に弁当を使いたいと頼むと、快く母屋の縁側に通された。

手伝いの女性にお茶を頂き、多喜は昼食をとった。そこへ宮司が顔を出したので、自然と道中の話になったのだが、蟒蛇の通り抜けから来たと説明すると、かなり驚かれた。

「もう村では何十年も前から、あの道ばぁ通る者はおらんのに……」

宮司に気の毒そうに言われて、優季子を泊めてくれた家の元漁師の老人に対して、彼女は改めて腹を立てた。

「ほいでも無事に通れて、ほんま良かった。大変な思いばぁしましたなぁ」

宮司は労《ねぎら》いの言葉を掛けてから、他に大事はなかったかと、さり気なくだが訊いてきた。

それが――。

咄嗟に多喜は、あの竹林の体験を口にし掛けて、待てよ……と思い留《とど》まった。

注連縄が張られていたからには、竹林を祀っているのは、この笹女神社に違いない。その神社の宮司を相手に、あんな話をして大丈夫だろうか。彼女は被害者のようなものだが、許可なく竹林に入ったことを、もし咎《とが》められでもしたら厄介である。今からの行商にも差し支えるかもしれない。そんな危険は冒せない。

「蟒蛇の通り抜けのあと、物凄い竹林に難儀しましたけど、お蔭様でこちらの境内に出ることができて、ほっといたしました」

無難な返事を多喜がすると、宮司が安心したような笑顔を見せた。そのため余計に、あの竹林の祠には何か曰《いわ》くがあるらしい……と彼女は感じた。だが、触らぬ神に祟りなしである。酷い目に遭ったのは事実だが、このまま知らぬ顔をして、あの忌まわしい体験は忘れるに限る。そう彼女は考えた。

宮司の口添えもあり、村での商いは非常に上手くいった。夜は神社に泊めて貰い、翌朝は村の漁師に無銭で、隣の塩飽村《しあくむら》まで送って貰った。その村でも、次の石糊村《いしのりむら》でも、また次の磯見村《いそみむら》でも、行商は順調だった。もっとも磯見村から閖揚村《ゆりあげむら》へ送って貰った際には、漁師に銭を払った。

最後の閖揚村が最も戸数も多く、五村の中で一番栄えていた。そのせいか、それまでの四村のように有力者の口利きではなく、客から客への紹介という格好で商売をすることになった。村と言いながらも、そのやり方は町と変わらなかった。

優季子とは約束通りに、六日目に海龍町で落ち合った。一通り互いの行商の成果を伝え合ったあと、多喜は竹林での体験を話した。

「そんな怖い目に遭《お》うて……」

すっかり怯《おび》えた優季子は、次に自分が犢幽村へ行くのを嫌がった。

「その竹林は村の外れにある神社の、更に外れにあるから、近づかんかったら大丈夫や。仮に側へ行っても、竹の鳥居から中に入らんかったらええ」

多喜が必死に宥《なだ》めて、どうにか治まったほどである。

そこからも二人は協力し合い、毒消し売りの行商を続けた。ようやく故郷の村へ帰れたのは、その年の晩秋である。

ところが、二人が帰宅した日の翌朝、多喜の行方が分からなくなった。再び行商に出たわけでは、もちろんない。そもそも彼女は着の身着のままで、行李も置いて行っている。ただ奇妙なことに、重箱に冷や飯とおかずの残り物を詰めて、それを持ち出した形跡があった。

村人たちは近辺を捜し回ったが、一向に見つからない。何か心当たりがないかと訊かれた優季子が、「まさか……」と躊躇いながらも、例の竹林の話をしたところ、それを耳にした村の古老がこう言った。

「多喜はお供えの食べ物を持って戻ると、それに約束してしもうた。せやからあの子は、そこへ戻ったんやろう」

犢幽村の笹女神社の宮司に、慌てて連絡が取られた。しかし先方からは、多喜は来ていないと言われた。彼女の姿を見た者は、村で誰もいないという返事だった。

それでも宮司は後日、竹林宮《ちくりんぐう》へ様子を見に行ったらしい。それが例の竹林の名称だった。すると祠の前で、重箱を見つけたという。ただし中は空だった。まるで隅々まで舐《な》め取ったかのように、ご飯粒一つなかった。

そんな連絡が来ただけで、そのまま多喜は行方不明になったという。

蛇道の怪——昭和（戦後）

飯島勝利《いいじまかつとし》は平皿町《へいべいちょう》から閖揚村《ゆりあげむら》まで通る久重山《くえやま》の山道を、車で帰路に就いたところだった。最初こそ緑が豊かな通勤路を面白がっていられたが、今はそんな余裕など全くない。仕事で疲れているのに、これから二時間ほど神経を遣うことになるからだ。

彼が通勤のために往復する未舗装の山道は、車一台が通れる幅しかない。もしも対向車が来た場合は、どちらかが離合用の待避所まで、バックで戻る羽目になる。かなりの数の待避所が設けられているとはいえ、結構これが大変である。おまけにやたらとぐねぐね蛇行しているため、運転中は少しも気が抜けない。ハンドルとギアの操作を絶えず行なう必要があり、車好きな彼も時には音を上げたくなる。

飯島が住む閖揚村から、彼が勤める平皿町の日昇紡績《にっしょうぼうせき》の工場まで行くのには、この山越えの他に海岸線を走る道もある。ただし、海沿いの道は海龍町《かいりゅうちょう》と海琳町《かいりんちょう》とという二つの町を通り抜けながら大きく迂回《うかい》するため、優に四時間は掛かってしまう。それに比べて山道は、二時間ほどで済む。如何《いか》に運転が大変であろうと、ほとんどの者は、こちらの道を選ぶだろう。それならば、はじめから平皿町に住めば良さそうなものだが、そう簡単にはいかなかった。

日本の紡績業は戦前、綿布の輸出では世界一を誇っていた。それが第二次大戦で急激に衰微する。しかし敗戦後は五年の歳月を経て再び隆盛に向かい、今に至っている。その綿紡績業の世界で一翼を荷《にな》っているのが、平皿町の日昇紡績である。

この会社のお陰で、平皿町も非常に栄えていた。町の開発は進み、商業施設も多く出来、人口も増える一方だった。ただ、そのため物価も上がっていた。特に賃貸アパートの不足から、軒並み家賃が値上がりしている。

日昇紡績に目出度《めでた》く就職したあと、隣町にある父親の遠戚の家に、一時凌《しの》ぎで厄介になっていた飯島も、安い物件を求めて周辺の町々を探し回った。だが誰もが同じことを考えるらしく、遠くまで足を延ばしても、なかなか条件に合ったアパートが見つからない。

そんなとき会社の役員の一人である久留米《くるめ》三琅《さぶろう》から、閖揚村の話を聞いた。普通は一般の社員と役員が話をする機会などなかったが、この久留米は「現場好き」で知られる人物で、普段からよく工場内を見回っている。そうする中で特に懇意にしている社員が数人おり、飯島もそのうちの一人だった。

「……村に、住むんですか」

驚いて場所を尋ねると、平皿町から山道を車で走って、なんと二時間余りも掛かるという。思わず彼が渋い顔をしたところ、久留米が意味有り気に笑った。

「それも一年から二年の辛抱で、今にきっと私に感謝することになるぞ」

「どういう意味ですか」

好奇心から尋ねた飯島に、久留米が滔々《とうとう》と喋《しゃべ》り出した。

昭和二十八年に「町村合併促進法」が施行され、更に同年「町村合併促進基本計画」が閣議決定された結果、今後は全国的に市町村合併が推進されることになる。それは平皿町も例外ではなく、実際に平皿市になる計画があるという。そして話に出た閖揚村は、ここ数年で着実に人口が増えている村だった。よって他の四村と合併して、「強羅町《ごうらちょう》」という一つの町になる可能性が出て来たらしい。

「他の四村の大凡《おおよそ》の人口は、犢幽村《とくゆうむら》が千五百人、塩飽村《しあくむら》が千四百人、石糊村《いしのりむら》が千四百人、磯見村《いそみむら》が八百人だ。そこに閖揚村の二千六百人を加えると、七千七百人になる。町になるためには八千人が必要だが、これは少し古い資料なので、今はもっと多いだろう。強羅町の誕生は、かなり現実性があるわけだ」

そうなると平皿市と新しく出来た強羅町とを結ぶ道路も、かつての閖揚村と他の四つの村を繋ぐ道路も、共に必ず造られる。恐らくバス路線も通るだろう。つまり新しく出来た強羅町の中でも、今の平皿町に一番近い閖揚村が開発されるのは、まず間違いない。日昇紡績の従業員を当て込んだアパート群を建てる計画が——それも独身者だけでなく家族連れも対象にした計画が——実は既に存在している。

そんな情報を久留米は、かなり得意そうに教えてくれた。

要は町になって開発されてから移り住むよりも、今のうちに引っ越しする方が何かと有利ではないか、ということらしい。確かに一理あるのと、これ以上は遠戚の家に迷惑を掛けられない思いから、飯島は閖揚村への移住を決意した。いずれは購入するつもりだった車もローンで買った。独身の身軽さから、引っ越しの手間も大して掛からなかった。

もっとも久留米の言う「一年から二年の辛抱」は、当てにならないと睨《にら》んでいた。確かに町村合併は一、二年後に行なわれるかもしれない。しかし実際に道路が通るのは、更に一、二年後ではないか。最短で二年ほど、下手をすれば四年以上は、現状での通勤が続くことになる。

それでも問題ないと当初は判断していたのだが、どうやら楽観視し過ぎたようだ。四月の下旬に閖揚村へ移り住んで四ヵ月余りで、ほとほと彼は疲れ切っていた。

今は夏だから、まだ良いかもしれない。山中を車で走っていると、心地好い風が窓から入って来る。埃《ほこり》っぽい町中から帰路に就くとき、この清々《すがすが》しさに一時《いっとき》、心が洗われる気がする。だが、それも閖揚村の人たちが「蛇道」と呼ぶ山道の、ぐねぐねと絶えず蛇行している道を運転することで、すぐさま吹き飛んでしまう。むしろ逆に、嫌な脂汗を掻く羽目になり兼ねない。

やがて冬が来たとき、いったいどうなるのか。山中では雪が積もる場所もあるという。凍結の懼《おそ》れを考えると、タイヤチェーンが必要になる。当然これまで以上の慎重な運転が求められる。その結果、二時間では通勤できなくなるだろう。

それだけではない。朝はまだ明るいが、帰りは真っ暗になってしまう。ヘッドライトの明かりだけで、こんなに曲がりくねる雪の山道を、スリップを心配しながら走らなければならない。もう想像するだけで、ぞっと背筋が震える。

ぞっとする、と言えば……。

この山中では最近、恐ろしい出来事が立て続けに起きていた。どれもが自然の悪戯《いたずら》としか見做《みな》せない、そういう内容なのに、かといって断定するには躊躇《ためら》われる。そんな気持ち悪さが、どうしても残ってしまう。何とも不可解な現象である。

山中の下り坂を走っていると、ほんの数メートル先に大きな岩が落ちて来た。

朝から晴天で雨など一滴も降っていないのに、帰路の山道で物凄《ものすご》く泥濘《ぬかる》んでいる場所があり、危うくハンドルを取られ掛けた。

　数少ない直線の箇所で、少しスピードを出したところへ、いきなり横の森から長い樹木が倒れてきて、あわや当たりそうになった。

　夥《おびただ》しい数の樹の実と思《おぼ》しきものが、蜿蜒《えんえん》と山道に撒《ま》かれていて、それを踏んだため血を浴びたように、タイヤが真っ赤に染まってしまった。

　こういった奇妙な目に、閖揚村に住む日昇紡績の従業員たちの一部が、これまで何度か遭っていた。全員が自動車通勤だが、勤務する部署が別々のため、出社も帰る時間も少し違っている。よって二台の車が同時に、同じ現象に遭遇したことは今のところない。

「俺は疲れてるのか……って、最初は思ったよ」

　決して自分だけでなく、実は皆が山中で恐ろしい目に遭っていると分かるまで、誰もが己の精神的な問題と捉えていた。全ての出来事が日暮れ時に起きているため、余計にそう考えたのかもしれない。それを共有できるようになったのは、タイヤに残った泥や樹の実が付着した汚れという証拠が、具体的に出て来てからである。

　彼らも飯島と同様の理由で、人数こそまだ少ないものの、早々と村へ移り住んだ者たちだった。全員が同じ平和荘《へいわそう》というアパートに入居している。そのため「俺たちは他所者《よそ》だから、村人に嫌がらせをされているのではないか」などと疑う者も出て来た。しかし村に住みはじめてから、そんな差別をされた覚えは誰にもない。むしろ平皿町と日昇紡績のお陰で、これから村は発展してゆくのだと、村人たちは喜んでいた。だから彼らも、非常に親切にされた。通勤の大変さを除けば、とても住み良い所と言えた。

もちろん中には、町の人間というだけで厭《いと》う者も少しはいる。だが、そういう人物は大抵が気難しい変人で、村でも孤立していた。一例を挙げれば、垣沼亨《かきぬまとおる》という五十前後の男である。垣沼家は元を辿《たど》れば村の筆頭地主である大垣《おおがき》家の分家で、それなりに裕福だった。更に元を辿ると、犢幽村の笹女神社《ささめじんじゃ》にまで遡るらしい。祖先が大垣家に婿入りして、その子孫が分家になった経緯があった。それほど歴史のある家系にも拘《かかわ》らず、亨は自分の代で一気に家を傾けてしまった。全ては彼の無能さと、傲慢な性格に因るらしい。彼の妻は子供を連れて実家に戻り、離婚届だけを送って来たと聞く。以来、彼は資産の切り売りをしながら、広い家に独りで暮らしていた。

だからといって垣沼亨が、飯島たちに嫌がらせをしているとも思えない。山中の現象が仮に人為的だった場合、一人や二人の力では絶対に無理だからだ。どうしても複数の人間の仕業ということになる。しかし垣沼亨は、ほぼ村内で孤立していた。そもそも彼は自らの意思で、完全に隠遁《いんとん》生活を送っている。そんな人物が、町の人間を厭う少数の者と一致団結して、悪質な行為を繰り返すだろうか。

そのうち村人の中にも、同じような被害に遭う者が出て来た。それまで体験したのが日昇紡績の従業員たちに限られたのは、単に町まで往復する者が、彼らの他に余りいなかったためだと分かりはじめた。

この山中の怪異は、その後も形を変えて続いた。飯島と仲の良い久保崎《くぼさき》が、日が暮れ掛けて薄暗くなった蛇道を走っていたとき、待避所に誰かが立っているのに気づいた。それなのに車が側《そば》にない。

道から外れて落ちたのか。

彼は慌てて停まろうとしたが、逆にアクセルを踏み込んで逃げたという。

「そいつは全身が白っぽくて、ぬぼうっと立ってた。おまけに身体が、ぐっしょりと濡れてるみたいだった」

そういう人のようなものが立っていたので、思わずスピードを出して、その場から走り去ったらしい。

この気味の悪い人擬《ひともど》きの出没は、久保崎の目撃談のあと、たちまち誰もが体験するようになった。そこには少数ながら、村人たちも含まれた。ただし妙だったのは、それは見る者によって、肝心の姿形が変わったことである。

全身が白っぽく、ぐっしょりと濡れていた。

身体が樹の枝や葉っぱのみで、緑の塊に見えた。

頭の天辺《てっぺん》から足の爪先まで、影の如く真っ黒だった。

赤々と身体が燃えているのに、辺りは闇に包まれていた。

幸いにも飯島は、まだ目撃していない。とはいえ、いつ出会うかもしれないと思うと、帰路に就くのが余計に厭わしくなる。

こういった山中の不可解な出来事と――特に今のところは最後の目撃談と――果たして関係あるのかどうかは不明だが、七月半ば頃から村で小火《ぼや》が多発しはじめた。しかも全てが不審火である。そのうえ火事になったのが、浜辺の漁師小屋、田畑の納屋、村の共同井戸の屋根といった妙な場所ばかりだった。納屋は田圃《たんぼ》の水路に近いものが燃えたことから、この不審火には水が関係していると主張する者もいたが、その理由までは誰も分からなかった。

それだけではない。八月の盆祭で振る舞われた茸汁《きのこじる》が原因で、今度は食中毒が発生した。幸い軽い嘔吐《おうと》と下痢だけで済んだが、被害者は十数名に上った。茸汁の材料を調達したのも、その料理を担当して作ったのも、共に村の婦人会である。誰もが毒茸など採っていないと証言した。だが、保健所が残った茸汁を調べると、鍋の中から幽鬼茸《ゆうきだけ》という毒茸が発見された。これは美味な岩鬼茸《いわきだけ》と、ほぼ見た目がそっくりらしい。それで間違ったものと思われた。もっとも他の材料との取り合わせで毒性が少しは中和されたらしく、幸い大事には至らなかった。ちなみに被害者の中に、日昇紡績の従業員は一人も入っていない。

ここに至って、以前より一部の村人の間でだけ囁《ささや》かれていた噂が、たちまち村中に広まった。遅蒔《おそま》きながら飯島たちも、それを耳にすることになる。

ハエダマの祟《たた》りやないか……。

もちろん何のことか全く分からない。いや、それよりも「祟り」などというものが、今の世の中にあるわけがない。

「こういう田舎の人は、やっぱり迷信深いよなぁ」

飯島と同じく山中の通勤で、これは怪異に違いない、という現象に未だ遭っていない前川《まえかわ》が、そう言って笑った。しかし、彼に同調する者は少なかった。

「お前もそのうち、そんな余裕なんかなくなるぞ」

むしろ前川に、真顔で忠告する者がいたほどである。

やがて久保崎が苦労して、平和荘アパートの大家の息子から、ハエダマに関する噂の詳細を聞き出してきた。なぜ苦心したかというと、そんな話が他所者の間で広まれば、一気に村の印象が悪くなるからである。これから日昇紡績の従業員たちだけでなく、その関係者や家族まで、やがては町になるこの地に呼び寄せようというのに、今から変な噂が立っては支障を来すと、大垣家をはじめとする村の有力者たちは考えたらしい。

もっとも大家の息子から聞き出せたのは、何とも要領を得ない話だった。

ハエダマというのは「蠅玉」と書く。強羅地方の最西端に位置する犢幽村で、昔から恐れられている化物である。それが犢幽村の背後の喰壊山《くえやま》を伝い、閖揚村の久重山までやって来て、蛇道に岩を落としたり樹を倒したり、という様々な怪異を起こした。なぜなら蠅玉は、強羅の地に他所者が入り込むだけでなく、更に山と森の開発まで計画されていることに、物凄く怒っているからである。だから己の奇っ怪な姿で、山中を通る者たちに見せた。その格好が目撃した人物によって異なるのは、相手が人外の証拠である。しかし一向に懲りた様子がないので、今度は村人たちに警告を発しはじめた。それが連続した小火や食中毒事件だったというのだ。

「そもそも蠅玉って、何なんだ？」

肝心の疑問に、大家の息子は満足な答えを返せなかったらしい。ただ噂を聞き出した久保崎の感触によると、一種の「土地の神様」ではないか、という見立てだった。

一通り話を聞いたあとで、飯島は首を傾《かし》げながら、

「他所者の侵入と土地の開発に、その地で昔から祀《まつ》られてる神様がお怒りになる。それは理解できるけど、俺たちや村の人たちが遭ってるような現象が……、具体的な出来事が……、本当に起こるものだろうか」

その日、前川の部屋に集まっていた者の中で、飯島の意見に賛意を表したのは、そ

の部屋の主だけである。他は全員が下を向いてしまった。

　しかし、すぐに久保崎だけが顔を上げると、意味深長な口調で話し出した。

「俺が子供の頃、村外れにあった古い祠《ほこら》を、道を広げるために他所へ移した。村の年寄り連中でも、その祠に何が祀られているのか、それを知っている者はいないほど、昔からあったらしい。ところが、祠を移転させた翌日に、そこから一番近い家の婆《ばあ》さんが突然、ぽっくりと逝った。数日後、今度は二番目に近い家の赤ん坊が、急に死んだ。更に数日後、三番目に近い家で風邪のために寝込んでいた奥さんが、いきなり亡くなった」

　久保崎は、凝《じ》っと飯島を見詰めながら、

「分かるか」

「祠に近い家から順番に、死人が出はじめたわけか」

　すぐに答えた飯島に頷《うなず》きつつも、久保崎はもっと厭《いや》な指摘をした。

「しかも死んだのは、そのときその家で、最も弱っていた者だ。だから偶然のように思われたけど、そう考えた人は、ほとんどいなかったらしい。それで急いで祠は元の場所に戻され、宮司に改めてお参りをして貰った。お陰で四番目の家から、死者が出ることはなかった」

「それと同じことが、ここでも起きてるっていうのか」

「他所者の俺が、断言はできん。でも蠅玉の話は、莫迦《ばか》にしない方が良い気がする」

「いや決して、そんなつもりは……」

慌てて飯島は否定したが、前川は相変わらずの様子である。村人だけでなく仲間たちも、救い難い迷信家だと呆《あき》れているらしい。

ここまで彼が強気になれたのは、元々の性格もあったが、同じアパートの住人である及位廉也《のぞきれんや》という男の影響が、実は大きかったのかもしれない。この及位という珍しい名字の人物は、著作もある異端の民俗学者で、強羅地方にも取材のために滞在しているという。もっとも部屋代は払っていないらしい。「研究のため」だと大家を説得して、全くの無償で使っているという噂だった。しかもアパートの部屋は飽くまでもベースキャンプとして使い、普段は各村の神社や寺や有力者の家に、どうやら厄介になっていると聞く。もちろん只《ただ》でだろう。

及位が何を調べているのか、それは前川も知らなかったが、どうやら無類の酒好き同士で馬が合うようで、よく二人だけで飲んでいた。そこで嫌がる前川に、蠅玉のことを無理に訊いて貰ったのだが、「お前らのせいで、『そんなものを信じてるのか』って、俺まで嗤《わら》われたぞ」という結果になった。ただし及位は、そのとき妙な台詞《せりふ》も口にした。

「ハエダマなんて化物が存在するわけないけど、ハエダマが恐ろしいのは本当だ」

どういう意味だと前川に尋ねても、「俺が知るか」と怒っている。「先生は学者だから、きっと何か考えがあるんだよ」としか言わない。

もっともアパートの大家の息子によると、及位廉也は村人から話を聞き出すのに、非常に熱心な癖に、自分の意見を求められると、途端に口を閉ざすという。それが取材なのかもしれないが、相手から情報を得るばかりで、自分からは何一つ与えようとしない。そういう態度が他の村でも問題になっているらしい。また及位は、なぜか垣沼亭にも接触しており、それが閖揚村の人々の不安を、妙に煽《あお》っている面もあるという話だった。

こういった一連の出来事を、次第に日が翳《かげ》って行く淋《さび》しい蛇道を走りながら、先程から飯島は思い出していた。

及位廉也のことは措《お》いておくとしても、久保崎たちが心配するのも、そんな彼らを前川が冷めた目で見るのも、どちらも分かるだけに飯島は困った。彼自身は山道の一部が泥濘んでいた現象にしか、実はまだ出遭っていない。その日は雨が降っていなかったので、かなり無気味に感じたのは事実だが、地下水などが原因ではないだろうか、と個人的には思っている。よって蠅玉の噂を鵜《う》呑《の》みにするほどの懼れを、それほど覚えてはいなかった。

しかし、こうして奥深い蛇道を帰路に就いていると、ふと不安を感じる瞬間があ

る。例えば正に今、前方に見え出した離合用の待避所に、自分の車が差し掛かったときなどに、
人に似て非なるものが立ってるのではないか……。

という恐れを咄嗟《とっさ》に抱いてしまう。そちらに視線を向けないようにと、いらぬ力が眦《まなじり》に入ってしまう。

車を走らせている最中に、岩や樹木に邪魔されるのは、もちろん危なくて恐ろしい。とはいえ、まだ事故だと思える余地がある。しかし、人擬きの出現は違う。その場に得体の知れぬものが、明らかにいるのだ。一人や二人ではない複数の目撃者が、そう証言しているのだから間違いない。何のために何処から来たのか全く不明なものが、そこに突っ立っている。まるで自分を待っていたかのように……。

絶対に遭いたくない。

改めて飯島はそう思いながら、車を運転した。自分だけでなく前川も、それには遭遇していない。このまま何事もなく済んで欲しいと、彼は切に祈った。

いつまでも慣れぬ山道を、ひたすら慎重に運転する。やがて蛇行のきつい箇所に差し掛かったので、速度を落としつつ曲がった。すると次の待避所が、ぱっと視界に入ってきた。が、その刹那、彼はぎくっとなった。

……何かいる。

蛇道の途中に設けられた待避所は、山側を削った側か、谷側に出っ張った側か、左右どちらかの場に作られている。前者では山肌が背景となるため、そこに車が停まっていても、人が佇《たたず》んでいても分かり易いが、後者は背後が森の樹木に覆われているため、走行中の車から一瞥《いちべつ》しただけでは、はっきりと見え難い。道が蛇行している状態では、尚更《なおさら》である。

ちょうど今、何かが立っていたと思《おぼ》しき待避所も、すぐに山道が曲がってしまったため、樹木越しにしかもう見えない。

自然に速度が落ちた車の中から、必死に目を凝らしていると、

ちら、ちら、ちら、ちらっ。

確かに何かが垣間見《かいまみ》えるのだが、それが樹々のように思えてくる。その一方で、森に生えている樹木とは、どう眺めても明らかに違うようにも感じられる。

更に山道が曲がりくねり、遂に真正面の左手に、その何かが突っ立っている待避所が現れたときである。

……蓑《みの》を着てるのか。

どうやら藁《わら》を編んで作った雨具の蓑を、それが纏《まと》っているらしいと分かった。

何だ、村の人か……。

ほっとしたのも束《つか》の間、待避所に車が停まっていないことに、はっと飯島は気づい

た。だとしたら蓑の人物は、どうやってここまで来たのか。いったい何の用事があって、こんな所に佇んでいるのか。

もっと村に近い地点であれば、確かに田畑はある。そこで農作業をするために、村人たちは小型トラックを運転する。そういう軽トラの前後を走ったことや、または擦れ違ったことが、彼は何度もあった。

でも、こんな山中に……。

村の田畑などあるわけがない。仮に彼の知らない飛び地が存在するにせよ、ここまで来るためには絶対に車が必要になる。しかし待避所には、車の影さえ見えない。それに雨など、そもそも全く降っていない。

そういう思考が一瞬のうちに、飯島の脳裏を駆け巡った。そこで改めて、前方のそれが普通ではないと認めたところで、ようやく蓑の上の頭部が目に入った。

……真っ黒。

黒々とした丸いものが、蓑の上に載っている。かといって完全な球状ではない。もっと歪《いびつ》な感じがある。このとき彼が、反射的に思い浮かべたのは、
巨大な黒いキャベツ……。

人間の頭部ほどもあるキャベツだった。ただし白の交じった緑色ではなく、途轍《とてつ》もなく黒々としている。

そんな異形の姿が目に飛び込んできた途端、飯島はアクセルを踏んでいた。すぐ前方に急カーブがあったが、構わずに突っ込んで行く。

キイィィィィ。

物凄いブレーキ音が、山中に響き渡ると同時に、

ぶわぁぁぁぁぁっっっ。

盛大な砂埃が、曲がり角の周辺に舞った。そのせいで視界が悪くなったが、彼は再び速度を上げた。少しでも待避所から遠ざかりたい一心で、死に物狂いで運転した。事故を起こすぞ。

ようやく自制心が働いたのは、あと少しでカーブを曲がり切れずに、車が谷底に落ちそうになったときである。

そこからは一転、今度はのろのろ運転で、飯島は車を進めた。

あれが……。

皆が遭遇したという魑玉なのだろうか。だが、これまでの目撃例とは、かなり違う姿だったではないか。そう考えたところで、むしろ誰一人として同じものを目にしていない、という気味の悪い事実を思い出した。

相手が怪異だから……。

見る者によって、姿形が変わるのだろうか。それに何か意味はあるのか。万一ある

とした、黒い頭と蓑の身体を目撃した自分は、いったいどうなるのか。

ずっと気に病みながらも、のろのろ運転を続けているうちに、次の待避所が近づいて来た。それは山側に現れたのだが、ちらっと視界に入った瞬間、びくっと身体が反応した。

……何もいない。

安堵《あんど》したあと、彼は少し速度を上げた。山中では日が落ちるのが早い。真っ暗になる前に、できれば村に帰り着きたい。

皆の目撃談を聞いた限りでは、異形のものに遭遇して恐ろしかったが、その後の山道で更に怖い思いをしたなど、誰も言っていない。あんなものに出遭ったのは災難だが、今は余り考え過ぎずに、とにかく村まで無事に運転することである。

飯島は気を取り直すと、もう少し速度を上げた。お陰で次の谷側の待避所が、思っていたよりも早く現れた。それを意識することなく、さっさと通り過ぎようとしたときである。

えっ……。

先程と同じ姿形をしたあれが、そこに突っ立っていた。そんな恐ろしい眺めが、たちまち両の眼《まなこ》に飛び込んできた。

そ、そんな……。

二つ前の待避所からここまで、あれが飯島の車を追い抜いて先回りできるとは思えない。第一あれには車がないのだ。いや仮にあったとしても、完全に一本道である。どう考えても彼に全く気づかれることなく、ここへと先に辿り着けるはずがない。

それとも、森の中を……。

あれは最短距離で移動したのか。遠回りをする蛇道よりも、確かに森を進めば短い距離で済むかもしれない。とはいえ森には、無数の樹木が群れ、岩が転がり、藪が繁茂している。おまけに高低差もある。蛇行する山道よりも、下手をすると数倍は厄介ではないか。

あれが人間だったら……だけど。

待避所に着くまでの数秒で、そういった疑問と考えが浮かんだ。だが今度も彼はアクセルを踏み込んで、一気にその場から逃げ出した。前と違っていたのは、二つほどカーブを曲がった辺りで、すぐに速度を落としたことである。

少なくともあれは、追い掛けて来ないらしい。

そう判断できたからだ。だからといって恐怖心が薄れたわけでは当然ない。むしろ増したかもしれない。異形のものを目撃した者は何人もいたが、それを連続で目にしたのは、彼がはじめてである。その事実が、もう堪《たま》らなく怖かった。

つ、次の待避所にも……。

あれが立っていたら、どうするのか。もちろん停まらずに、すぐに走り抜けるだけだが、そのままで済むのだろうか。あれを見続けるうちに、何かとんでもない出来事が、我が身に降り掛かるのではないか。

戦々恐々としながら、飯島は車を走らせた。今更ここで引き返すわけにもいかない。それに方向転換するためには、次の待避所まで行く必要がある。そこを通りたくないから戻りたいのに、全く本末転倒ではないか。

……いや、もう帰路の半分は過ぎてるか。

四ヵ月も通っている道なのに、今が山中のどの辺りになるのか、未だに彼は分からなくなる。特に帰路は夕間暮れの運転が多いため、余計に判断し難い。それでも経過時間と移動距離から、さすがに半分以上は来ていると推察できた。

尚も車を走らせていると、ふいに問題の待避所が現れた。

……いない。

幸い何も認められず、知らぬ間に入っていた両肩の力が、ふっと抜ける。

もう出て来るな。

飯島は祈りながら運転した。早く帰りたいので速度を上げたいが、敢《あ》えて抑え気味にする。不安定な精神状態のときに、車を飛ばすべきではない。そんな良識が辛うじて働いた。

しばらく走ると前方に、次の待避所が見えてきた。その瞬間、ハンドルを持つ手が大きく震えて、ふらふらっと車体が左右に揺らいだ。速度を出し過ぎていたら、間違いなく事故を起こしていただろう。

ど、ど、どうして……。

大きく曲がったカーブの樹木越しに、あれらしきものが映っている。相変わらず待避所に、ぬぼうっと佇んでいる。

なぜ自分だけ、皆と違う目に遭うのか。理不尽ではないかと、彼は怒りさえ感じた。人擬きに出遭うにしても、他の目撃者と同じように一度だけにして欲しい。

そもそも理に適《かな》わない存在に、飯島が恐れと憤りを覚えている間にも、どんどん車はあれに近づいて行く。目を逸《そ》らしたいのに、怖いもの見たさの気持ちも正直ある。そのため彼は通り過ぎるときに、思わず一瞥してしまった。

まさか……。

その結果、厭なことに気づいた。とはいえ後ろを振り返ってまで、確かめる勇気はない。そのまま車を走らせつつ、三度も目にしたあれの様子を、彼は頭の中で比べてみた。

……少しずつ振り向いてる。

最初に目撃したあれは、後ろを向いていたのではないか。だから顔に当たる部分は黒々として何もなかった。二番目のあれは心持ち、身体を捻《ひね》っていたように思える。そして今の三番目のあれは、明らかに身体の向きを変え掛けていた。もし次に遭ったら、あれは完全にこちらを向くのではないか。

ここから恐怖が増大した。四度目に遭ったとき、あれと目が合うかもしれない。そう想像しただけで、すうっと身体が冷えた。日が沈み掛けているとはいえ、まだまだ暑い。しかも埃が立つ山中の道である。にも拘らず冷え冷えとした気配が、車内に漂い出している。

待避所の方を見なければいい。

そう思うのだが、自信はない。好奇心に負けて、目を向けてしまうかもしれない。先程も通り過ぎる直前まで、そんなつもりは少しもなかった。でも、あれを見てしまった。

それに無視したがために、あれが車の前に飛び出して来て、無理にでも視線を合わせようとしたら、いったいどうするのか。

どう考えても有り得ない状況を、咄嗟に想定している自分に、飯島はぞっとした。

……俺は、可怪《おか》しくなり掛けてる。

だが一方で、絶対にないとは言い切れないだろう、と感じる自分もいた。あれは明らかに彼を意識して、先回りをしている。それは間違いない。つまり己の存在を、こちらに見せつけたいのだ。最初に後ろ向きで現れ、次第に振り返る仕草をしている思わせ振りも、そのために違いない。だったら最後は、きっと目を合わせようとするのではないか。

そこまで考えて、彼は再びぞっとした。

訳の分からない存在が、どんな行動を取るのか、それこそ訳が分からないではないか。それなのに彼は、まるでその心が読めるかのように、あれこれと想像している。

……頭が変になってる証拠だ。

眠気を払うときと同じように、飯島は頬を叩いてから首を振った。

とにかく次にあれが現れたとしても、絶対に無視をする。そのまま何事もないように、自然に通り過ぎる。

そう固く決意していると、山道の先に待避所が見えてきた。思わずびくっとしたが、何もいない。そこに立っているものはない。

「ふうっ」

口から大きく息を吐きつつ、改めて気を引き締める。

ところが、次の待避所に差し掛かっても、あれの姿が何処にも見えない。もちろん現れない方が良いのだが、あれが振り返ろうとしているのではないか、という考察そのものが無駄になったように思えて、どうにも複雑な気持ちになる。

……待てよ。

しかし彼はここで、ある事実に気づいた。

今までに通り過ぎた待避所で、あれが立っていたのは谷側ばかりではないのか。山側の待避所では、一度も見掛けていない気がする。たった今、通り過ぎたのも山側だった。

これは何を意味するのか。

だが、いくら考えても分からない。それこそ理由などないのか。ただの偶然か。三度それが続いただけか。

そうこうするうちに待避所が現れたが、山側である。あれは立っていない。

……やっぱりそうなのか。

車の運転を続けながら、飯島は胸のどきどきを感じた。次に来る待避所は、果たして山側か谷側か。あれの出現よりも、それが気に掛かって仕方ない。

しばらく山道を辿っていると、前方に待避所が見えてきた。

谷側だ。

茂った樹々に目を凝らすと、ちらちらと蓑らしきものが垣間見えている。その上には黒っぽくて丸いものが、確かにある気がする。

あれがいた。

大きなカーブを慎重に曲がり、前方の左手に待避所が現れた所で、咄嗟に彼は迷った。アクセルを踏むべきか、このまま速度を落とした状態で、あそこを通り過ぎるべきか。

迷っている間にも、どんどん待避所は近づいて来る。真っ直ぐ前に視線を向けていても、あれの姿が視界に入ってしまう。実際は数秒しかなかったはずなのに、途轍もなく長い時間に感じられ、車窓の風景もはっきりと眼に映ったように思えた。

待避所に差し掛かるまで、あれに目を向けるべきか、飯島は迷いに迷っていた。だが、そこで予想外の出来事が起きた。

あれが腰を落として、車内の彼を覗《のぞ》き込んだのである。

「ひゃっ」

飯島の口から、情けない声が漏れた。と次の瞬間、彼はアクセルを踏んでいた。想像していたことが、本当になってしまったからだ。

真っ黒な丸っぽい塊の中に、目玉が一つだけ……。

その一つ目が、ぎょろっと彼を睨みつけていた。

あっという間に待避所を通り過ぎてから、ふとバックミラーに目をやると、あれが山道へと飛び出すところだった。

追い掛けてくる！

更にアクセルを踏み込もうとして、目の前に迫るカーブに、はっと気づく。それも大きく左に曲がっている。

慌ててブレーキを掛け、ギアを落とすと同時に、素早くハンドルを捌《さば》く。

ざあぁぁぁぁっっっ。

もうもうたる砂埃が立つ中、車は尻を振りながらも無事にカーブを乗り切っていた。蛇道の運転に慣れていたから助かったが、最初の頃なら曲がり切れずに、きっと谷側へと転落したに違いない。

……はぁ、はぁ。

安堵と興奮の息を吐きつつも、すぐにバックミラーを覗く。

いない。

追い掛けて来たわけではないのか。しかし待避所から山道へ、蓑を大きく靡《なび》かせながら飛び出す姿が、はっきりとバックミラーに映っていた。

いや……。

そこで飯島は思い出した。あれは山道を、わざわざ追い掛けなくても良いのだ。いくらでも先回りができるのだから、そもそも走る必要が全然ない。

つまり、この先の待避所で……。

あれは待ち伏せしているのではないか。しかも今度は、ただ突っ立っているだけではない。襲い掛かってくるかもしれない。こちらが車の速度を上げて通り過ぎようとしても、お構いなしに飛び掛かって来るのではないか。

　そこからは次の待避所が現れるまで、もう緊張の連続だった。それが山側なら一応はほっとしたが、谷側だと分かった途端、どくんっと心臓が跳ね上がる。そして必死の眼差《まなざ》しで、あれの姿を樹々越しに捜しはじめる。

　もし真っ黒な頭や蓑の一部でも目に入ったら、待避所の直前までは速度を落とした安全運転で進むが、そこに差し掛かる手前で、一気にアクセルを踏んで逃げるつもりだった。そんな安易な作戦が実際に役立つのか、甚だ心許《こころもと》ない限りだが、それ以外に有効な手立てが思い浮かばないのだから仕方ない。

……谷側か……けど、いない。

……山側だ、助かった。

……谷側……いないよな。

　そんな気の休まらない思いを何度も繰り返すうちに、ようやく閖揚村の近くまで帰って来ることができた。だが、そこから村までの間に、「暗闇峠」と呼ばれる場所がある。別に怪談話が伝わっているわけではない。周囲の樹木が余りにも鬱蒼《うっそう》と茂っているせいで、昼でも暗いことからついた名称らしい。

　普段の飯島であれば、特に気にせずに通り過ぎただろう。しかし今は、違う。暗闇峠には谷側に、問題の待避所があったのだから余計である。

あれが待ち伏せしてるとしたら、絶対にあそこだ……。

自然に車の速度が落ちる。思わず徐行運転をして、だらだらと時間稼ぎをしてしまう。そうして何とか解決策を見出《みいだ》そうとした。

とはいえ一本道である。あの峠を越えない限り、村へは絶対に帰れない。一気に走り抜けるにしても、あの暗さが問題だった。ヘッドライトを点《つ》けていても、そんなにスピードを出すことはできない。そういう場所である。

……あれは、いる。

きっと、いる。

どうしたら……。

ここを上がれば暗闇峠に出るという坂道の下で、とうとう飯島の車は停まってしまった。

ほとんど日は暮れ掛けている。愚図愚図している間に、辺りは真っ暗になる。その前に峠を越えた方が、まだしも増しに違いない。そう彼も思うのだが、なかなか車を出す気にならない。

途方に暮れた飯島が、思わず周囲を見回したときである。左手の樹々の隙間から、ぼうっと滲《にじ》む明かりが目に入った。

あっ、大垣さんの……。

途端に彼の胸に、ぽっと希望の火が点《とも》った。

大垣家は閖揚村に於いて、代々に亘り庄屋を務めた家系だった。敗戦後の農地改革のあとでも、未だに村の筆頭地主に留《とど》まっている土地持ちである。その大垣家の飛び地の田畑が、明かりの見える辺りにあった。隠居した秀寿翁《ひでとし》は、「身体を動かさんと耄碌《もうろく》する」が口癖で、ほぼ毎日のように軽トラに乗っては、この田畑まで通っているという。

そんな久保崎から聞いた話を、ふいに飯島は思い出した。

急いで車をバックさせると、通り過ぎた左手の枝道まで戻る。この蛇道で分岐点があるのは、ここだけかもしれない。雑草が生い茂りながらも、車輪の跡が残る細い道に入り、しばらく直進してから左に曲がる。すると前方に大きな納屋が、左手に大きな藪《やぶ》が現れた。その藪の間に見える道を辿ると、きっと飛び地の田畑に出るのだろう。そちらには小さな納屋もあるらしいが、ここからは見えない。

飯島は車を停めて降りると、普通の民家の二階建てほどの大きさを持つ、大きな納屋へと歩み寄った。その左側面の上部に、明かり取り用の窓があり、そこから電灯の光が漏れている。普段なら薄汚れた明かりにしか、恐らく映らなかったに違いないが、今は物凄く温かそうな輝きに感じられ、何とも心強い。

恥を忍んで、一緒に帰って貰おう。

納屋の両開き戸の前に立った彼は、そう考えながら声を掛けた。

「すみません。何方《どなた》かおられますか」

しかし、何の応答もない。それでも負《め》げずに続けて、

「村の平和荘でお世話になってる、日昇紡績の者です。平皿町の工場から、ちょうど帰って来たところなんですが――」

明かりが点いており、板戸にも閂《かんぬき》が掛かっていないため、誰かいるに違いない。にも拘らず返事がないので、今度は目の前の大きな板戸を叩きながら、

「すみません。大垣さん、いらっしゃいませんか」

更に声を上げたが、やっぱり納屋の中からは、返答どころか一切の物音が聞こえて来ない。

「……開けますよ。失礼します」

不審に思いつつも、両開きの板戸の片方を少しだけ手前に開けて、彼は首を突っ込んだ。

真っ先に目についたのは、様々な農耕具である。それが室内に、雑然と置かれている。あとは薪《まき》ストーブと、その周りの数脚の椅子くらいで、全くの無人だった。

……変だな。

ふと飯島が顔を上げると、二階部分の床が目に入った。二階といっても民家のそれとは違い、納屋の前半分は天井まで吹き抜けになっており、奥半分の二階の高さに床が作られている。そこへは右端に見える梯子《はしご》を使って上がるらしい。

「大垣さん」

念のため二階に呼び掛けてみたが、相変わらず返答はない。納屋の中は、しーんと静かなままである。

まさか、あの上で倒れてるとか。

隠居しても田畑で働くほど元気な老人が——とは思ったが、畑仕事の最中に、ぽっくり逝ってしまう者も、世の中にはいると聞く。

飯島は少し躊躇ったものの納屋の中に入り、意を決して梯子を上がり出した。助けを求めて来たのに、こんな事態になるとは思いもしなかった。でも、本当に大垣が倒れていれば、それどころではない。すぐ自分の車に乗せて、町の病院まで運ぶ必要がある。

梯子から二階の床の上に顔が出たところで、まず目に飛び込んで来たのは、乱雑に積まれた藁の束である。それが大量に見えるものの、他には何もない。大垣の姿も見当たらない。念には念を入れてと、二階に上がって藁束の裏も覗いたが、やっぱり誰もいない。

何だ、明かりの消し忘れか。

この状態から判断して、その可能性が最も高いだろう。そう考えた途端、飯島は自分の迂闊《うかつ》さに気づいた。

そもそも納屋の前には、軽トラがなかった。

まだ大垣が田畑に出ているか、この納屋に留まっているのならば、ここまで乗って来た小型トラックが、何処かに停まっているはずである。それが見当たらないのは、既に大垣が軽トラを運転して、村の家へ帰った証拠ではないか。

とんだ寄り道をしてしまった。

がっくりと飯島は項垂《うなだ》れた。とはいえ車を降りて身体を動かしたことで、知らぬ間に気分転換ができたらしい。車中で覚えていた圧倒的な恐怖心が、ふと気づけば随分と薄れている。これなら暗闇峠も越えられそうである。

さっさと帰ろう。

奥の藁束の前で踵《きびす》を返して、二階の床を梯子段まで戻り掛けたときである。さあっと彼の顔から、一気に血の気が引いた。

明かり取り用の窓から、真っ黒な顔が覗いている。

普通の民家の二階ほどの高さがある窓に、その顔は浮かんでいた。そして一つしかない眼で、ひたすら彼を凝視していた。

くらっと倒れそうになり、危うく一階まで落ちるところを、どうにか飯島は踏ん張った。二、三歩ほど後退《あとずさ》ってから顔を上げると、黒い顔の一つ目が更に大きく見開かれて、凝っと彼を睨みつけている。

どうどと、どうどと、どうどと、どんどん……。

そして妙な声が、いきなり聞こえ出した。黒い顔の方からに思えたが、それが口を開いている様子はない。そもそも口らしきものが見えない。もっと顔の下の下、地面に近い辺りから響いているように聞こえる。

どうどと、どうどと、どうどと、どんどん……。

目は上にあるけど、口は下についている。

そんな化物の姿を想像しそうになった。蓑の身体の腹の辺りに口があって、ぽっかりと開いている。そこから低くて暗くて気味の悪い声が、一定の調子を刻むように漏れている。どんな風に頭と蓑が繋がっているのかは分からないが、ずるずるっと轆轤《ろくろ》首《くび》のように伸びているのかもしれない。

忌まわしい想像と耳に触る声を振り払おうと、飯島は咄嗟に首を振った。

どうどと、どうどと、どんどん……。

だが、その声は一向に止まない。それどころか移動しはじめた。と同時に黒い顔が、すうっと横に動き出した。彼から向かって右方向へ……。納屋の奥へと……。

このままでは二階部分の明かり取り用の窓越しに、あの黒い顔と対面する羽目になる。それだけでは済まずに、あれが窓を破って入って来るかもしれない。しかし、今すぐに逃げたのでは、あれに戸口まで先回りされる懼れがある。もっと右手へと動いて、充分に奥へ引き寄せてから、梯子を駆け下りて逃げなければならない。

余りの恐ろしさに身体を硬直させながらも、一方で意外にも冷静な判断を下せる自分に、飯島は驚いた。

まともには見ないようにしつつ、ゆっくりと移動する黒い顔を、視界の隅で捉える。こちらを凝視しているのは痛いほど感じるが、絶対に目を合わせない。本当は耳を塞ぎたいが、何とか我慢する。咄嗟の動きの邪魔になるからだ。

どうどと、どうどと、どうどと、どんどん……。

聞きたくもない悍《おぞ》ましい声を耳にしながら、納屋の奥から三番目の明かり取り用の窓を、あれが通り過ぎるのを待って――。

その瞬間、彼は梯子段を急いで駆け下りた。次の窓に達する前に、黒い顔は板壁沿いを移動しなければならない。そうしている間にあれは、納屋の中を覗くことができなくなる。

最後の数段は飛び下り、一階の床に着地するや否や、脱兎《だっと》の如く正面の戸に向かって、飯島は走った。右後ろ上部の窓を、振り返って見上げたい衝動を抑えながら、戸に手を掛けて開き、一気に納屋の外へと逃げ出した。

あとは車を目指して更に走り、素早く乗り込んでエンジンを掛ける。それから方向転換しようとして、その禍々《まがまが》しい何かの姿が突然、彼の瞳に飛び込んで来た。

納屋の左手の側面と物凄く茂った藪の間の、すっかり薄闇が降りた場所で、細長く伸びた蓑の化物のようなものが、ぐねぐねと全身をくねらせていた。その上部に黒い顔が載っていたのかどうか、飯島は知らない。暗くて見えなかったこともあるが、気色の悪い蠕動《ぜんどう》を目にした途端、顔を背けたからだ。

そこから村まで、どうやって帰ったのか、ほとんど覚えていない。暗闇峠を越えたのは間違いないはずだが、特に記憶には残っていない。

翌日、いつも通り飯島は出社した。しかし、村まで帰れなかった。車が蛇道に差し掛かった所で、思わず引き返してしまった。その夜は、元の遠戚の家に泊まった。

更に翌日、彼は出社した。だが、やはり村にはどうしても帰れない。平和荘の同僚の一人が終業するまで待ち、車の同乗を頼もうかと考えたが恥ずかしくて止《や》めた。これまでに同じ方法をアパートの誰もが試さなかったのも、きっと同じ理由からだったに違いない。

ようやく飯島が自分の運転する車で、閖揚村の平和荘に帰れたのは、例の怪異に遭遇してから四日後だった。

その翌日から、それまで通りの通勤がはじまった。ただし村から日昇紡績まで通うことはできても、以前のように仕事に身が入らない。勤務中にも拘らず魂が抜けたように、ぼうっとしてしまう。仕事上の失敗も増え、上司に怒られる始末だった。役員の久留米も凄く心配してくれ、わざわざ平和荘まで見舞いに来たほどである。このままでは会社を頸《くび》になると、周りの誰もが心配した。

そんなときにアパートの大家が、飯島の部屋を訪ねて来て、村の入江で毎年この時期に執り行なわれる「狢霊様祭《はえだまさま》」という儀式の、過去の写真を見せてくれた。今年も近いうちにあるだろうから、皆と一緒に見物すれば良いと、大家なりに気を引き立てようとしたらしい。

ところが、写真を見ているときは何もなかったのに、大家がわざわざ大垣家から借りて来た、祭の様子を録音したテープを耳にしているうちに、彼は慌てて荷物を纏めると、そのままアパートを飛び出して、元の遠戚の家へ戻ってしまった。

なぜなら村人たちの掛け声に交じって、あの響きが聞こえてきたからだ。

どうどと、どうどと、どうどと、どんどん……。

その後、しばらくしてから飯島は会社を辞め、平皿町からも去ったという。

第二章

旅立ち

刀城言耶《とうじょうげんや》は蜿蜒《えんえん》と延び上がる急峻《きゅうしゅん》な山径を、ひたすら好奇の眼差《まなざ》しで見上げていた。

……凄《すご》いなぁ。

今では誰も通らなくなった廃道は、ただ急なだけでなく左右にくねくねと曲がり、平坦《へいたん》とは程遠い擂鉢《すりばち》状の道には、土中から蛇が顔を出したかのような根っ子がうじゃうじゃと無数にのさばり、その間に大小の岩石がごろごろしていて、とにかく歩き難《にく》いこと夥《おびただ》しい。だが、これほどの難路にも拘《かかわ》らず、かつて人は重い荷を背負って行き来していたのだ。それも間違いなく言耶たち一行よりも、もっと遥かに速い足取りで――。

「……もう、ほんまに駄目です」

この廃道を辿《たど》りはじめてから、それこそ何度目になるのか分からない弱音が、祖父《そふ》江偲《えしの》の口から漏れた。ちなみに彼女は言耶の五メートルほど後方で、少し大きめの岩に腰掛けたまま、ぐったりと項垂《うなだ》れつつ肩で大きく息を吐いている。

刀城言耶は「東城雅哉《とうじょうまさや》」の筆名で、怪奇小説や変格探偵小説を執筆する作家だった。何よりも日本各地に伝わる怪談奇談に目がなく、しばしば創作の題材にも選ぶほどである。よって趣味と実益を兼ねた怪異譚蒐集《たんしゅうしゅう》をするために、ほとんど彼は旅に出ていた。民俗学で言うところの「民俗採訪」を、せっせと行なっている。東京の貸家へ戻るのは年に数回だけで、全て合わせても一ヵ月あるだろうか。執筆も旅先の宿屋で済ませ、村の郵便局から原稿を出版社に発送している。校正ゲラを送って貰うのも、そういった宿泊先だった。彼が文壇で「放浪作家」または「流浪の怪奇小説家」と呼ばれる所以《ゆえん》である。

もっとも刀城言耶にはもう一つ、いつしか別の呼称がついて回るようになった。「探偵作家」がそれである。彼は訪れた地で、なぜか奇っ怪な事件に巻き込まれることが多い。それも土地に伝わる恐ろしい怪異譚などが絡む殺人事件がほとんどで、気がつけば成り行きで素人探偵を務めている。しかも、どうにかこうにか事件を解決に導いていた。

刀城言耶を無理にでも一言で説明すると、「放浪の怪異譚蒐集家にして探偵作家」ということになるだろうか。

一方の祖父江偲は、敗戦後に設立された出版社の一つ〈怪想舎《かいそうしゃ》〉の編集者だった。

刀城言耶をはじめ数人の作家の担当をしつつ、探偵小説の専門誌『書斎の屍体』の企画と編集の一部も担う、なかなかの才女である。

作家と編集者の取り合わせは、もちろん珍しくない。取材旅行に出掛ける前者に、後者が同行する場合も同様だろう。現に今年の六月、奈良の波美《はみ》地方を訪ねた刀城言耶に、祖父江偲はついて行っている。そこで彼が水魑《みづち》様の儀に纏《まつ》わる神男《かみおとこ》連続殺人事件に巻き込まれたのも、いつも通りだった。ただ、それまでと違っていたのは、彼女も事件の迸《とばっち》りを食って、非常に恐ろしい目に遭ったことである。

あの体験に懲りて祖父江君も、今後は僕の民俗採訪には同行しないだろう。

言耶は密《ひそ》かに、そう思って安堵《あんど》していた。別に祖父江偲が嫌いだったからではない。本人に言うつもりは絶対にないが、彼女ほど「才色兼備な編集者」もいないと、実は兼ね兼ね感心していた。だったら相手に伝えれば良さそうなものだが、その気は全くない。

そんなことを言えば祖父江君は間違いなく、それはもう調子に乗るからなぁ。

偲が自分のことを「うち」と口にするとき、物凄く機嫌が良いか、逆にかなり怒っているときなのだが、そういう場合はまず碌《ろく》な出来事が起きない。言耶に褒められればきっと彼女は有頂天になる。すると何らかの騒動が勃発して、それに彼も否応《いやおう》なく引き摺《ず》り込まれる。といった展開が目に見えるだけに、言耶としても慎重にならざるを得ない。

仕事のできる祖父江偲が側《そば》にいれば、刀城言耶も何かと助かる。それは間違いなかった。とはいえ問題の彼女の癖がある限り、できるだけ彼は同行を阻止したいと思っていた。

ところが偲は、その後も機会がある毎《ごと》に、言耶の旅について来ようとする。いくら彼が「女の人の足だと、ちょっと大変だからね」と、やんわりと気を利かせて断っても、まず通用しない。「ご心配には及びません。決して弱音は吐きませんから」と自信満々に応える。それなのに決まって道中は、物凄く不機嫌になる。なぜなら言耶の行く先が、往々にして僻地《へきち》だったからだ。

とにかく行くだけで大変な土地が、やたらに多い。一番最寄りの駅まで電車に乗り、更にバスで進み、あとは馬車に揺られるだけ——で済めば、むしろ儲《もう》けものである。そこから延々と何キロも歩く羽目になる——という展開も珍しくない。そのうえ目的地に着くまでの道程が、大変な悪路だったりもする。

ちょうど今、彼らが辿っている廃道のように……。

こういう酷《ひど》い山径に、もちろん言耶は慣れていた。それだけでなく好きだった。人間の営みの痕跡が今も残っているのに、肝心の人の姿が何処にも見えない、絶えて誰も足を踏み入れていない地が……。

そういった場所に立つと、決まって彼はある種の感慨を覚えた。

どんな人々がここを使っていたのか。なぜ彼らはいなくなったのか。いったい皆は何処へ行ってしまったのか。

ただし中には、それどころではない場も存在する。その土地で所謂《いわゆる》「魔所」として恐れられている場だ。人の出入りを受けつけずに、逆に排除するような地である。

この廃道には、そういう気配がないか。

ずるずると大蛇が這《は》った跡のような坂道を見上げながら、ふと言耶は思った。だが、何か引っ掛かる気もした。どうしてだろうと首を傾《かし》げて、はっと脳裏に浮かんだ別の山径があった。

乎山《かなやま》の蟒蛇坂《うわばみざか》だ……。

今年の四月、刀城言耶は神戸《ごうど》地方の奥戸《くまど》の集落を訪ねた。そこには忌み山と恐れられる乎山があって、この目の前の廃道と同じような擂鉢状の坂が、やはり山径として延びていた。それを地元の人たちが「蟒蛇坂」と呼んでいたことを、ふいに言耶は思い出した。

あのときは六地蔵《むつじぞう》様の童唄に見立てた、何とも凄惨な連続殺人事件に遭遇したな。

と振り返った途端、彼は厭《いや》な予感に襲われた。

まさか……。

今回も事件に巻き込まれる、これは前兆なのか。そんな悍《おぞ》ましい未来を、目の前の坂は予兆しているのか。

でも……。

さすがに言耶は首を横に振った。ただ単に山径の形状が似ているだけで、そこまで考えるのは余りにも莫迦《ばか》げている。第一この廃道には、乎山の蟒蛇坂で覚えたような禍々《まがまが》しさがない。すっかり廃れて忘れ去られた哀しさこそ感じられるが、魔なるものに脅かされる恐ろしさは、少なくとも漂ってはいない。

どうかしてるぞ。

改めて言耶が山径を眺めていると、

「先生ぇえ、そんなとこで呑気《のんき》そうに、何をぼうっと突っ立ってんですかぁ」

祖父江偲の声が坂道の下から、恨めしそうに響いてきた。

「いや、別に――」

ぼうっとなんかしていないよ、と言い返そうと振り向き、ぷっと言耶は笑いそうになった。それほど偲が、どうにも情けない顔をしていたからである。

やっぱり祖父江君に似合うのは、東京の街中だな。

お洒落《しゃれ》をして街路を闊歩《かっぽ》する姿こそ、間違いなく彼女には合っている。こんな廃道を辿る道行は、どう考えても無理なのである。

とはいえ彼女も今回は、さすがにスカートではなくズボンを着用している。もちろん登山靴も履いていた。そういう意味では本人なりに、きっと山歩きに相応《ふさわ》しい格好をして来たのだろう。だが如何《いかん》せん、体力と精神力の問題は別である。

ちなみに言耶は普段通りに、ここでもジーンズ姿だった。もっとも穿《は》き古してよれよれになったものを、わざと穿いている。そうでないと山径では脚に纏《まと》いつき、歩き難いことこの上ないからだ。ジーンズ愛好家の言耶だったが、そこはちゃんと考慮していた。

あれほど祖父江君には無理だって、口を酸っぱくして言ったのに――。

言耶が心の中で溜息を吐きつつ、足元に注意しながら坂道を戻って行くと、

「……先生、振り向いた瞬間うちを見て、ふって笑いましたね」

とんでもない難癖ではなく、非常に鋭い文句を偲がつけてきた。

「い、いや……笑ってないよ」

とはいえ認めたら大変なことになるため、必死に言耶が否定していると、

「誤魔化しても駄目です。うちは、ちゃんと見てました」

と言うが早いか、彼女は横にいる大垣秀継《おおがきひでつぐ》に確認し出した。

「そうやったでしょ？　あなたには先生の表情が、どう映った？」

「……はぁ」

秀継は真面目な顔つきで、しばらく言耶を見詰めてから、

「先生の真意は分かりませんが、確かに少し微笑まれたような気がします」

とんでもないことを言い出した。

……こらこら。

言耶は声に出さずに、思わず突っ込んだ。

ある意味こうして祖父江偲が同行した「原因」が、この大垣秀継にあったため、余計に勘弁して欲しいと感じた。こんなことなら自分独りで、二人には黙って出発したのにと後悔したが、もちろん後の祭りである。

大垣秀継は言耶が卒業した大学の後輩だった。といっても秀継が入学したとき、もう彼はいなかった。言耶は在学中から既に作家活動をはじめており、卒業後は早くも民俗採訪をはじめている。互いに木村有美夫《きむらゆみお》という共通の恩師が存在したにも拘らず、顔を合わせる機会がなかったのも仕方ない。

二人が知り合ったのは、秀継が大学を出て就職した〈英明館《えいめいかん》〉という新興出版社で、五ヵ月弱ほど書店回りの仕事をしてから、この九月に編集部へ配属されたあとである。この版元から言耶は、研究書『民俗学に於ける怪異的事象』を本名で上梓《じょうし》していた。そのときの編集担当者の後任が、この大垣秀継だった。彼は刀城言耶のことを学生時代に、よく恩師から聞かされていたらしい。そこで木村に紹介の労を取って

貰ったうえで、言耶に面会を申し込んで来た。祖父江偲が全く何の伝手《つて》もないまま、いきなり会いに来た過去の例と比べるまでもなく、この段取りには秀継の生来の真面目さが感じられる。

刀城言耶としては恩師の口利きがあり、かつ出身大学の後輩である。二つ返事で了解して会ったところ、二冊目の執筆を依頼された。その際の雑談で、大垣秀継が故郷に伝わる怪談を話したのだが、それに言耶が食いついたのは言うまでもない。

怪談は全部で四つあった。言耶が「海原の首」「物見の幻」「竹林の魔」と名づけた三つは、強羅《ごうら》地方の最西端に位置する犢幽村《とくゆうむら》が舞台で、江戸と明治と戦前の怪異譚である。

残る一つ「蛇道の怪」は、秀継の生まれ育った閖揚村《ゆりあげむら》から、日昇紡績《にっしょうぼうせき》の工場がある平皿町《へいべいちょう》まで通る山道を舞台に、ここ数ヵ月間に起きた何とも不可解な体験談だった。しかも、これは現在進行形の話だという。

そこで言耶は早速、九月の下旬に強羅地方を訪ねることにした。まず閖揚村に行くつもりだったが、秀継から色々な話を聞くうちに、強羅で最初に拓《ひら》かれた犢幽村へ向かった方が、実は良いのかもしれないと考え直した。そもそも三つの怪談が興味深かったこともあるが、四つ目の話の元凶らしい「蠅玉《はえだま》」という怪異の存在が、犢幽村の「碆霊様《はえだまさま》」に由来しているようだと、この段階で察しをつけられたからである。

怪異が生まれた地である犢幽村。

今なお怪異が起きている閖揚村。

どちらを優先させるか迷う言耶に決め手を与えたのが、及位廉也《のぞきれんや》に関する情報だった。この異端の民俗学者は、一週間ほど前から犢幽村の笠磐寺《とくがんじ》に滞在しており、頻《しき》りに何かを調べているらしい。及位の動向が分かったのは、大垣秀継が閖揚村の知り合いを使って、色々と探ってくれたお陰である。先に現地入りした民俗学者を、どうやら言耶は気にしていると、秀継は察したようなのだ。正に編集者の鑑《かがみ》である。

及位廉也の民俗学に於ける研究対象とは、その土地に纏《まつ》わる特有の怪異な現象にあったため、諸《もろ》に刀城言耶と重なっている。かといって言耶も、それだけなら先達が民俗採訪を行なっている最中の村へ、わざわざ足を踏み入れたりはしない。礼儀上むしろ避けただろう。しかし及位廉也には、その強引で身勝手な取材のやり方を巡り、かなり芳《かんば》しくない噂が伝わっていた。民俗学者として如何なものか、という批判も一部では囁《ささや》かれている。

もちろん刀城言耶は学者ではない。ただ民俗学者と同じように、日本の各地で民俗採訪を行なっている。その際に彼は、できるだけ土地の人に嫌な思いをさせない――を第一の信条にしていた。ともすれば昔の話を語ることで、その当人もしくは村の、既に忘れ去られた負の面を蘇《よみがえ》らせる羽目になる。そういう危険が民俗採訪では、常につき纏っている。こちらは話を聞いて蒐集すれば、あとは帰ってしまうだけで済むが、あちらは違う。その土地に留《とど》まり、これまで通りの日常生活を、今後も続けていかなければならない。それが封印された話をしたことで、脆《もろ》くも崩れてしまったら、いったいどう責任を取るのか。いくら考えても、そんな責めなど負えるわけがない。

刀城言耶はあるとき、この信条を祖父江偲に話したことがある。

「先生らしいですね」

にっこりと彼女は微笑むと、感心したように頷《うなず》いてから、

「そのお言葉に嘘や偽りがないのは、私が一番よう知ってます。けど——」

と続けた偲の笑顔が、いきなり邪悪な笑みに変わったと思ったら、

「先生の知らない化物の名前や、全く聞いたこともない珍しい怪談を耳に挟んだ途端、それまでの好青年から一転、まるで人が変わったようになって、その話を相手が語ってくれるまで絶対に諦めない、鼈《すっぽん》のように食らいついて離さない、徹底的に追い詰めて、何が何でも喋《しゃべ》らせる——という先生のあの大いに困った癖は、どうなんでしょうね」

「…………」

本当のことなので、言耶が全く反論できないでいると、

「土地の人に嫌な思いをさせない——という先生の信条に、もしかして反してること

になりませんか」

可愛らしく小首を傾げながら、ずばり彼女に言われた。

斯様《かよう》に言耶にも問題はあったが、かといって及位廉也の件を、このまま見て見ぬ振りをする気にはなれなかった。自分が赴くことで、少しでも及位によって齎《もたら》される被害を防げればと、彼は考えたのである。

こうして最初の目的地は、犢幽村と決まった。場合によっては、そこから塩飽村《しあくむら》と石糊村《いしのりむら》と磯見村《いそみむら》を経て閖揚村まで、強羅地方の五つの村を巡ることもできるため、この変更はむしろ良かったのかもしれない。

次は村までの行き方だが、秀継によると、かつては村同士の行き来も難儀するほど道が整備されていなかった。しかし今では、閖揚村から犢幽村まで五つの村を結ぶ道路ができている。そのため犢幽村を訪れるには、いったん平皿町から山道を辿って閖揚村に入るのが、実は一番速い道程になるという。

これで秀継の話が終わっていれば、事は簡単に済んだかもしれない。言耶が独りで旅立ち、今頃は平皿町で雇った車に乗って、ひたすら閖揚村を目指している最中だったろう。しかし秀継は、つい余計な一言を口にしてしまった。

「何でも昔は、いくつもの山を挟んで隣り合った野津野《のづの》の鯛両町《たいりょうちょう》という所から、犢幽村まで通じている道が、二本あったそうです。もっとも今は、どちらも廃道になってるでしょうけど」

「ほうっ、廃道か」

この言葉に、言耶の好奇心が刺激された。詳しいことは知らないと首を振る秀継に、ぜひ地元に問い合わせて欲しいと彼は頼み込んだ。

その結果、蟒蛇の通り抜けという断崖絶壁を刳《く》り貫《ぬ》いた道は、相当な危険を伴うため通行禁止になっているが、もう一つの山中を抜ける九難道《くなんどう》は廃道の扱いながらも、まだ辛うじて人間は歩けるだろう。ただし、くれぐれも注意が必要らしい。という情報が得られた。

これに言耶は甚《いた》く乗り気になったのだが、そうと知った途端、秀継が真顔でこう続けた。

「それでしたら、お話をしました責任上、私が先に鯛両町を訪れ、前以て九難道を歩いたうえで、道中の安全を確認して参りたいと思います」

「……えっ。い、いや、それほどの手間を取らせては、あなたの会社に申し訳ない」

慌てて言耶は断ったのだが、秀継は退《ひ》かない。

「私が怪談をお教えしただけでしたら、取材に行かれる先生にご一緒はしません。でも、九難道の存在をお伝えしたがために、そこを先生が通られるのであれば、私にも責任が生まれます」

「だからといって事前に、わざわざ君が廃道を検《あらた》めなくても——」

「いいえ。万一のことが起きてからでは遅いです。九難道の何処に気をつけるべきか、ちゃんと調べておきますので、それからご一緒に参りましょう」

「いやぁ、しかし——」

「先生にご執筆依頼をしております以上、英明館も決して無関係ではありません」

「いや《ヽ》いや、関係ないと思うよ。それに青二才の僕を『先生』なんて呼ぶのは、ちょっと止めて貰った方が——」

だが、いくら言っても秀継は聞かない。それどころか今回の件を、彼は会社の出張扱いにしてしまった。全く恐ろしい手腕の持主である。

「取材旅行にできなくて、誠に申し訳ありません。それでしたら先生の経費も、全て我が社で持つことができましたのに」

頭を下げる大垣秀継を見て、近い将来きっと優秀な編集者になるだろうと、言耶も思わず舌を巻いた。

こうして不本意ながらも、今回の旅には同行者ができた。とはいえ秀継は、強羅地方の出身である。犢幽村の笹女神社《ささめじんじゃ》の籠室岩喜《かごむろがんき》宮司とも顔見知りだという。単なる道先案内人としてだけでなく、色々と取材の役に立ってくれそうではないか。

切り替えの早い言耶は、前向きに捉えることにした。しかし、それだけでは済まなかった。この件を耳にした怪想舎の祖父江偲が、二人を神保町の喫茶店〈エリカ〉に呼び出したうえで、なんと自分も同行すると言い出したのだ。

「えーっとね、祖父江君。よく分かってないようだけど、我々が通る九難道というのは――」

やんわりと言耶が言い聞かせようとすると、

「その道に関する説明は、前以て大垣君から、ちゃんと聞いてます」

何の問題もないと言わんばかりに、彼女は満面に笑みを浮かべつつ、

「けど、そういう山径やったら、これまでにもご一緒してるやないですか。ほら、奈良の波美地方の二重山《ふたえやま》に登ったときも――」

「ああ、よく覚えてるよ。君よりも先に進んだ僕を、『刀城言耶の阿呆、人で無し、鬼』と罵っていたからね」

「いややわぁ、そんな昔の話を――」

「そして今度は下りるとき、止むを得ない事情で君を残して、僕が先に行こうとしたら、『鬼、人非人、悪魔、人で無し、化物好き、冷血漢』と罵った」

「やっぱり私、編集者ですね。表現が豊富なこと」

「化物好きはともかく、あとは酷い言われようじゃないか」

「それはいいんですか」

「うん」

素直に言耶が頷く。

「せやけど私が本気で、そんなこと言うたと思います？」

「うん」

間髪容《い》れずに再び言耶が頷くと、それが目に入らなかったという意思表示なのか、すっと偲が顔を逸《そ》らせた。

「もう一度はっきり説明するけど、この九難道は長い年月、もう誰も歩いていない廃道なんだ。文字通り廃れた道だよ。だから辿って行く途中で、予想外の難所に出会《でくわ》すかもしれない。かなり危険で酷い場所を、どうしても通らざるを得ないかもしれない。いや、その可能性が非常に大きい。しかも鯛両町を早朝に出ても、その日のうちには犢幽村に着けないらしい。つまり山の中で、野宿しなければならないわけだ」

さすがに偲がたじたじとなったのを、言耶は見逃さなかった。

「野宿だから風呂はないし、用を足すのも藪《やぶ》の中だな。空が曇ってたら夜は、それこそ真っ暗になる。野宿っていうのは、寝てるとね、がさがさっ、ざっざっざっ……なんて物音がよく聞こえるんだ。野生動物が好奇心から、きっと近づいて来てるんだろうけど、実際のところは分からないからなぁ」

「ど、どういう意味ですか」

「何か別の得体の知れぬもの……ってことも、ないとは言えないからね」

「…………」

「深い山中には、未だに人間には正体不明なものが、やっぱりいる気がしてね。そういうのが、夜になると寄って来る。寝ている側まで、そっと近づいて来る」

「…………」

偲は完全にびびっていた。

「そういう恐ろしく危険な所へ、祖父江君のような羞月閉花《しゅうげつへいか》にして、正に天香国色《てんこうこくしょく》の、いやいや仙姿玉質《せんしぎょくしつ》と讃《たた》えるべき女性を、とてもじゃないが、僕はお連れできないよ」

「せ、先生……。それほどまでに、うちのことを……」

彼女は完全に感極まって、ほとんど泣く寸前だった。このまま何事もなければ、今回は男の二人旅になっていたはずだった。

ところが、大垣秀継が余計な一言を、ここで口にしてしまった。

「祖父江先輩、少しもご心配には及びません。刀城先生のお世話は、私がきっちりとさせて頂きますので、どうか安心なさって下さい」

彼は良かれと思って言ったのだろうが、この台詞《せりふ》が偲の間違った編集者魂に、ぼっと火を点《つ》けたらしい。

「先生のお世話がきちんとできるのは、うちだけです」

「はっ？」

秀継はきょとんとした顔をしている。

「それに、あなたと私は同じ会社に勤めてるわけやありません」

「はぁ？」

「ですから、あなたに『先輩』などと呼ばれる筋合いは、全くないんです」

「あぁ、そういう意味ではなくて、編集者の先輩として──」

「とにかく、うちは行きます」

このとき祖父江偲は、既に大垣秀継を見ていなかった。刀城言耶の顔だけを、しっかりと見詰めていた。

「あのね、祖父江君。これまで説明したように──」

言耶が宥《なだ》める口調で抵抗しようとしたが、

「ご心配には及びません。決して弱音は吐きませんから」

という偲の一言で、彼女の同行は決定したのである。

こうして大垣秀継は、刀城言耶たちより三日も早く鯛両町の宿屋に入り、せっせと九難道に通いはじめた。もっとも犢幽村まで往復するのは大事《おおごと》なので、実際は全行程の半分くらいを調べるに留まったらしい。

「いや、充分だよ。本当に助かります」

最寄りのバス停まで出迎えに来てくれた秀継に、言耶は丁寧に頭を下げた。

問題は案の定というべきか、祖父江偲だった。東京を発《た》つときも、電車に乗っている最中も、バスに乗り換えた際も、彼女は機嫌良くしていた。少し乗り物疲れはあったようだが、その程度で弱音を吐いていては、刀城言耶の取材には付き合えない。バス停から宿まで歩いて二十数分の距離だったことにも、特に文句は唱えなかった。

おまけに宿の人たちは親切で、風呂は温泉のうえ、食事も美味《おい》しく、部屋は綺麗という至れり尽くせりの対応である。秀継の根回しもあったのかもしれないが、とにかく当たりの宿だったのは間違いない。

宿の主人が言耶と偲に、如何に秀継が苦労して九難道を探っていたか、その様子を話してくれたのも収穫だった。どうやら毎夜、その日の探索の模様を彼は、主人夫婦を相手に喋っていたらしい。それを主人から聞かされなければ、どれほど秀継が大変な思いをしたか、言耶たちは知らぬままだったかもしれない。

「本当にありがとう」

言耶が感謝の気持ちを伝えると、秀継は照れて俯《うつむ》いてしまった。

「ええとこですねぇ」

一方の偲は、後輩編集者の奮闘振りを聞いても、仕事で来ている事実を忘れたかのように、呑気な台詞を吐いている。

そんな彼女に影が差しはじめたのは、今朝である。まだ夜も明けぬうちに起こされ、いきなり不機嫌になった。更にほとんど寝惚《ねぼ》け眼《まなこ》にも拘らず、昨夜のうちに作って貰ったおにぎりを食べろと強要され、益々《ますます》ぷっと膨れた。

「しっかり朝を食べとかないと、これからの山径を歩けないよ」

言耶に何度も言われ続けて、ようやく渋々ながら口に運ぶ始末である。

それでも宿の主人に見送られ──自分たちだけで出立するのでお構いなく、と言耶は予《あらかじ》め断っておいたのだが、律儀に早起きしてくれた──朝まだきの町を歩いていると、徐々に彼女の機嫌も直ってきた。

「夜明け前の空気って、澄んでいて気持ちいいですね」

それが嵐の前の静けさであることを、もちろん言耶だけは察していた。

第三章
九難道

宿から北の方向にある町外れのバス停留所まで、まず三人は歩いた。刀城言耶と大垣秀継《おおがきひでつぐ》は事前の打ち合わせ通り、すぐにトタンとベニヤ板で作られた待合所の裏へ回ったのだが、一向に祖父江偲がついて来ない。

「……あれ、祖父江君？」

言耶が待合所の表へ戻ると、そこの長椅子に彼女が腰掛けていた。まだ寝惚《ねぼ》けた顔のまま、ちょこんと座る様子が、何とも可愛らしい。

もっとも彼の口から出たのは、

「何してるの？」

「えっ……だって、バスに乗るんでしょ」

「おいおい」

九難道《くなんどう》の入口は、今ではバスの待合所の裏になっていると、昨夜も言耶と秀継が話題にしたばかりである。その場には、もちろん彼女もいた。

「あのね。バスに乗っても、犢幽村《とくゆうむら》には行けません。今から僕たちは、この裏の廃道を辿《たど》ります」

言耶は根気よく説明しつつ、偲を待合所の裏へと導いた。

「わぁ、綺麗」

幸いだったのは、周囲に聳《そび》える杉と檜《ひのき》の木立に、ちょうど木漏れ日が射し込みはじめ、廃道の出発点に転がる苔生《こけむ》した大小の岩が、何とも幻想的に映っていたことである。この眺めに、すっかり彼女は感じ入ってしまったらしい。

お陰で最初の九十九折《つづらおり》の道も、偲の歩みは順調だった。それが早くも崩れ出したのは、歩き出してから小一時間も経った頃である。比較的なだらかだった山径が、次第に獣道かと見紛《みまが》うような、細い筋に変わりはじめた。足元に纏《まと》いつく雑草も異様に繁茂しており、歩き難《にく》いことこの上ない。おまけに心地好かった早朝の澄んだ空気が、いつしか山中の冷気に変わっている。そのため顔面や両手が妙に冷たい。にも拘《かかわ》らず身体を動かしているため、衣服の中はすっかり汗を掻《か》いており、とにかく暑い。しかし立ち止まって小休憩を取ると、たちまち全身が冷えてくる。そんな状態が、ずっと続いていた。

「……うち、もう駄目です」

言耶の恐れていた第一声が、偲の口から発せられて以降、とにかく励まして登らせる、山の怪談で脅して歩かせる、次の休憩を餌に前進させる——この繰り返しになった。それには秀継も協力してくれたが、どうも今一つ役に立たない。

例えば偲が息も絶え絶えに、ほとんど縋《すが》るような口調で、

「……まだ、休めないんですか」

と訊いてきたとしたら、たとえ次の休憩までに間があっても、言耶なら努めて明るい表情で、

「もう少し進んだら休めるから、あとちょっと頑張ろう」

嘘も方便で応じるのだが、真面目な秀継は違った。

「先程の小休憩から、まだ三十分も経っていません。あと三十分は歩く必要がありますが、その辺りで足場の悪いガレ場に、ちょうど差し掛かります。ですから、そこを過ぎた先で休むのが良いでしょう。となると、あと四十分か……。ガレ場で時間を取られてしまえば、五十分は掛かるかもしれませんね」

その結果、偲が絶望の余り棒立ちとなり、斯《か》くして一行の足は止まってしまう。

やっぱり独り旅に限るな。

言耶が遠い目で山の彼方《かなた》に思いを馳《は》せたのも無理はない。とはいえ偲の尻を叩かない限り、いつまで経っても犢幽村には着けない。いや、その前に野宿を予定している遠見峠《とおみとうげ》にさえ辿り着けない懼《おそ》れもあった。

犢幽村まで九難道を辿る計画は、秀継によって綿密に練られていた。もっとも正確な地図があるわけではない。彼が参考にできたのは、犢幽村の笹女神社《ささめじんじゃ》の籠室岩喜《かごむろがんき》宮司から手紙で教えて貰った、九難道の情報だけである。

その手紙には、鯛両町《たいりょうちょう》のバス停留所の裏から入り、どういう山径が何処まで続き、その途中にどんな難所が待ち受けており、どの辺りに休憩や水の補給や野宿に適した場所があるか——といった注意事項が事細かに、大凡《おおよそ》の距離と所要時間まで含めて、複雑怪奇な手書きの地図と共に記されていた。

ただし、これらは飽くまでも岩喜宮司の記憶に基づく情報であり、距離も時間も目算に過ぎない。その証拠に秀継は九難道を実際に辿った結果、宮司の書き込みとは異なる点を多く見つける羽目になった。彼は自分の発見を地図に追加したが、それも全行程の半分ほどである。

「やっぱり一晩は野宿をして、村まで一度は往復しておくべきでした」

大いに悔やむ秀継を、

「そんなことをしたら疲れ切って、こうして案内して貰うのも、きっと無理になってたよ。それに途中までとはいえ、君が道を知っているのは、本当に心強いからね」

言耶が大いに慰めた。

もっとも偲は、先生の安全を確かめるために、あなたは先行したんやないの——という顔で秀継を見ている。しかし、もう文句を言う元気さえないのか、結局は黙ったままである。

言耶は飴《あめ》と鞭《むち》を使い分けながら、とにかく一歩でも先に偲を進ませようとした。そのための最高の飴は昼食休憩であり、最大の鞭は山に纏《まつ》わる怪談を聞かせることだった。秀継には行程の管理を任せて、自分はひたすら彼女の世話に徹するようにした。そういう役割分担が、この窮地を救う唯一の方法だと考えたからだ。

この読みが当たった。お陰で午前中の道程は、どうにかこうにか乗り切ることができた。ちなみに彼女の荷物は、とっくに言耶と秀継が分け合って持っている。

ところが、午後も半ばを過ぎた辺りから、当の刀城言耶に変化が表れ出した。さっさと彼だけが独りで、気がつけば偲や秀継よりも先へ進んでいる。まるで同行者の存在を一時《いっとき》だけ忘れて、大いなる自然の中に我が身を浸すかのように。

そんな言耶の振る舞いに気づいて、大垣秀継が不安そうな声を上げた。

「刀城先生、ちょっと変じゃないですか」

「あぁ、あれね」

しかし偲は、至って平気そうにしている。

「ああいうときの先生って、まるで自然の中にいる妖怪と親交してるみたいに見えるから、どうしようもないんよ」

結局、第三者がこの場にいたら、正に三人三様だと思ったかもしれない。

とはいえ一番足を引っ張っていたのは、間違いなく祖父江偲である。言耶が図らずも乎山《かなやま》の蟒蛇坂《うわばみざか》を思い出した地点で、とうとう彼女は本気で音を上げてしまったのだから。

そんな偲のことを笑ったという誤解を、どうにか解いた言耶に、

「このままだと日暮れまでに、遠見峠に着くのは、絶対に無理です」

秀継が難しい顔を向けてきた。

「となると野宿の場所を、もっと手前に持って来るしかないか」

「そうですね」

相槌《あいづち》を打った秀継が、ポケットから取り出して広げた手紙の地図に、言耶は目を落としつつ考えた。秀継が確認した道程の範囲を、とっくに三人は越えている。それから先は宮司の手紙と地図だけが頼りだった。

「ここから二、三時間で行ける距離で――、いいや二時間と見た方が、やっぱりいいだろう」

一時間も短縮したのは、もちろん祖父江偲の歩みの遅さを考慮したからだ。

「はい。ただ、二時間では、ちょっと厳しそうです」

「うーむ、野宿に適した場所が、なかなかないか」

該当する地図の地点は、上り下りの激しい山径になっている。できれば少しでも開けた平地が欲しい。

「ここは？」

言耶が指差した箇所には、「狼煙場《のろしば》」の文字があった。

「何でも江戸時代に、沖を通る帆船と犢幽村に向けて、ここから狼煙を上げたという跡らしいです。船に対しては、この辺りが遠浅の岩礁地帯だと教えるためですね。そして村には、難破するかもしれない船の存在を知らせる役目があったそうです」

この辺りと秀継が示したのは、犢幽村が面している海域のことである。

「そういった狼煙場なら、ある程度の平地が望めそうだな」

「はい。もっとも無難な選択かと思われます」

秀継も賛成したため、今夜の野営地は遠見峠から狼煙場に変更された。

「さて、そうと決まったら、愚図愚図してられないな」

言耶はきびきびした声を出しながら、徐《おもむろ》に偲の方を向くと、

「祖父江君、ここから三十分に一度は休みます」

「えっ……ほんまですか」

それまでは一時間に一度だったので、彼女は喜んだらしい。

「ただし、きっかり五分だけです」

「それも立ったままで、絶対に座ってはいけない」

「ええぇぇぇぇっ」

「なっ……」

絶句する偲を立ち上がらせると、ぶつぶつと文句を言う彼女にお構いなく、ひたすら言耶は急《せ》き立てた。そこからは彼女の尻を、ずっと叩き続けた。

その頑張りのお陰で、どうにかこうにか日暮れ前に、三人は狼煙場に到着することができた。そこは海に面した断崖絶壁の上で、藪《やぶ》に囲まれた六畳間ほどの広さがある、ほとんどの地面に凹凸のない草地だった。

「……ここですか。着いたんですか」

無言で頷《うなず》く刀城言耶を見て、へなへなと祖父江偲はその場にへたり込むと、

「やったぁ……。先生の立てた計画通りに、うちは歩けたんですねぇ」

そんな自分を褒めたいとばかりに呟《つぶや》いたので、
いやいや、違うだろ。

と言耶は声に出さずに、心の中でぼやいた。それなのに大垣秀継が、

「あのですね、そもそもの――」

目的地である遠見峠の件を蒸し返しそうになったので、言耶は慌てて口を開いた。

「えーっと、祖父江君」

「はい、何ですか」

かなり疲れているとはいえ、もう今日は歩かなくて済むと分かっているだけに、彼女の機嫌はかなり良い。

「えーっと、あれだよ」

「はっ、何でしょう？」

困った言耶が周囲を見回していると、積み上げられた転石のような跡が、微《かす》かに草地の中心に認められた。

「ほら、ここ。きっと竈《かまど》の跡だよ」

「竈ぉ？」

小首を傾《かし》げる偲の横で、秀継も不思議そうな顔をしている。

「狼煙を上げるための竈が、ここに作られていたんだよ」

「でも狼煙って、焚火《たきび》でやるんじゃないんですか」

秀継も同じ考えらしく、彼女の横で首を縦に振っている。

「焚火をする目的は火を熾《おこ》すことにあるけど、狼煙の場合は如何《いか》に煙を上げるかが大事になってくる」

「あっ、そうですよね」

すぐに秀継は納得したようだが、偲は違った。

「焚火をしても、煙は出ますよ」

「でも、それが高く空まで上がるわけじゃない。ここから――」

言耶は犢幽村の方角を指差しながら、

「全く村は見えない。ということは村からも、この狼煙場は望めないわけだ。だから狼煙を上げるのにも、かなり高く煙を上昇させる必要がある。普通の焚火では、そんな煙は出せない」

すると秀継が、はじめて気づいたという顔で、

「つまり焚火とは違って、狼煙は樹木の枝葉を燃やすわけではないんですね」

「もちろん枯草などは使うけど、樹脂を多く含んだ肥松《こえまつ》や松葉が主となる」

この言耶の指摘で、秀継は合点がいったらしく、

「そう言えば松葉って、燃やすとやたらに煙が出て、閉口した覚えがあります」

と応えつつも愛用の手帳に、せっせとメモを取っている。今回の民俗採訪の間中、彼は刀城言耶が口にした民俗学上の様々な知識を、全て記録して勉強するつもりらしい。ちなみに手帳の最初の方には、言耶から受けた探偵小説講義が事細かく書き記されていた。

「うん。その煙を利用したのが、『松葉燻《いぶ》し』と呼ばれる拷問だ。狐憑《きつねつ》きを祓《はら》う際にも、この松葉燻しが使われた」

「煙に咽《む》せて、狐が落ちるんですか」

秀継の口調は、さすがに半信半疑だった。

「そういう風に考えられたわけだけど、実際は狐憑きの人を、燻り殺してしまう場合も多かった」

「ええっ……怖い」

偲が怯《おび》えた顔を見せつつも、次いで小首を傾げると、

「ところで先生、どうして狼煙って、『狼《おおかみ》の煙』って書くんですか」

「さすが祖父江君、なかなか鋭い質問だね」

すかさず言耶が褒めると、「へへっ」と偲が照れた。

「言われてみれば、そうですね」

秀継も興味があるようなので、言耶は説明した。

「肥松や松葉よりも、もっと重要視されたのが、実は狼の糞《ふん》なんだ」

「……嘘ぉ」

びっくりする偲と同じように、秀継も驚いている。

「煙を真っ直ぐ天へと上らせる効果が、狼の糞にはあると考えられたからだよ」

「ほんまですか」

偲の突っ込みに、言耶は苦笑しながら、

「飽くまでも伝承だから、真偽のほどは分からない。しかし、わざわざ『狼の煙』と記した以上、何らかの効果はあったのかもしれない」

「ふーん、面白いですねぇ」

僅かに残る竈跡の転石を、しばらく彼女は眺めていたが、はっと急に周囲を見回しながら、

「ちょ、ちょっと先生、待って下さい。ということは、この辺りに、お、狼が出るってことじゃないですか！」

「しぃ……」

言耶は人差し指を唇に当てつつ、偲に近づきながら小声で、

「大きな声を出したら、奴らに聞こえてしまう」

「…………」

慌てて彼女が、両手で口を塞いだのを見て、言耶はにっこり微笑みながら、

「日本で狼が最後に目撃されたのは、明治時代だよ」

「……先生ぇぇ」

偲が叩く振りをしたので、言耶は急いで逃げながら竈跡まで行くと、

「それにしても、ちょっと妙だな」

足元の転石を見下ろしてから、犢幽村の方向に目を向けた。

「何がですか」

秀継の問いかけに、今度は海を見ながら言耶は、

「確かにここなら、沖合の帆船を逸早《いちはや》く発見できるかもしれない。そして狼煙を上げても、帆船からも村からも、よく見えるのは間違いない」

「私も、そう思います」

「とはいえ船が、この辺りの海域で難破する危険があるのは、天候が荒れている時期になる。つまり風雨が強いときだ。そんな状況で、果たして満足に狼煙が上げられるだろうか」

「ああ、それでしたら――」

秀継が何でもないという口調で、

「宮司が言っておりました。結局この狼煙場は、ほとんど使われることがなかったのだと」

「それを先に言いなさいよ」

偲が突っ込みを入れたが、秀継は動じることなく、

「それで最初の野営地に予定していた、喰壊山《くえやま》の遠見峠を新たな見張り場にして、松明《たいまつ》の合図を送るようにしました。しかし余り上手くいかなかったため、牛頭《ごず》の浦《うら》に突き出した角上《つのうえ》の岬の先端に、物見櫓《ものみやぐら》を作ったらしいです」

「なるほど」

更に言耶は海を眺めながら、何事か考えている様子だったが、

「あっという間に、これは日が暮れるな」

天を振り仰いだあと、すぐに焚火の準備に取り掛かった。

おにぎりの残りと缶詰の夕食を済ませると、明日の行程について簡単に打ち合わせをして、三人は眠りに就いた。

寝床作りでは、偲が不満を漏らすことが予想できたため、言耶は自分用に持って来た米軍払い下げのシュラフを、さっさと彼女に与えた。

「何ですか、これ?」

まるでゴミ袋に触るような扱いに、やれやれと言耶は溜息を吐きながら、

「寝袋だよ。アメリカさんたちは戦地で、この中に入って寝てたんだ」

「へぇ。ほんまに便利なものを、色々と作る国ですねぇ」

純粋に偲が感心したようなので、言耶は安心して使い方を教えた。これなら虫にも悩まされないと、彼女は大喜びである。

こういったシュラフが戦地で、しばしば遺体収容の袋として使用された事実は、もちろん教えなかった。今は彼女が少しでも快適に休めて、明日に疲れを残さないように気をつけることが、何よりも大事だったからだ。

祖父江君を怖がらせて、その反応を楽しんでる場合じゃないからな。

偲が聞けば、いきなり激怒しそうな独り言を心の中で呟きつつ、言耶も自分の寝床を作ってから就寝した。

三人が横になったあと、最初のうちこそ彼女も、

「こんなに早く、やっぱり眠れません。先生、何かお話しして下さい」

と言っていたが、言耶がいくらも話さないうちに、すうすうと寝息を立てはじめた。本人が感じている以上に、かなり疲れていたのだろう。次いで秀継が寝落ち、二人の就寝を見届けてから言耶も眠った。

翌日の起床は、ほとんど夜明けと一緒だった。もっとも野外で寝ていたため、嫌でも日の光を感じてしまう。そういつまでも寝てはいられない。祖父江偲が早起きの不満を漏らさなかったのが、何よりの証拠だろう。

乾パンと缶詰の朝食を済ませると、すぐさま三人は出発した。今日は少なくとも午後の早い時間までに、遠見峠に着いていなければならない。そうしないと日暮れ前に、犢幽村には到着できない。その場合は遠見峠で、再び野宿をする羽目になる。

という意味のことを一回目の小休憩の際に、言耶は偲に念押しした。

「そんなん嫌です」

シュラフの使い心地は好かったらしいが、さすがに二日も続けて野宿は避けたいの

か、偲が大きく首を横に振った。

「今回お世話になる笹女神社に行けば、美味《おい》しい夕食と、さっぱり汗を流せる風呂と、ゆっくり休める蒲団《ふとん》を、きっと用意して下さるんじゃないかな」

ここぞとばかりに刀城言耶が強調したところ、彼女は昨日のような弱音は余り吐かずに、黙々と歩くようになった。彼がほっとしたのは言うまでもない。

「あのー先生、先程の休憩で仰《おっしゃ》っていた、神社の食事なんですが――」

すると大垣秀継が二回目の小休憩で、わざわざ何か言い掛けたので、

「そうそう大垣君、今日の水の補給地点だけどね」

慌てて言耶は話題を逸《そ》らした。ここで「実は神社の食事は不味《まず》いんですよ」などと莫迦《ばか》正直に打ち明けられたら、途端に偲の志気が下がってしまう。それだけは勘弁して欲しい。

「あっ、水と言えば――」

幸いにも秀継は、素直にポケットから地図を取り出すと、

「給水場所が何箇所か記されてますが、その中でも興味深いのが、ここです」

彼が指差した先には「極楽水地獄水」の文字があり、その横に「穴と滝」という書き込みが見えた。事前に地図を確認した言耶も、実は気になっていた地点である。だが、何よりも全体の行程計画を練るのが先決だったため、取り敢《あ》えず後回しにしてい

るうちに、どうやら失念してしまったらしい。

「これですか。遠見峠と犢幽村の、ちょうど中間くらいだね」

「山を挟んだ海側に、絶海洞《たるみどう》がある感じでしょうか」

地図には犢幽村の簡単な略図もあったので、そんな指摘が秀継にも即座にできたのだろう。

「それで、極楽水地獄水の意味は？」

言耶が興味津々に尋ねたが、秀継は頭を掻《か》きながら、

「いやぁ、それが知らないんです」

「あなたねぇ」

偲が横から入って来たが、まぁまぁと言耶は宥《なだ》めつつ、

「宮司さんの手紙には、何も書かれていなかった？」

「それが妙なんです。手持ちの水に余裕があるときしか、ここで飲んではいけないって注意書きが――」

「ほうっ」

言耶の眼差《まなざ》しが俄《にわ》かに、鋭く光り出した。

「よし、行こう」

「いえいえ先生、極楽水地獄水までは、まだかなりの距離がありますから……」

秀継の台詞《せりふ》が聞こえたのかどうか、既に言耶はどんどん先へと歩き出している。

「ああなると刀城言耶は、なかなか止まらへんよ」

「困りましたね」

偲の指摘に、秀継は困惑を露《あらわ》にしたが、彼女は平気そうに、

「大丈夫。私が『もう歩けへん』て言うたら、先生も仕方のう足を止めはるから」

実際その通りになったので、秀継は感心し掛けた。が、単に偲が駄々を捏《こ》ねただけではないかと思い当たり、逆に呆《あき》れた。それでも作家の刀城言耶と編集者の祖父江偲の間には、かなり強い繋《つな》がりがあるのではないか——と、漠然とではあるが彼は思った。そして自分も一人前の編集者になるためには、先輩を見習わなければならないと、大いに感じ入ったのである。

秀継によって落とされたり持ち上げられたりした偲だったが、明らかに昨日の彼女とは違っていた。歩く距離と時間が延びるにつれ、ぶつぶつと文句を口にして、時には「もう駄目」と座り込むこともあったが、非常に頑張ってよく歩いた。昼食の休憩を取ったあとも、急峻《きゅうしゅん》な岩場で手古摺《てこず》った以外は、ほぼ順調な足取りだった。お陰で喰壊山の遠見峠には、予定よりも少し遅れた程度で到着することができた。

言耶は狼煙場と同じような断崖絶壁の縁に立つと、左手の下方を指差しながら、

「ひょっとしてあれが、犢幽村の角上の岬かな」

「はい。その先っぽに見えるのが、例の怪談に出てきた物見櫓です」

秀継が横に並びながら、感慨深い声を出している。

「あの村には子供の頃から、それこそ何度も行っていますが、こんな風に違った方向から眺めるのは、はじめてです。よく知っているのに、物凄《ものすご》く新鮮に映ります」

「馴染みの場所を、全く異なる視点から見詰めるという行為は、なかなか興味深いからね」

二人が犢幽村を望みながら話していると、

「先生、そんな端っこに立ったら、危ないやないですか」

と言いつつ偲が近づいて来て、切り立った断崖絶壁の下に目をやった途端、いきなり言耶の片腕をがばっと摑《つか》んだ。

「君の急な動きの方が、よっぽど危ない」

言耶の突っ込みに、いつもの彼女なら何か言い返すはずなのに、このときは腕を摑んだまま無言だった。

「それにしても――」

かといって言耶が偲を気遣って、すぐにその場から離れたわけではない。彼女の安全を確かめたあと、犢幽村から断崖絶壁の下へと視線を移しながら、不思議そうな声を出した。

「どうしはったんですか」

すぐに偲が問い返したが、彼は遠くを眺める眼差しで、

「この風景を目にして、どうしてコーンウォールを思い浮かべたのか」

「コーン……何です？」

「イギリスの南西部に位置する、コーンウォール半島のことだよ」

「ここの景色と、そこが似てるんでしょうか」

「確かにコーンウォールにも、こういった断崖絶壁がある。それに海岸には奇っ怪な形をした、または穴の空いた岩が、あちこちに聳えていたりする」

「渚霊様《はえだまさま》やないですか」

偲が元気良く指摘したが、言耶は首を振りつつ、

「だけど僕が実際に、その風景を目にしているわけではない。飽くまでも書物で得た知識に過ぎない。この眺めを見て、すぐさま連想するのは、ちょっと変じゃないか」

「……そうですね。他に似たところは、ないんですか」

「敢えて挙げるとしたら、民間伝承の多さかな。有名なアーサー王伝説は違うけど、ケルト民族の地でもあるコーンウォールには、それこそ沢山の妖精の話が伝わっているからね」

「あら、可愛いやないですか」

無邪気に喜ぶ偲に対して、言耶は苦笑を浮かべつつ、

「妖精といっても、その中には邪悪なものも多い。決して愛らしいだけの存在じゃないよ」

「また先生は、すぐそういうことを……」

不満そうな偲と違って、秀継は少し合点がいったという口調で、

「先生は前以て私から、犢幽村の怪談を三つ聞かされています。そして今、この風景をご覧になった。そのため先生の無意識が、恐ろしい伝承と岩礁地帯の組み合わせから、かつて書物で読まれたコーンウォールの知識を、自然に引っ張り出して来たのではないでしょうか」

「……なるほど」

秀継の解釈に、言耶は甚《いた》く感心した。

「そうかもしれない」

だが言耶は納得しながらも、尚も引っ掛かっている素振りを見せた。そんな彼を見詰める偲の眼差しが、何処か不安げなことに、ふと秀継は気づいた。

このとき刀城言耶は、のちに彼自身が「怪談殺人事件」と命名する恐ろしい事件の発生を、既に予兆していたのだろうか。

とはいえ、さすがに彼も知らなかったのである。その事件が、とっくに起きていることを――。

第四章
犢幽村

「……そろそろ、……休みま、……しょうよう」

祖父江偲の息も絶え絶えな声に、刀城言耶は仕方なく足を止めた。ちょうど足場の悪いガレ場を下って、うねうねと蛇行しつつ延びる小さな川沿いの山径を、相も変わらず歩き出そうとしていたときである。

「もう？」

言耶が呆《あき》れて訊き返したのも無理はない。ガレ場を下りる前に一回、そこまで上る前に一回、彼女の希望で小休憩を取っていたからだ。

「もう……って先生、牛やないんですから……」

「そんな冗談が出るなら、まだ元気がある証拠だ」

「……違います」

偲は力なく首を振りながら、

「さっきの二回の休憩は、立ったままでしたもん。それも、ようやく息を吐けた思うたら、もう出発ですからね。あんなん、ちっとも休んだうちに入りません」

「でもね、君の言うままに休憩してたら、今夜もまた野宿になるよ」

「………………」

ぷうっと膨れつつ黙ってしまった偲を前に、大垣秀継《おおがきひでつぐ》は地図を取り出すと、しばらく目を落としてから、

「どうやら我々は、極楽水地獄水の近くまで、既に来ているみたいです」

「えっ、もっと先じゃないのか」

驚いて地図を見やる言耶に、

「私もそう判断してたんですが、地図上の狼煙場《のろしば》から犢幽村《とくゆうむら》までの距離と時間に、どうやら誤りがあるようです」

「となると予定よりも、余裕があるってことか」

「だったら、休みましょう」

当然のように主張する偲に、しかし言耶はこう言った。

「いや、だったら極楽水地獄水まで進んで、そこで休憩にしよう」

「ええっー」

大いに不満の声を上げる彼女を宥《なだ》めつつ、同時に尻を叩くという芸当を見せながら、言耶は先を急いだ。道程に余裕があるのなら、むしろ足取りを緩めるべきだろう

が、既に彼の思いは「謎の極楽水地獄水」へと、一気に飛んでいた。

しばらく凹凸の少ない歩き易い山径を、小川に沿って進んでいると、右手前方に細い滝のような流れが見えてきた。

「あれじゃないか」

言耶が指差した岩壁の上部には、ぽっかりと空いた穴がある。どうやら水は、その中から流れて来ているらしい。

「滝というほどでは、ありませんよね」

秀継の言う通り、水量も水流も決して豊かではない。滝という言葉から受ける印象とは程遠い細い流れが、ちょろちょろと岩壁を伝い下りているに過ぎない。

「きっと昔は、もっと勢いがあったんだよ」

言耶はさっと小川を跳び越えると、岩壁に足を掛けはじめた。

「ちょ、ちょっと先生、何しはるおつもりですか。いけません！」

偲の慌てた声を背にしつつ、言耶は目の前の岩壁を攀《よ》じ登ろうとした。手掛かり足掛かりが充分にあるうえに、それほどの高さもない。そうなると穴の中を覗《のぞ》きたくなるのが、刀城言耶という人間である。

「先生、駄目です」

しかし、秀継に止められた途端、言耶の足が鈍った。

「九難道《くなんどう》を進むために、ある程度の危険を冒すのは仕方ありません。でも、それ以外の危ない行為は、できるだけ避けて頂きませんと」

「……時間に余裕があっても？」

振り返って未練がましく尋ねる言耶に、きっぱりと秀継が首を横に振った。

「先生なら大して苦労なさらずに、あそこまで登って、また下りて来られると思いますが、万一のことがあってはいけません」

「そうですよ」

偲にも詰め寄られ、言耶も諦めざるを得なかった。

「いいえ、それよりも――」

もっと大事なことがあると言わんばかりに彼女は、意外と身軽に小川を跳び越えて言耶に近づくと、

「私の制止は無視されるのに、大垣君の注意はお聞きになるわけですか」

「……そ、そんなことは、ない」

力なく否定する言耶を前に、偲の小言が延々と続いた。

「はぁ、喉がからからです」

一通り言耶に対する苦情を口にして、偲はすっきりすると共に、喉の渇きを覚えたらしい。岩壁を伝い流れる細い水を、ごくごくと飲んだ。

「うわっ！　何ぃぃ、これ？」

ところが突然、彼女は口に含んでいた水を吐き出すと、ぺっぺっと頻《しき》りに唾を吐き出しはじめた。

「どうした？」

「しょっぱいんです」

「えっ……この湧き水が？」

言耶は指先に、同じ水をつけて舐《な》めてみた。

「これは……、海水だよ」

「はぁ？」

偲は理解不能のようだったが、秀継は岩壁の上に空いた穴を見上げながら、「あっ」と大声を上げた。

「あの穴は、きっと賽場《さえば》と通じてるんですよ」

「そうか。だから極楽水地獄水と、ここは呼ばれていたんだ」

言耶も納得している横で、偲だけが置いてけ堀を食らっている。

「二人だけで分かって、狡《ずる》いですぅ」

「いいかい祖父江君、この細い滝擬《たきもど》きは普段、そこの小川と同様、恐らく真水が流れているに違いない。でも潮汐《ちょうせき》の関係で——と僕は考えたんだけど、それに海水が混じることがある。もしかすると天候の影響で、波が高くなったりしても、同じ現象が起きるのかもしれない。いずれにしろ飲んでみないと、真水なのか海水なのか、その区別がつけられない」

「それで真水の場合は極楽水で、海水に当たると地獄水いうわけですか」

偲も一度は素直に感心し掛けたものの、

「うちが飲んだとき、なんで海水になるんですか」

そこで言耶に八つ当たりしたのは、如何《いか》にも彼女らしい。

とはいえ極楽水地獄水の騒動のお陰で、皮肉にも休息は充分に取れたようで、その後の祖父江偲の足取りは快調だった。

「これが最後の、どうやら難所のようです」

秀継が説明した急峻《きゅうしゅん》な岩の崖を登ったあと、しばらく辿《たど》った山径の坂の先に、何とも頼りなげな細い吊り橋が現れた。

「……大垣君、さっきのが最後の難所やなかったの？」

偲の不満と不安の交じった口調に、秀継はかなり焦りながら、

「可怪《おか》しいなぁ。手紙には吊り橋を渡れば、すぐに村だと書かれていただけで、特に注意はありませんでした」

それでも彼は律儀に、ぺこりと偲に頭を下げた。

「すみません。私の調査不足です」

「この橋も昔は多分、もっと安全だったんだよ。だから宮司さんも、わざわざ書かなかったんだろう」

言耶が助け船を出すと、

「そういう場所が結構、他にもありましたからね」

秀継は同調しながらも、申し訳なさそうな顔をしている。

「予定よりも早く着けそうで、本当に良かった」

「はい。これも先生に、全体の計画を立てて頂いたお陰です」

言耶の安堵《あんど》した様子に、ようやく秀継も元の表情に戻った。

「いやいや、それも宮司さんの手紙と地図があったからだよ。その二つを送って貰った功績は、もちろん大垣君にある」

「いいえ、私なんか――」

「お二人で謙遜し合ってるところ、すみませんがねぇ」

そこへ偲が割って入った。

「まさか、この襤褸《ぼろ》い吊り橋を、今から渡るわけやないですよね？」

二人の平気そうな顔を交互に見詰めながら、彼女自身は青褪《あおざ》めた顔をしている。

「うん、渡るよ」

当たり前のように答える言耶に、ふるふると偲は首を振りつつ、

「そんなぁ……。どう見ても危険でしょ」

「いや、大丈夫だろう。それに——」

と言耶は周囲を見回す素振りをしてから、

「他に道はないよ。あるとしたら先程の小川まで下りて、険しい崖を何時間もひたすら登るしかない。一瞬の恐怖と、長時間の苦行と、どっちが増しかな」

「…………」

そんな風に迫られ、もう偲は何も言えなくなってしまった。

「ということで祖父江君、どうぞお先に」

「なっ……なんで私が？」

はっと彼女は、そこで身構える仕草をすると、

「まず私を渡らせて、吊り橋が本当に安全かどうか、先生は確かめるおつもりなんですね」

「……あのね」

「先生、酷《ひど》い！　うちを人身御供《ひとみごくう》にするやなんて……」

「やれやれ」

言耶は天を仰いでから、嚙《か》んで含めるような口調で、

「見た目は悪いけど、この吊り橋はまだ普通に使える。とはいえ万一を考えて、三人の中で一番体重が軽い君を、先に渡すのが良いと判断しただけだよ」

「……へっ？」

すっ呆《とぼ》けた偲の返しに、言耶は苦笑するしかない。それでも彼が、まず彼女の安全を考慮したという事実が効いたのか、拍子抜けするほど素直に偲は吊り橋を渡った。言耶や秀継よりも三倍の時間を要したのは、致し方ないとしても。

吊り橋を渡った先は、道も左右の崖も見事に石が畳まれており、一気に人里へ近づいたことが分かった。ただし、どの石も苔生《こけむ》しているため、まだ山中に囚《とら》われている気がする。十数年前までは吊り橋のこちらが村で、向こうが山という明確な区別があったに違いない。それが少しずつ山に侵食されはじめた。まず吊り橋が呑まれ、次いで石を畳まれた道が、そして同じく崖が、山の領域と化していったかのようである。

だけど近い将来、完全に山の負ける日が来る。

最後に吊り橋を渡った言耶は、反射的に振り返ってそう思った。自分たちを苦しめつつも、ちゃんと無事に通らせてくれた自然に対して、彼は感慨を覚えた。

平皿町《へいべいちょう》が平皿市になり、犢幽村から閖揚村《ゆりあげむら》までが合併して強羅町《ごうらちょう》になったとき、五つの村の背後の山々は開発されて、恐らく見る影もなくなるのではないか。

この石畳の風景も消えるのか……。

じめっと湿っていて薄暗く、決して快適とは言えない場所だったが、何とも言えぬ味わいがあった。昔々、九難道を通って村に帰って来た人たちは、吊り橋とその向こうに畳まれた石の道と崖を目にして、きっと心から安堵したことだろう。

「先生、着きましたよ」

いつまでも動かない言耶に痺《しび》れを切らしたのか、先に行った偲の声が聞こえる。

「……うん」

生返事をしながら、何度も振り向きつつ、言耶は残りの石畳の道を歩いた。畳まれた石の表面の苔が次第に消えはじめ、薄暗さも減じ出したところで、唐突に左右の崖が終わり、ぱっと目の前が開けて、

「あっ」

自然と言耶の口から、感嘆の溜息が漏れた。

偲と秀継の二人は、彼よりも少し先で佇《たたず》んでいる。同じように眼前の景色に見惚《みと》れているらしく、ただただ立ち尽くしていた。

「ここが、こんなに良い眺めだったとは……。私も知りませんでした」

ぽつりと呟《つぶや》いた秀継の言葉に、偲が怪訝《けげん》そうに、

「だって、こっちの神社の宮司さんとは、前から懇意なんでしょ？」

「はい。ここには子供の頃から、それこそ何度も来ています。でも、九難道を通って

犢幽村に入ったのは、これがはじめてなんです」

言耶は視線を逸《そ》らせぬまま、秀継に応えた。

「遠見峠《とおみとうげ》でも言ったけど、見慣れた場所ほど、それまで望んだこともない地点から眺めたとき、新鮮な印象を受けるものだからね」

「……それを今、物凄《ものすご》く実感しています」

喰壊山《くえやま》を越えた三人が目にしているのは、山の急峻な斜面が海に向かって落ちていく中で、苦労して拓《ひら》いたに違いない段々の田畑と、その間に点在する民家の群れと、縦横に通っている迷路のような道の、まるで箱庭のような犢幽村の風景だった。

彼らが立っているのは村の北北東の角で、すぐ近くに竺磐寺《とくがんじ》がある。寺の逆側の北西の隅には、これから向かう笹女神社《ささめじんじゃ》が見えている。寺からほぼ真っ直ぐ南へ行くと角下《つのした》の岬に、神社から同様に進むと角上《つのうえ》の岬に出る。もっとも共に直進する道はないため、入り組んだ村内を抜けなければならない。

村の東西の端から突き出た二つの岬は、牛頭《ごず》の浦《うら》を抱える。それが今、正に消えゆく夕陽に照らされて、きらきらと幻想的に光っている。この世の桃源郷のような眺めを、三人の目の前に現出させていた。

「こんなに美しい村やのに、かつては飢えに苦しんでたんですね」

秀継が語った「海原の首」を思い出したのか、偲が哀しそうな顔をした。

「漁村にしか見えないのに、肝心の漁業が碌《ろく》にできなかったんだから、さぞ先人たちは苦労されたことだろう」

言耶も同じ感情を覚えたのか、何とも険しい表情を浮かべている。しかし彼は、そこから一転して明るい口調になると、

「ところで祖父江君、この村は、どうして犢幽村と呼ばれるのか。分かるかい？」

「いきなりですか」

偲はやや戸惑いつつも、刀城言耶の妙な言動には慣れている強みで、すぐに頭を切り替えたらしく、

「犢幽村の『犢』の字は、なんや難し過ぎて分かりませんけど、二番目の『幽』は、幽霊のことでしょう。つまり大垣君から聞いたように、ここは怪談が豊富な土地なんですよ」

「あのね、一番古い伍助《ごすけ》の怪談でも、江戸時代だよ。それ以前からも村は、きっと存在していたと思うけど」

「そうなの？」

偲の問い掛けに、秀継が頷《うなず》いた。

「神社や寺に残る古文書から、それは確かみたいです」

「そもそも犢幽村の『幽』は、幽霊を意味してるわけではない。これは『岩石』のこ

とを表しているんだ」

　追い討ちを掛けるような言耶の台詞《せりふ》に、単純に偲は剝《む》れた。

「そんなん、分かるわけありません」

「それで犢幽村の『犢』は、仔牛を意味してるんだけど――」

　言耶は意味有り気に言葉を切ると、偲から徐《おもむろ》に牛頭の浦へと視線を向けた。

「あっ、うち分かりました」

　途端に彼女が、非常に嬉《うれ》しそうな声を出した。

「村の東西にある岬が、牛の二本の角のように、海に向かって突き出してるからですね。せやから岬にも、角上、角下いう名前がついてるんですよ」

「おおっ、さすが祖父江君！　正解だ」

「へっへぇ」

　言耶が花を持たせてくれたのだと、さすがに偲も察したようだが、それでも喜んでしまうところが彼女らしい。

「けど先生、どうして幽霊の『幽』の字が、岩石の意味になるんです？」

「その字がつく場所の地形は、山や沢であることが多い。岩は古くは『イハ』と言っていた。これが『ユハ』へ、次いで『ユフ』へ、そして『ユウ』へと音韻変化した。あとは『ユウ』に、幽霊の『幽』や夕陽の『夕』の字を当て嵌《は》めたに過ぎない。これだけ夕焼けが海に映える地なんだから、夕陽の『夕』を採用した『犢夕村』であっても、別に良かったわけだ」

「つまり幽霊の『幽』の字そのものに、特に意味はないってことですか」

「うん、そうなるね」

「なーんだ。大垣君から怪談を聞いて、犢幽村の漢字を教えて貰ったとき、どれほど怖い所なんだって、ちょっと期待したんですよ」

などと言いながらも祖父江偲は、結構な怖がりである。それを言耶は知っているだけに、ここで揶揄《からか》いたくなったが、自制心を働かせて止《や》めた。秋の夕間暮れは長そうに思えて、油断しているとすぐに暗くなる。巫山戯《ふざけ》ている暇はない。

「行こうか」

言耶が促すと、「はい」と秀継は返事をしながらも、何処か様子が可怪しい。

「どうした？」

「それが……、どうも手帳を忘れて来たみたいです」

「いったい何処に？」

「極楽水地獄水の所では、確かにありましたから……」

秀継は思い出す仕草をしつつ、

「その後も何度か、手帳を取り出して――」

「先生が口にされる民俗学上の知識を、彼はメモしてるんですよ」

横から偲が説明したが、さすがに言耶も彼の行為には気づいている。

「本当に勉強熱心だよなぁ、彼は」

「その言い方、何や引っ掛かるんですけど」

偲が絡んで来たところで、

「ちょっと戻って、取って来ます」

いきなり秀継が踵《きびす》を返し掛けたので、言耶は驚いた。

「今から？　それは無茶だよ。手帳を取って帰る頃には、完全に日が暮れてしまう。いや、そんなに早く戻れるかどうかも――」

「急いで行ってくれれば、何とか間に合うと思います」

「手帳を忘れた場所も分からないのに？」

「何箇所か心当たりがありますので、きっと大丈夫です」

「仮にそうだとしても、止めた方がいい。山に忘れ物をしたとき、その日のうちに取りに戻ってはならぬ、という山仕事をする人たちの掟《おきて》があるからね」

「何でです？」

偲に訊かれ、言耶は答えた。

「忘れ物を取りに戻った者は、二度と帰って来れなくなるからだよ」

「厭《いや》だ、怖い……」

「明確な理由があるわけではないけど、敢《あ》えて説明をつければ、一日の仕事が終わって疲れているときに、更に疲労するような行為は慎むべきだ、という先人の知恵だろう。だから大垣君も、明日にした方がいい」

言耶の忠告に、秀継は素直に従った。

そこからは彼に先導され、言耶たちは笹女神社へ向かって歩き出した。それなりの距離はあるものの、ほぼ真正面に見えているのに、直に行ける道はないらしい。いったん斜面を下ってから、村の中を通り抜ける必要がある。

その途中で数人の村人に行き合ったが、誰もが秀継を知っていた。彼の方が不案内でも、大抵の相手は「あぁ、閖揚村の大垣さんとこの――」と訳知り顔になる。彼が東京の出版社に勤めていることも、誰もが知っているらしい。閖揚村でも有名な大垣家の者だからだろう。

ところが村人の誰一人として、秀継と話している間、決して言耶と偲には目を向けようとしない。無視しているというよりは、二人の存在が気になって仕方ないのに、敢えて我慢している様子である。

実際、秀継が村人と立ち話をしている横を通る人たちは、じろじろと無遠慮に言耶と偲を眺めてくる。だが彼らが目を向けると、さっと視線を逸らしてしまう。物凄く興味はあるけれど、見ず知らずの人なので、そんな態度を取っているのか。

その証拠に、秀継が二人を「こちらは私がお世話になっている、作家の刀城言耶先生と――」と紹介した途端、誰もが話し掛けてきた。それは人懐っこそうに、何処から何をしに来たのか、など色々と訊いてくる。しかし言耶が、少しでも突っ込んだ会話をしようとすると、すぐさま口籠ってしまう。なかなか厄介である。

台数は少なかったが、村の中では車も走っていた。ただし車に出会《でくわ》すと、道の端に寄らなければならない。幅が狭すぎて、車と人が擦れ違えないからだ。

そんな道の所々で、地蔵や石碑や稲荷の祠《ほこら》などと出会う。どれも小さくこぢんまりと祀《まつ》られているのは、余り場所が取れないからだろう。信心深い村人が多いのか、その全てに何らかの供物が見られることに、自然と言耶は気づいた。それと、もう一つ――。

「これは、笹舟だね」

彼が指差した愛らしい地蔵の足元には、細長い笹の葉を折って作った小さな舟が、ちょこんと置かれていた。

「あら、可愛い」

言うが早いか偲は、それを掌《てのひら》に載せて眺め出した。

「ここだけじゃなかったよな」

言耶の指摘に、彼女は小首を傾《かし》げて、

「他のお地蔵様にも、お供えしてあったんですか」

「お地蔵さんだけじゃない。ここまでに見た、お稲荷さんの祠や何かの石碑にも、やっぱり笹舟が供えられていた」

「そうやった？」

秀継の方を向いて、偲が尋ねた。

「はい。強羅地方では昔から、笹舟は供物の一つと見做《みな》されていたようです。ただし閖揚村のように、最早その風習が廃れてしまった村もあります。一番強く残っているのは、やはり犢幽村でしょうか」

「竹細工が盛んな漁村らしいですねぇ」

「そうだな」

偲に同意を求められ、言耶も相槌《あいづち》を打った。にも拘《かかわ》らず彼は、なぜか凝《じ》っと笹舟を見詰め続けた。どうしてかは自分でも分からない。

祖父江君の感想は別に間違っていないと思う。

それなのに偲の掌に載った笹舟が、妙に気になる。彼女が地蔵の足元に戻しても、なかなか彼は目を離せなかった。

「先生、どないしはったんです？」

「江戸川乱歩先生が中学時代に、友達と『中央少年』という同人誌を出したんだが、そのときの筆名が『笹舟』だったな――って思い出してね」

偲に声を掛けられて、咄嗟《とっさ》にそんな蘊蓄《うんちく》を口にしたが、もちろん言耶が引っ掛かったのは、別のことである。だが、それが何なのかは全く分からない。

村を西へ抜けると、長い階段と坂道が現れた。どちらを辿っても笹女神社に行き着けるが、秀継は前者を選んだ。

階段を上り切ると鳥居があり、そこを潜った右手の手水舎《ちょうずや》で、三人は手と口を清めた。それから参道を通って神門まで進み、拝殿にお参りした。

「宮司の家は、境内の西側になります」

再び秀継に先導され、参道を半分ほど戻ってから右に折れ、石畳の道を更に辿って行くと、古びていながらも落ち着いた風情のある大きな平屋の前に出た。表札には「籠室《かごむろ》」と毛筆で記されている。

「こんにちは」

秀継が滑り戸を開けて、やや緊張した口調で案内を乞うた。

すると白い小袖に緋袴《ひばかま》という格好の、清楚《せいそ》な雰囲気を持った愛らしい成人前に見える女性が、すぐさま奥から現れた。

「す、篠懸《すずかけ》さん、お久し振りです」

いきなり秀継が照れたのが、言耶にも偲にも分かった。二人が笑いそうになるのを、必死に堪《こら》えていると、

「ようこそ、お越し下さいました」

彼女が玄関の床に正座して、深々とお辞儀した。そして頭を上げてから、改めて言耶を目にしたらしく、ぽっとした微《かす》かな赤みが、綺麗な色白の両の頬に浮かんだ。

先生は小汚い格好してても、やっぱりええ男やもんなぁ。

偲は心密《こころひそ》かに得意になったが、ふと隣の言耶に目をやって、思わず「こらぁー」と突っ込みそうになった。普段はほとんど女性に興味を示さないはずの彼が、珍しく籠室篠懸には見惚れているように映ったからだ。

先生ぇぇ！

と偲が声と手を上げるよりも先に、奥から一人の男が現れた。

「あっ、亀茲《きじ》さん――」

すかさず秀継が名前を口にしたが、その様子がどうにも可怪しい。ただし、それは亀茲と呼ばれた三十前後の男にも、なぜか当て嵌まっていた。じろっと秀継を見やっただけで、全く一言も喋《しゃべ》らない。

「ちょうど今、お帰りになるとこやったんです」

それどころか篠懸の態度も、何処かぎごちない。三人が三人とも妙な空気を醸し出

しており、その場の雰囲気が変な感じになってしまった。

「篠懸さんとは、何とも心地好い響きのお名前ですね」

そんな状態を充分に意識しながらも、わざと言耶は気づかぬ素振りで、

「君も、そう思わないか」

いきなり偲に話を振った。

「えっ……あっ、はい。何て言いますか、物凄く可愛らしくて、非常に涼しそうなお名前です」

この感想には篠懸も、くすっと笑った。

「確かにそうだな」

言耶も笑って相槌を打ちつつも、

「けどね祖父江君、篠懸というのは、実は山伏が衣服の上に着る麻の法衣《ほうえ》のことなんだよ」

「……衣の名前なんですか」

「奈良の大台《おおだい》ヶ原《はら》の大峰山《おおみねさん》が、篠懸の発祥の地になる。山伏は修験者《しゅげんしゃ》だから、ここで登山修行を行なう。九難道なんか問題にならない厳しい山地に、それこそ入って行かなければならない。当地では山の一面が、篶竹《すずたけ》に覆われている。足場が悪いなんてものじゃない。そういう道なき道を、山伏は修行のために歩くわけだ。しかも篶竹の葉

は硬いので、手足に傷を負い易い。それを防ぐために、彼らは篠懸を着るんだよ」

「そうお聞きすると……」

「名前に対する印象も、ちょっと変わってくる？」

「お坊さんの袈裟《けさ》のような……何や抹香臭い――って、ここ神社ですよね。す、すみません。もう、先生が余計な説明するから」

「そんなことないよ。ちゃんとした言葉の――」

「それが、余計なんです」

言耶を打つ真似を偲がすると、可笑《おか》しそうに篠懸が小さく笑った。

しかし秀継と亀茲は、相変わらず無表情である。怒った顔つきの亀茲はともかく、いつもの秀継なら言耶たちの会話に参加して来るはずなのに、このときは黙ったままだった。

ちなみに亀茲は、はじめから言耶たち二人を無視する格好を取った。村人と全く同じ反応である。もっとも正確には、ちらっと偲だけを見ていた。そのとき彼の両の瞳が大きく開かれたのは、村では決して見掛けない様子の女性を、目の当たりにしたからかもしれない。

言耶たちのやり取りで、その場の異様な雰囲気から、ようやく篠懸は解放されたらしく、

「まぁ私ったら、いつまでもお客様を、こんなとこで立たせたまんまで──。失礼しました。さぁ、どうぞお上がり下さい」

「ありがとうございます」

「それではお言葉に甘えて、お邪魔いたします」

言耶と偲が一礼して、上がり框《かまち》に腰掛けて登山靴を脱ぎはじめると、そっぽを向くような仕草で亀茲が出て行った。

その際に彼は、ちらっと篠懸と秀継に目をやった。だが、前者への想いの溢《あふ》れた眼差しに対して、後者への一瞥は赤々と燃え盛るほど熱い憎悪が感じられた。もしも視線だけで人を殺せるのならば、とっくに秀継は死んでいたかもしれない。

第五章　笹女神社

「ほらほら大垣《おおがき》君も、さっさと上がりなさい」

祖父江偲に促されて、ぼうっと突っ立っていた大垣秀継《ひでつぐ》が、はっと我に返った。

「祖父は寄り合いで、石糊村《いしのりむら》まで出掛けておりますが、もう戻る思います」

籠室篠懸《かごむろすずかけ》によると五つの村の代表――といっても公的なものではないらしい――が、強羅《ごうら》地方の何処かの村に、普段から定期的に集まるのだという。今回は中間の石糊村である。彼らは昔から「強羅の五人衆」と呼ばれており、そこには大垣の祖父も含まれていた。

そんな説明をしながら篠懸は、三人を客間に通したあと、

「けど、帰る時間まで分かりませんから、どうぞ先に汗をお流し下さい」

親切にも風呂を勧めてくれた。

「いえ、宮司さんがお帰りになる前に、そういう勝手は――」

刀城言耶が辞退したものの、篠懸は更に熱心に勧めてくる。

「先生、ここはご厚意をお受けしましょう」

そう言い出す偲を、すかさず言耶は窘《たしな》めたが、

「あのー先生、恐らくご自覚がないんでしょうけど……。私ら、かなり汚い格好をしてるん違いますか」

この彼女の一言で、遠慮なく風呂を使わせて貰うことになった。

「先程お会いした亀茲《きじ》さんは、どういう方なのかな」

男性たちの強い勧めで、まず祖父江偲が風呂へ行き、秀継と二人になったところで、ふと言耶は尋ねた。

「この村で『竹屋』という屋号を持っている、竹細工の職人の家の次男で、亀茲将《まさる》という人です。あの気難しそうな感じは、如何《いか》にも頑固な職人みたいではありませんでしたか」

「腕に自信がある証拠かな」

さらっと秀継の揶揄《やゆ》を躱《かわ》しつつ、言耶は心中で小首を傾げた。

これまでに大垣秀継の口から、他人《ひと》を批判するような台詞《せりふ》は聞いたことがなかった。まだ付き合いが浅いこともあるが、その手の言動は案外すぐに露呈するものである。彼の場合は真面目な性格が、そういうところにも表れていた。

にも拘《かかわ》らず亀茲将に対しては、何やら含みのある言い方を秀継はした。二人の間

に——篠懸を加えて三人か——何があるのか。ちょっと訊いてみたいと言耶が思っているうちに、秀継は上手く話題を逸《そ》らしてしまった。

これが強羅地方に伝わる怪異譚《たん》の蒐集《しゅうしゅう》か、または巻き込まれた事件に関する調査であれば、間違いなく言耶も強引に迫っていただろう。だが、どうやら男女間の微妙な関係が問題らしいと分かるだけに、彼も積極的にはなれない。そのうち犢幽村《とくゆうむら》で秋に行なわれる碆霊様《はえだまさま》祭の話になり、すっかり言耶の興味は移ってしまった。

偲が風呂から上がり、次いで言耶が入った。山歩きのあとの風呂は、また格別だった。特に今回は野宿をしているので、何よりも有り難い。身体の汚れが落ちるのと同時に、心身の疲れまで取れるのが分かる。

ぼうっと湯船に浸《つ》かりながら、この村での民俗採訪に、言耶は思いを馳《は》せた。

もちろん他の四つの村も巡るつもりだったが、強羅地方で最初に拓《ひら》かれたのが、この犢幽村である。四つの怪談のうち三つまでが、この地に伝わっている。そして「現代の怪談」と言える四つ目は、閖揚村《ゆりあげむら》が舞台にも拘らず、その根っ子には碆霊様信仰が感じられる。つまりは全て犢幽村に繋《つな》がるらしい。ある程度じっくりと腰を据える価値が、この村には充分あると言耶は判断していた。

ただし四つ目の「蛇道の怪」は、要注意かもしれない。他の三つの話とは、明らかに怪異の毛色が違っている。その広がり方も解せない。しかも現在進行形なのだ。余りにも見逃せない点が多過ぎる。よって仮に塩飽村《しあくむら》と石糊村と磯見村《いそみむら》の三村は通過しても、閖揚村には必ず行かなければならない。そう言耶は改めて考えた。

彼が風呂から出て、代わりに秀継が入りに行った途端、客間で偲に囁《ささや》かれた。

「どうやら睨《にら》んだ通り、三角関係みたいです」

「えっ、何が？」

彼女は信じられないという呆《あき》れ顔で、

「大垣君と篠懸さん、それに亀茲将という人の、三人の関係に決まってるやないですか。もっとも彼女の方は、二人の男性に対して、そこまでの気持ちはないのかもしれませんけど。男二人は間違いのう、篠懸さんに惚《ほ》れてます」

「や、やっぱり、そうなのか」

もしかしてと思っていたものの、それでも驚く言耶に、偲は仕方ないなと肩を竦《すく》めつつ、

「まぁ先生が、そっち方面に疎《うと》いんは、今にはじまったことやないですからね」

「三角関係だという事実を、秀継君から聞き出したのか」

自慢げに頷《うなず》く彼女の話を聞いて、なるほどと言耶は納得した。

秀継は幼い頃から祖父の秀寿《ひでとし》に連れられて、よく笹女神社《ささめじんじゃ》を訪れた。篠懸が言っていた五つの村の代表を、昔から閖揚村の大垣秀寿と、犢幽村の笹女神社の宮司である

籠室岩喜《がんき》が、それぞれ務めていたからである。そのため秀継と篠懸は、離れた別の村で育ちながらも、幼馴染みのような関係になっていった。

「海で溺れそうになった大垣君を、篠懸さんが助けたこともあるそうです。彼女は河童《かっぱ》のように泳ぎが得意やったらしいんですけど、それでも普通は逆ですよね」

偲の語りの中で辛辣な批評も出たが、そこは言耶も突っ込まない。そんなことをすると、あっという間に肝心な話から逸れるからだ。

一方の亀茲将は竹屋の次男という立場で、やはり笹女神社に子供の頃から出入りしていた。そこで早くから、どうやら篠懸を見初めていたらしい。そして彼女が十六歳になったとき、岩喜宮司に結婚の許しを求めた。だが当の篠懸に、その気はなかった。そこで祖父から、やんわりと断って貰った。しかし亀茲は、宮司が反対したと思い込んだ。それも大垣秀寿の孫である秀継との縁組を、篠懸に無理強いするために、彼女の意思に反して彼の申し込みを蹴ったのだと、自分に都合の良いように曲解してしまった。

「どうして、そんなことに?」

言耶の疑問に、まるで見てきたように偲が答えた。

「篠懸さんが誰に対しても分け隔てなく、優しく接したからですよ。それを亀茲将が、大いに誤解したわけです」

「こらこら、呼び捨てはいかん」

「美しくて優しい女いうんは、それだけで男性に対して、罪なことをしてるんですねぇ。私も同じ立場だけに、よう分かります」

「聞いてる？　祖父江君」

もちろん彼女の耳に、言耶の注意など入っていない。

「それ以来、亀茲は宮司さんがいないときを見計らっては、ここへ来るようになったいうんですよ」

「なるほど。で、大垣君は？」

言耶の問い掛けに、いきなり偲は興奮した声で、

「それがね、情けないんですよ。篠懸さんにも宮司さんにも、彼は自分の想いを、まだ一度も打ち明けてないっていうんですから――」

「ちょっと待て。大垣君の気持ちを、君は確認したのか」

「ああっ、もうー」

偲はじれったそうな顔をすると、

「さっきの様子を見たら、そんなん一目瞭然やないですか」

「……うん、まぁ、僕も、そうではないかなぁ……とは感じたけど」

「間違いありません」

きっぱりと偲は断言してから、

「ただ大垣君も、どうやら宮司さんが苦手みたいですね。そもそも彼の大垣家と、この籠室家との間には、代々に亘って何やら確執があるようなんですよ」

「かつて籠室家から大垣家へ、婿養子に入った者がいて、それが分家の垣沼《かきぬま》家の祖先に当たるけど、その垣沼家は今では没落している……という関係があるようだけど、他にも何か問題が横たわっているのかもしれないな」

「昔からの家同士の争いですか……。いずれにしろ今回の九難道《くなんどう》に関する手紙と地図も、先生の取材があったればこそ、彼も頼むことができたわけです」

という彼女の話を聞いて、言耶は一抹の不安を覚えた。笹女神社の籠室岩喜宮司が、取っつき難《にく》い性格だった場合、この村での民俗採訪に影響が出るからである。

だが幸いなことに、それは全くの杞憂《きゆう》だった。

刀城言耶が祖父江偲と二人で話していたとき、いきなり客間に薄汚い作務衣《さむえ》を着た老人が入って来た。印象としては、ほとんど何の役にも立たないけれど、宮司が好意で仕方なく雇っている下働きの者……といった感じである。

「いやぁ、偉《えろ》うお待たせしてしもうて」

ところが、この人が笹女神社の宮司である籠室岩喜だった。

「はっ……」

「……ええっと」

とはいえ二人とも、咄嗟《とっさ》には応えられない。宮司の常装と言えば、普通は白い着物に水色の袴《はかま》ではないか。それが作務衣だと、まるで寺男みたいである。しかも使い込まれていて、かなり襤褸《ぼろ》い。二人の反応も無理はなかった。

それでも言耶が先に察したのは、様々な地方で民俗採訪を行なって来た、やはり経験の賜物《たまもの》だろう。

「ああっ、宮司さんですね。お留守中に勝手にお邪魔をしまして、本当に申し訳ありません」

「なんのなんの。そげなことばぁ気になさらんで」

「ありがとうございます」

言耶が一礼してから、自分と祖父江偲の紹介をしているところへ、秀継が風呂から上がって来た。しかし、岩喜宮司の姿を目にした途端、その場で固まってしまった。

「おおっ、秀継か。無事に着いて良かった。そいで儂《わし》の地図ばぁ、ちっとは役に立ったんかな」

「……は、はい」

二人のやり取りを言耶は目の当たりにして、どうやら秀継が一方的に、宮司に苦手意識を持っているらしいと知った。豪放磊落《らいらく》に見える宮司に対して、余りにも秀継は真面目過ぎるのかもしれない。

そこから岩喜宮司が風呂を使うのを待って、夕食となった。もっとも宮司は烏《からす》の行水だったため、言耶たちは少しも待たされた気がしなかった。

「今が春じゃったら、そりゃ美味《うま》い筍《たけのこ》尽くし料理ばぁ食べてもらうんやけど、この季節はなーもありゃせんでなぁ」

岩喜宮司は残念がったが、出された料理は非常に美味だった。訊けば村の女性の手伝いがあったとはいえ、ほとんど篠懸が作ったらしい。

「彼女をお嫁さんに貰う男の人は、本当に幸せですねぇ」

偲が意味深長な眼差《まなざ》しを秀継に向けたが、本人は俯《うつむ》いたままである。

「いやぁ、まだまだ子供で――」

そんな秀継の反応を知ってか知らでか、まだ結婚など早いと言わんばかりに、宮司は苦笑しながら否定した。もっとも続けて、

「ほんにお嬢さんのように、こげな美人で可愛らしい大人の女性にばぁ、あれもなってくれりゃ良いんですがなぁ」

などと言ったため、もう偲は舞い上がらんばかりに喜んでいる。今の聞きました――という顔を即座に、言耶に向けたほどである。

「お嬢さん……って、誰だ？」

しかし当の言耶は、小声で秀継に尋ねる始末だった。

普段の偲であれば、「うちに決まってるやないですか」と怒り出すところだが、軽く言耶を睨んだだけで、

「けれど村の男性たちは、篠懸さんを放っておかないでしょう」

ちょうど料理を運んで来た彼女に笑い掛けながら、そっちの方向に話題を、何とか持って行こうとした。

「ところで宮司さん、犢幽村の名称の謂《いわ》れですが――」

しかし言耶が横から素早く口を挟み、かつ岩喜宮司も即座に応じたので、あっさり篠懸の話は消し飛んでしまった。

ここでも偲は、珍しく怒らなかった。他人の話を失礼にも遮るなど、凡《およ》そ刀城言耶らしくないと思ったからだ。きっと彼なりの考えがあって、わざと話題を逸らしたのに違いない。長年の付き合いから、そう彼女は察したらしい。

もっとも言耶にあとで確認したところ、単に男女間の三角関係に興味がなかっただけだと分かり、彼女は激怒する羽目になるのだが、今はどうでも良いことである。

言耶の解釈を一通り聞いた宮司は、かなり感心した表情を浮かべた。

「こりゃ驚いた。そん通りじゃ」

「村が拓かれたのは、いつ頃でしょう？」

「そいが、よう分からんでなぁ」

岩喜宮司によると、竺磐寺《とくがんじ》の過去帳の天正十九年（一五九一）に「犢幽村ノ太郎左衛門」という記述があることから、安土桃山時代には既に存在していたと分かるが、村としてある程度の形成がなされたのは、恐らく江戸時代に入ってからではないかという。

「こちらの神社には、そういった記録がないのですか」

言耶が尋ねると、宮司は頭を掻《か》きながら、

「まぁあるにはあるんじゃが、文献の古さでは、竺磐寺にばぁ負けよる」

「大抵の寺には、かなり昔の過去帳も残ってますからね」

「先生は地方に行かれると、寺の過去帳ばぁご覧になる？」

岩喜宮司の問い掛けに答えるよりも先に、言耶は真面目な表情で、

「人生の大先輩であられる宮司さんが、僕のような若輩者を、『先生』と呼ばれるのは変です。そのようなお気遣いは、本当に――」

「いやいや先生こそ、どうぞお気遣いばぁせんように。こん秀継がお世話になっとる、作家の先生じゃからな。儂が『先生』とお呼びするんは当然じゃ」

「しかし――」

「そいに人生の大先輩ばぁしとると、ちいとは他人を見る目も肥えよる。そん目がこ

ん御方は、『先生』とお呼びするに相応《ふさわ》しいと、まぁ拝見したんじゃな」

「い、いえ……」

「そいで寺の過去帳ばぁ、ご覧になる?」

岩喜宮司に畳み掛けられ、言耶は答えざるを得なくなった。

「は、はい。その土地で亡くなり、葬儀をした全ての人の記録が、過去帳にはあります。そこから読み取れる情報は、それこそ膨大です。ただし僕が最も注目するのは、記された名前よりも、その人の出身地かもしれません」

すると偲が横から、やや戸惑い気味に、

「けど先生、皆がその村の出身やないんですか」

「多くの仏様がそうだけど、そこには他所《よそ》から来た人も含まれる。つまり過去帳を見るだけで、その時代の人の流れが摑《つか》めるんだよ」

「さすがじゃなぁ」

どうやら岩喜宮司は益々《ますます》、言耶が気に入ったらしい。

「うちにも代々の宮司がつけとった、和綴《わと》じの日誌のようなもんばぁあるんで、宜《よろ》しかったらご覧になるかな」

「ぜ、ぜ、是非、お願いします」

とにかく言耶が興奮したのは言うまでもない。彼は嬉《うれ》しそうな笑みを浮かべながら、深く宮司に頭を下げた。

しばらく潜霊様に関する話が続いたあとで、言耶はさり気ない口調で、

「そう言えば笠磐寺には、民俗学者が滞在されてると、ちょっと小耳に挟んだのですが――」

「あぁ、あれか」

それまで機嫌良く話していた岩喜宮司の表情と口調が、急に変わった。

「ありゃ学者の先生とは、とても言えんがな」

「どうしてです？」

「笠磐寺の真海《しんかい》住職も儂も、寺の過去帳や神社の日誌ばぁ見ても構わんいう許可を、確かに与えた。けど、そいにも礼儀いうもんがあるわな」

宮司は酒で赤くなった顔を、更に赤くしながら、

「あの及位《のぞき》いう男は、そん名の通り、ほんまに他人の家の中ばぁ覗《のぞ》くようなことを、平気でしよる。何処の村にも、触れられると辛い過去が、まぁあるもんじゃ。ここじゃったら、やっぱり貧困から来る飢えやなぁ。もちろん学問のために、そげなことを調べるんやったら、儂もなんぼでも協力ばぁする。けど、奴は違う。ありゃ物凄《ものすご》う程度の低い、覗き趣味に過ぎん。しかも単なる興味本位じゃのうて、そいに悪意を感じるほど、偉う質《たち》が悪いもんを、間違いのうあの男は持っとるな」

異端の民俗学者である及位廉也《れんや》は、完全に岩喜宮司の逆鱗《げきりん》に触れる行為をしたらしい。そのため及位は、笹女神社への出入りを禁止されたという。

「竺磐寺の住職は、どうされているのでしょう？」

及位が寺を追い出されたわけではないようなので、言耶が疑問に思って尋ねると、

「ありゃ生臭坊主じゃからなぁ」

宮司が苦笑いしながら応えた。

「……と言いますと？」

「何某《なにがし》かの宿泊代を貰えさえすれば、あの真海いう坊主は満足なんじゃわ」

もっとも岩喜宮司の口調には、非難めいた感じが一切ない。そんな生臭坊主である事実を、むしろ楽しんでいるみたいである。

「しかも、女子《おなご》ばぁ好きでなぁ」

更にそんな暴露までしたので、言耶がどぎまぎしていると、

「そげん真海に言うたら、強羅の五人衆も同じようなもんじゃと、まぁ非難ばぁされよる思うけど。いんや儂じゃのうて、五人衆にもおる生臭坊主のことじゃ」

尚も問題発言をしたあと、慌てて自分はそうではないと否定した。

「はぁ、それは何とも……」

言耶は返答に困りながらも、本来の話題に戻そうと、

「しかし宿泊代の件は、ちょっと意外でした。というのも及位氏は、かなり吝嗇《りんしょく》だと聞いていたものですから」

するとと宮司は、再び苦笑を浮かべて、

「いんや、金を払っとるんは、同じく寺に滞在されとる、日昇紡績《にっしょうぼうせき》の久留米《くるめ》さんじゃわ」

「えっ……」

これには秀継も驚いたようで、思わず声を出している。

「どうしてです?」

言耶の疑問に、宮司は残念そうに首を振りながら、

「久留米さんは人当たりのええ、まともな方じゃ。五つの村ばぁ合併したときも、日昇紡績が付き合うんは元の閖揚村だけじゃのうて、他の村とも協力していきたいと、今から仰《おっしゃ》っとる。そのための根回しを、この村から順になさろうとしたところで、まんの悪いことに、あげな及位のような奴にばぁ捕まってしもうて、ほんに気の毒でなぁ」

どうやら及位は、閖揚村の平和荘《へいわそう》の大家を口先だけで説得したように、日昇紡績の役員である久留米三琅《さぶろう》も丸め込んでしまったらしい。

「そいでも久留米さんなら、余り心配はいらんじゃろうが、そいが村の者となると、

また別じゃからなぁ」

「村の何方《どなた》かが、及位氏と親しくなったのですか」

このとき岩喜宮司の口から出たのが、なんと「竹屋の亀茲将」だったので、言耶も偲も秀継もびっくりした。

「あれんとこが『竹屋』の屋号を持つ、こん村でも古い家じゃから、何ぞ役にばぁ立つこともあろうと、恐らく考えたんじゃな。閖揚村の大垣家の分家じゃったけど、今では没落しとる垣沼亨《とおる》にも、やっぱり接触しとると聞いとるんで、そげん意味では、なかなか目端《めはし》ばぁ利く男かもしれんな」

そういう才能は認めざるを得ない、と揶揄するような宮司の物言いである。

「儂が留守ばぁしとるときに、あやつは亀茲と一緒に訪ねて来て、篠懸ばぁ煩わせとるようで、ほとほと困っとる。篠懸は誰にでも、そりゃ優しいんでな」

孫の名を口にしたときは、岩喜宮司の眼尻も下がって、何とも温かみのある眼差しになったのを、言耶は見逃さなかった。

「篠懸の両親ばぁ、あん子がまだ子供ん頃に、相次いで亡くなってなぁ。儂も同じような境遇じゃったから、そりゃあん子の淋《さび》しさが、痛いほどよう分かる」

そんな女性との結婚を、この祖父に承諾させるのは並大抵ではないわよ――という顔を偲はしつつ、しげしげと秀継を見やった。だが当人は宮司の方を向いたままで、全く気づいていないらしい。

「ほいでも甘やかしたり、我が儘《まま》を言わせたりは、無論しとらん」

そう断言する岩喜宮司の顔には、得も言われぬ誇りが感じられた。

「良いお嬢さんになられたのは、きっと宮司さんが愛情一杯に、一生懸命に育てられたからではないでしょうか」

「ほんに先生は、お世辞ばぁ上手か」

岩喜宮司は顔を綻ばせながらも、その両目が少し潤んだように見えた。と彼はそこで急に、しげしげと言耶を眺めてから、

「ところで先生は、独身じゃろうか」

「ああーっと」

いきなり偲が訳の分からない声を上げたと思ったら、

「これまでに大垣君から、この地方に伝わる四つの怪談を聞いておりまして――」

と強引に話題を変えたのだが、これに最も乗ったのが言耶だった。彼は四つの怪談に、仮の題名をつけた説明をしてから、

「それで『海原の首』と『物見の幻』は、どちらも亡者《ぼうもん》の怪異ではないか、と一応の見当がつけられます。逆に『蛇道の怪』は、碆霊様が蠅玉《はえだま》に変化《へんげ》したにしても、ちょっと捉えどころがないと言いますか、なかなか解釈に困る怪異だなと、僕自身は感じ

ています」

「あの話には閖揚村で起きた、奇っ怪な出来事も含まれますしね」

補足するつもりで偲が口を挟んだらしいが、敢《あ》えて言耶はそれには触れなかった。小火《ぼや》や食中毒など実際に村人から被害者が出ている事件と怪談とを、今の時点では一緒にしない方が良いと判断したからだ。

「この三つの怪談に比べると、『竹林の魔』は祠《ほこら》に祀《まつ》られた何かに原因があるらしいと分かっているのに、その正体は謎に包まれている……という特異さがあります」

「ふむ。『竹林の魔』とは、ほんまに言い得て妙じゃな」

宮司が感心した声を出したので、

「どうしてですか」

反射的に言耶は尋ねただけなのだが、

「祠が祀られた竹林宮《ちくりんぐう》には、昔から竹魔《ちくま》ばぁ棲むと言われとって――」

その答えを聞いた途端、例の悪癖が一気に出てしまった。

「ち、ち、ちくまぁ！」

彼の絶叫に、岩喜宮司と秀継が同時に、ぎょっと魂消《たまげ》た顔を見せた。

「そ、それは恐らく、た、竹の魔物と、か、書くのではないですか」

うんうんと頷くだけで、どうやら宮司は精一杯らしい。

「うーむ、竹魔ですか。僕は学生時代に、武蔵茶郷《むさしさごう》の箕作《みつくり》家の竹林で、二人の子供の消失事件に出会《でくわ》したことがあります。非常に不可解な状況下で、子供たちが消えてしまった謎でした。そこの竹林にも祠があって、屋敷神が祀られていたのですが、それが天魔と呼ばれる天狗《てんぐ》のような存在で――」

「申し訳ございません」

言耶が夢中で喋《しゃべ》っている横から、偲が顔を出して宮司に詫《わ》びた。だが当の言耶は、もちろん彼女の謝罪の言葉など耳に入っていない。

「本邦での天狗という名称の初出は、『日本書紀』です。都の空を東から西へ流れた流星を、『非流星。是天狗也』と記しています。あれは流星ではなく、天狗だと言ってるんですね」

「刀城先生は、ご自分がご存じない怪異の名称を口にされた相手に、とにかく我を忘れて話し掛ける癖がございまして――」

「もっとも先に中国で、天狗は凶事を知らせる星だと見做《みな》していた時期がありますので、それが日本に伝わったのでしょう」

「こうなりますと先生は、なかなか止まりません」

「その後、天狗の名は『大鏡』や『宇津保物語』に見えるように、平安時代から頻出するようになります。もっとも『宇津保物語』には『かく遥かなる山に、誰か、物の音調べて、遊び居たらむ。天狗のするにこそあらめ』とあるため、自然界の奇妙な現象の説明にも、天狗が使われていたことが分かります」

「ご自分の脳裏に浮かんだあれこれを、その場で全て述べられるまで、このお話は延々と続く羽目になります」

「下って『今昔物語集』で天狗は、仏教に敵対する一種の魔物として登場します。これまでは飽《あ》くまでも不可思議な存在だったのに、ここで仏敵になるわけです。もっとも本書は仏教説話の性格が強いため、これは割り引いて見る必要があります」

「次は、鎌倉時代でしょうか」

「興味深いのは『平家物語』の、『天狗と申すは人にて人ならず、鳥にて鳥ならず、犬にて犬ならず、足手は人、かしらは犬、左右に羽根生え、飛びあるくものなり』という記述です。これは我々が思い描く天狗像に、かなり近いかもしれません。また同書には、『「風情なし。知康には天狗憑いたり」とぞ笑われける』ともあり、天狗は人間に憑依《ひょうい》すると考えられていたわけです。しかも高慢な僧侶は、『仏にもならず悪道にも落ちずしてかかる天狗という物に成るなり』と書かれています」

「この分ですと、当分は終わりませんね」

「その後の『源平盛衰記』にも、驕慢無道な法師は天狗に堕《お》ちると記されています。ただ一口に天狗と言いましても――」

「この暴走を止めるためには、何よりも先生の興味を、元の怪異に戻さなければなりません」

ここまで言耶と偲の二人に、ひたすら交互に目を向けていた岩喜宮司が、はっと我に返ったようになって、

「そげん言うたら竹魔とは、蓄えるという漢字を使った『蓄魔』じゃと、かなり古い日誌に出とったんを、今ふっと思い出したんじゃけど」

「…………」

ぴたっと言耶の説明が止まった。と思ったら物凄い勢いで、宮司に詰め寄った。

「蓄魔ですって！　そ、それは、どういう意味ですか」

もっとも宮司も偲の説明で、すっかり言耶の妙な癖を理解したらしく特に驚いた様子も見せずに、むしろ笑みを浮かべながら答えた。

「竹林宮の祠ばぁ、なぜ、いつ祀られたんか、詳しいことは分からん。まぁ言うたら竹林宮そのもんが、謎じゃからなぁ」

「しかし神社に残る日誌には、竹魔に関する言及があるわけですね」

「そいに記されとったんは、祠は酷《ひど》い飢饉《ききん》があった時代に、餓死者を祀ったもんではないか、いう考察でな」

「なるほど。そう考えると『竹林の魔』の怪談も、合点がいきます。とはいえ怪談の

中身を、祠の由来とするのは、ちょっと考えものでしょうか」

「いんや、怪談いうんは本来、そげな役割ばぁ持っとるもんじゃ」

「あっ、そうですね。で、蓄魔ですが――」

言耶の催促に、岩喜宮司は可笑《おか》しそうな顔をしながら、

「飢えんためには、日頃からの蓄えが肝心じゃと、倹約に励んだ村人がおった。けんど飢饉に見舞われたときも、その男は肝心の蓄えばぁ使おうとはせんかった」

「そのための備蓄だったのに？」

「本末転倒も、ええとこじゃな。そんせいで男も、その家族も餓死ばぁしてもうた。そげな痛ましい話が伝わっとることから、竹林宮の祠は元々それらの家族を祀ったもんやないか、いうことらしい」

「そういう考察を、何代も前の宮司さんがされたわけですか」

「昔の人は儂と違《ちご》うて、優秀やったんじゃなぁ」

楽しそうに笑う宮司に、言耶も微笑みを返しながら、

「でも祀られたということは、その前に祟《たた》りがあったことになりませんか」

「うむ。ところが、そげな記述ばぁ見当たらんのじゃ」

「わざと書かなかった……」

「有り得るな」

そこで言耶は、うんうんと頷くと、

「だから竹の魔ではなく、蓄える魔だと、その宮司さんは考えられたのですね」

「そこだけ読むと、なかなか洒落《しゃれ》っ気のある人じゃ思うけど、元々の話は痛ましゅうて、恐ろしいからなぁ」

「その一方で、竹林宮の魔は磋霊様でもある、という解釈が昔からありませんか」

言耶の指摘に、宮司は難しい顔をしながら、

「竹魔と磋霊様じゃったら、そりゃ磋霊様の方が古い。村で何ぞ良うないことばぁ起きたら、全て磋霊様のせいになりよる。よって竹魔ん正体も磋霊様じゃと、いつん頃からか言われるようになったんじゃろな」

ここから話題は竹林宮から、牛頭《ごず》の浦《うら》の磋霊様へと移った。近く磋霊様祭が執り行なわれるという情報は、既に秀継より得ている。ただし正確な日取りが、なぜか未定だった。

「昔から何月何日やと、ちゃんと決まっとらんでな」

岩喜宮司の説明が、言耶には意外に思えた。

「それは珍しいですね。とはいえ、何か基準はないのですか」

「ないこともない。まぁ言うたら、夏ばぁ終わり掛けとって、秋ばぁはじまる頃で、少なくとも冬ばぁ来る前……いうことになりよる」

「偉く漠然としてますね」

「今の暦じゃったら、八月の下旬から九月の中旬ばぁか」

「それなのに、今年はまだ……」

宮司の顔が曇ったので、咄嗟に言耶も口を閉じてしまった。土地の伝統的な行事に触れるときには、やはり礼儀を弁《わきま》える必要がある。

「閖揚村の妙な騒動ばぁ、もうご存じらしいな」

すると岩喜宮司が気を取り直したように、そんな確認をして来た。先程の偲の補足を、きっと覚えていたのだろう。

「はい。大垣君から聞いています」

「潞霊様祭は犢幽村でばぁ執り行なうけんど、実は閖揚村も、ちいとは関係しとる。小さな唐食船《からたぶね》が、あん村から海へ出ることになっとるからな」

唐食船とは「海原の首」でも言及された、食べ物を一杯に積んで海の彼方《かなた》から訪れるという伝説の船である。

「あぁ、それでなんですね」

合点がいったとばかりに言耶が声を上げると、宮司が感嘆した。

「いやぁ、さすがじゃな。儂がちいと言うただけで、もう分かってしもうたんじゃから、こりゃ魂消た」

「えっ、意味が分かりません」

偲の訴えに、言耶が応えた。

「閖揚村で起きてる怪異の元凶は、蠅玉だという噂が既にある。しかも、その正体は瀆霊様ではないか、とも一部では言われている。そんなとき瀆霊様祭の唐食船が、当の祭の仕来たり通りとはいえ、閖揚村から出航するとしたら、村の人々はどう感じるだろうか」

「……ですよね」

納得する偲に向かって、岩喜宮司は言い訳するかのように、

「ほとんどの村人は、もちろん祭ばぁ理解しとる。ただ若い者や他所から来た人らが、どげん反応を見せるんか。そげな不安がある以上、こいは延期した方がええと、五人衆でも結論を出したわけじゃ」

それで延び延びになっていたが、ようやく明後日には執り行なわれるという。

言耶と宮司の会話は、その後もずっと続いた。ふわぁっと偲が欠伸《あくび》をして、こっくりと秀継が船を漕《こ》いでも、ひたすら二人は楽しそうに喋り合っている。

「皆さん、お疲れでしょうから」

ようやくお開きになったのは、様子を見に来た篠懸の一声のお陰である。それに偲と秀継は、どれほど感謝したことか。

当然のように言耶は、少し不満そうな表情をみせたが、

「明日の朝食後、竹林宮ばぁご案内するか」

という岩喜宮司の一言で、ころっと笑顔に変わった。

このとき言耶は、遠見峠《とおみとうげ》で覚えた奇妙な感覚について、すっかり失念していた。それを彼が思い出すのは、竹林宮で途轍《とてつ》もなく恐ろしい出来事に遭遇した、そのあとになる。

第六章　竹林宮の変死

刀城言耶たちは、笹女神社《ささめじんじゃ》の離れに泊まった。言耶と大垣秀継《おおがきひでつぐ》が同じ部屋で、祖父江偲はその隣室である。二日間の山歩きの疲れに、夕食の飲酒も効いたらしく、三人共あっという間に眠りに落ちた。

翌朝、真っ先に目覚めたのは言耶だった。偲は取材の旅先でも、大抵あとから起きて来る。編集者としてどうかと思うのだが、こっそりと先に出掛けられる利点もあるため、何も言わないようにしている。そんな彼女はともかく、就寝と起床の時間まで几帳面《きちょうめん》そうな秀継まで、なかなか蒲団《ふとん》から出ないことに、言耶は少し驚いた。しかし考えてみれば、秀継は本番の山歩きの前に、下調べで九難道《くなんどう》に入っている。言耶と偲より、もっと疲労していて当然かもしれない。

朝食を済ませたあと、籠室岩喜《かごむろがんき》宮司に先導されて、言耶たちは竹林宮《ちくりんぐう》へ向かった。

笹女神社の周囲は、犢幽村《とくゆうむら》の民家が建ち並ぶ南側を除き、見事な竹林になっている。宮司によると今から行く竹林宮の周辺以外は、全て村人に開放しているらしい。

「もっとも村が、こん竹林の恩恵にばぁ与《あずか》れんのも、あと数年じゃろうなぁ」

「なぜです？」

その竹林の中の細い道を、正に言耶は歩きながら問い掛けた。ちなみに竹林内は、まだ朝だというのにかなり薄暗い。

岩喜宮司は三人を先導しつつも、一抹の淋《さび》しさが感じられる口調で、

「五つの村ばぁ合併して町になると、こん辺りの竹林も伐採ばぁされて、広い道路になるいう話があってな」

「ちょっと勿体《もったい》ないですね」

周囲に広がる竹林を見回しながら、言耶が素直な意見を口にした。

「先祖代々ここに竹林ばぁあった思うと、そりゃ申し訳ない気持ちになる」

「かといって村の合併に、反対されているわけでは……」

「もちろん、ありゃせん」

言耶に水を向けられた宮司は、きっぱりと否定した。

「時代と共に土地ばぁ開拓されて、村が大きゅうなってく。そいが発展いうもんじゃろう。けんど、こん狭うて海に面しとる所では、なかなかそうもいかん」

そのため犢幽村は何百年も掛けて、海岸沿いに東へ、更に東へと、何度も分村していったらしい。ただ面白いのは、犢幽村の次に拓《ひら》かれたのが隣村の塩飽《しあくむら》村ではなく、

最も離れた閑揚村だったことだ。その後は塩飽村、石糊村、磯見村と順に出来上がっていき、やがて五村から成る強羅《ごうら》地方が誕生したのである。

「強羅の五人衆いう集まりばぁ、昔からあってな。五つん村の、それぞれの代表いうことになっとるけんど、顔触れはバラバラじゃ。儂《わし》んように神社の宮司もおれば、塩飽村は医者、石糊村は村長、磯見村は寺の住職、閖揚村は元庄屋と、何の纏《まと》まりもありゃせん」

閖揚村の元庄屋とは、もちろん大垣秀継の祖父である大垣秀寿のことである。

「ただ皆の祖先が、こん犢幽村の出身ばぁいうだけで――」

「つまり新たな村を拓いたときに、中心になって動いた人の、それぞれの子孫なんですね」

「ほうじゃな。ほいでも別に、特別な権力ばぁ与えられたりはせん。そん家の跡継ぎになっただけで、もう否応《いやおう》なく強羅の五人衆に入れられてしまいよる」

「とはいえ強羅地方の、実は影の権力者だったりしませんか」

冗談っぽく言耶は訊いたが、本心は真面目だった。

往々にして地方では、その土地でしか通用しない組や講のようなものがある。それを理解しているか、またはしていないかで、民俗採訪の成否が大きく変わってくることを、彼は経験から学んでいた。そして問題の強羅の五人衆には、隠された大きな力があるのではないか、という気がしたのである。

ところが突然、岩喜宮司は声高らかに笑ったかと思うと、

「いやぁ、そいがほんまやったら、儂ももっとええ服ばぁ着とる」

宮司の衣服は昨日と同様、まるで農作業にでも行くような、はじめから汚れても構わないような代物だった。

「村人の誰んでもええから、捕まえて訊いてみたら分かる。五人衆ばぁ役に立っとることが、何ぞ一つでもあるか、いうて。そら皆、儂らに遠慮して口ばぁ濁すじゃろうが、間違《まちご》うても具体的なもんは、なーも出て来んじゃろう」

「言わば強羅の五人衆とは、一種の名誉職でしょうか」

「おおっ、さすが作家の先生じゃ。やっぱり上手いことばぁ言うなぁ。取り敢《あ》えず村の者が、一目ばぁ置いてはくれる。けんど、そいだけじゃな」

と断言したあとで、宮司は満更《まんざら》でもない表情になって、

「五人衆そんものには、何の役得もありゃせんが、先祖が各々の村の開祖みたいなもんやいうことには、儂らも感謝せんといけんじゃろな」

「どういう意味ですか」

怪訝《けげん》そうな言耶に、岩喜宮司は悪戯《いたずら》っ子のような笑みを浮かべたが、

「きやぁぁっ」

いきなり偲の悲鳴が響いたので、そこで会話は中断してしまった。

「どうした？」

言耶の問い掛けに、彼女は顔を強張《こわば》らせながら、

「な、な、何か……います」

「えっ……何処に？」

彼は急いで周囲を見回したが、別に何も見当たらない。ただ無数とも思える夥《おびただ》しい竹が、にょきにょきと生えているばかりである。

「祖父江君、どの方向に、何を見たんだ？」

言耶は再び尋ねながらも、偲が地面にばかり目をやっていることに、ようやく気づいた。

「がさがさ……っていう音が、あの竹の根本辺りで聞こえたんです」

「そりゃお嬢さん、蛇じゃろうな」

全く問題にしていない宮司の物言いに、偲は目を白黒させている。彼女にとっては、「大」が十個はつく緊急事態なのかもしれない。

「先生ぇ、戻りましょう」

「うん。それじゃ僕たちは、竹林宮に行ってるから」

「そうやのうて……」

噛《か》み合わない二人の会話を聞いて、これは駄目だと思ったのか、秀継が助け船を出した。

「先輩、大丈夫ですよ。宮司のあとについて、足元に気をつけて歩けば」

「うちは大垣君の先輩やないって、何度言うたら分かるん」

一応の抗議はしながらも、ぴったりと言耶に貼りつくような格好のためか、偲の台詞《せりふ》にいつもの迫力はない。

「おいおい、これじゃ歩き難《にく》くて……」

さすがに言耶も、思わず苦言を口にし掛けたが、

「そいで先程の話にばぁ戻ると――」

この宮司の一言で、全く背後の偲の存在が気にならなくなった。

「強羅の五人衆の先祖が、それぞれの村の開祖に近いという事実に、皆さんは感謝しなければならない、というお話でしたね」

「こん周囲の竹林ばぁ、笹女神社の土地であるように、他の五人衆の家も、それぞれ村の北側の山林ばぁ所有しとる。秀継の祖父の大垣秀寿であれば、閖揚村の久重山《くえやま》がそうじゃ。せやから五つの村を結ぶ大きな道路が通りよったら、そん土地の代金が、各々の懐に入るわけじゃ」

「はぁ、なるほど」

かなり現実的な話だけに、普通なら嫌な印象を受けるかもしれない。だが、さっぱりした宮司の物言いは、逆に聞いていて気持ち良いくらいである。

とはいえ言耶も気になったため、ずばり尋ねた。

「そのために竹林がなくなっても、仕方ないとお考えですか」

「そもそも村の合併いうんは、お国の政策じゃ。どれほど儂らが足掻《あが》いても、どうにもなりゃせん。ほんなら最初から受け入れて、少しでも村ばぁ良うなることを願《ねご》うて、ほいで古うなった拝殿の改修ばぁ、やっとできるかもしれん考えた方が、まぁええわけじゃ。ほうなったら天宇受売命《あめのうずめのみこと》様も、きっとお許し下さるじゃろう」

「笹女神社の主祭神である天宇受売命は、所謂《いわゆる》『芸能』の神様ですが――」

そう言い掛けて、はっと言耶は悟ったように、

「天照大神《あまてらすおおみかみ》が天岩戸に隠れた際、天宇受売命は笹葉を振って踊った、という記述が『古事記』にあります。柳田國男《やなぎたくにお》先生も『巫女考《みここう》』で言及されていました。巫女が舞い踊るとき、その採物の中に笹があるのも、天宇受売命の笹葉から来ているわけです。つまり竹林に囲まれた、しかも笹女という名称を持つ神社の祭神が、天宇受売命であるのは正鵠《せいこく》を射ていることになります」

と一通り自らの考えを述べたあと、

「しかし、そうなると竹林宮は、いったいどうなります？」

もっとも肝心な問題に触れた。

「竹林宮そんものを残すんは、さすがに無理じゃろうなぁ。祠《ほこら》だけ別の場所にばぁ移して、祀《まつ》り直すんがええかもしれん」

岩喜宮司は答えると同時に、ぴたっと足を止めた。

「ここが、竹林宮じゃ」

そう言われても言耶は一瞬、きょとんとしてしまった。それから目の前をよくよく見て、そこに生えているのが竹ではなく、背の高い雑草の群れだと気づいた。

「竹林宮の周囲は、確か野原のような場所では……」

「昔はそうやったみたいじゃが、儂が宮司になる前から、もうこんな有様でな」

「この中の祠も……」

「いやいや、さすがにちゃんとお祀りはしとる。いうても数ヵ月に一度、ここばぁ訪れるかどうかじゃろうか」

そんな説明をしながら宮司は、鬱蒼《うっそう》と茂った雑草の向こうに見える、密生した竹林に沿って左手に回りはじめた。

「こうして見ると竹林宮は、ここまで歩いて来た竹林と比べても、その密集度合いが本当に凄《すご》いですね」

ひたすら感嘆する言耶に、偲と秀継も同意するように無言で頷《うなず》いている。

やがて雑草が乱れて、誰かが足を踏み入れたような、そんな場所へ出た。中途半端に踏み分けられた筋の先に目をやると、そこだけ竹の生えていない空間が、まるで縁日に掛かったお化け屋敷の入口のように、ぽっかりと薄暗い口を開けていた。

その口の片側の竹の上部から、もう片方の竹の上部へと、注連縄《しめなわ》が張られている。それを一瞥《いちべつ》して連想するのは、やはり鳥居かもしれない。

「ここが入口じゃ。秀継も子供の頃以来じゃろ」

岩喜宮司に声を掛けられた秀継は、心持ち顔が強張っていた。もしかすると余り良い記憶が、この竹林の中にはないのかもしれない。むしろ怖い思い出があるような様子である。

宮司は竹の鳥居の前で一礼してから、まるで竹林宮の口に自ら呑まれるように、すうっと薄闇の中へと消えて行った。

次いで言耶が入ろうとすると、ぐいっと服を引っ張られた。

「えっ？」

びっくりして振り返った目の前に、明らかに怯《おび》えている偲の顔があった。

「は、入るんですか」

「もちろん。そのために来たんだろ」

「けど……。この中は、迷路やないですか」

「だからこそ余計に、絶対に楽しいと思うよ」

信じられないと言わんばかりの眼差《まなざ》しを偲が向けて来たが、もう言耶は早く足を踏み入れたくて仕方ない。

「せっかくだから三人とも間隔を開けて、順に進むことにしよう」

「な、何でです？」

驚きも露《あらわ》に偲が詰め寄って来たのを、言耶は不思議そうな表情で、

「この中が迷路になってるからだよ。三人で固まって歩くより、独りで迷いながら進んだ方が、どう考えても面白いじゃないか」

「先生、頭が可怪《おか》しいです」

冗談かと思ったが、偲は真剣な顔をしている。

「楽しいとか、面白いとか、普通やありません」

「それじゃ祖父江君は、ここで待つということで――」

言耶が再び竹林宮に入ろうとした途端、がしっと偲が背中に獅嚙《しが》みついて来た。

「おいおい……」

「独りで入るんも、独りで残るんも、どっちも厭《いや》です」

「あのね……」

そこへ秀継が、妙に悟ったような口調で、

「先生、ここは一緒に入るしか、ないと思います」

「ええっ、せっかくの迷路なのに……」

「何でしたら私だけでも、あとから参りましょうか」

「うんうん、そうして」

すぐに応じたのは偲だったが、すかさず言耶が、

「よし、三人で入ろう」

言うが早いか、さっさと竹の鳥居を潜った。そのあとを慌てて偲が追い、秀継が続いた。

笹女神社の周囲に広がる竹林自体が薄暗かったが、竹林宮の中は更に暗かった。明らかに竹の密集の度合いが違うからだろう。日の光を求めて天を仰いでも、両側の竹が高くなるほど内側に弧を描いており、無数のその葉と共に頭上を覆っていて、やっぱり薄暗い。また思った以上に迷路の幅が狭く、大人が辛うじて歩ける程度だった。その圧迫感が半端ないほど強い。じりじりと左右から、まるで竹の群れが今にも迫って来そうである。

ここには独りで入りたいと思っていた言耶でさえ、二度、三度と迷路の角を曲がっているうちに、いつしか背後の偲の存在を心強く感じている自分に気づいて、ぎょっとした。

……じゃ、じゃ。

竹林宮の奥から、玉砂利を踏む足音が聞こえて来る。岩喜宮司のものだろう。そうと分かっているのに、なぜか薄気味悪く思えてしまう。

別の何かが歩いてる。

そんな感覚に囚《とら》われて、気がつけば凝《じ》っと耳を澄ませながら、その場に立ち止まっていた。

「あれって……、宮司さんですよね」

偲が後ろから囁《ささや》いた。彼女も同じように疑っているらしい。

「……当たり前だ」

当然のように答えたものの、言耶の口調には確信が感じられない。それを敏感に察したはずの偲も、全く何も言わない。

二人は黙ったまま聞き耳を立てて、いつまでも身動きしないでいた。

「あのー先生？」

秀継に声を掛けられ、はっと言耶は我に返った。

「……うん。先へ進もうか」

言耶が歩き出し、彼の背中に相変わらず偲が獅嚙みついている後ろを、秀継がついて来る。

……じゃ、じゃ。

三人の足音が、狭い迷路に響く。

ぴたっと言耶に身体を寄せている偲が、何度も背後を振り返る素振りを見せた。それが彼にも伝わるだけに、妙に気になってしまう。

「何をしてるんだ？」

ついに言耶が振り向いて尋ねると、

「……後ろから来るんが、ほんまに大垣君かどうか、確かめてるんです」

とんでもない答えが返って来たが、そう疑いたくなる気持ちが理解できるだけに、彼は何も言えなかった。

「えっ……いや、もちろん私です。変なこと、い、言わないで下さい」

それまで動じた風に見えなかった秀継が、急におどおどしはじめた。やはり彼も何か尋常ではないものを、この場に感じ取っているらしい。

「ちょっと、くっつかないでよ」

そこからは秀継までが、偲の背中に我が身を寄せ出した。

「そう言う先輩も、先生に獅噛《しが》みついています」

「先輩と呼ばんといてって、言うてるでしょ。それに私と先生はええの。そういう仲良しの関係なんやから」

「こらこら、誤解されるような――」

言耶が抗議の声を上げたときである。

「おーいぃぃ、大変やあぁぁっ」

竹林宮の奥から突然、岩喜宮司の叫び声が響いた。

「早《はよ》うぅぅ、来てくれぇぇぇっ」

「どうされたんですかぁぁっ」

言耶は叫び返すが早いか、一目散に走り出した。

「あっ、先生ぇぇ！　待って下さい」

すぐに偲と秀継も続いたが、たちまち言耶と二人は離れ離れになってしまった。それぞれが迷路の中で、あっという間に迷ったからだ。

「先生ぇぇっ、何処ですぅぅ」

偲の不安そうな呼び掛けを耳にしながら、とにかく言耶は先へ進んだ。

彼女には大垣君がついてる。大丈夫だ。

そう思ったからだが、仮に独りで偲が取り残されたとしても、きっと彼は竹林宮の奥を目指していたに違いない。

何度も袋小路の行き止まりに入り込みながら、やや長めの通路を進んだ先で、左手へ直角に曲がった途端、ぱあっと目の前が開けて、とんでもない光景が、いきなり言耶の両の眼に飛び込んで来た。

雑草が生い茂った円形の小さな草地の、ほぼ真ん中に男が倒れている。一見「大」の字に横たわり寝ているように映るが、死んでいるのは確実だった。少し離れているのに、ぷーんと腐敗臭が漂っていたからだ。

そんな異様な死体の横に、青褪《あおざ》めた顔で岩喜宮司が跪《ひざまず》いていた。その表情には恐怖が貼りついており、予想外のものを目にした……という様子である。しかし彼の反応は、当然だった。死体を発見した恐ろしさ以上に、男の状態に悍《おぞ》ましさを覚えたに違いない。

何よりも目につくのは、ぽっこりと落ち込んだ両の眼窩《がんか》と頰である。落ち窪《くぼ》んだ眼窩、痩《や》せ痩《こ》けた頰という表現が軽く感じられるほど、その男の凹《くぼ》みは凄《すさ》まじかった。そのうえ顔全体の皮膚が不自然なくらい、べったりと貼りついている。全く厚みがなくて、すぐ下に頭蓋骨が感じられてしまう。

男の死体の第一印象は、正に骸骨そのものだった。

「こ、この人は……」

村の方ですか、と言耶は尋ねたかったのだが、宮司から返って来た名前に、あっと彼は度肝を抜かれた。

「……及位廉也《のぞきれんや》さんじゃ」

「な、何ですって……」

改めて顔を見たが、写真でしか彼を知らない言耶に、そもそも分かるはずがない。

「これって、まさか……」

しかし身元確認よりも、もっと気になる問題があった。

「……餓死なんでしょうか」

それは男の異様な死因だった。惨《むご》たらしい顔の有様だけで判断しても、まず飢えて死んだことは間違いなさそうである。

「そうとしか思えん、こいはそんな死に様じゃ」

言耶の見立てに、宮司も賛成した。

「でも……」

及位は特に縛られてもおらず、両足のいずれかを怪我しているようにも見えない。つまり普通に歩いて、この場から出て行けたはずである。にも拘《かかわ》らず彼は、竹林宮の中心で餓死していた。この不可解な状態は、いったい何なのか。

「やったぁあっ」

そこに場違いなほど明るい声が、辺りに響いた。偲と秀継の二人が、ようやく迷路を抜けて、ここまで辿《たど》り着いたのである。

「先生、もう大変でした。蜘蛛《くも》の巣は被るし、笹の葉で手は切るしで……」

と喋《しゃべ》り掛けたところで、偲は急に口を閉じた。彼女の後ろでは顔だけ出した秀継が、完全に固まっている。

「そ、そ、その人は……」

ようやく声を出した彼女に、

「うん、亡くなってる」

言耶は素っ気なく返事をしてから、岩喜宮司に声を掛けた。

「大丈夫ですか」

「……あぁ、何ともありゃせん」

ゆっくりと立ち上がる宮司に、言耶は手を貸しながら、

「できる限り早く、駐在さんに知らせる必要があります。と同時に現場保存のため、ここに見張りも立てなければなりません」

「ほうじゃな」

岩喜宮司は頷いてから、

「秀継、大急ぎで一っ走りして、駐在さんばぁ呼んで来てくれ」

「……わ、分かりました」

慌てて彼は踵《きびす》を返し掛けたが、そこで不安そうな顔になると、

「でも、この迷路が……」

「祖父江君、彼と一緒に戻ってくれるか」

という言耶の軽い頼みに、偲は泣きそうな顔で抗議した。

「迷路が分かってたら、もっと早うに着いてます」

「ほなら、儂が一緒に」

宮司はそう言うと秀継を促し掛けて、偲の掌《てのひら》から血が出ていることに気づいたらしく、

「笹の葉で切ると、そら痛いですからなぁ」

昨日と同じ作務衣《さむえ》の懐に手を入れて、かなり汚れた襤褸《ぼろ》の手拭いを取り出した。

「あ、ありがとうございます」

礼を言いながらも、さすがに使う気にはならないのか、その手拭いで偲は、衣服についた蜘蛛の巣を払っている。自然に避《よ》けた宮司と言耶に比べると、やはり彼女は街の人間である。そのまま蜘蛛の巣に突っ込んだらしい。

偲ほどではないが、その後ろで秀継も同じ仕草をしている。ということは彼も、既に田舎暮らしを忘れているということか。

そんな秀継を何処か痛ましそうに見詰めたあと、宮司は再び偲に目をやりながら、

「ほんなら別に、切り傷用に――」

「あっ、だ、大丈夫です」

明らかに偲は嫌がっているのに、宮司は遠慮と受け取ったのか、

「いやいや、まだあるから遠慮ばぁせんでもええ」

と取り出したのは、更に汚れた襤褸襤褸の手拭いである。

「先生ぇぇ」

彼女の哀れな救援を求める声に、仕方なく言耶は助けに入った。

「ほら、これを使うといい」

彼が差し出した綺麗なハンカチを、どれほど嬉《うれ》しそうに偲が受け取ったことか。

「ほんなら、あとは頼みます」

岩喜宮司は軽く頭を下げてから、秀継と共に素早く迷路を戻って行った。

じゃ、じゃ、じゃ……と玉砂利を踏む二人の足音が消えたあとは、ざぁぁぁっ……

と風で揺れる竹の葉擦れの音の他は何も聞こえず、しーんと気味が悪いくらい辺り
が、急に静まり返ってしまった。

「……先生、こっちに来て下さい」

とっくに偲の側《そば》を離れて、繁々と遺体の観察をしている言耶に、なぜか彼女が小声
で呼び掛けてきた。

「どうして?」

当人は彼女の方を見向きもせずに、ハンカチとは別に常備している手拭いで鼻を覆

いつつ、ひたすら遺体を見詰めている。

「だって独りやと、怖いやないですか」

「僕がいるだろ」

「せやから、もっと近《ちこ》うに……」

「だったら君が、こっちに来ればいい」

「……い、厭ですよ、そんな死体の側になんか」

偲が強く拒否したものの、最早それを言耶は聞いていなかった。

「ここで及位氏に、いったい何が起《しき》きたのか」

遺体の周囲を回りながら、頻りに考えている。

「……死因は、何です？」

怖がりながらも好奇心はあるのか、偲が質問した。

「仏さんの状態を見る限り、恐らく餓死だろう」

「ええっ……ここで？」

竹林宮の中心に開けた空間を、偲は驚いたように見回しながら、

「どうして出て行かんかったんです？」

「そうだな。見たところ及位氏は、手足も縛られていない。この竹林宮に監禁されていたわけではないってことだ」

「仮に縛られてても、いくらでも這《は》って逃げられますよね」

「このままだと飢え死にすると分かれば、誰でもそうするだろう」

「せやのにこの人は、何で……」

逃げ出さんかったんですか――と彼女は言い掛けて、ふっと怯えたような顔つきになった。

「どうやら及位氏にとって、この草地の空間は、出ることのできない密室だったみたいだな」

「別に閉じられてへんのに……」

「うん。なぜか彼にとっては、完全に密室だった。開かれた密室だよ」

「先生……」

そこで偲は、更に怯えた様子で、

「これって『竹林の魔』の怪談と、何や似てませんか」

「あの話の体験者の多喜《たき》さんも、ここで急激な飢えを覚えたからな」

「……一緒ですよ」

微《かす》かに震え出した偲に、言耶が冷静に指摘した。

「しかし多喜さんは、いったん迷路の中まで戻れている。一方の及位氏は、この空間から少しも出られていない。この差は何だろう？」

彼女は小首を傾《かし》げてから、

「多喜さんは早目に逃げようとしたけど、この人は愚図愚図してたんやないですか」

「恐らく及位氏は、何らかの調査のために竹林宮へ入ったんだろう。だから身体の異変に気づいたときも、すぐに出ようとはしなかった」

「それで不味《まず》いと気づいたときには、もう手遅れやった……」

すると言耶が、まるで自分に言い聞かせるように呟《つぶや》いた。

「だが、それだと竹林宮の怪異を、完全に認めることになってしまう」

「……ですよね」

偲は小声で相槌《あいづち》を打ちつつ、辺りを気味悪そうに見回しながら、

「けど、そうでも考えんと、こんなとこで餓死してる説明がつきませんよ。いくら迷路があるからって、まさか迷って出られんようになったわけやないでしょう」

この偲の言葉に、言耶が反応した。

「そうか。仮に何らかの障害が、彼の知覚にあったとしたら……」

「どういうことです？」

「ここへ入ったときには、誰か同行者がいた。だから問題はなかった。けど出るときには、彼だけになっていたとしたら……」

「迷路を出られなかったかもしれへん――って、先生は仰《おつしや》るんですか」

少し考えてから、言耶は首を振った。

「……いや、やっぱり違うな」

「そんな障害なんて、実際にないから？」

「もちろん色々あるよ。ただ、もしそうだとしたら彼の遺体は、迷路の途中で見つかるんじゃないかな」

「あっ、そうですよ。何とか迷路を抜けようとしたけど、迷って出られんようになって、その途中で力尽きて、そのまま死んでしもうた。そういう状態に、きっとなってたはずです」

「うん。けれど及位氏は、この空間のほぼ真ん中で、こうして事切れていた……」

先述したように、遺体は漢字の「大」の字のように、両腕を横に広げている。背は高からず低からずで、身体は小太りという典型的な中肉中背である。両足も閉じられてはおらず、身体の幅分くらいに開いていた。

その格好だけ見れば、豪快に芝生の上に寝転がったように映るが、そこは雑草に覆われた竹林宮の中心である。しかも彼は有ろうことか、そのまま餓死している。

奇妙な点は、他にもあった。遺体が着ていたのは、なんと黒の法衣《ほうえ》だった。今が肌寒い季節であれば、彼が竺磐寺《とくがんじ》を出る際に、ちょっと借りたとも見做《みな》せる。住職の法衣を一般人が勝手に拝借するなど、普通なら考えられないが、相手は及位廉也である。むしろ有り得るかもしれない。だが、まだ寒くもない時期なのに、そういう行為をするだろうか。しかも法衣は大き過ぎて、中肉中背の彼の身体には全く合っていない。どうして彼は、こんな不格好な身形《みなり》をしていたのか。少なくとも開襟シャツとズボンに、そういった不自然さは見られないのに。ただし衣服の全ては皺《しわ》だらけで、物凄く汚れていた。その点だけは共通している。

奇妙な点は、まだある。遺体の伸ばされた右の掌に、なぜか長い竹の棒が載っていた。それを絶命する寸前まで、彼は右の五本の指で握っていたのか。しかし、どうして彼は、そんな代物をわざわざ手にしていたのか。

それだけではない。不自然に法衣を着て、用途の分からぬ竹の棒を持った状態で、どうやら彼は竹林宮の中心を占める円形の草地を、とにかく歩き回ったらしいのだ。踏み荒らされた雑草の状態を見ても、まず間違いないだろう。まるで迷路に入る口が、どうしても見つからないため、この草地の中を右往左往したかのように。

言耶は改めて、遺体の右手の竹に目を留めると、

「この竹は、あの祠のものじゃないかな」

言耶が祠の前まで行くと、ぐるっと遺体を迂回《うかい》しながら、偲もやって来た。

「同じような竹の棒が、ここに倒れてますね」

「それに注連縄がついてるだろ。恐らく及位氏が握っていた竹と一緒に、この祠の左

右に立てられていたと思うんだ」

「そう言えば『竹林の魔』の怪談で、多喜さんよりも背の高い竹の棒が一本ずつ、恰《あたか》も狛犬《こまいぬ》の代わりのように、祠の両脇に立てられてたって、ありましたよね」

「その左側の竹を、どうやら及位氏は引き抜いたらしい」

「何でです？」

「この状況を見ると、その竹で彼は、まだ注連縄がついた右の竹を殴り倒し、それから祠を打ち据えたようなんだけど……」

言耶の見立て通り、祠の屋根にも格子戸にも、何かで殴打されたらしい跡があった。ただ、なぜか妙に弱々しく感じられる程度の、それは暴力の痕跡だった。

「どうして彼は、わざわざ祠を叩いたのか」

偲は「うーん」と小さく唸《うな》ってから、急に顔を輝かせると、

「ここから出られんようになった訳は、先生の推理通りに、あの人に知覚の障害があったからです。そのことを本人は、きっと知らんかったんでしょう。せやからこそ彼は、どうしても迷路を抜けられんと知って、それはもう頭が混乱した」

「出られない理由が、どう考えても分からないのだから、無理もないか」

「あの人は、異端の民俗学者なんですよね」

唐突な偲の確認に、取り敢えず言耶が頷くと、彼女はやや得意そうな顔で、

「そこであの人は、ふっと思ったんやないでしょうか」

「何を？」

「これはもしかすると、竹魔《ちくま》の祟《たた》りのせいやないか……って」

言耶が黙ってしまっても、偲は喋り続けた。

「ここまで彼は何かを調べに訪れた。そういう民俗学者なんですから、きっと『竹林の魔』の怪談も知ってたはずです。竹魔いう名前も、耳にしてたかもしれません。せやから常識では信じられん状況に陥ったとき、怪異のせいやないかと疑《うたご》うたんです。もしそうやったら、祠を破壊すれば助かるかも……とあの人が考えたんも、かなり自然やないですか」

「なるほど。祖父江君にしては、信じられないほど筋の通った解釈だね」

「またまた先生、うちを褒めるんが恥ずかしいからいうて、そんな言い方せんでもええです」

ご機嫌な彼女の返しを、言耶は無言で躱《かわ》すと、

「彼が竹魔の怪異だと考えて、祠の破壊を企てたのだとしたら、その痕跡が妙に弱々しいのは、ちょっと変じゃないか」

「それはですね」

偲は少しだけ間を取ると、

「余りにもお腹が空《す》いてしまい、きっと力が出んかったんです」

「人間が餓死するまで、何日くらい掛かるか知ってるかい？」

「さぁ……。一週間から十日ですか」

「水さえあれば、もっと生きられる。けれど水がないと、普通は四、五日で死んでしまう」

「そんなに早く……」

偲が絶句しつつ、恐ろしそうな表情をした。

「仮に五日目に亡くなったとして、祠を竹で叩ける力が少しでも残っていたのは、いくら何でも三日目までじゃないだろうか」

「そうですね。一日目や二日目やったら、まだ元気があったかもしれません」

「となるとだ、弱々しく祠を攻撃することしかできない、そんな状態になるまで、怪異のせいだという考えに、彼は至らなかったことになってしまう」

「……あっ、はい」

と返事をした彼女の口調には、先程までの自信が感じられない。

「それにね、祖父江君。及位廉也氏という人物は、完全な合理主義者だったんだよ」

「えぇーっ」

彼女が抗議の声を上げた。

「そういう情報は、前以て言うて欲しいです」

「だけど君も、『蛇道の怪』の話は聞いてるじゃないか。あの中で飯島《いいじま》氏が、嫌がる前川《まえかわ》氏に蠅玉《はえだま》のことを及位氏に尋ねて貰ったとき、『そんなものを信じてるのか』って、前川氏は及位氏に嗤《わら》われたという。この件からだけでも、彼が容易に怪異を信じないことが分かるはずだ」

「ああっ、せやからなんです」

偲が素っ頓狂な声ながらも、非常に嬉しそうに、

「最初はあの人も、もちろん怪異のせいやとは思わんかった。けど、どうしても竹林宮から抜け出せせんと分かって、それを認めざるを得んようになった。でも、そんときにはもう空腹が限界に達してて、ほとんど力が出んかった。こう考えたら、ちゃんと説明がつきます」

「そうだなぁ」

言耶にしては珍しく、偲の解釈を真面目に吟味する顔つきになって、

「君の推理を裏づけるような、状況証拠もありそうだしな」

「えっ、何処に？」

言耶は周囲の雑草を見回しながら、

「これだけ踏み荒らしてるからには、この円形の空間の中を、及位氏は動き回ってい

たとしか思えない。いったい何のために？」

「竹魔のせいで、迷路の出口が隠されたんで、必死に捜してた……」

「そんな風に見えるよね」

自分で言っておきながら偲は、気味悪そうに辺りに目をやっている。

「更なる状況証拠が、どうやら三箇所あるみたいだ」

言耶は祠から少し右へ移動すると、竹林のある箇所を指差して、

「竹林宮の外周に比べると、内周は竹の密集度合いが、やや緩いと思わないか」

「言われてみたら、確かに」

「その中でも、ここは特に竹と竹との隙間が広い。で、よく見ると、無理矢理ここを通ろうとしたらしい跡が、はっきりと残ってるんだ」

「あーっ、ほんまや」

「似たような跡は、他にも認められる」

今度は祠の左手に移ると、そこで言耶は二箇所を指し示した。

「どちらも強引に、やっぱり通り抜けようとしてるだろ」

「でも、無理やったんですね」

「迷路とはいえ、外へ通じている参道があるのに、なぜ彼はこんな所から何度も、わざわざ出ようと試みたのか」

「知覚上の障害があったから……」

「君の推理を裏づけるためには、その事実を少なくとも突き止める必要があるな」

「ほんまですか」

条件つきとはいえ自分の解釈を、あっさり言耶が受け入れたことに、偲は物凄く喜んだ。そのせいか彼が遺体の側に戻っても、何の躊躇《ためら》いもなく彼女もついて来た。ただし言耶と同様に、彼のハンカチで鼻を覆っている。

「失礼します」

しかし言耶が頭を下げてから、手拭いで包んだ右手で、当然のように遺体の汚れた法衣を検《あらた》め出すと、

「ちょっと先生、それは不味いんやないですか」

思わず退《ひ》いた様子を見せたのは、やっぱり偲らしい。

「別に遺体を動かすわけじゃないから」

一応の言い訳をしつつ、言耶は法衣の内側を満遍なく調べている。

「別に何もないか」

次いで開襟シャツに取り掛かったところで、

「これは……」

その胸ポケットから取り出したものを見て、彼は言葉を失った。

「あら、笹舟やないですか」

一方の偲の反応は、極めて普通である。

「村の道端のお地蔵様にお供えしてあったんと、同じですね」

「……うん。でも、どうして彼が、こんなものを持ってるんだ？」

「さぁ。拾ったとか」

偲が気にした風は全くなかったが、逆に言耶は引っ掛かっているようで、

「他には、何もないんですか」

彼女に促されて、ようやく遺体の検めを再開したほどである。

「……ないな。ズボンは、どうだろう」

「ちょっと先生、もう止《や》めといた方が……」

「あった」

ズボンの尻ポケットから出て来たのは、一冊の手帳だった。

「どうやら本人のものらしいな」

最初から頁を捲《めく》っていくと、例の四つの怪談のメモ書きなど、強羅地方に関する記述が数多く見つかった。

「いったい彼は、何を調べてたんです？」

「手帳を見る限りでは、この地方の伝承についてのようだけど……」

「せやったら先生と、全く一緒やないですか」

「ただし、及位氏の場合は――」

それだけでは済まない厄介な問題があるのだが――という言葉を口にし掛けたところで、はっと言耶は息を呑んだ。

「どないしたんです？」

詰め寄る偲に、彼は黙って手帳のある頁を開いて示した。

「えっ……これって、どういう意味なんでしょう」

その頁には次のような何とも不可解な二文が、少し震えた筆致で記されていた。


全ては逆だったのか。

禍霊様《はえだまさま》の正体は人魚か。

第七章　竺磐寺

「人魚……」

刀城言耶はそう呟《つぶや》いた切り、その場に固まってしまった。

「あのー、先生？」

祖父江偲に声を掛けられても、一向に応えない。

「もしもし？　おーい」

すぐ横で叫ばれても、そのままで少しも動じない。

「こらぁあっ、刀城言耶ぁあっ」

思いっ切り名前を呼ばれて、ようやく我に返る始末である。

「あっ、ごめん」

「何をまた、そんなに考えてたんです？」

興味津々の偲に、言耶は首を傾《かし》げながら、

「それが……妙なんだ。またしてもコーンウォールのことが、ふっと頭に浮かんできて……」

「人魚伝説でも、あっちに伝わってるんですか」

「うん。ゼノアという村の教会には、中世に作られた『人魚の椅子』が、礼拝堂の一隅に置かれている。その椅子の脇板には、櫛《くし》と鏡を手にした人魚が彫られていてね」

「へえぇぇ。どんなお話があるんです？」

「昔々その教会で、あるときから日曜日になると、美しい黒衣の婦人が訪れるようになった。彼女は美しい声で賛美歌を歌うだけで、すぐさま帰ってしまう。しかし村の人たちは皆、その神秘的な歌声に聞き惚《ほ》れる余り、誰も彼女に素性を尋ねようとはしなかった」

「歌を聴くだけで、満足やったと」

「ただし黒衣の婦人が帰ったあとは、彼女の座っていた椅子が、いつも濡れていた」

「……怪談ですやん」

「でも美声の持主は、黒衣の婦人だけではなかった。ここの教会守の息子のマーシーも、それは素晴らしく賛美歌を歌う。当然のように二人は惹《ひ》かれ合い、やがて恋に落ちた」

「ええですねぇ」

餓死した遺体がすぐ近くにあることも忘れて、偲はうっとりしている。

「ところが、この二人は姿を消してしまうんだ」

「駆け落ちでしょうか」

彼女の疑問には答えずに、言耶は話を続けた。

「そして数年後、月夜の晩になると入江から、美しい二人の歌声が聞こえて来ること に、村人たちは気づいたという」

「つまり彼女は人魚で、彼が仲間になったいうことですか」

「これには、別の話も伝わっている。ある船が入江で錨《いかり》を下ろしていると、波間から人魚が現れた。そして船長に、『あなたの船の錨が、私たちの洞窟を塞いでいます。そのためマーシーと子供たちが閉じ込められてしまい、外へ出られません。どうか退けて下さい』と頼んだ」

「やっぱり二人は、一緒になってたんですね」

「この話を聞いた村人たちは、長年の謎が解けて喜んだ。二人が結婚して子供まで儲け、幸せに暮らしていると分かったんだからな」

「ええ話やないですか」

「こういう風に話すと、そうなんだけど――」

意味深長な言耶の物言いに、偲は怪訝《けげん》そうな顔で、

「どういう意味です？」

「例えばマーシーの両親の立場になって、この話を見ると——、黒衣の婦人は大切な息子を誑《たぶら》かして連れ去った酷《ひど》い女だ、ということにならないか」

「えーっ、けど自由恋愛やないですかぁ」

「しかも相手は、人魚だぞ。親の立場になったら、手放しで祝福できたかどうか」

「でもぉ……」

「それに人魚の伝説は、こういう話ばかりじゃない。その歌声によって男を虜《とりこ》にして、海へと誘い込んで波間に沈めてしまう、そんな話も多い。つまり魔物としての人魚だな。実際、コーンウォールの別の入江には、『人魚の岩』と呼ばれる場所がある。そこで低く歌う人魚の声が聞こえると、近くを通る船は必ず難破するという。また、その歌声に誘われて泳いで行った若者は、二度と戻って来ないとされている」

「せやけど先生——」

納得がいかなそうな顔で偲は、

「難破した船に乗ってて死んだ人を、碆霊様《はえだまさま》は供養してるんやないですか」

「そ、そ、そうなんだよ、祖父江君」

言耶は急に興奮した様子で、

「この辺りは岩礁地帯のせいで、昔から船の難破が沢山あった。その犠牲者を祀《まつ》ったのが、君の言う通り碆霊様だ。碆霊様の『碆』は、岩礁を意味する。碆霊様の『霊』

は、恐らく人間の魂を指すのだろう。この名称だけ見ても、そこに籠《こ》められた鎮魂の念が読み取れる。こういった事実と解釈に、まさか及位《のぞき》氏が疎かったとは思えない。にも拘《かかわ》らず彼は、瀦霊様の正体が人魚ではないかと、どうやら疑っていたらしい。

これは変じゃないか」

「もう一文の『全ては逆だったのか』に、その意味があるとか」

「だったら『瀦霊様の正体は人魚か』のあとに、そういう一文を書いたんじゃないかな。先に記していることから、まずこっちに気づいた。それから人魚の疑惑が生まれた――」

「うーん……。せやったら強羅《ごうら》地方にも、人魚伝説があるとか」

「事前に調べた限りでは、そういう話はなかった。仮にもしあった場合、とっくに大《おお》垣《がき》君が教えてくれていないか」

「昨夜の宮司さんとの話の中でも、きっと一度は出たでしょうね」

そこで偲は気味悪そうに、再び手帳に視線を落とすと、

「となると、この人魚いうんは……」

「全く別の意味を持ってるのかもしれない」

「例えば、どんな？」

「今、ふっと思い浮かんだのは――」

言耶が応えようとしたところへ、いきなり迷路から岩喜《がんき》宮司が出て来た。そのあとに少し遅れて駐在巡査が続き、それから秀継《ひでつぐ》も姿を現した。

「刀城先生、こいが駐在の由松《よしまつ》さんじゃ」

紹介されたのは三十代半ばの、妙に威張って見える強面《こわもて》の男である。

「巡査部長の由松じゃが――」

殊更に階級を強調して名乗ったあと、彼の両目は及位廉也《れんや》の遺体に釘づけになったが、すぐに視線を逸《そ》らせると、

「あんたは、何でも探偵いうことやけど、この男は何ぞ事件にでも巻き込まれとったんか」

非常に横柄な口調を言耶に向けた。

「はっ……、い、いえ、僕は、た、探偵などでは……」

「隠し立てするな！」

いきなり由松に怒鳴られて、困ってしまった言耶の側《そば》では、偲が早速、秀継に噛《か》みついている。

「ちょっと大垣君、あなた先生のことを、いったいどう話したの？」

「本業は作家ですが、民俗学者でもあります。そのうえ民俗採訪を行なった地方で遭遇した事件を、見事に解決する探偵の顔も持っておられて――」

秀継は真面目に説明をはじめたが、すぐに偲に遮られた。

「そんなんでは駄目です。全くなってません」

と言うが早いか、くるっと彼女は由松に向き直ると、

「巡査部長、ちょっと宜《よろ》しいでしょうか」

「な、何だ、あんたは？」

偲が醸し出す垢抜《あかぬ》けた女性の雰囲気に、どうやら由松は動揺しているらしい。

「刀城言耶先生の、担当編集者です。祖父江偲と申します。こういった旅先では、秘書の役割も果たしております」

いやいや、果たしてないだろ。

という突っ込みを言耶が口にしなかったのは、もちろん言うまでもない。今は由松の心証を少しでも良くしておきたい。それには彼女の口の上手さが、恐らく役立つだろう。そんな判断を咄嗟《とっさ》にしたからだ。

「巡査部長は、戦前『昭和の名探偵』と大いに謳《うた》われた、冬城牙城《とうじょうがじょう》先生をご存じでしょうか」

「……ああ、そりゃ名前だけは、よう知っとる」

「刀城言耶先生は──」

「祖父江君！」

そこへ言耶が割って入ろうとしたが、

「あの冬城牙城先生の、ご子息なのです」

偲は構わずに口にした。

「えっ……」

由松が絶句したのと、

「父は何の関係もないだろ」

言耶が冷たく言い放ったのが、ほぼ同時だった。

「けど先生に、探偵の才があるんも――」

偲は続けようとしたが、言耶に氷のような眼差《まなざ》しを向けられ、思わずどきっと胸が痛み、そのまま黙ってしまった。

お父様のことに少しでも触れられると、途端に先生は頑《かたく》なにならはるんやからなあ……。

二人の間に如何《いか》なる確執があるのか、作家と編集者としての付き合いが長くなっても、未だに偲は何一つ分かっていない。戦前に華族の家柄を嫌った刀城牙升《がじょう》が――冬城牙城は探偵をするときの変名である――家を飛び出して、私立探偵の大江田鐸真《おおえだたくま》に弟子入りをした結果、昭和の名探偵が生まれたという話は、さすがに彼女も知っている。

だが、そんな父親と同じように、どうして言耶が家を出たのか、その理由は何も聞かされていない。そもそも言耶の前で、父親の話は一切できなかった。どの編集者もそれは同じだった。業界で刀城親子の関係に詳しい者など、まず皆無と言えた。

とはいえ誰もが、その事実には一目置いた。

「確かにな。この男の言う通りや。事件となれば父親が誰であろうと、そら何の関係もないわ」

いったんは偲の爆弾発言に、ぐっと言葉に詰まった由松だったが、言耶自身の断りによって、すぐさま立ち直ってしまった。

「まさか遺体には、あんた、触れとらんやろな」

駐在の横柄な物言いを、特に言耶は気にした風もなく、

「それがですね、こ、こんなものが、見つかったんですよ」

むしろ手柄を立てて喜ぶ子供のように、例の笹舟と手帳を差し出した。

「な、何ぃぃ」

目を剝《む》きながら駐在は、言耶を睨《にら》みつけつつ、

「何処にあったんや」

「笹舟は開襟シャツの胸ポケットに、手帳はズボンの尻ポケットです。ちなみにズボンの、もう一つの尻ポケットは、まだ検《あらた》めて――」

「触るんやない！」

遺体に近づき掛けた言耶に、駐在の怒声が飛んだ。

「その二つを本官に渡して、お前はさっさと遺体から離れろ」

言耶に命令する駐在に対して、すぐさま偲が文句をつけた。

「ちょっと、あなた。先生を『お前』呼ばわりするやなんて――」

「まぁまぁ、祖父江君」

慌てて言耶が間に入ったが、その前に駐在は岩喜宮司のところへ行ってしまった。

どうやら偲の相手は苦手らしい。

由松は死体発見の様子を宮司から聞き取ると、竹林宮《ちくりんぐう》の外に待たせていたらしい青年団の二人に見張りを頼み、いったん自分は駐在所へ戻った。県の警察本部に連絡するためである。

そして言耶たち四人は由松の命により、笹女《ささめ》神社《じんじゃ》で待機することになった。

「ところで、県警の方たちが村に到着するのは、いつ頃になりそうですか」

竹林の外れで由松と別れた途端、言耶が宮司に尋ねた。

「ほうじゃなぁ。いくら急いでも、まぁ昼前か」

「それでは僕は、ちょっと――」

「先生、どちらへ？」

すかさず偲に尋ねられ、言耶は惚《とぼ》けた。

「村の中を、少しぶらつこうかと――」

「とか何とか言うて、ほんまは笹磐寺《とくがんじ》に行かはるおつもりですね」

ぎくっと反応した彼の様子が、もう答えになっている。

「いや、まぁ、ぶらついてる途中で、ふとお寺に寄るかもしれないけど……」

「探偵するために」

「ち、違うよ」

「私も、お供します」

当然のように同行しようとする彼女を、言耶は慌てて止めた。

「そんな必要はないから」

「取材先では先生の秘書ですと、さっき駐在さんにも説明しました」

「それは、嘘も方便という奴で――」

「嘘って何ですか、嘘って」

「いやいや、その駐在の由松氏が神社に来て、僕がいなかったら不味《まず》いだろ。そのときは祖父江君が嘘を吐いてでも、何とか切り抜けて貰わなければならない。そんなことを頼めるのは、世間広しと雖《いえど》も君しかいない。君だけが頼りだ。そう言いたかったんだよ」

言耶が真剣な表情で、ひたと偲を見詰めると、

「……えっ、そら、まぁ、そうですけどね」

彼女は照れながらも、満更でもない顔をした。

「じゃ、そういうことで」

言耶は偲に笑顔を向けると、

「宜《よろ》しくお願いします」

岩喜宮司にはきちんとお辞儀をして、秀継には片手を挙げて挨拶してから、独り神社の階段を下りて行った。

目指すのは、もちろん笠磐寺である。

なぜ及位廉也が竹林宮の中で餓死したのか。その真相には当然ながら、まだ何の見当もつけられない。とはいえ彼が、何らかの騒動を起こした結果ではないか、という予測くらいは充分にできた。それを探るためには、彼が滞在していた笠磐寺を訪ねるのが一番である。

だからといって別に、探偵するわけじゃない。

まるで自分に言い聞かせるように、言耶は心の中で呟いた。もし本当に及位自身に原因があるのなら、彼は被害者である前に加害者だった可能性が出てくる。その場合の被害者は、間違いなく村の人だろう。そして仮に、その人物が及位殺しの犯人だっ

たとしても、できるだけ助けたいと思った。それが及位と同じように民俗採訪をしている、自分の役目ではないかと言耶は考えたのである。

ただの事故だったら――。

及位廉也には悪いが安心できるのに、と思いつつ村の中を歩いていて、ふと言耶は違和感を覚えた。昨日と同じように村内を移動しているだけなのに、どうにも妙な感覚に囚《とら》われてしまう。たった一晩で、村の空気が変わってしまったかのようである。

何なんだ、これは？

しばらくは不思議で仕方なかったが、そのうち昨日との大きな変化に気づき、あぁ……と合点がいった。

道で行き合った村人の誰もが、決して彼を見ようとしないのだ。

昨日は無礼にも思えるほど、じろじろと見詰められた。だが、いったん秀継に紹介されると、皆が人懐っこく話し掛けてきた。もっとも言耶と偲のことを尋ねるばかりで、こちらの質問には余り答えてくれなかったが、少なくとも友好的だった。

しかし今は、かなり余所余所《よそよそ》しい。いや、むしろ避けられていると言うべきか。まるで忌むべきものを目の前にして、誰もが関わりを恐れて知らん振りをしている。そんな感じである。

竹林宮での変死が、もう村中に伝わってるのか。

言耶はそう確信した。駐在の由松が言い触らしたとは思えないが、見張りには村の青年団が協力している。竹林宮の外に立っている二人に、別の青年団員が接触した可能性は、かなり高いのではないか。

しかも被害者は、恰《あたか》も「竹林の魔」の話に関係があるかの如く、なんと餓死していた。そんな他所者《よそ》の死体が、二人の他所者の訪れに合わせるように発見された。

触らぬ神に祟《たた》りなし。

村人たちが仮にそう思ったとしても無理はない。

言耶は村の中の道を、できるだけ気配を殺して歩いた。彼が目立つことで、要らぬ不安を村人たちに与えないためである。そのため数メートル進むだけでも、物凄《ものすご》い気疲れを覚える。しかし彼は、ずっと止《や》めずに続け通した。

お陰で笠磐寺の石段の下まで来たときには、思わず安堵《あんど》の溜息が漏れた。

ゆっくりと言耶が石段を上っていると、昨日ここに着いて見下ろした、あの光景がふっと脳裏に蘇《よみがえ》った。そこで上りの半ばで、朝の村の風景を目にしようと、くるっと彼は振り返り掛けて……。

そこで固まった。次いで背筋に、ぞくっとする悪寒を覚えた。咄嗟に足を踏み外さなかったのは、本当に幸運だったかもしれない。

村中の至る所から、何人もの眼差しが言耶を見上げていた……。

そして彼が後ろを向いた一瞬あとに、さっと全てが消えた。家にいた者は奥に引っ込み、道にいた者は再び歩き出し、舟の上にいた者は海に顔を向け、という具合に全部の視線が、すぐさま逸らされたのである。

……これは、不味いぞ。

村人たちに受け入れられなければ、民俗採訪など到底できない。無論これまでにも閉鎖的な村は、それこそ何度も経験している。だからといって負《め》げる言耶ではなかったが、さすがに今回は少し勝手が違い過ぎる。

閖揚村《ゆりあげむら》の平和荘《へいわそう》をベースキャンプにして、民俗学者だという怪しげな男が、何やら調べ物をしている。その及位廉也が、なぜか犢幽村《とくゆうむら》に現れた。しばらくすると今度は、同じ学問に従事しているらしい作家が、如何にも場違いな美人編集者と一緒にやって来た。同行していたのは、閖揚村の大垣秀継である。彼の祖父の秀寿《ひでとし》は、笹女神社の宮司の籠室岩喜《かごむろ》との間に、何やら確執があると聞く。秀継自身も籠室篠懸《すずかけ》を巡って、村の竹屋の亀茲将《きじまさる》と関係が悪化しているという。変な諍《いさか》いでも起こらなければ良いが……と心配していたところに、及位廉也の変死体が、竹林宮の中で見つかったという知らせが入った。どうやら死因は餓死らしい。あの竹林宮で、選《よ》りに選《よ》って飢え死にするとは、どんな恐ろしい目に遭ったのか。

村人たちの心中を察すると、こうなるのではないか。

言耶は犢幽村から牛頭《ごず》の浦《うら》へ、そして奥埋島《おうしま》へと視線を移しながら、改めて竹林宮の変死事件を解決しなければならないと痛感した。自分は決して探偵ではない。だが、この問題を終焉《しゅうえん》させるために、そういう役割が必要なら、喜んで探偵になるつもりだった。

残りの石段を上り切り、出迎えられた山門を潜ろうとしたところで、彼は四十代半ばの背広姿の男と、危うく鉢合わせしそうになった。

「いや、これは失礼しました」

丁寧に頭を下げる相手を目にして、咄嗟に言耶はその人物が誰かを悟った。

「いいえ、こちらこそ。いきなりで申し訳ありませんが、ひょっとして日昇紡績《にっしょうぼうせき》の久留米《くるめ》さんではありませんか」

「はい。如何にも私は、久留米三琅《さぶろう》ですが……」

戸惑い気味の久留米に対して、言耶は簡単な自己紹介をしたあと、

「ところで、及位廉也氏のことは、もうご存じですか」

率直に尋ねると、途端に久留米は眉間に皺《しわ》を寄せて、

「はい。真海《しんかい》ご住職から、たった今……」

聞いたところだと答えた。どうやら村人の誰かが、早くも寺までご注進に及んだらしい。

「そう言えば発見したのは、笹女神社の宮司さんと、他所から来られた作家の先生らしいのですが――」

久留米の確かめるような口調に、すぐさま言耶は反応した。

「はい、僕のことです。もっとも先生でも何でもありませんけど。他に担当の男女の編集者が、それぞれ一名ずつおりました」

「その男性は、閖揚村の大垣秀寿さんのお孫さんですね」

「大垣秀継君とは、お知り合いですか」

「いえ。でも秀寿さんから、よくお話は伺っておりますので」

相手は閖揚村の筆頭地主である。日昇紡績の役員としては、その孫の話を忘れるわけがない、というところだろうか。

「つまり先生は、及位先生とご一緒に、民俗学のお仕事をされていたのですね」

久留米の完全な早とちりだったが、この誤解を言耶は否定しなかった。そのため「先生」という呼び方にも、敢《あ》えて異を唱えないようにした。

「ええまぁ、何と申しましょうか、直接の関係はなかったのですが、学問の世界というのは、なかなか狭いものでして、どうしても色々に影響し合います」

それでも彼は、明らかな嘘を厭《いと》うため、何とも遠回しな物言いをしたのだが、

「何処の業界でも、それは同じでしょう」

　あっさり相手が納得したので、ほっとした。

「先生方のお仕事に、大垣秀継さんも編集者として関わられていた。そういうことでしょうか」

　またしても久留米は誤解したが、今度こそ言耶はこれを利用した。

「はい。そこで亡くなったばかりの方を、あれこれと詮索するのは無礼と承知のうえで、どのような民俗学上の調査を及位氏がしておられたのか、それを教えて頂こうと、こちらのご住職をお訪ねしたわけです」

「いいえ、先生のご事情は、よく分かります。急に担当者が亡くなった場合でも、仕事は仕事として進めなければなりませんからね」

　言耶は心の中で頭を下げながら、飽くまでもさり気なく尋ねた。

「ところで久留米さんは、その辺のことを何か、及位氏からお聞きになっていませんでしょうか」

　しばらく凝《じ》っと思い出す素振りを見せてから、

「……いいえ、残念ながら特には。それに仮にお聞きしていても、学問のことは私には分かりませんからね」

　久留米は申し訳なさそうに首を振った。が、そこで飽くまでも序《つい》でという感じで、

「民俗学の調査とは関係ありませんが、強羅地方の村の合併話には、どうやら反対さ

れていたようでした」

意外な情報を教えてくれた。これには言耶も驚き、すぐさま尋ねた。

「なぜですか」

「この地方の自然と伝統が、徒《いたずら》に破壊されるから、と仰《おっしゃ》っていました」

及位廉也が多分に言いそうにもない、そんな台詞《せりふ》である。そのことに言耶が、またしても驚いていると、

「実は――」

と打ち明ける口調で、久留米が話し出した。

「日昇紡績とは別会社ですが、我々は観光業にも手を広げております。そこで五つの村を結ぶ新しい道路が完成した暁には、強羅地方の各海岸を整備して、海水浴場にする計画を立てはじめているところなんです」

「そんな大事な話を、僕なんかにしても……」

「いえいえ、大丈夫です。この観光計画自体は最近になって持ち上がったものですが、既に笹女神社の宮司さんをはじめ、強羅の五人衆の皆さんにはお話ししてありますから」

久留米が笑みを浮かべながら応えたので、言耶も遠慮せずに訊いた。

「それで宮司さんは、どんな反応を？」

「海水浴場にするだけでなく、例えば牛頭の浦から絶海洞《たるみどう》まで遊覧船を走らせるとか、色々な案もお伝えしたところ、さすがに困惑しておられました」

それはそうだろうと言耶は思ったが、次の久留米の言葉で、強羅のような地方の厳しさを改めて認識させられた気持ちになった。

「しかし宮司さんも大垣さんも、また他の三名の五人衆の方々も、村の発展を考えると良いことだと、最終的には納得されたようです。逆に申しますと、そういう計画でもない限り、たとえ村同士が合併しても、閖揚村以外の村々の先行きは、そう明るくないということでしょう」

「……分かります」

当事者でもないのに、その事実を認めるのが、なぜか言耶は辛かった。

「久留米さんが竺磐寺に滞在されてるのも、観光計画のためでしょうか」

「ええ、それもあるのですが……」

途端に歯切れが悪くなったので、おやっと言耶が思っていると、

「及位先生からお電話を頂いて、ちょっと相談があると言われたのです」

予想外の答えが返ってきて、彼は反射的に身を乗り出した。

「ど、どんなことです？」

「ところが、私が顔を見せても、もう少し待ってくれと仰って、何も申されません。

真海ご住職には話を通してあるので、しばらくお寺に滞在するように、と言われる始末です。しかも出掛けられたまま、帰って来なくなって……」

「いつのことですか」

「及位先生が竺磐寺に来られたのは、二十日だとお聞きしています。私が参りましたのは二十二日です。そして先生が出掛けて帰って来られなかったのが、二十三日の朝です」

今日は二十八日である。つまり及位廉也が寺に帰らなくなってから、ちょうど五日が経つわけだ。人間が餓死するには、ほぼ充分な日数ではないか。

「失礼ですが、及位氏とは何処で、どういった経緯で知り合われたのですか」

「閑揚村の平和荘です。そのアパートには、当社の若手従業員たちが、多数お世話になっておりまして――」

久留米の説明は、「蛇道の怪」の飯島勝利《いいじまかつとし》の話を裏づけるものだった。その話の流れで、あの怪談について話題にしたところ、

「飯島君には、気の毒なことをしました」

暗く重い返事があった。

「久留米さんが、そういった怪異に遭われたことは？」

「いいえ、ありません」

彼の口調から、その手のものには否定的か、少なくとも懐疑的らしいことが感じ取れる。

「あっ、長々とお引き留めしてしまい、どうもすみません」

急に気づいたように、言耶が詫《わ》びた。

「お出掛けのところ、お邪魔して申し訳ありません」

「いえいえ、私も及位先生のことを詳しく知りたいと、竹屋さんへ行こうとしていただけですので、こうして刀城先生にお会いできて、むしろ助かったくらいです」

ぎくっと感じたことは顔に出さずに、言耶はさり気なく、

「竹屋と言いますと、亀茲将さんの家の屋号ですね」

「ご存じでしたか」

「大垣君から、少し聞いております」

「あぁ、なるほど」

そう応じた久留米は、篠懸を巡る三角関係を知っていそうにも見えた。その点を突っ込むべきかと、言耶が考えているうちに、

「それで、及位先生の件なんですが……」

やんわりと催促され、竹林宮での発見の様子を説明する羽目になった。散々ここまで色々な話を聞いた以上、こちらだけ何も言わないわけにもいかない。

「しかし、どうして餓死なんて……」

詳細を知ったことで、余計に驚きが増したらしい。久留米は愕然《がくぜん》としている。

「つかぬことをお訊きしますが――」

及位が何らかの知覚の障害を持っていなかったか、そこで言耶は尋ねてみた。

「さぁ、どうでしょう。そこまで深いお付き合いでは、まだありませんでしたから。ちょっと分かり兼ねます」

「そうですよね。どうもありがとうございました」

二人は互いに一礼して、山門の前で別れた。

それから言耶は案内を乞うて、笠磐寺の真海住職と会うことができたのだが、玄関先での立ち話で終わってしまった。及位廉也について訊こうにも、相手が何も知らなかったからだ。

「うちは部屋ばぁ貸して、食事ばぁ出しとるだけじゃ」

住職の返事は、あっさりしていた。

「お寺の過去帳など、及位氏にお見せになったのではありませんか」

怪訝に思って言耶が尋ねると、

「あぁ、そげなことばぁ勝手にしてくれと、あの学者には言うといた」

決して惚けているわけではなく、本当に放任していたらしい。

「笹女神社と違《ちご》うて、うちの寺の宝物庫にばぁ、宝物などありゃせんからな」

「神社にはあるんですか」

言耶の突っ込みに、真海住職は笑いながら、

「あっちの宝物庫にも、ほんまの宝ばぁない思うけど、民俗学者にとっての宝物じゃったら、そらあるじゃろうな」

「なるほど」

岩喜宮司が口にしていた、代々の宮司の和綴《わと》じの日誌などのことだろう。

「ところで及位氏は、五日前に出掛けて以来、こちらには戻られていないと……」

「ほうらしいなぁ」

「お気づきになりませんでしたか」

「台所ばぁ預かっとる者から、ここ数日は食事ばぁ出してないとは聞いとるけど、うちは宿代さえ貰えれば、別に問題ばぁないんでな。大方あっちの、平和荘とかいうアパートにでも、きっと帰っとるんじゃろうと、うちの者らは思うとったみたいじゃ」

そして当の住職は、まったく気に掛けていなかったわけである。

「あんたさんは今、笹女神社にばぁ泊まっとるんか」

「はい」

いきなりの問い掛けに、きょとんとして言耶が答えると、

「どや、うちへ移って来んか。同行の美人編集者と纏《まと》めて、安うしとくけどな」

とんでもないことを言い出した。

「大垣家の秀継もおるんやったら、うちの方が落ち着くじゃろう」

どうやら籠室岩喜と大垣秀寿との、もしくは籠室家と大垣家の対立を、真海住職は当て擦《こす》っているらしい。それとも秀継たちの三角関係のことだろうか。

「お申し出は有り難いのですが、大垣秀継君の紹介で、笹女神社にはお世話になっておりますので、そういうわけにも参りません」

「ほうっ、あの秀継がなぁ」

そこに大垣秀継の何か意図が潜んでいるのかどうか、恰も住職は考えるような顔をしている。

「ところで、妙なことをお尋ねしますが、ご住職の法衣《ほうえ》が一着なくなっていないでしょうか」

「儂《わし》の法衣？　何でそげなことを訊く？」

「実は――」

竹林宮で発見された及位廉也の遺体の状態を、言耶が説明しはじめると、

「ほうじゃ。そいをまず聞かせてくれ」

真海住職に責《せっ》つかれ、久留米にしたばかりの話を繰り返す羽目になった。

「そげな恐ろしい……」

何処か飄飄として食えない印象の住職だったが、このときばかりは神妙な面持ちを見せた。

「遺体が着ていた法衣について、お心当たりはありませんか」

言耶の質問に、住職は元の表情に戻ると、

「もう儂が着んようになった古い法衣ばぁ、きっと勝手に持ち出したんじゃろう」

「なぜだか分かりますか」

「そりゃ笹女神社に、こっそり忍び込むためじゃ」

全く予想外の見立てに、言耶はびっくりした。

「あん学者は神社で勝手な振る舞いばぁして、宮司の怒りを買《こ》うて出入り禁止になったと、儂は聞いとる」

「そうらしいですね」

「けど、そげなことで引き下がる玉じゃ、ありゃあらせん」

岩喜宮司が言っていたように、この真海住職は生臭坊主だなと言耶も感じていたが、どうして他人《ひと》を見る目はちゃんと持っているようである。

「そいで儂の法衣を着て、ほら、あれじゃ――」

「変装した？」

「そうそう、それそれ。こん寺にしても神社にしても、他人《ひと》の出入りばぁ自由じゃ。下手したら家の方にまで、勝手に入って来よる。ほいでも出入り禁止になった者ばぁうろうろしとったら、そら見咎《みとが》められるわな」

「そこでご住職に、彼は変装した？」

「儂に化けたいうより、あん学者に見えんかったらええんと、要は考えたんじゃろ。ほいでも宮司や篠懸と鉢合わせしたら、そげなもんすぐばれてしまう。せやから飽くまでも、ちらっと姿を見られたときの、まぁ用心やったんじゃろな。遠くから見られたくらいやったら、なんぼでも誤魔化しが利く。そういうことじゃろ」

「一種の隠れ蓑《みの》ですか」

「上手いことばぁ言うな」

「そうまでして及位氏は、いったい何を調べていたのでしょう？」

「さぁなぁ。笹女神社の秘密じゃろうか」

「そ、そんなものがあるんですか」

思わず詰め寄る言耶に、にやっと住職は笑いながら、

「そいで秘密ばぁ知られた宮司が、竹林宮の魔物を使役して、あん学者を餓死させたんじゃとしたら、あんたどげんする？」

「えっ……」

「うちへ宿替えばぁするかね」

そう言って豪快に大笑いしたが、その両の瞳が全く笑っていないことに、言耶はぞっとしたのである。

第八章　竹屋

刀城言耶は笠磐寺《とくがんじ》を辞すると、またしても犢幽村《とくゆうむら》から牛頭《ごず》の浦《うら》、更に沖合の奥埋島《おうしま》を眺めながら、石段の上に立ったまま思案した。

笹女神社《ささめじんじゃ》に戻るか、それとも竹屋へ行ってみるか。

神社ではとうに言耶の不在がばれて、駐在の由松《よしまつ》は怒り狂っていることだろう。それとも祖父江偲が持ち前の口八丁で、上手く誤魔化してしまったか。いずれにしろ県警の捜査関係者は、まだ着いていないと思われる。

もちろん警察が来たからといって、何か有益な新情報を得られるとは限らない。むしろ事情聴取が終われば、部外者は引っ込んでいろと言わんばかりに、邪険にされるのが落ちだろう。とはいえ言耶はこれまでにも似た状況の中で、どうにかこうにか警察の捜査状況を、彼なりに得て来た経験があった。今回も可能な限り、それを活かすつもりだった。

よって時間を有効に使うためにも、これから竹屋で亀茲将《きじまさる》に会うのも悪くないかもしれない。今なら久留米《くるめ》三琅《さぶろう》もいるはずだから、彼に紹介して貰えれば、亀茲とも支障なく話せるに違いない。神社で顔を合わせているとはいえ、向こうが言耶を認めたかどうかは怪しい。仮に覚えていても、あの状況である。良い印象を持ったとは、とても思えない。ここは知り合ったばかりの久留米を――酷《ひど》い言い方になるが――利用させて貰おうと言耶は考えた。

ただ困ったのは、竹屋の場所を知らないことである。笠磐寺の石段を下りて村に入っても、どちらへ行けば良いのか分からない。昨日、大垣秀継《おおがきひでつぐ》に先導されて歩いた道沿いには、少なくとも見当たらなかった。今ある情報は、それだけに過ぎない。村人に尋ねようにも、言耶の姿を目にした途端、すっと誰もが道を逸《そ》れるか家に入ってしまう。これでは竹屋の場所を訊くことなど、いつまで経ってもできそうにない。

疫病神扱いだな。

思わず苦笑を漏らしつつも、言耶は途方に暮れた。が、すぐさま気を取り直した。

ぶらぶら探すか。

それほど広い村ではない。幸い時間もある。そもそも未知の土地を彷徨《うろつ》くことが、怪異譚蒐集《たんしゅうしゅう》の次に言耶は好きだった。

ところが、しばらく歩き回っているうちに、再び言耶は途方に暮れてしまった。

いつになったら辿《たど》り着けるのか、これじゃ分からないぞ。

犢幽村の民家は、背後の喰壊山《くえやま》から牛頭の浦へと滑り下りるように続く斜面に、正に犇《ひし》めくように建てられている。そのため家と家の間を通る道が狭く、かつ非常に入り組んでいた。そのうえ上り下りが激しいため、のんびりとした散策には明らかに不向きである。むしろ今、自分が何処にいるのか、少しでも油断をすると見失ってしまう。見上げれば笹女神社の鳥居と竺磐寺の山門が目に入るので、大凡《おおよそ》の位置は分かるはずなのに、それが何の役にも立たない。その事実が堪《たま》らなく不安感を煽《あお》った。

まるで竹林宮《ちくりんぐう》の中で迷ってるような……。

あちらが平面の迷路だとしたら、こちらは立体の感覚がある。となると前者よりも、後者の迷路の方が遥かに厄介だろう。しかも広くないといっても、あの竹林宮に比べれば充分に大きい。そんな村内を歩き回るのだから、これは大変である。

いや、そうとも限らないか。

たちまち言耶の脳裏に、及位廉也《のぞきれんや》の異様な死に様が浮かんだ。あの竹林宮の中から出ることができずに、彼は餓死したのである。いくら何でも今の言耶に、飢え死にの懼《おそ》れはない。どうしても道が分からなければ、何処かの家で訊くことも可能だ。何軒かは居留守を使われるかもしれないが、辛抱強く訪《おとな》いを続ければ、そのうち誰かが応じてくれるだろう。

及位が竹林宮で直面したであろう得体の知れぬ状況よりも、今の言耶の立場の方がどれだけ増しかしれない。

けど、そろそろ誰かに助けを求めないと……。

このままでは埒《らち》が明きそうにもない。いつしか言耶は、かなり下方まで来ていた。鳥居と山門の位置から推測するに、村の三分の二ほどは下りただろうか。このまま下って行けば、もう少しで海岸へ出そうである。

……からころ、ごろごろ。

そのとき妙な物音が聞こえたと思ったら、細い坂道の上から小さな竹の桶《おけ》が一つ、ころころっと転がり落ちて来た。そして桶を追うように、小さな男の子が現れたのだが、彼の顔を見て言耶は一瞬ぎょっとした。

烏天狗《からすてんぐ》の面を被っていたからだ。

その小さな烏天狗は、言耶が桶を拾った途端、ぴたっと道の途中で立ち止まった。そして好奇心と不安の入り交じった様子で、凝《じ》っと言耶を窺《うかが》っているような仕草を見せた。

「こんにちは」

言耶が挨拶しても、子供は微動だにしない。

「烏天狗さんの正体は、竹屋さんの子じゃないかな」

咄嗟《とっさ》にそんな言葉が出たのは、その子供が竹の桶で遊んでいたらしいからである。

当然それだけでは状況証拠としても弱過ぎるが、こういうときの言耶の勘は意外と当たる。「亀茲」の名字ではなく、村人に親しまれていると考えられる「竹屋」の屋号を口にしたのも、無意識に計算が働いたからだ。これも長年の民俗採訪経験の賜物《たまもの》だろうか。

すると子供が、いきなり面を取った。その下から現れたのは、漁師村の子にしては珍しく色白の、何とも可愛らしい男の子だった。

子供は警戒心を露《あらわ》にしながらも、こっくりと頷《うなず》いてくれた。その様が、恰《あたか》も竹屋の子であることを誇っているかのようで、言耶は微笑ましくなった。恐らく村内でも、長い歴史を持つ竹屋の家は、皆から一目置かれているに違いない。

「その竹屋さんに行きたいんだけど、道に迷ってしまってね。どうか助けると思って、僕を案内してくれないかな」

言耶がにっこり笑いながら桶を差し出すと、釣られて子供も頬を緩めそうになった。それなのに無理に我慢したように顔を顰《しか》めて、精一杯の威厳を示しながら桶を受け取ったのは、なぜなのか。「男がへらへらするな」と普段から、父親に言われてでもいるのだろうか。

自分の勝手な想像に、滑稽にも言耶が心を痛めていると、こっちだよと子供が手招きしつつ、坂道を戻り出した。

そこからは、もう目と鼻の先だった。道の右手に、他よりも間口が広くて、かつ表の硝子戸《ガラス》を開け放っている家が見えてきた。覗《のぞ》くまでもなく屋内に竹屋の作業場があって、それぞれ六十代と三十代の後半に見える二人の男が、ひたすら黙々と仕事をしている。

「こんにちは。お仕事中すみません」

言耶が爽やかに声を掛けたが、どんよりとした無言の返しがあっただけで、その場の空気がやけに重い。

「笹女神社でお世話になっております、刀城言耶と申しますが、将さんはご在宅でしょうか」

それでも負けずに続けたが、しゅっ、しゅっ……という竹を削る微《かす》かな物音だけが、ただ作業場に響くだけで、相変わらず二人は黙ったままである。

助けを求めるために、子供のいた方に目を向けたが、肝心の姿が見えない。きょろきょろしていると、一軒先の家の角から顔を出して、ひょこひょこと頷いている。こっちに来いと言いたいらしい。

「お邪魔しました」

言耶は一礼して、竹屋の前を離れた。そのとき若い方の男が、ようやく顔だけを上げて、ちらっと彼を見やった。と同時に辺りをさっと見回したのは、余計な案内者でもいるのではないかと、もしかすると確認したのかもしれない。

「将叔父さんに、用ばぁあるん？」

子供の側《そば》まで行くと、そう訊かれた。

「うん。叔父さんが何処にいるか、知ってるかな？　それと君のお名前は？」

「こっち」

子供がさっさと歩き出したので、言耶はあとに続きながら、

「僕は刀城言耶といいます。で、君は？」

尚も諦めずに尋ねると、その子は恥ずかしそうに少し振り返って、

「亀茲、竹利《たけとし》」

姓と名を区切って教えてくれた。

「竹利君か、どうぞよろしく。ところで、さっき竹屋にいた人たちは、君のお父さんとお祖父《じい》さんだろうか」

前を向いたまま頷く竹利の様子を目にしただけで、彼が自分の父親と祖父に畏怖の念を抱いていることが、手に取るように分かった。ひょっとすると畏れよりも、怖れの方が強いのかもしれない。

それが言耶には、どうにも堪らなかった。何の関係もない他所《よそ》の家庭のことである。そもそも民俗採訪のために滞在している彼に、どうこうできる問題でもない。そ

んな事実は百も承知している。しかし、だからこそ余計に辛く感じるのだろう。

言耶が独りで悶々《もんもん》としていると、前を歩いていた竹利が辺りを見回しつつ、急に立ち止まったと思ったら、

「……探偵なんじゃろ」

誰かに聞かれるのを恐れるかのように、口に手を当てた可愛らしい様子で、そう囁《ささや》いたのには言耶もびっくりした。

「ほいじゃから僕の正体も、ちゃんと当てたんじゃろ」

「ど、どうして――」

知っているのかと訊き掛けて、それでは自分が探偵だと認めたことになると気づき、さすがに躊躇《ためら》っていると、

「叔父さんが、そげん言うとったんじゃ」

更に竹利は意外な台詞《せりふ》を、さも得意そうに口にした。

「将さんが……」

そこまで噂が広まっているのか、と言耶は少し慌てた。だが思い返してみると、久留米にしても真海《しんかい》にしても、探偵の「た」の字も言わなかったではないか。他所者の久留米はともかく、村で密《ひそ》かに話題になっているのなら、あの住職が知らないというのは変だろう。では、どうして亀茲将が知っているのか。

ふと大垣秀継と籠室篠懸《かごむろすずかけ》の顔が浮かぶ。あの二人のどちらかが……と考え掛けたが、やっぱり有り得ないと首を振った。籠室家の玄関での三人のやり取りを見れば、むしろ二人は亀茲将を避けるのではないか。仮に会う機会があったにしても、わざわざ言耶のことを話題にするだろうか。

……何か嫌な予感がする。

もやもやとした気持ちを抱えたまま、いつしか言耶は「磯屋」と記された看板の出ている、かなり見窄《みすぼ》らしい食堂の前に立っていた。

がらがらっと引き戸を開けて、慣れた様子で竹利が入って行くと、

「おや、竹ちゃん」

奥から愛想の良い年配の女性の声が聞こえたが、次いで言耶が暖簾《のれん》を潜ると、

「うちは十一時から」

途端にぶっきら棒な物言いをされたので、その差に彼は面喰らった。

「小母《おば》ちゃん、こん先生ばぁ、将叔父さんのお客じゃ」

「先生ぇ？」

磯屋の女将《おかみ》らしい女性は、改めて言耶に目を向けたが、急に照れたような表情を見せると、

「ほいでも将さん、いつもんように久留米の旦那さんとばぁ奥で……」

意味深長な眼差《まなざ》しで、そっと店の奥の障子を見やった。どうやら二人は、そこの座敷に上がり込んでいるらしい。女将の口振りからすると、まるで密会でもしているようである。

「あっ、久留米さんもご一緒でしたか」

当然その可能性は言耶の頭にあったが、ここは惚《とぼ》けることにした。

「あれ先生、久留米の旦那さんばぁ知っとられますか」

「はい。竺磐寺にお伺いした際に、色々とお話をいたしました」

「あれあれ、ご住職も知っとられるんですな」

嘘は吐いていないので、にっこりと笑いながら言耶は頷いた。

「何や、ほうでしたら」

すっかり気を許したらしい女将が、奥の障子の前に立って、他に客もいないのに小声で囁き掛けた。すると障子が静かに開いて、ぬっと顔を出したのは、不審そうな顔つきをした久留米三琅だった。

久留米は女将を見て、それから言耶に視線をやると、はっと気詰まりな表情を浮かべたが、それも一瞬だった。すぐに如才なく笑顔になって、

「やぁ、先程は失礼しました。早めのお昼ですか」

女将から用向きは聞いていると思われるのに、そんな惚けた台詞を口にした。しか

し言耶は、それには取り合わずに、

「こちらこそ、ありがとうございました。あれからご住職とお話をしたあと、有名な竹屋さんを一目見ようと村へ下りたものの、不甲斐《ふがい》なくも道に迷いまして。そんなとき竹利君と出会い、こちらへ案内してくれたので、本当に助かりました」

「そうでしたか。いや、しかし――」

久留米が何を言おうとしたのか、結局は分からなくなったが、その口調から言耶を体《てい》良く追い払おうとしたことは、まず間違いなさそうである。だが、それができなくなったのは、

「いやぁ、探偵の先生ばぁお目見得とは、こいは感激です」

ひょっこり障子の陰から顔を出した、この亀茲将の一言があったからである。

「将さん、ここは――」

彼が口にした「探偵」という言葉に、久留米はぎょっとしながらも、それでも抵抗を試みようとしたらしい。だが、将には全く通用しなかったようで、

「そげなとこにばぁ立っとられんと、さぁこっちへ」

頻《しき》りに言耶を手招きしている。笹女神社で会った際の無愛想さが、今の彼には少しも見られない。どうやら彼は、かなり酔っているらしい。

奥へ行く前に言耶は腰を落とすと、

「どうもありがとう」

竹利と同じ目線で礼を述べた。それで自分がお役ご免になったと悟り、竹利は淋《さび》しく感じたようだが、かといって同席させるわけにもいかない。

「女将さん、この子が喜ぶ何か甘いものでも、ちょっと食べさせて貰えませんか。お代は僕が払いますので」

「はいはい、よう分かりました」

万事を心得たとばかりの女将にあとを任せて、言耶は奥の座敷に上がり込んだ。久留米も諦めたのか、もう何も言わない。

「先生、ずずっと奥へ」

すると将が今まで自分が陣取っていた上座を、彼のために空けたので慌てて断った。しかし無理矢理、そこに座らされてしまった。

「さっ、まずは一杯」

すぐに将がコップを差し出し、瓶ビールを注いできたので、言耶も一応は受けながらも、

「ところで将さん、どうして僕を、探偵だなどと仰《おっしゃ》ったのです?」

肝心な疑問を尋ねたのだが、その答えを聞くや否や、嫌な予感が増す羽目になってしまった。

「そら先生、ご活躍ばぁ読んどるからじゃ」

「……何によって、ですか」

普通に予測できたが、敢《あ》えて言耶が訊くと、

「ほれ、あのー、そうそう『猟奇人《りょうきじん》』ばぁいう雑誌じゃよ」

心配していた通りの、最悪の答えが返ってきた。

問題の『猟奇人』とは、敗戦後の間もない頃に創刊されたカストリ雑誌の一つである。とにかくエロティシズムとグロテスクに満ちた実話の紹介が売りで、その煽情《せんじょう》的な誌面作りが娯楽に飢えていた大衆の心を摑《つか》んだらしく、たちまち成功を収めた。もっとも「実話」と銘打たれてはいるものの、その内容は相当に眉唾物だったわけだが……。

カストリ雑誌というのは、三合も飲めば酔い潰れるカストリ酒に掛けられた、言わば蔑称である。低俗な誌面作りだけでなく、かなり粗悪な用紙を使い、造本もいい加減な雑誌のため、三号も出せば潰れてしまう。よって三合も飲めば酔い潰れるカストリ酒に掛けて、カストリ雑誌と呼ばれたのである。

その『猟奇人』にしばしば、「東城雅哉怪奇濃艶探偵譚」なる読物が載るらしい。飽くまでも伝聞なのは言耶自身、実物を目にしたことがないからだ。そもそも「怪奇」は良いとしても、いったい「濃艶」とは何なのか。

祖父江偲の言によると、どうやら恐ろしい内容らしかった。

「読物の大抵は、先生が民俗採訪をした村で、奇々怪々な事件に巻き込まれる、いうお話です。ただ、そこで先生は事件を探偵する過程で、美人の後家さんに夜這《よば》いしたり、まだ未通女《おぼこ》い娘を誘惑したりと、淫らな行為を繰り返します」

「ど、どうして？」

「手掛かりを得るため、いう一応の設定はありますけど、ほとんど関係ないです。要は男性読者に受けるために、執筆者が勝手に書いてるんでしょ。ほんまに先生が、そういう淫行を方々の村で、やってはらへんとしてですけど……」

「し、してない。絶対にない。な、な、何だよ、その疑いの目は？」

斯様《かよう》に厄介な雑誌なのである。本当に傍迷惑《はためいわく》も良いところだ。

どうして言耶が狙われるのか、それが未だに謎だった。「昭和の名探偵」と謳《うた》われた父の冬城牙城《とうじょうがじょう》とは違い、言耶は別に有名人でも何でもない。少数の熱狂的な愛読者と版元の編集者と警察関係者の一部に、それなりに知られているくらいで、一般大衆に対する知名度は零に等しい。

にも拘《かかわ》らず『猟奇人』では、なんと「実在の探偵作家」として取り上げられている。大まかには間違っていないのだが、肝心の事件や彼の言動の全てが、丸っきりの嘘なのだから酷い。

「やっぱりお父様が、あの方だからやないですか」

前に偲が一度、珍しく遠慮がちにそう言ったことがある。しかも冬城牙城の実家は、元華族である。その息子が怪奇幻想作家であり、実際に地方の事件に遭遇して、見事に解決した実績もある。それをネタに『猟奇人』のようなカストリ雑誌が、面白可笑《おか》しく書かないわけがない。というのが彼女の意見だった。

ただ唯一の救いは、本名の「刀城言耶」ではなく筆名の「東城雅哉」が使われている点か。そのため『猟奇人』が引き合いに出されても、別人だと惚けて逃げることもあった。しかし今回のように、それが最初から通用しない場合が、最近どうも増えてきた気が言耶はしていた。

「えーっと、あの読物は、ほとんど嘘なんです」

そこで言耶は、まずはっきりと断る。すると大抵の人は、ぽかんとした顔を見せてから、

「またまた先生、謙遜されて」

と信じないことが多い。否定をするのは怪奇譚や探偵譚の方ではなく、濃艶譚の外聞を憚《はばか》っているからだと、ほとんどの男性読者が勝手に思い込んでしまう。

こうなると言耶が、いくら言って聞かせても無駄である。そこで彼も腹を括《くく》り、これを利用しようと開き直ることが最近は多い。相手が彼を探偵だと誤解しているのな

ら、それに乗って情報を得ようというわけだ。

「及位氏が変死体で発見された件は、もうご存じですよね」

ここでも早速、言耶は開き直ることにした。

「ああ、もう村中の噂ばぁなっとる。そいに今、詳しいことを久留米さんから聞いたんじゃ」

恐らく言耶が話した詳細を、ただ久留米は繰り返しただけだろう。とはいえ、それを指摘しても意味がないので、

「だったら話が早いです。将さんは及位氏と、懇意にされていたとお聞きしています。いったい彼に、何があったと思われますか」

ずばり言耶は尋ねた。相手が酔っていて、口が軽くなっているかもしれない可能性も、咄嗟に考えたのは言うまでもない。

「そりゃ先生、決まっとる」

将は断定した物言いを力強くしたあと、ひょいひょいと片手で言耶を手招きしてから、急に声を低く落として、

「及位先生は、きっと笹女神社の秘密ばぁ覗いてもうたんじゃ」

「どんな秘密です？」

うっと将は言葉に詰まってから、

「そげなこと、俺には分からん。けんど近いうちに、そいを教えてくれる約束をしとった。ところが、そん前に消されてもうたんじゃ」

「誰にです？」

一瞬、ぽかんとした顔を将はしたあと、普通の声に戻って、

「そりゃ宮司にばぁ決まっとる。先生、大丈夫か。名探偵なんじゃろ。しっかりして貰わんとおえんなぁ」

「笹女神社の秘密を握られた籠室岩喜《がんき》宮司が、それが外部に漏れることを懼れて、及位廉也氏を餓死させた、というんですね」

すると将が急に、物凄《ものすご》く得意そうな表情になって、

「はっきり聞いたわけじゃないけど、及位先生はそんネタで、どうも宮司ばぁ脅迫しよう思うてた節があるんじゃ」

「村の人に喋《しゃべ》るぞ——と？」

「村ん者いうより、もっと外部じゃな。今ここらでは、村ん合併話ばぁ出とる。そんあと観光地にするいう話も進んどる。どん村でも、そりゃもう歓迎しとる。ほいで強《ごう》羅《ら》の五人衆も、せっせと陰で動いとる状態じゃ。そげなときに笹女神社の秘密ばぁ漏れてもうたら、下手したら合併話ばぁなくなるかもしれん。そげな宮司への脅しを、及位先生はより強めるために、閖揚村《ゆりあげむら》の垣沼亨《かきぬまとおる》ばぁ抱き込んで、言うたら合併反対

の集まりを作ろうと、どうやらしてたようなんじゃ。垣沼を含めて閖揚村の者が四人、既に協力を約束しとるいう噂もある」

とんでもない情報を酔った勢いでだろうか、さらっと将は口にした。

「へっへっ、強羅の四人衆じゃ」

将は笑いながら、

「きっと俺も、そん人数に入っとったんじゃ思う。ほしたら強羅の五人衆の向こうを張って、強羅の新五人衆になっとったのになぁ。村が合併しても、何ら得するわけじゃない者も、まぁおるからな。そいで宮司が――」

「いやいや、将さん。先程から言っているように、それはありませんよ」

最初の挨拶をしたあと、ずっと黙ったままだった久留米が、ここで口を挟んだ。

「仮にですよ、笹女神社に外聞を憚るような秘密があったとしても、それが漏れたくらいで村の合併話が流れることは、まずありません。市町村合併の後押しをしているのは、何しろ国ですからね。そしてこの合併さえ行なわれれば、観光地化する話も、恐らくとんとん拍子で進むことでしょう」

「ほんなら神社だけじゃのうて、村全体の秘密ばぁかもしれん」

「それなのに将さんは、何も知らないわけですか」

久留米の鋭い突っ込みに、ぐっと将は口籠ったが、

「宮司や住職みたいな一部の者の間でしか、そん秘密は伝わっておらんのじゃ」

「ちょっと宜《よろ》しいですか」

言耶は断りを入れてから、

「横溝正史先生の探偵小説に、『八つ墓村』という作品があります」

「おおっ、そん題名はよう知っとる。俺が前に読んだんは、浜尾四郎の『博士邸の怪事件』じゃったけどな」

嬉しそうな声を上げる将に、そっちを読んでいる人の方が珍しいですよ、という突っ込みを言耶は心の中で返しつつ、

「四百年前、村に尼子氏の落武者たち八人がやって来る。最初は歓待した村人たちも、そのうち彼らが持っている軍資金に目が眩《くら》み出す。そして彼らに毒入りの酒を飲ませ、そのうえで止《とど》めを刺して、金を奪おうとする。ところが、殺された落武者たちの祟《たた》りなのか、事件に加担した村人たちが死にはじめる。そこで村人たちは八人を八つ墓明神として祀《まつ》り、何とか祟りを鎮めようとした。という忌まわしい背景が、まず本作にはあります」

「そいで『八つ墓村』なんか」

将が単純に喜んでいるようなのは、元々そういう話が好きだからだろう。恐らく『猟奇人』もその延長に違いない。もっとも浜尾四郎を読んでいることから、探偵小

説も愛読しているらしいと分かる。

一方の久留米は、何を急に言い出すのか、という顔をしている。それでも邪魔をしなかったのは、彼の性格故か。または探偵だと言われる言耶の話を、取り敢えず聞こうと思ったからか。

「はい。村の名前の由来が、この四百年前の事件によるわけです」

いったん言耶は応えてから、先を続けた。

「本筋のお話の時代は、昭和二十四、五年頃になります。ただ、その二十数年前に村では、大量殺人事件が起きている。ある男の気が狂《ふ》れて、なんと一晩で三十二人も惨殺するのです。殺された落武者たちの人数を四倍すると、三十二人になる。よって八つ墓明神の、これも祟りだと村人たちは恐れるわけですが……まぁ内容の説明は、このくらいで良いでしょう」

そこで言耶は、主に久留米の方を見ながら、

「この『八つ墓村』通りの事件が、実際に犢幽村で起きたと仮定して、それが村の合併と観光地化の話に、大きく影響すると思われますか」

「いいえ。それはないでしょう」

即座に久留米は首を振った。

「落武者の事件は、四百年も前です。今更それを気にする人が、どれほどいること

か。そして二十年前の事件は、一人の仕業ですよね。罪があるのは、その犯人だけです。そんな規模の惨劇が起きた村……という印象は確かに悪いかもしれない。ただ、だからといって国が推奨する村の合併話が、それで簡単に流れるとは、とても思えませんね」

「逆なら、どうでしょう？　つまり四百年前の事件は一人の仕業で、二十年前の事件は村人たちの罪だった場合です」

「それは……合併する他の村の人たちが、かなり嫌がる要素になりそうですね。でも、本当に犢幽村で、それほどの事件が起きていたのなら、いくら皆で隠蔽したとしても、少なくとも隣村くらいには、普通にばれてしまいませんか。いえ、その前に将さんをはじめ、若い村人たちにも隠しておけないでしょう」

「つまり昔の秘密であれば、もう問題にはならない。新しい秘密であれば、そもそも隠しておくのが難しい。そういうことですね」

二人が納得し合っていると、将が猛然と異を唱え出した。

「せやから笹女神社だけの、きっと秘密なんじゃ」

「それくらいでは村の合併話は流れないと、先程も申しましたよね」

久留米が確認するように言うと、

「ほんなら宮司だけを、個人的に脅したんじゃ」

またしても将は意見を戻したが、

「けれど及位氏は、はっきり口にしたわけではないものの、村の合併話に絡めるようなことを、この件で匂わせたのではありませんか」

という言耶の突っ込みに、「ああっ」と頭を掻《か》き毟《むし》りながら、

「もうなーも分からんようになった。そげんことは、探偵の先生ばぁ突き止めてくれ。俺が言えるんは、及位先生は宮司にやられたんに違いない、いうことじゃ」

あとは不貞《ふて》たように、ひたすらビールを飲みはじめた。

そろそろ昼になる頃なので、言耶は笹女神社に戻ることにした。久留米には「磯屋で昼食をご一緒に」と誘われたが、丁重に断った。もう警察が着いているかもしれない。発見者の一人である言耶がいないのは、さすがに不味《まず》いだろう。

奥の座敷から出ると、既に竹利の姿はなかった。彼の甘味の代金を女将に払い、神社までの道順を聞いてから、言耶は磯屋をあとにした。

どうして久留米三琅は、亀茲将に会いに行ったのか。

今更ながらの疑問が、笹女神社への道程の途中で、ふっと言耶の脳裏に浮かんだ。

久留米が将と知り合ったのは、きっと及位廉也を通じてだろう。及位と将の二人は、岩喜宮司に対して腹に一物《いちもつ》を持つ点で、恐らく意気投合したのではないか。しかし、村の合併話を難なく進めたい久留米は、この二人とは反対の側にいる。

だからなのか。

何となく言耶は、合点がいった気がした。

岩喜宮司も亀茲将も、閖揚村の大垣家の分家ながら、今では没落した垣沼亨に、及位は接触していたと言っている。将によると、それは合併反対派の集まりを作って、自分の都合の良いように使うためらしい。既に強羅の四人衆になっているともいう。

この動きを久留米は、素早く察したのではないか。もしかすると彼は、既に垣沼亨に会って話しているのかもしれない。だが、垣沼からは思わしい反応を得られなかった。そんなとき及位に呼び出され、亀茲将と知り合った。その結果、将も反対派に入る可能性があると分かったので、早いうちに芽を摘むことにした。

中《あた》らずと雖《いえど》も遠からずではないか。

そう言耶が思ったとき、ちょうど笹女神社の石段の下に着いた。ゆっくりと一段ずつ足を掛けながら、改めて彼は竹林宮の怪死について考えた。

磯屋ではああいう風に言ったけど、様々な状況証拠に鑑みると、どうしても重要容疑者は、岩喜宮司になってしまうな。

ただし、やっぱり動機が曖昧過ぎる。笹女神社の秘密といっても、実際に何か判明しているわけではない。仮に犢幽村の秘密と言い換えたところで、全く同様である。この動機の面がはっきりしない限り、宮司の容疑が固まることは、まずないのではないか。

少しだけ楽観しながら、言耶が石段を上り切ったときである。

「ほうっ、のこのこと戻って来るとはなぁ」

いきなり目の前に、物凄く険しい顔をした駐在の由松が現れた。

「あっ、いやぁ、すみません。勝手に出歩いて――」

取り敢えずここは頭を下げて、謝っておこうと言耶が思っていると、

「刀城言耶、及位廉也殺害容疑で逮捕する」

いきなり由松に片手を摑まれ、なんと手錠を掛けられてしまった。

第九章　怪談殺人事件

刀城言耶はしばし呆然《ぼうぜん》としたあとで、

「い、いくら何でも、これは……」

両手に掛けられた手錠を差し出しながら、駐在の由松《よしまつ》に抗議した。

「許可なく出掛けたのは、確かに良くなかったと思いますが、だからといって逮捕するなんて、ちょっとやり過ぎではありませんか」

「勘違いばぁするな。はっきり言うた通り、お前は及位廉也《のぞきれんや》殺害容疑で逮捕されたんじゃ」

威張り散らした由松の口調は、明らかに本気だった。

「そ、そんな莫迦《ばか》な……。いったい何を証拠に……」

「そげんことは県警の、御堂島《みどうじま》警部殿にお訊きすればええ。本官は警部殿の命令を受けて、お前ばぁ逮捕したんじゃからな」

言耶は物凄《ものすご》く嫌な予感を覚えた。県警の御堂島という警部が、及位廉也餓死事件の状況を把握したうえで、それに発見者の一人である刀城言耶がどう関わったのか、その点を正確に理解したにも拘《かかわ》らず、由松に彼の逮捕を命じたのだとしたら、かなり由々《ゆゆ》しき事態である。

僕が重要容疑者だと、本当に考えたからじゃない。きっと別の理由があるのだ。そして彼には、その見当が普通につくだけに、何とも憂鬱な気分になった。

親父か……。

これまでに冬城《とうじょう》牙城《がじょう》は民間の私立探偵として、数え切れないくらい警察に協力している。そのうえ元華族という出自もあって、警察組織の上層部との付き合いも深い。ただ、だからといって全ての警察官が彼に心酔しているわけでは当然ない。特に現場で活躍する捜査関係者たちの一部の間では、蛇蝎《だかつ》の如く嫌われていると聞く。もちろん本人を前にして、それを言動に出せるほど肝の据わった警察官は一人もいないだろうが。

だからこそ冬城牙城の息子で、探偵活動もしているらしいと噂の刀城言耶が目の前に現れると、まるで親の仇《かたき》に会ったかのような対応をする警察官が、ごく偶《たま》にだがいる。やはり一部で言耶と父親の不仲説が流れているため、それを知る者なら余計にそういう扱いをしてくる。

県警の御堂島警部という人物も、恐らくその手合いではないかと考えた言耶が、暗《あん》澹《たん》たる気持ちになったのも無理はない。

「さぁ来い。警部殿がお待ちじゃ」

一方の由松は、もうご機嫌である。まるで自分が言耶を捜し出して、ようやく逮捕して手柄を立てたような気分らしい。

由松は完全に犯人を引っ立てるように、言耶を引き連れて参道を進んだ。それから籠室《かごむろ》家の前で立ち番をする警察官に、得意満面で敬礼をしてから、言耶を同家の大広間まで連れて行った。その途中、岩喜《がんき》宮司をはじめ祖父江偲たちの姿が見えなかったのは、きっと何処か別室で待機させられているからだろう。

大広間では背広姿の男たちが、何やら話し込んでいる最中だった。しかし誰もが、由松と言耶の二人を目にした途端、ぴたっと口を閉ざした。

「御堂島警部、由松巡査部長であります。ご命令通りに、刀城言耶ばぁ逮捕いたしました」

籠室家の前でした敬礼とは違い、由松の顔には緊張が窺《うかが》える。だが、彼よりも心が張り詰めていたのは、もちろん言耶の方である。

咄嗟《とっさ》に彼は、その場にいる全員をさっと一瞥《いちべつ》した。そして大きな座卓の向こう側に腰を下ろした、鋭い目つきの精悍《せいかん》な顔立ちの人物が、ほぼ間違いなく御堂島警部だと当たりをつけた。しかし、彼から受けた第一印象のせいで、たちまち絶望感が増してしまった。

非常に頑固で、いったん怒ると物凄く怖い。

という風にしか見えない。そんな捜査責任者に睨《にら》まれたとなると、言耶の今後の動きにも大いに支障を来しそうである。いや、それどころではない。何しろ彼は逮捕されたのだから。

「ほおっ」

その人物は、繁々と言耶を眺めたあと、

「あなたが、あ、あの刀城言耶先生ですか」

相手がそう口にした瞬間、由松も言耶も「へっ？」という反応を示した。

「県警の、御堂島です」

目礼の挨拶を慇懃《いんぎん》にしてから、御堂島は厳しく冷たい視線を、はったと駐在に向けつつ、

「いつまで手錠を掛けとる。さっさと外さんか」

これには由松も、もう震え上がったようである。だが、そこから精一杯の勇気を振り絞ったような口調で、

「た、逮捕せよとの、そのー、ご命令では……」

「森脇《もりわき》、どういうことだ？」

御堂島が左横に顔をやって、森脇という名前らしい刑事に振ると、

「村田《むらた》、どういうことだ？」

森脇も左横を見やって、自分よりも若い村田という名前らしい刑事に尋ねた。

「逮捕しろとは、誰も言ってないだろ」

すると村田が顔を真っ赤にして、由松を怒鳴りつけた。

どうやら御堂島が命じたのは、刀城言耶という人物が戻って来たら、真っ先に自分の所へ寄越せ、ということだけらしい。それが信じられないほど下手に伝わって、「寄越せ」が「逮捕しろ」になったみたいなのだ。もっとも最大の原因は由松にありそうだと、その場の誰もが思ったのは間違いない。

「いやぁ、びっくりしました」

とはいえ笑っていたのは、言耶だけである。森脇も村田も、そして誰よりも由松が、顔面蒼白《そうはく》の状態だった。

「ほ、ほ、本官は……」

何か言い訳を口にし掛けた由松を、慌てて村田が大広間から追いやった。

「申し訳ありません」

御堂島に深々と頭を下げてから、森脇が急いで言耶の手錠を外してくれた。

「ところで――」

その森脇に軽く頭を下げてから、言耶は何とも言えぬ眼差《まなざ》しを、そっと御堂島に向けた。なぜなら彼が安堵《あんど》できたのも、僅かな間だけだったからだ。

御堂島が「先生」と呼んだ事実から、少なくとも言耶に関する知識があると分かる。となると次は、なぜ刀城言耶を知っているのか、という問題が出てくる。

親父の信奉者か。

だとしたら別の意味で厄介である。だが、それを確かめないことには、どう対応して良いのか分からない。そこで言耶は、単刀直入に尋ねた。

「御堂島警部は、僕をご存じなのですか」

「お会いするのは、はじめてだ」

やっぱりと言耶が思っていると、逆に訊かれた。

「奥多摩の終下市《ついかいち》署の、鬼無瀬《きなせ》警部を覚えてるか」

その瞬間、言耶の脳裏に鬼瓦のような鬼無瀬の容貌が、ぱっと浮かんだ。

「あっ、はい。もちろんです。今年の四月に神戸《ごうど》地方の奥戸《くまど》で、地元に伝わる六地蔵《むつじぞう》様の童唄による見立て連続殺人事件に遭遇した際、非常にお世話になりました」

「あの鬼無瀬と私は、警察学校の同期でね」

「そうなんですか」

「あなたのことは、あいつから既に聞いている。それで今回、発見者の中に全く同じ名前の人物がいると知り、もしかすると刀城言耶その人ではないかと、まぁ思ったわけだ」

ここで言耶は、再び不安になった。肝心の六地蔵様の事件では、その鬼無瀬に余り良い印象を与えた覚えがなかったからだ。

ところが、御堂島の次の言葉を耳にして、目が点になり掛けた。

「鬼無瀬という奴は、滅多に他人《ひと》を褒めない。それが捜査に関わることなら尚更《なおさら》で、あいつの部下は苦労してると思う。しかも奴は、探偵の類が大嫌いだ。にも拘らずあなたのことは、かなり評価している口振りだったので、私も驚いた」

「あの鬼無瀬警部が……ですか」

言耶の返しに、はじめて御堂島は笑みらしきものを、ほんの微《かす》かに浮かべて、

「うん。あの鬼無瀬が、だ。ちょっと信じられんだろ」

「そうですね」

思わず相槌《あいづち》を打ってしまい、「えっ、いや……」と言耶が慌てて取り消そうとするのを、御堂島は全く気にした風もなく、

「だから私は、刀城言耶という人物に、少なからぬ興味を持っていた。そして縁あって、こうして会えたわけだ」

それから御堂島は部下たちに指示を与えたあと、言耶を従えて大広間を出ると、少し離れた小さな座敷に場所を移した。

「ざっくばらんに行こう」

そう言いながら御堂島は、畳の上で胡坐《あぐら》を掻《か》くや否や、

「早速だが、あなたの意見を聞かせて欲しい」

いきなり真正面から尋ねてきたので、さすがに言耶も面喰らった。

「ぼ、僕の……」

「そう、あなたの。私は鬼無瀬のように、探偵なんか引っ込んでろ、などとは言わない。事件に関する有益な考えがあれば、いくらでも耳を貸す」

「別にそんな風には、あの鬼無瀬警部も仰《おっしゃ》いませんでしたが……。それに僕は、決して探偵なんかじゃなくて……」

「あなたの立場は、この際どうでも宜《よろ》しい。事件に対して意見があるのか、ないのか。どっちだ？」

ずずっと御堂島に詰め寄られ、咄嗟に言耶は返事をしていた。

「あ、あります」

「では、それを聞かせて欲しい」

仕方なく言耶は素直に、竹林宮《ちくりんぐう》の現場で偲と検討した解釈だけでなく、笠磐寺《とくがんじ》での

久留米三琅や真海住職とのやり取りから、磯屋での亀茲将との会話まで、包み隠さず全てを話した。

これには御堂島も驚いたらしく、

「探偵というのは警察から情報を聞き出すだけで、自分の調査結果や推理は、最後の最後まで口にしないものだと思っていたが、あなたは違うな。うん、鬼無瀬の評価も、これで頷《うなず》ける」

「警察の見解は、どうなってますか」

相手の上機嫌に乗じて、言耶は捜査の進展具合を聞き出そうとした。だが御堂島は、それほど単純ではなかった。

「そういうことは、お話しでき兼ねる」

「いやぁ、当然ですよねぇ」

言耶は頭を搔いて同意しながらも、これは困ったぞと途方に暮れた。素人には手に負えない鑑識活動など、事件に関する捜査状況を知ることができなければ、及位廉也変死事件の謎を解くのがかなり難儀になるからだ。

そんな言耶を少しの間、御堂島は無表情に眺めていたが、

「当面は事故と殺し、この両面で捜査を進める」

そんな台詞《せりふ》を唐突に口にした。咄嗟に言耶が何も言えないでいると、

「自殺の可能性は、除外しても良かろう」

「……は、はい」

訳が分からずに彼が返事をしたあとも、淡々と御堂島は続けた。

「詳細は解剖の結果待ちだが、現場を見た鑑識の意見では、ほぼ餓死と断定して良いということだ。遺体に目立った外傷は、今のところ見つかってない。死亡推定時刻は、昨日の夕方から深夜に掛けて。及位廉也は二十三日の朝に、竺磐寺を出たまま帰らなかった。そのとき被害者は、朝飯を食べていないことも分かっている」

もし朝食を摂《と》っていれば、言耶たちが発見したとき、まだ息があったかもしれない。それとも手遅れだったろうか。

言耶の感傷にお構いなく、御堂島は話を進めた。

「あなたの見立て通り、被害者は竹林宮の中心の空間から、迷路を使わずに抜け出そうとしたらしい。竹林を無理矢理に通ろうとした跡が、三箇所あった」

「迷路の方は、いかがでしょう？」

「草地から迷路に入った辺りの竹に、やや擦れたような跡があった。だが、竹林の三箇所に比べると、非常に薄い痕跡だった」

「つまり及位氏は、いったんは迷路を使って出ようとした。しかし何らかの障害があって、どうしても迷路を辿《たど》れなかった。そこで竹林の中を抜けようとしたが、さすがに無理があった。ということになりますか」

御堂島が無言で頷くのを見て、言耶が尋ねた。

「ちなみに我々が、あの草地から竹林を通って、同じように抜け出そうと試みても、やっぱり無理でしょうか」

「被害者の体格に近い刑事に、実際にやらせてみた。すると被害者よりは中へと入れたが、すぐに身動きができなくなった。原因は迷路の壁にぶつかるからだ。その壁も竹の群れになるわけだが、他よりも密集の度合いが濃いからな。かといって迷路の外側沿いに進めるかというと、全く駄目だった」

「それなら迷路の中を歩く方が、遥かに簡単ですよね。どうして及位氏は、そっちを選ばなかったのでしょう？」

言耶の投げ掛けを、御堂島は質問で返してきた。

「例の『竹林の魔』の怪談が、どう本事件と関係するのか。怪奇探偵作家として、ぜひ先生の見解を聞かせて貰いたい」

「あの話をご存じなんですね」

「あなたの秘書が教えてくれた」

秘書ではないと否定したかったが、余計な説明で時間を無駄にはできないため、仕方なく言耶は我慢した。

「及位氏の餓死が怪異のせいだった場合、彼の遺体が草地で見つかったことが、どうにも解せませんでした。『竹林の魔』の多喜《たき》が危うく死に掛けたように、迷路の途中で発見されるのが、筋ではないかと考えたからです」

「怪異の、筋か」

その口調からは、御堂島が面白がっているのか、または揶揄《やゆ》しているのか、全く察することができない。

「しかし彼が、あそこに何らかの調査のために入ったのだとしたら、すぐには逃げずに留《とど》まっていて、結果的に逃げ遅れたのかもしれない、という解釈もできます。竹の鳥居の片方を地面から引き抜き、それで祠《ほこら》を叩いた跡があるのも、怪異から逃れようとした足掻《あが》きだった、と見做《みな》せないこともありません」

「なるほど」

「次に事故の場合は、及位氏に知覚の障害があって、そのせいで迷路を戻れなかったのではないか、という解釈が考えられます」

「その推理も、あなたの秘書から聞いている。被害者が精神的にも肉体的にも何か障害を持っていなかったか、東京の方で調べて貰うように手配済みだ」

「最後は他殺の場合ですが、残念ながら何の解釈も、まだ浮かんでいません。ただ犯人が『竹林の魔』の怪談を利用したのは、まず間違いないでしょう」

「被害者が怪異のせいで餓死した、と思わせることができる。そんな風に犯人が、まさか企《たくら》んだとか言い出すんじゃなかろうな」

さすがに御堂島も、やや案じるような面持ちで、凝《じ》っと言耶を見ている。

「いえ、それはありません。村の人たちなら信じるかもしれませんが、かといって全員ではないでしょう。そんな莫迦な……と疑う人が、絶対に出て来ます。況《ま》して警察を欺けると考えるなんて、いくら何でも有り得ません」

「そう聞いて、安心した」

「とはいえ、ああいう曰《いわ》くのある場所で、しかも餓死という変死を遂げて、そのうえ他殺とするには不可解な点が多いとなると、どうでしょう？　かなり特殊な事故という見方が、自然と有力になりはしませんか」

「そういう計算を、犯人がしたと？」

「他殺の場合は、恐らく……。そうなると及位廉也氏殺しは、言わば『怪談殺人事件』と呼べるのかもしれません」

「作家らしい命名だな」

さらっと御堂島は流すと、

「最初に言った通り警察は、事故と他殺の両面で捜査を進める方針だ。事故に関しては、まず被害者の障害の有無を調べること。これが優先される。他殺については、その方法の検討は一先《ひとま》ず措《お》いておき、有力な容疑者の絞り込みに全力を尽くす」

如何《いか》にも警察らしい判断だな、と言耶は思った。竹林宮の奇っ怪な開かれた密室の謎など、容疑者さえ挙げられれば、あとは本人に尋問して聞き出せば良い。そう考えているのである。

「警察が今、最も容疑を掛けているのは、誰でしょうか」

ここは話を合わせるしかないと、言耶も思って尋ねたのだが、

「そういうことは、お話しでき兼ねる」

またしても御堂島に拒絶され、かなり戸惑った。最初に同じ台詞を吐かれたものの、そのあと色々と警部は教えてくれた。つまりは建前と本音ということなのか。

何かややこしい人だな。

これなら鬼無瀬警部の方が、まだ扱い易かったかもしれない。ここからどう話を持って行けば良いのか、言耶が途方に暮れていると、

「あなたが怪しいと睨むのは、誰か」

逆に訊かれて焦った。そのとき思い浮かんだのが、岩喜宮司の顔だったからだ。

御堂島には全てを話したわけではない。真海住職と亀茲将が、及位廉也殺しは宮司の仕業だと言ったことは、実は黙っていた。住職は半ば冗談のようだったが、将は真剣だった。いずれにせよ二人ともが、犯人は宮司だと口にしている。これは無視でき

ないのではないか。それに警察が竺磐寺と竹屋に聞き込みをすれば、すぐに分かることである。

にも拘らず言耶は、この件を喋《しゃべ》りたくなかった。宮司に好意を持ったせいか。彼が犯人とは思えないからか。容疑者とするだけの証拠がないためか。

……自分でも分からない。

黙ってしまった言耶を、しばらく御堂島は見詰めてから、

「ここの宮司を、ひょっとして疑っていないか」

いきなり切り込んで来たので、彼も咄嗟に訊き返した。

「そういう警察は、宮司さんを容疑者として見てるんですか」

しかし、ほぼ同時に「お話しでき兼ねる」という答えを覚悟していると、

「被害者との間に諍《いさか》いが、少なからずあったと判明しているからな」

意外にも御堂島が応じてくれた。ただし、宮司には動機があると言っているため、単純に喜んではいられない。

「その諍いなんですが――」

言耶は早速、磯屋での久留米三琅の話を繰り返し、仮に及位が宮司を脅していたとしても、全く殺人の動機にはならないと説明した。

「神社か村が抱える、過去の秘密か」

御堂島は興味を持っただけでなく、

「とはいえ日昇紡績《にっしょうぼうせき》の役員が言うように、殺人の動機にはなり難いか」

久留米の意見にも賛同したので、言耶はほっとし掛けたが、

「ところで先生、その神社か村の秘密とやらは、いったい何だと考えてる？」

突然そう問い掛けられ、うっと言葉に詰まってしまった。

「まだ正解に辿り着けてないにしても、何か意見はあるのではないか」

「はぁ……。でも及位氏の事件とは関係ないと、警部さんも――」

「まだ断定してはいない。かなり昔の出来事なら、現代の殺人の動機になるとは、とても思えないのは確かだ。かといって肝心の秘密が分からないのに、その判断もできないだろう」

「それはそうですが……」

「どんな解釈があるのか、良ければ教えて欲しい」

「けど僕も、まだ考えが――」

「纏《まと》まってなくてもいいから、ぜひ頼む」

軽く頭まで下げられたからには、言耶も応えないわけにはいかなくなった。

「ここに来る九難道《くなんどう》の途中で、狼煙場《のろしば》と遠見峠《とおみとうげ》を通りました。そして村では、物見櫓《ものみやぐら》を遠目ながら見ました。そこまでして沖を航行する船を、どうして村人たちは意

識したのか。その疑問が、ずっと頭の中にあって……」

「もっともだな。で、なぜ沖の船を気にしたと？」

「襲うためではないか、と推測したのですが……」

「……海賊か」

これには御堂島も、かなり驚いたらしい。だが、すぐさま言耶を援護するように、

「そう言えば先輩から昔、盗《ぬす》っ人《と》村の話を聞いたことがある」

「村人の全員が、泥棒の村なんですか」

「だから結束が固く、なかなか外部にばれなかったようでな。その伝でいくと、海賊の村というのも有り得るかもしれない」

「しかし結局、この村では無理だと分かりました」

「なぜだ？」

「昔から犢幽村《とくゆうむら》では、大きな船が持てなかったせいです。これでは海賊行為など、まず絶対にできません」

それから言耶は、例の四つの怪談を手短に話してから、

「もし犢幽村が海賊村だった場合、『海原の首』の伍助《ごすけ》のような子供でも、その事実は知っていたのではないでしょうか」

「そうだろうが、所詮は昔話ではないか」

「いえ、だからこそ真実の一端が、そこには含まれるはずなんです。でも『海原の首』として伝わっている話は、なぜか怪談です」

「学問的なことは分からないが、いずれにせよ先祖が海賊だったという秘密を、他所《よそ》者を殺してまで守ろうとはしないだろう。瀬戸内にでも行けば、海賊の子孫など珍しくないからな」

「はい。それと繰り返しになりますが、久留米さんのご指摘も、それが宮司さんを脅す動機にならないことを証明しています」

「二人が反目し合っていたのは事実だが、かといって動機の面で宮司が、必ずしも有力な容疑者でないことは、一先ず分かった」

いったん御堂島は、言耶を喜ばせてから、

「しかしな、そもそも竹林宮という現場が、余りにも特殊過ぎないか。笹女《ささめ》神社《じんじゃ》の関係者でなければ、わざわざ犯行の場に選ぶだろうか」

「それは……」

咄嗟に言耶は言い淀《よど》んだものの、すぐに四つの怪談を思い出して、

「例の『竹林の魔』の話さえ知っていれば、逆に誰でも思いつくかもしれません」

この反論に対して、取り敢えず御堂島は頷いた。とはいえ犯行現場が、最も宮司に近しい場所である事実に変わりはない、とでも言いたげな顔をしている。

「宮司さんの現場不在証明《アリバイ》は……」

と言耶は尋ね掛けて、及位廉也の死因が餓死では意味がないことに気づいた。

「被害者が笠磐寺を出た二十三日の、丸一日分の現場不在証明は、宮司にはない。だが、それは誰でも同じだろう」

「となると、竹林宮の密室の謎を解く必要が、やっぱり出てきませんか」

「いったい犯人は、どうやって被害者を餓死させたのか。その方法さえ判明すれば、現場不在証明も意味を持つ。そういうわけか」

「はい。容疑者を突き止めるのにも、きっと役立つでしょう」

「だったら密室の謎解きは、探偵作家の先生に任せるとしよう」

「えっ……」

びっくりしながらも言耶は、これで警察の捜査状況を遠慮なく教えて貰える、と思わず糠喜《ぬかよろこ》びし掛けた。しかし今、それを確認した途端、「そういうことは、お話しでき兼ねる」と言われそうで怖くなった。

結局は何の約束もないまま、言耶は竹林宮の密室の謎に挑む羽目になってしまったのである。

第十章
再び竹林宮へ

明けて九月の二十九日、例年より遅めの碆霊様《はえだまさま》祭が執り行なわれることになった。

「よく取り止《や》めになりませんでしたね」

朝食の席で祭の開催を聞かされ、刀城言耶は素直に驚いた。だが籠室岩喜《かごむろがんき》宮司の話を聞いて、なるほどと合点した。

「延び延びにばぁなっとったから、これ以上の延期は村としても避けたい。そいに忌み事ばかりが続きよるから、ここらで御祓《おはら》いをした方がええと、昨日の夕方の緊急村議会でも、そういう意見が多かったんじゃ」

「確かに祭には、そういう機能もありますね」

「閖揚村《ゆりあげむら》にも打診ばぁしたところ、向こうも異議はないと言いよる。そいで今日の午後に、予定通り執り行なうんじゃけど、先生もお嬢さんも見学ばぁなさるじゃろ。秀《ひで》継《つぐ》も祭を見るんは、久し振りじゃないか」

ちなみに宮司は祖父江偲のことを、ずっと「お嬢さん」と呼んでいる。

「警察の方も、特に問題はないのですか」

言耶が心配して訊くと、宮司は半笑いになって、

「ずっと昔からやっとる祭じゃて説明したら、あっさり許可が出よってな。そいにな
あ——」

朝食の席には、言耶たちしかいなかったが、宮司は急に小声になると、

「竹林宮《ちくりんぐう》で死んどったんが、仮に村人じゃったら、そら村議会も警察も、祭の中止を決めたかもしれんけんど……」

他所者《よそ》だったがために、特に影響は出なかったということらしい。

朝食後、言耶は竹林宮を調べることにした。警察の許可は、昨日のうちに御堂島《みどうじま》警部から取ってある。念のために宮司の了解も、今朝の間に得ておいた。

御堂島たち県警の捜査官は昨夜、村が用意した寄合所に泊まった。竹林宮の現場検証は終わっているので、今日は村での聞き込みを続けて、夕方には署にいったん戻る予定らしい。という話を言耶は、今朝のうちに宮司から聞いている。

竹林宮に同行されると邪魔になるので、偲には及位廉也《のぞきれんや》に関する情報を——竹屋の亀茲将《きじまさる》と日昇紡績《にっしょうぼうせき》の久留米三琅《くるめさぶろう》も含めて——籠室篠懸《すずかけ》から聞き出すように、秀継には本事件に対する村人の反応を探るように、と頼んでおいた。二人とも張り切っていたので、恐らく昼までは帰って来ないだろう。ただし警察の邪魔にならないように、

また目をつけられる行動は控えるようにと、くれぐれも注意してある。

これで少なくとも午前中は、独りで現場に立って、じっくりと考えられる。

籠室家の背後に広がる竹林を抜けつつ、言耶は思った。偲が横にいると、しょっちゅう話し掛けられてしまう。時には彼女の言葉が、非常に重要な手掛かりとなる場合もある。だが、それ以上に彼の思考の妨げになる方が、残念ながら多い気がする。一方の秀継は、逆に無口過ぎる。それは別に構わないのだが、ずっと黙ったまま側《そば》にいられると、さすがに気が散った。本人は何か言耶の役に立ちたいと考え、そこに控えているに過ぎない。それが感じられるだけに、余り邪険にもできない。ある意味、偲よりも面倒かもしれなかった。

もっとも二人に頼んだ聞き込みは、ただの厄介払いではない。地方で起きた事件では、何よりも地元の人たちが持つ情報や知識が必要になる。本来なら言耶が自ら行ないたいところだが、今回は一石二鳥を狙ったわけである。

竹林は朝から薄暗く、かつ静かだった。すぐ側に笹女神社《ささめじんじゃ》や犢幽村《とくゆうむら》があるとは思えないほど、無気味な静寂に包まれている。そのため奥へと進むにつれ、物凄《ものすご》く人里から離れて行っている気分になる。実際は走って戻れば、すぐ籠室家に着く。にも拘《かかわ》らず何処か別の空間にでも、知らぬ間に移動させられているような……そんな感覚に付き纏《まと》われる。

しかし言耶は、その異様な雰囲気を少しは楽しんでいた。元々そういう気があったのと、独りで竹林宮に行けることが、やっぱり嬉《うれ》しかったからだろう。

ところが、その言耶の機嫌の良さも、竹林を通り抜けた途端、あっさり霧散してしまった。

「……由松《よしまつ》さん」

竹林宮の迷路の出入口の前で、何と駐在の由松が立ち番をしていたのである。

「ご、ご苦労様です」

言耶は一礼したが、ぎろっと彼を一瞥《いちべつ》しただけで、由松は何も言わない。

「えーっと……ですね」

どう考えても由松が、すんなり竹林宮に入らせてくれるとは思えないため、言耶は困った。御堂島の名前を出せば済むことだが、そういう権柄尽くな態度は、できれば取りたくない。最も彼が嫌うやり方である。

どうしようかと言耶が立ち竦《すく》んでいると、渋々といった様子ながらも由松が横に退いたので、それはもうびっくりした。

「……入っても、いいんですか」

そっぽを向いたまま、微《かす》かに由松が頷《うなず》いた。お前など通したくはないけど……という感情が剝《む》き出しだったが、かといって邪魔はしない。

僕が来たら通せと、御堂島警部が言ってくれたのか。

そうとでも考えなければ、この由松の妙な態度は説明できない。いずれにしろ今の言耶には、非常に有難かった。

「お邪魔します」

改めて一礼すると、言耶は竹林宮の迷路へと足を踏み入れた。

その瞬間から、ここを調べに来た及位廉也に、とにかく彼は成り切ることにした。同伴者の有無は不明なため、取り敢《あ》えず及位個人の立場になってみる。癖のある民俗学者と同化するような気持ちで、この迷路を歩くことを試みた。

だが、実際には大変だった。どうしても己の思考が入るからだ。

こうやって進みながら、まさか自分が竹林宮から出られなくなるとは、きっと及位氏も思いもしなかったろうな。

そんな風に、つい考えてしまう。すると今度は、同じ災厄が我が身にも降り掛かるのではないか、という懼《おそ》れを覚える。どうしても中心の草地から抜け出せずに、そのうち空腹の余り動けなくなり、少しずつ飢えて死に向かって行く。

ちらっと想像しただけでも、ぞわぞわっと二の腕に鳥肌が立った。くるっと回れ右をして、すぐさま迷路を戻りたくなる。

表には駐在の由松さんが、ちゃんといるんだから……。

と安心しようとしたものの、逆に不安になってしまう。由松を頼りにして本当に大丈夫なのか、と心の声が囁《ささや》く。

いや、僕が竹林宮に入ってることは、祖父江君も大垣《おおがき》君も知っている。籠室岩喜宮司も御堂島警部もそうだ。いつまで経っても戻らなかったら、誰かが様子を見に来るはずだ。全く何の心配もいらない。

そう自分に言い聞かせて、どうにか言耶は迷路を進むことができた。ただ、昨日の朝との違いに、大いに戸惑ってもいた。

及位氏の遺体が発見されたから……。

それが恐らく一番の要因だろう。昨日も恐れはあったが、それ以上に好奇心から迷路を歩けた。だが、今朝は違う。奇っ怪な人死にがあった場所へ、わざわざ向かっているのだ。しかも一人の同行者もなしに、自分独りで進んでいる。

……怖くないわけないか。

最早ここへ入ったときに決めた、及位廉也に成り切るという試みは、とっくに潰《つい》えていた。刀城言耶その人のままで、彼は竹林宮の中心に辿《たど》り着いてしまった。

「さて、ここで及位氏は、まず祠《ほこら》を検《あらた》めたんじゃないかな」

それでも被害者の行動を、できるだけ言耶は推測しようとした。わざと口に出したのは、己を鼓舞するためである。

遺体があった辺りには、現場検証の跡が残っているため、ぐるっと草地を回って祠まで行く。そこにも捜査の手が入ったのか、痛々しいことに観音開きの格子戸の片方が、完全に外されている。及位が中途半端に壊したため、恐らく外さざるを得なかったのだろう。

そっと中を覗《のぞ》くと、子供の頭くらいの大きさの石が、そこに鎮座していた。きっと御神体に違いない。その前には小さめの三方が置かれ、敷かれた四方紅の上に、小山に盛られた白い粒の塊が供えられている。しかも白い小山の上には、ちょこんと笹舟が載っているではないか。

「何だろう、これは？」

言耶は右手の人差し指を伸ばし掛けて、思わず引っ込めた。

「失礼しました」

急いで両手を合わせつつ頭《こうべ》を垂れ、しばらく祈る。それから改めて三方の上の白い粒を繁々と見詰めたが、それでは一向に分からない。

「ご無礼をお許し下さい」

言耶は深々と頭を下げてから、白い粒の塊の一部を摘まみ取ると、ぺろっと舐《な》めてみた。そこに偲がいたら、「先生ぇぇ、何してはるんですか！」と怒られるところである。

「……塩か」

舌が感じたしょっぱさから、小山の塊は塩だと分かった。恐らく時間の経過と共に凝固してしまったのだろう。

宮司が遺体を発見したとき、祠の格子戸の片方は外れていなかった。つまり及位は飢えを覚えたあとでも、この塩を舐めていないことになる。既に力が入らなくなっていて、完全に格子戸を破れなかったのかもしれない。

「仮に少しでも舐められていたら、もう少しだけ生き長らえて、もしかすると助かった可能性もあっただろうか」

答えの出ない問い掛けを自らにしつつ、できる限り外れた格子戸を言耶は元に戻した。それから念入りに祠自体と周囲を検めたあと、一通り草地を見渡した。

しかし何処に目をやっても、もう調べるべき場所はなかった。ぽっかりと開いた迷路の口の他は、ただ群れた竹林が草地を取り巻いているだけである。

「仕方なく及位氏は、もう帰ろうとした」

再び草地に入ったばかりの本人に成り切り、祠の前から真っ直ぐ迷路の口を見詰める。あそこまで被害者は、きっと普通に歩いて行ったに違いない。

「………」

再び餓死現場を迂回《うかい》して、言耶は迷路の口の前に立ってみた。

その刹那、彼は何かを思いつきそうになった。と同時に、がさがさっ……という物音を耳にして、思わず左手に目を向けた。

すると一匹の蛇が、迷路の壁に当たる左側の密集した竹林の中を、ずるずるっと這《は》いながら消えて行く姿がちらっと見えた。その種類だけでなく、長さや太さも不明だったが、ぞくっとする悪寒を言耶は覚えた。

「……毒蛇」

咄嗟《とっさ》に口を吐いた言葉で、なぜ及位廉也が迷路を辿って逃げなかったのか、その理由が分かったような気がした。

「もしも迷路の中に、何匹もの毒蛇がいたのだとしたら……」

とても通り抜けなどできなかっただろう。だから及位は祠まで戻って、鳥居に見える竹を引き抜くと、それで蛇を追い払おうとした。そのため御堂島が言っていたように、やや擦れたような跡が迷路に入った辺りの竹に残ったのではないか。

だが、一本の竹だけでは無理だった。迷路を安心して戻れるほど、完全に蛇を除けなかった。そこで彼は、草地の中で竹と竹の間に隙間がある所を見つけて、何とか通り抜けようとした。でも、どうしても閊《つか》えてしまう。それに迷路を外れた竹林の中にも、きっと蛇は潜んでいたに違いない。おいそれと足を踏み込めない状態である。

「竹林宮そのものが、毒蛇の巣と化していた」

ぞっとする想像をしたあとで言耶は、ここへ来るまでの竹林の中で、偲が蛇に怯《おび》えた事実を思い出した。

「まさか、あれが……」

しかしながら、それも一瞬だった。すぐさま彼は、力なく首を横に振った。

「いや、有り得ないな。それが真相なら、そこまで数のいた毒蛇は、いったい何処へ消えたのか。餓死するまでの間に、どうして及位氏は嚙《か》まれなかったのか」

いくら何でも問題が多過ぎる。仮に及位の死が殺人であり、毒蛇には犯人の奸計《かんけい》があったと考えるにしても、かなりの難題になる。そもそも犯人は、どうやって毒蛇を自由自在に操ることができたのか。

「口笛かな」

言耶は海外の某有名な探偵小説を思い出して、ふっと苦笑した。

彼は念のために、被害者が草地から抜け出そうとして足搔《あが》いた跡のある、例の三箇所も調べてみた。それら一つずつに、自ら入り込みさえした。だが何処でも、すぐに身動きが取れなくなって、たちまち立ち往生してしまった。そのうえ今にも、がさがさっ……という不穏な物音が足元で聞こえそうで、どうにも落ち着かない。

「……毒蛇なんていない」

わざわざ声に出してまで否定する。しかし一度でも脳裏に描いてしまった恐怖は、なかなか消えない。むしろ増すばかりである。

　それでも言耶は勇気を奮い立たせて、何とか三箇所の検めを終えた。その結果は、残念ながら何処も同じだった。

　竹林を抜けることは不可能である。また三箇所で新たな発見もない。

　そこから言耶は迷路を戻り、表に出たところで、また引き返すという動きを繰り返した。もちろん草地の中も、何度も見て回った。祠も例外ではない。

　何の収穫もないまま、とうとう昼になってしまった。竹林宮の立ち番も、駐在の由松から別の者に替わっている。

　言耶が籠室家に戻ると、偲と秀継が彼を待っていた。ただ二人から話を聞く前に、昼食がはじまった。そして食事のあとは、宮司が着替えに立った。普段の薄汚れた作《さ》務《む》衣《え》姿のままで、さすがに祭に出るつもりはないらしい。

「いやぁ、お待たせばぁ、偉《えろ》うしてもうて」

　ところが、着替えを済ませた宮司を見て、言耶たちは度肝を抜かれた。

「……立派ですねぇ」

「ほんまに神々しいです」

　言耶と偲だけでなく、秀継も目を瞠《みは》っている。子供の頃に目にしたはずの彼でさえ感心しているのだから、言耶たちが驚いたのも頷ける。

「はっはっはっ。こりゃ儂《わし》も、まだまだ捨てたもんじゃないな」

宮司は白の浄衣《じょうえ》を着て、やはり白の袴《はかま》を穿《は》いていた。頭には烏帽子を被って、右手には笏を持っている。今までの姿が薄汚れた作務衣だっただけに、このときの宮司がどれほど立派に映ったことか。

「おい、ちゃんと聞いたか。お嬢さんに『神々しい』ばぁ言われた」

着替えを手伝ったらしい横の篠懸に、頻《しき》りに宮司が自慢している。だが当の彼女は、そんな祖父が恥ずかしいのか、

「お祖父《じい》様、燥《はしゃ》がないで下さい」

俯《うつむ》いたまま小声で窘《たしな》めた。とはいえ、そこには祖父に対する大いなる愛情があるせいか、全く怒っているように見えない。むしろその様子が、何とも可愛らしく感じられる。

「潴霊様祭を取り仕切られるのは、やっぱり宮司さんご自身なのですね」

言耶の確認に、にやっと当人は笑いながら、

「いやいや、儂らは名誉職みたいなもんじゃ」

「はぁ。しかし――」

「昔々は潴霊様祭も、ちゃんと笹女神社の宮司ばぁ取り仕切っとった。けんど船の発達と共に、牛頭《ごず》の浦《うら》での難破が減り出すと、どげんしても祭自体が形骸化しよる。本

来の鎮魂いう役目が、自然に薄れていきよる。そげんなると祭の内容も、少しずつ変わらざるを得ん。そん辺りのことは、神社に残っとる日誌ばぁ読みなさったら、よう分かる。で結局、儂んような不良宮司でさえ、まぁお勤めできるくらいの祭になった、いうわけじゃ」

「ご謙遜を」

「いやいや、何の。ほいでも祭じゃから、一応は儂も着替えんとな」

宮司は玄関で更に浅沓《あさぐつ》を履くと、やや覚束《おぼつか》ない足取りで歩き出した。そのため階段を下りるときは、本人よりも言耶たちの方が、かなり冷や冷やした。

「あれ、篠懸さんは？」

「昔から女人ばぁ、祭の関係者にゃなれんのじゃ」

言耶の疑問に、宮司はあっさり答えた。

「祖父江君が見学しても、宜《よろ》しいのでしょうか」

「村の者でなければ、なーも問題ありゃせん」

見違えるほど変身した宮司が村の中を通ると、あちこちから挨拶の声が掛かった。とはいえ村人の誰とも立ち話にならなかったのは、これから祭がはじまるためか、それとも後ろに言耶たちが続いていたせいか。

村を抜けると、もう目の前は牛頭の浦だった。白い着物姿の村人たちが何十人も、既に浜辺へ出ている。そこに女性の姿は確かになかった。それどころか子供さえ一人も見えない。全員が成人した男性である。

女人禁制の祭は他の地方でもあるけど、なぜ子供まで除外されてるのか。

言耶が不思議に思ったのは、それだけではない。かなりの数の男衆がいるのに、全く騒がしくないのだ。これから祭がはじまるとは思えないほど、しーんと静まり返っている。

嵐の前の静けさ……かな。

その異様な光景を見渡して、言耶はそう思った。ただ、それにしても余りにも活気がなさ過ぎる。どうして誰もが黙ったままなのか。

他にも彼の目を引いたものがあった。大小の石で作られた即席の竈《かまど》である。そこでは盛大に火が熾《おこ》され、大きな釜が掛けられている。そんな竈が浜辺の西から東へと、いくつも点在しており、その前にそれぞれ一人ずつ無言の村人が立っていた。しかも、その竈の数には、奇妙なばらつきがあった。角上《つのうえ》側が少なく、角下《つのした》側が明らかに多かった。

「あれは、塩を焼いてるのですか」

「ほうっ、ようご存じで」

言耶の問い掛けに、少し感心した様子で宮司が答えた。

「シオって、あのしょっぱい塩？　焼くって、何でです？」

きょとんとした顔の偲に、言耶が説明した。

「本格的な塩焼きは別にして、小さな漁村では自分たちが使う分だけ、簡略化したやり方で塩を作ることがある。まず複数の平らな箱に、浜辺の砂を入れる。次に桶《おけ》で汲んだ海水を、その平箱の中に注ぐ。それから箱を天日で乾《ほ》して、砂を乾かす。そして乾いた砂を、今度は海水で洗う。そうしてできた塩分の濃い水を、ああやって釜で沸騰させる。すると塩が採れるわけだ」

「へぇ、面白いですね」

言耶は偲に向けていた顔を、再び宮司に戻すと、

「あの塩焼きも、瀞霊様祭の一部なんですか」

「ほうじゃ。ああして焼いた塩は、あとから神社に奉納ばぁされる」

「竹林宮の祠の中に供えられていた塩は、もしかすると――」

「こん祭で焼かれたもんじゃ」

いったん浜辺へ出て、そういった祭の準備を見学したが、言耶はともかく偲と秀継の気持ちが昂《たかぶ》ることはなかった。そもそも祭特有の活気が皆無なのだから仕方がない。二人とも「靴に砂が入って……」と珍しく意見の一致を見て、難儀したくらいである。

浜辺の見学を終えてから、次に宮司が向かったのは、村の西に位置する角上の岬の先端だった。その付け根を通り過ぎる際、やはり言耶が気にしたのは、岩壁の下に建てられた例の蓬萊《ほうらい》の小屋である。

「まだ現存してるんですね」

言耶が驚いていると、宮司が当たり前のように、

「そりゃ蓬萊さんが、ちゃんと住んどるからな」

「ええっ、いったい何歳になるんです？」

宮司は可笑《おか》しそうな顔をしてから、

「いやいや、いくら何でも最初の蓬萊さんばぁ、とうに亡くなっとる。今の蓬萊さんで、はて何代目じゃったか」

「世襲制ですか」

言耶の表現に、宮司は大いに笑いながら、

「あっはっはっ。先代が亡《の》うなって、しばらく小屋が無人になっても、また何処ぞから次の蓬萊さんが現れよる。しかも皆、海から流れ着きよるんじゃ。そやから村の者も、そう邪険にはできん。まぁ一種の縁起物やと、皆も思うておるんじゃろ。そいに村内の出来事を、不思議とよう知っとるんじゃ。ほいで誰もが、ちいと畏怖に近い感情を抱いとるんじゃないかと、儂は睨《にら》んどってな。村に余裕がないときは、笹女神社

で面倒を見とる。今の蓬萊さんの世話は、そりゃ篠懸が親身になってやっとるな」

そこで宮司は急に、言耶を試すような口調で、

「ちなみに最初の蓬萊さんじゃけど、そん正体の見当ばぁ、先生にはつくじゃろか」

言耶は少しだけ間を空けたあと、

「もしかすると『海原の首』の、伍助《ごすけ》君でしょうか」

「こりゃお見それしたばぁした」

宮司は立ち止まると、わざわざ頭を下げた。

「先生、凄ぉい」

単純に喜ぶ偲に、飽くまでも言耶は冷静に、

「宮司が、あのように訊かれるということは、少なくとも僕が、その人物を知っていると見做《みな》せる。だから当てるのは、そんなに難しくはないよ。ただ――」

と言耶は、徐《おもむろ》に宮司に向かって尋ねた。

「本当なんですか」

「飽くまでも噂じゃが、儂は信憑性《しんぴょうせい》ばぁある思うとる」

「二代目からは？」

「さぁ、そいは分からん。ちなみに今の蓬萊さんばぁ、ありゃ女人じゃな」

びっくりした言耶が反射的に振り返って岩壁の下を見やると、掘っ立て小屋の窓か

ら覗く一つ目が、凝《じ》っとこちらを見詰めていた。横で偲の息を呑む気配がしたので、恐らく彼女も気づいたのだろう。

その一つ目は恰《あたか》も外部から侵入した災厄を監視するかのように、ずっと言耶たちを凝視し続けていた。

第十一章　瑢霊様祭

　刀城言耶たちが角上《つのうえ》の岬の先端に着くと、物見櫓《ものみやぐら》の下に白装束の若者が立っていた。籠室岩喜《かごむろがんき》宮司に気づくと丁寧に一礼したが、やっぱり何も喋《しゃべ》らない。

「お嬢さんと秀継《ひでつぐ》は、ここで見物ばぁされるとええ。浜から入江に掛けてと絶海洞《たるみどう》と、この両方を見るんじゃから、ほんまは物見櫓に上がるんが早いんじゃが……」

　宮司の言葉に、慌てて祖父江偲が首を振りながら、

「いいえ。ここで充分です」

「ほうか。祭の間は物見櫓に上がれんので、がっかりされんかと──」

「そんなこと全然ないです。本当にここで結構です」

　今にも宮司の権限で、特別に物見櫓へ上がれるようになったら嫌だ、と偲が心配しているのが手に取るように分かる。

「上りたかったなぁ」

　だから言耶が未練たらしく物見櫓を見上げていると、余計なことを言うなという顔

で彼女に睨《にら》まれたが、

「いんや先生には、もっと間近でばぁ見て貰うよって、なーも心配いらん」

宮司のこの一言に、彼はもう大喜びである。

「ありがとうございます」

「小舟にばぁ乗って貰うて、儂《わし》と一緒に絶海洞まで行って――」

「だったら私も、お供……」

しますと言い掛けて、偲は口籠った。彼女の視線の先には、浜辺に上げられた小舟があった。それが如何《いか》にも頼りなく映ったようで、かなり不安そうな表情を浮かべている。

「あの小舟で海へ出ると、やっぱり揺れるでしょうねぇ」

すかさず言耶が、宮司に確認する。

「そげんじゃなぁ。先生、舟に酔いなさるんか」

「いいえ、僕は大丈夫です」

しかしながら言耶はそこから、こんこんと偲の注意事項を聞く羽目になった。

「ええですか先生、よう肝に銘じといて下さいよ。第一の注意は、はじめて耳にする怪異を誰かが口にしても、興奮して舟の中で立ち上がらないこと。第二の注意は、何か気になるものを目にしても、いきなり舟の中で立ち上がらないこと。第三の注意は、いくら儀式を夢中で見てるからいうて、我を忘れて舟の中で立ち上がらないこと。第四の注意は――」

「祖父江君、いったい何なんだ？」

言耶は呆《あき》れたように、

「子供じゃないんだから――」

「いいえ、まだ子供の方が、よう言うて聞かせることができます。先生は何度も何度も、前科があるんですからね」

「そんな人聞きの悪い」

「近々やったら、波美《はみ》地方の青田《あおた》村に行く馬車の中で起きた、あの騒動がありますわ」

「えーっと、何だっけなぁ……」

惚《とぼ》けているのか覚えていないのか、ぽかんとしている言耶に、

「ええですか、そもそも先生は――」

こんこんと偲の説教が、正にはじまろうとしたとき、

「お嬢さん、こん先生やったら大抵のことは、まぁ大丈夫じゃわ」

宮司が横から口を挟んだお陰で、何とか事なきを得た。

「すみません。助かりました」

宮司と一緒に物見櫓を離れたところで、言耶は礼を言った。

「いんやなんの。けんど先生、ああいうお嬢さんは、大切にばぁせんとあかん」

「……はぁ」

気のない言耶の返事に、宮司は祭のために用意された二艘《そう》の小舟に着くまで、ずっと笑い通しだった。

その途中、村と浜の境目辺りに設営された集会用テントの中に、御堂島《みどうじま》警部の姿を認めて、言耶は一礼した。向こうも軽く頷《うなず》いたが、もしも会話を交わせていたら、「祭に参加するのか。あなたも酔狂だな」と呆れられたかもしれない。

そんな御堂島の横に、宮司と同年代と思われる四人の男性が、神妙な様子で座っていた。皆が似たような背格好をしており、きっと偲なら「お地蔵さんが並んでるみたい」と表現したに違いない。とはいえ地蔵から想像されるような長閑《のどか》な印象は、誰にも全く見受けられない。むしろ年齢の割に矍鑠《かくしゃく》としており、正に宮司と同じ力強さを覚えた。

あの人たちが強羅《ごうら》の五人衆の、残りの四人か。

言耶は一瞥《いちべつ》しただけだが、向かって一番右に座る人物が、恐らく秀継の祖父の大垣《おおがき》秀寿《ひでとし》だろうと当たりをつけた。微《かす》かにだが二人の容姿が似ていたからである。

宮司は笑い続けながらも、角下《つのした》の岬の付け根から少し西寄りの浜辺に、言耶を連れて行った。ちょうど正面に、潜霊様《はえだまさま》の岩礁が見える辺りである。海面には既に二艘の小舟が出ており、その間には竹で作られた一抱えほどの大きさの帆船が、ぷかぷかと浮かんでいた。恐らく竹屋で作られたものだろう。

「ひょっとして、これは唐食船《からたぶね》でしょうか」

言耶の遠慮がちな質問に、片方の小舟に乗り込もうとしていた宮司が、わざわざ足を止めて答えた。

「そうじゃけんど、儂らが迎えにばぁ行くんは、亡船の方じゃ」

「……ぼうせん」

次の瞬間、言耶が身を乗り出して、物凄《ものすご》い勢いで喋り出しそうになった。が、その前に宮司が逸早《いちはや》く何かを察したらしく、素早く口を開いた。

「亡船の『亡』は、亡霊の『亡』じゃな。『船』はもちろん『船』じゃ。海難事故で亡《の》うなった亡者《ぼうもん》ばぁ乗っとるんが、こん亡船になる。それが絶海洞におるんで、今から儂らが行って、まぁ連れて来るわけじゃな」

「……な、なるほど」

言耶が納得しつつも、尚も喋り出しそうだったため、

「要は幽霊船や船幽霊みたいな、あげなもんじゃ」

宮司はきっぱりと断定した。昨夜の竹魔《ちくま》に関する騒動と、つい先程の祖父江偲の注意を思い出して、どうやら咄嗟《とっさ》に対応したらしい。

「こりゃ先生と同行しとる間は、迂闊《うかつ》なことが言えんな」

「はっ？　何でしょう？」

「いやいや、こっちの話じゃわ」

宮司は小舟に乗り込むと、言耶を手招いた。

「ご一緒しても、宜《よろ》しいのですか」

てっきり自分はもう一艘に乗って、宮司の小舟を追い掛けるのだとばかり思っていた言耶は、少しびっくりした。

「あぁ、そっちは碆霊様まで唐食船ばぁ引っ張りよる、そんための舟じゃ」

そう説明しながらも宮司は、浜辺に控えている白い着物姿の老人に、こっくりと頷いて合図を送った。その老人が、また別の男に指図をした直後、
ばぁぁっん、ぱん、ぱん、ぱん。

物凄い音量の花火が、雲の多い日中の空に打ち上げられた。

「こん花火は、閖揚村《ゆりあげむら》への合図にばぁなっとる」

宮司によると、たった今あちらの村から一艘の小舟が、犢幽村《とくゆうむら》よりも小さな唐食船を誘導しつつ出発したらしい。もっとも当の唐食船が小さ過ぎるうえ、閖揚村からこちらまで距離があるため、実際は小舟に積んでの移動になるという。

その間、宮司は絶海洞へ亡船を迎えに行き、やはり合図と共に碆霊様に向かう。と

同時にこの浜辺から、唐食船を引っ張って小舟が出る。

そうして三艘の小舟が、瞽霊様で合流する。という手筈《てはず》なのだという。

「ほいじゃ、参ろうか」

宮司に促され、言耶は小舟に乗り込んだ。

「よろしくお願いします」

白装束のためか日焼けが真っ黒に見える年配の船頭に、言耶は頭を下げたが、向こうは無言のままである。

「こいは漁師の佐波男《さばお》さん、こん方は刀城言耶先生じゃ」

宮司に紹介され、言耶は改めて一礼した。だが佐波男は、かくっと顎を引いただけである。

すぐに小舟は浜を離れ、凪《な》いだ牛頭《ごず》の浦《うら》を進みはじめた。艫《とも》にはエンジンがついていたが、佐波男は慣れた手つきで櫓《ろ》を操っている。

「閖揚村の舟も、やっぱり櫓漕《こ》ぎで来るんですか」

好奇心に駆られた言耶が、後ろを向きつつ尋ねたが、佐波男はうんともすんとも言わない。険しい眼差《まなざ》しを、無言で海へと注いでいる。

「佐波男さん、最初に注意ばぁしとくけんどな」

すると舳先《へさき》に座る宮司が、くるっと振り返って、

「こん先生は質問にばぁ答えるまで、絶対に解放してくれんからな」

「そ、そんなことは……」

否定する言耶に、まぁまぁと宥《なだ》めるように笑い掛けつつ、

「あんたも早めにばぁ諦めて、さっさと答えた方がええ」

急に吹きはじめた海風に負けないように、大声で叫んだ。その宮司の気遣いが嬉《うれ》しくて、言耶が頭を下げたところへ、

「エンジンを使いよる」

無愛想な声が、後ろから飛んで来た。

「そ、そうですよね」

言耶が振り返って応えたが、相変わらず佐波男の視線は海へと向いており、完全に口も閉じられている。だが、言耶も負けていなかった。磯漁の漁法から碆霊様の信仰まで、嬉々として佐波男に尋ね続けた。

「あんた、そげなこと訊いて、どげんするんじゃ」

ついには佐波男も根負けしたのか、物凄く呆れた顔をしながらも、ぽつぽつと応じるようになった。そんな二人のやり取りを、宮司は背中で聞いているようだった。

やがて小舟が角上の岬へ近づきはじめると、物見櫓の下にいる偲と大垣秀継が、大きく両手を振りはじめた。それだけではない。

「先生ぇえっ、変な質問ばっかりしたらぁあっ、あきませんよぉおっ」

偲の叫び声が牛頭の浦に響き渡り、言耶はかなり恥ずかしい思いをした。

「あん女子《おなご》の言うことばぁ、ちぃとは聞いた方が、あんたもええんじゃないか」

非常に真面目な口調で佐波男にも、そう言われる始末である。

角上の岬を通り過ぎて入江から出た途端、ぐらっと小舟が大きく揺れた。それまでは東西の岬に庇護されている感覚があったのが、いきなり大海原へ放り出されたようで、何とも言えぬ不安感がある。ここが賽場《さえば》と呼ばれる場所だと知っているだけに、そんな感覚に囚《とら》われたのかもしれない。

祖父江君を連れて来なくて、やっぱり正解だったな。

そう言耶が思ったのも束《つか》の間、すぐに彼の興味は前方の高い絶壁の下部で、ぽっかりと口を開けている洞窟に向けられた。

「あれが、絶海洞じゃ」

宮司の叫びに、「はい」と言耶は応えながら、ここで絶海洞に対する思いを佐波男に尋ねたいと考えたのだが、小舟が揺れてそれどころではない。

入江の内と外では、こんなに違うものなのか。

民俗採訪で漁船に乗った経験は、これまでにも何度かある。しかし、ここまで不安定な気分になったのは、はじめてではないか。決して小舟が安定していないわけではなかった。そうではなくて言耶の感情が、ぐらぐらと内側から揺さぶられているようなのだ。

……いや、似た体験をしてるぞ。

今年の六月、波美《はみ》地方の沈深湖《ちんしんこ》で水魑《みづち》様の増儀が執り行なわれたあと、今と同じような小舟に言耶は乗った。しかも櫓を漕いだのは、彼自身だった。あのときも湖上を進みながら、発作的に湖水に飛び込みたいという信じられない衝動を覚えた。

あちらは水魑様が棲む湖で、こちらは亡者が祀《まつ》られた洞窟の前の賽場か……。

どちらも尋常の場所でないことは確かである。だからこそ言耶も、とても言葉にはできない懼《おそ》れを覚えるのかもしれない。

彼が身体を強張《こわば》らせている間にも、小舟は海面のうねりに翻弄されつつも、着実に絶海洞へと近づいていた。言うまでもなく佐波男のお陰である。宮司も信頼し切っているのか、入江を出てから完全に任せている。

次第に前方の高い断崖絶壁が迫って来た。思わず見上げたところ、くらっと眩暈《めまい》を覚えそうになる。上からではなく下から望んでいるのに、落ちる恐怖を体感してしまう。とにかくその迫力が凄《すさ》まじい。

小舟が洞窟に入った途端、ぞくっとする冷気に包まれた。と同時に両の眼が自棄《やけ》にちらちらする。見ると右手の岩場で、盛んに松明《たいまつ》が燃えていた。

松明の側《そば》には一艘の小舟が引き上げられ、二人の白装束の男が控えており、丁重に宮司を出迎えた。しかし、言耶の存在は予想外だったのか、ぎょっと二人とも目を剝《む》いている。それでも何も言わなかったのは、宮司が平然としていたからだろう。

言耶も小舟を降りると、宮司のあとに続く二人の更に後ろから、半ば濡れた岩場を奥へと歩き出した。どうやら佐波男は、そのまま小舟に残るらしい。

岩場は最初こそ何もないが、そのうち大小の石が足元に転がりはじめる。それが途中から無数の小石となり、たちまち賽《さい》の河原のように岩場を埋め尽くしていく。その変化が堪《たま》らなく恐ろしい。所々で燃やされている松明により、ぼうっと浮かび上がった小石の原の両脇には、ちらほらと小さな石積みの塔が見えている。

いったい誰が……。

前を行く男に尋ねたいが、とても訊ける雰囲気ではない。いつもの言耶なら、それでも声を掛けたかもしれないが、このときばかりは断念した。洞窟内に漂う冷えた空気が、自然と彼を無口にさせていた。

ぐねぐねと蛇行する賽の河原を、足元に注意しながら辿《たど》って行くと、ふいに砂地の空間が現れた。小石の原と砂地の境目には、大きめの岩が左右に延びるように積まれている。恰《あたか》も低い城壁の如き積石の中央部分には岩がなく、砂地側に二本の高い竹が立てられ、その間に注連縄《しめなわ》が張られている。竹棒の根本に笹の葉のついた枝が突き刺してあるところも、竹林宮《ちくりんぐう》の祠《ほこら》の前と全く同じである。

二本の竹の左右には、使い物にならなくなった銛《もり》や鉤竿《かぎざお》や網や天草掻《てんぐさかき》など、豊漁を願う一種の供物らしい磯漁の漁具が、ずらずらと並べられている。かなり古い道具もあるようで、半ば朽ちた代物もちらほら見受けられる。

砂地の境内は六畳ほどの広さがあり、その奥の中央に難破船の死者たちの供養碑があった。石碑の背後は高い岩壁で、目を凝らして眺めても天井まで伸びているのかは分からない。ちなみに最初の岩場から賽の河原を経て、この砂地までの道程の右側は、所々に小さな穴や窪《くぼ》みなどがあるものの洞窟の壁であり、左側には賽場から流れ込んだ海水が滔々《とうとう》と川のように奥へと続いている。

言耶たちが歩いて来た道筋より、地下水道は一メートルほど下方にあったが、もちろん柵などは一切ない。足を滑らせて落ちても、すぐに這《は》い上がることは可能かもしれないが、それを想像しただけで悪寒が走るほど、黒々と映る川の流れは無気味である。こちら側に賽の河原かと見紛《みまが》う場所があるだけに、まるで三途《さんず》の川のように見えることも、恐らく気味悪さに拍車を掛けているのだろう。

三メートルほどの幅を持つ川の向こう側は、真っ暗で何も見えない。更に洞窟が広がっているらしいが、こちらの松明の明かりが届かないため、どうにも不明である。それでも目を凝らしていると、何かに見詰め返されている気がしてくる。完全な暗闇なのに、そこに何かいる感じがしてならない。そのまま目を逸《そ》らさないでいると、それが闇の中から現れ、川を渡ってこちらへ来るような恐怖に囚《とら》われる。

……莫迦《ばか》な。

言耶が急いで顔を背けると、ちょうど宮司が竹の鳥居の前で、深々と一礼した頭を上げるところだった。

それから宮司は、綺麗に掃かれて波のような文様が記された砂地の境内に、慎重に足を踏み入れた。ざくっ、ざくっ……と一歩ずつ、宮司は供養碑に近づいて行く。石碑の前には、竹で作られた亡船が既に祀られていた。その手前で宮司は立ち止まると、徐《おもむろ》に祝詞《のりと》を唱え出した。それは言耶がはじめて聞く、何とも奇妙な祝詞だった。詞《ことば》の意味を摑《つか》もうとしても、なぜか頭に入って来ない。するするっと脳裏を通り抜けてしまう。

どうにか聞き取ろうと言耶が苦慮しているうちに、祝詞が終わった。宮司は竹の亡船を手に取ると、竹の鳥居まで戻って来た。すると入れ替わるようにして、砂熊手を持った男が砂地に入り、たちまち元のような綺麗な文様を描いた。その動きに言耶が見惚《みと》れてしまうほど、男は見事な文様を砂地の上に現した。

あとは宮司を先頭にして、来た道を戻るだけだった。しかし言耶は、何度か振り返った。ふと呼ばれたような気がしたからだ。最後尾を歩く彼の後ろには、もちろん誰もいない。松明くらいでは決して消せない圧倒的な暗闇が、いつ振り返っても目に入るばかりである。にも拘《かかわ》らず声を掛けられている気配が、ずっと付き纏《まと》った。賽の河原を通り過ぎて岩場に入るまで、それが跟《つ》いて来ていたのは間違いない。

佐波男は既に小舟に乗って、宮司を待っていた。船頭役の漁師の顔を見た途端、なぜか言耶はほっと安心できた。

小舟は宮司と言耶を乗せると、ゆっくりと絶海洞から賽場へと出て行く。そして完全に洞窟から出たところで、小舟が止まると同時に、さっと宮司が角上の岬を見上げた。その先端には白装束の若い男と、偲と秀継の姿があった。

村の男は宮司を認めるや否や、踵《きびす》を返して姿を消した。物見櫓の反対側に、ぐるっと回り込んだようである。しばらくして、

ばぁん、ぱん、ぱん。

先程よりも小さな花火の音が、角上の岬の向こうから聞こえてきた。どうやら村の若者は、誰かに合図を送ったらしい。

それを待っていたように、小舟が動き出した。岬の上から大きく手を振る偲に、言耶が軽く片手を挙げて応えていると、

「先生ぇ、こっからが堵霊様祭の本番じゃ」

舳先に座って真っ直ぐ前を向いたまま、宮司が教えてくれた。

小舟は角上の岬を回り込むと、牛頭の浦へと入って行く。そのとき言耶の視界に、右手の外海から近づく一艘の小舟と、左手の入江内を進む浜で目にしたもう一艘の小舟が、ぱっと飛び込んで来た。閖揚村から来た小舟は、牛頭の浦に入るまではエンジンを使っていたが、そこからは手漕ぎに替わった。あとの二艘は元から櫓のみで操っている。

恐らく傍たちには、波を切って走る三艘が、まるで競走しているように映るのではないか。どの小舟が一番早く磯霊様の岩礁に到着するか、それを競っている如く見えるに違いない。

だが実際は、三艘が同時に着くように、それぞれの船頭が調整しているらしい。佐波男の漕ぎ方だけでなく、残り二艘の進み具合を比べても、それが言耶には良く分かった。三人の漁師たちの腕の見せ所なのかもしれない。

やがて三艘の小舟が、ほぼ同時に磯霊様の近くまで来た。そこから三艘は、ぐるぐると岩礁の周りを回り出した。そして言耶を除く男たちの全員が、一斉に奇妙な声を上げはじめた。

どうどと、どうどと、どうどと、どんどん……。

腹の底に響くような、何とも無気味な声音である。しかも一周目よりは二周目、二周目よりは三周目というように、次第に掛け声が高まって行く。そのうち気が狂《ふ》れたとしか思えないほどの絶叫となり、ぴたっと止《や》んだ。

それから碆霊様の口の前で、浜から出た小舟を間に挟んだ格好で三艘が寄ると、大きな唐食船の左右に、閖揚村から迎えた小さな唐食船と、絶海洞に祀られていた亡船を縄で結わえて、新たな一つの船を作り上げた。

「あれが本来の、唐食船の姿じゃ」

合体した新しい唐食船を引っ張って、浜から来た小舟が牛頭の浦の外へと出て行くのを宮司は見送りながら、そう言耶に教えてくれた。

「あの唐食船は、もっと先の海で流すのですか」

「ほうじゃ。本来の場所へと、お還りばぁ頂くんじゃ」

ここで言耶は、ふと思いついた疑問を口にした。

「もしも還したはずの船が戻って来たら、どうなるんでしょう？」

もちろん何の悪気もなかったのだが、宮司の返答を聞いて、彼は慄然《りつぜん》とした。

「そんときは村が、きっと滅びよるじゃろう」

第十二章　唐食船

小舟が浜まで戻ると、祖父江偲と大垣秀継《おおがきひでつぐ》に出迎えられた。どうしても靴に入ってくる砂に、相変わらず二人とも難儀している様子である。

「先生、酔うてません？」

真っ先に偲に訊かれたが、言耶は首を横に振りつつ、まず佐波男《さばお》に礼を言った。本来なら小舟には乗らない他所者《よそ》がいたのである。さぞやり難《にく》かったに違いない。

「あんた、変なことばぁ訊くんじゃからなぁ」

ところが、ぼそっと口にした佐波男の物言いが、意外にも柔らかだった。まるで刀城言耶の同乗を、それなりに面白がったかのようである。

これには宮司が、一番驚いたらしい。ほうっという顔で二人を眺めてから、にやにやとした笑いを浮かべて、言耶を集会用のテントへと誘った。

「先生が各地方で、どげんして民俗採訪いうもんばぁされとるんか、こいでよう分かった」

浜を歩きながら、頻《しき》りに宮司が感心している。

「はっ、どういうことですか」

「あん無愛想な佐波男に、あげな言葉ばぁ口にさせたんじゃから、いやはや大したもんじゃ」

するとと偲が後ろから、

「とにかく先生は、年配者の懐にするっと入り込みはるんが得意で、そのため非常に可愛がられます。そんな先生のことをクロさんは——刀城先生の大学時代の先輩ですが——『よっ、年寄り殺し』と言って褒めております」

「祖父江君、それは全く褒めたことになってないから……」

「けど先生、あのクロさんですよ。他人《ひと》を貶《けな》しこそすれ、褒めるなんて絶対にしない人なのに。先生だけは、ちゃんと認めてはる証拠です」

完全に否定したかったが、阿武隈川烏《あぶくまがわからす》の件で言い合いをするほど、この世の中で不毛なことも滅多にないので、言耶は黙っていた。

クロさんという呼び名を持つ阿武隈川烏とは、民間の民俗学者である。出自は京都の由緒ある神社ながら、その品行は方正ではなく下劣だった。何よりも食い意地が張っており、日本の多くの国民が飢えていた戦時中と敗戦後数年の酷《ひど》い飢えの時期でも、ぬくぬくと太っていたのだから信じられない。自分を極端に過大評価し、他人をとことん過小評価するのが得意で、その被害に言耶は学生の頃から何度も遭っている。それでも腐れ縁が続いているのは、阿武隈川が各地方の奇っ怪な儀礼や祭礼、また奇習や俗信に殊の外通じており、その情報を頼まれもしないのに言耶に送りつけて来るせいだった。

一方で彼は言耶と同じように、各地方を回っては民俗採訪をしていた。ただし動くのが嫌いな性分のため――そもそも体形から不可能だったわけだが――非常に交通の便の悪い辺鄙《へんぴ》な土地を訪ねるのは、どう転んでも無理だった。そこで言耶を己の手足代わりに使おうと考え、どうやら後輩の興味を引きそうな情報を、せっせと送って来るらしい。

それを言耶もとっくに見抜いていたが、先輩の情報網はかなり重宝していたため、今に至るも付き合いは続いている。もっとも偲に言わせると、「クロさんに対しては、ひょっとして先生、マゾやないんですか」という無茶苦茶な見方をされていた。反論するのも莫迦《ばか》らしいので、そのまま放ってある。

「あっ！　忘れてました」

そこで偲が、いきなり素っ頓狂な声を上げた。

「そのクロさんから笹女神社《ささめじんじゃ》の先生宛てに、電報が届いてたんです」

「ええっ、いつ？」

びっくりして言耶が尋ねると、ちょうど祭の最中だという。

「しかし竹林宮《ちくりんぐう》の事件は、いくらクロさんでも、まだ知らないだろう」

阿武隈川烏は自分が「名探偵」だと大いなる勘違いをしているため、不可解な状況下での及位廉也《のぞきれんや》の変死が耳に入れば、恐らく口を出して来るに違いない。だから言耶は、まずそれを心配したのだが、どうやら違うらしい。

「えーっと、その件やないです」

なぜか偲は、かなり言い難そうな様子である。

「だったら、何だい？」

「そのー先生に、クロさんが泊まってはる平皿町《へいべいちょう》の鬼柳亭《きりゅうてい》いう宿まで、骨無し蛸《たこ》を持って来るように……っていう内容でした」

「……おいおい」

言耶がげんなりしていると、二人の会話を聞いていた宮司が、

「阿武隈川いうお人は、食通じゃな」

「いえ、ただただ食い意地が、物凄《ものすご》く張ってるだけの人です」

「大して美味《おいしゅ》うもない骨無し蛸ばぁ、わざわざ食べたい願うんやから、そらかなり食に通じとるお人じゃろ。平皿町の宿でも、きっと骨無し蛸の悪評ばぁ、耳に入っとるはずじゃ。ほいでも食べたいいうんじゃからな」

しかし言耶が激しく首を横に振ったので、宮司はびっくりしたのか、そのまま尻窄《しりすぼ》みに口を閉じてしまった。

「阿武隈川烏という人は、この世に自分が食べたことのないものが、一つでもあるのが許せないんです。そういう食べ物の噂を聞くと、何が何でも取り寄せようとします。それが無理なら、自ら食べに行きます。誰か一人でも口にしたことのあるものなら、絶対に自分でも食べようとする困った人なんです」

「毒茸《どくきのこ》でもか」

「はい。ただ、そういう危険な食べ物は、事前に必ず誰かに毒見をさせると思います。そうやって安全を確かめたうえでないと、あの人はまず食しません」

「まさか、そん役目を、先生に……」

ふっと浮かんだ疑いを、もちろん宮司は半信半疑で口にしたのだろうが、

「大抵は僕も直前に気づいて、何とか事なきを得ているのですが、そのうち毒殺されるかもしれませんね」

飽くまでも言耶が真剣に答えたためか、ちょっと宮司は戸惑いつつも、

「平皿町の鬼柳亭には、儂《わし》から骨無し蛸ばぁ送っとこう」

「いえ、潴霊様《はえだまさま》祭で大変なときに……」

「もう祭ばぁ終わって、あとは飲むだけじゃわ」

「それでも、後片付けなどが……」

「明日からは三日間、漁も休みばぁなるから、そげな気遣いはいらん」

そこで集会用のテントに着いたためか、宮司は唐突にこの話を終わらせた。

「こん方が、刀城言耶先生じゃ」

宮司が気を取り直した様子で、にこやかに彼を紹介すると、椅子に座っていた四人の老人が立ち上がった。全員が酒を飲んでいるようで、朱色に染まった顔のまま左から順に、簡単な自己紹介をはじめた。

「塩飽村《しあくむら》で医者ばぁしとる米谷《よねたに》じゃ」

「石糊村《いしのりむら》の村長の、井之上《いのうえ》です」

「磯見村《いそみむら》の鹿杖寺《ろくじょうじ》ばぁいう小さか寺で、住職を務めとる善堂《ぜんどう》じゃ」

「閖揚村《ゆりあげむら》の大垣秀寿《ひでとし》です。孫の秀継ばぁ、偉《えろ》うお世話になっとるそうで、ほんにありがとうございます」

潜霊様祭がはじまる前に言耶が睨《にら》んだ通り、一番右の人物が秀継の祖父の大垣秀寿だった。どうやら強羅《ごうら》地方で西から東に並ぶ村と同じ順で、四人はテント内でも座っているらしい。

「こちらこそ大垣君には、大変お世話になっています」

言耶はそれぞれに一礼したが、特に秀寿には深々と頭を下げた。すると最初に挨拶

をした塩飽村の米谷医師が、

「何やまた民俗学者じゃいうから、どげな男ばぁ思うとったけんど、こりゃなかなかの好男子の好青年じゃないか」

真正面から言耶に向かって言ったので、本人は目を白黒させるしかなかった。もっとも次いで磯見村の善堂住職が、

「同じ学者いうても、及位廉也とは偉う違《ちご》うとる」

吐き捨てるように続けたので、言耶も合点がいった。つまり及位廉也の悪評のお陰で、はじめから言耶は色眼鏡で見られていたようである。

「こらこら、そげなことご本人の前で、失礼じゃないか」

石糊村の井之上村長が窘《たしな》めたが、四人の中でも酔っているらしい二人には、それが全く通じていないようで、

「覗《のぞ》き魔の及位廉也と違うて、確かにこん人の顔立ちには、卑しさばぁないからな」

「間違うても潜霊様の罰《ばち》ばぁ当たって、餓死はせんじゃろ」

「むしろ華族っぽい。立派に畳の上で死ねる面相じゃな」

「ほいでも探偵ばぁ聞いとるぞ」

「ほうじゃった。こら儂らも油断できんな」

相変わらず本人を前にして、言いたい放題である。

「うちのお客人に、ちぃとは敬意ばぁ払わんか」

さすがに宮司も苦い顔をしながら、更に突っ込みを入れた。

「そいに油断できんとは、どげん意味じゃ？　探偵先生にばぁ探られて、何ぞ困る秘密でもあるんか」

これには当の米谷医師ではなく、善堂住職が右手の小指を立てながら答えた。

「そりゃ、これに決まっとる」

「あ、阿呆《あき》か」

米谷医師が呆れた顔をすると、善堂住職は小指だけでなく、薬指から親指まで一本ずつ残りの指を立てはじめた。

「そ、そげな数……」

最初はぽかんとしていた米谷も、見る見る酔いが醒めて行くようである。

いったい何人と浮気してるんだ……。

言耶は呆れながらも、その場に漂いはじめた気まずい雰囲気を、どうしたものかと思った。実際に米谷だけでなく井之上村長も、余り顔色が良いとは言えない。竺磐寺《とくがんじ》の真海《しんかい》もそうだったが、どうも強羅地方の寺の住職は、かなり明《あ》から様な物言いをする傾向があるらしい。

「洒落《しゃれ》ばぁならん冗談は、そんくらいで止《や》めとけ」

最後は大垣秀寿が諭して、何とか治まった。

「そげんことばぁ言うとったら、自分にも跳ね返って来るんじゃど」

これには善堂住職も参ったらしく、急に大人しくなってしまった。米谷医師と井之上村長にも小声ながらも責められ、すっかり酔いの醒めた顔で平謝りしている。

「いやはや年甲斐《としがい》ものう、お恥ずかしいとこばぁ見せてもうて……」

「ほんまにすまんことです」

宮司と大垣秀寿が頭を下げる横で、信じられないことに善堂住職は、もう偲にちょっかいを掛けはじめている。

結局、宮司に連れられて強羅の五人衆は一足先に、笹女神社へ行くことになった。いつもなら祭の打ち上げには寄合所が使われるが、今は県警が詰めている。そのため止む無く磯屋をはじめ数軒の店に分散して、各々で行なうらしい。五人衆も参加するが、その前に神社で祭の反省会という名目の飲み会があるという。

どちらにも言耶たちは誘われたが、両方とも丁重に断った。

「ちょっといいか」

宮司たちが集会用のテントから出るのを待って、御堂島《みどうじま》警部が手招きして、誰もいない場所まで言耶を促した。

「祭に参加してどうだった？　及位廉也が何を探っていたのか、その手掛かりの一端でも見つかったか」

「いいえ、残念ながら……」

言耶が首を横に振っても、御堂島は特にがっかりした様子もなく淡々と、

「骨折り損の草臥《くたび》れ儲《もう》けだったか」

「いいえ、個人的には有意義だったと思います。それと彼の手帳に書かれていた『全ては逆だったのか』の意味は、少なくとも分かった気が——」

「本当か。教えてくれ」

御堂島にしては珍しく、やや気負い込んだ様子である。

「瀦霊様祭には、三艘《そう》の船が登場します。全てが竹の作り物で、本当の船ではありません。この犢幽村《とくゆうむら》の浜から出る大きな唐食船《からたぶね》が一艘、次いで絶海洞《たるみどう》の中の祠《ほこら》に祀《まつ》られた小さな亡船が一艘、そして閖揚村からこちらへ向かう小さな唐食船が一艘です」

「その三艘の船が、あの瀦霊様の岩礁を目指して、それぞれ進んだわけだ」

「はい。そして一つに纏《まと》められて、海の彼方《かなた》へと流される。これが瀦霊様祭なのですが、本来は逆だったのではないかと思われます」

「どういう意味ですか」

いきなり偲の声がして、言耶はびっくりした。見ると彼女の横には、秀継もいるではないか。御堂島に目をやると、別に二人を気にしていないようなので、彼はそのま

ま続けた。

「この場合の『本来』とは、祭ではなく実際の出来事を指している」

「何です？」

「船の難破だよ。岩礁のため商船などが座礁する。それを犢幽村の人々は助けて、浜まで引っ張り上げる。しかし亡くなる乗組員もおり、そういう人たちは絶海洞に祀られる。つまり事故のあとは磨霊様の岩礁を基点に、難破船は犢幽村の浜辺へと、乗組員の死者は絶海洞の中へと、それぞれ移動させられたと見做《みな》せるわけだ」

「あっ、それが祭では、逆の動きになってるんですね」

偲が両手を叩いて興奮したが、すぐに小首を傾《かし》げると、

「けど閖揚村は、いったい何の関係があるんですか」

「あの村の名前の『揚げる』とは、元々は『上下』の『上げる』と書いていたんだと思う」

言耶は「閖上」という表記だけではなく、「淘揚」や「淘上」の可能性もあっただろうと、三人に断ったうえで、

「なぜ閖上と呼ばれたかというと、風波によって砂や漂着物が、浜に『揺り上げて』来たからに違いない。強羅地方の場合、犢幽村の賽場《さえば》から閖揚村の浜辺へと向けて、そういう揺り上げが起きるのではないか。そのため難破船の残骸や積荷が、閖揚村の

浜に流れ着いたとしたらどうだろう。犢幽村の次に拓《ひら》かれたのが、東隣の塩飽村ではなく、更に石糊村と磯見村を飛ばした先の、閖揚村だったという事実も、この辺りに事情があるのかもしれない」

「それでやないですか」

ぱっと閃《ひらめ》いたと言わんばかりに偲が、

「ほら、私が報告したように、犢幽村の笹女神社の籠室《かごむろ》家と、閖揚村の筆頭地主やった大垣家との間に、代々に亘って確執が――」

「祖父江君」

言耶の窘《たしな》めるような声音に、一瞬きょとんと偲はしたが、すぐ横にいる秀継の存在に気づいたようで、

「ああっ、ご免な。私……」

「いいんです。先輩の仰《おっしゃ》る通りですから」

「せやから私は、あなたの先輩と違ういうてるやん」

話が逸《そ》れそうだったので、言耶は割って入った。

「それでは大垣君には申し訳ないけど、そのまま祖父江君の意見を聞くとしよう」

すると何事もなかったように、すぐに偲が続けた。

「せやから難破船の積荷とか、ほんまやったら船と乗組員を助けようと努力した、犢

幽村のもんになるところやのに、それを閖揚村が横取りすることが度々あったから、それぞれの村を代表する有力な家同士が、自然と仲が悪うなったんやないですか」

「それはない」

しかし言耶が鰾膠《にべ》もなく否定したので、偲は不満そうである。

「ええっー、何でです？」

「いくら船や乗組員を助けようと、積荷に手を出すのは立派な犯罪だからだよ。それに万一その船が藩のものだった場合、航路沿いの海岸線の捜索が、とにかく徹底的になされたはずだ。そこで牛頭《ごず》の浦《うら》に於ける難破の事実が突き止められて、かつ積荷を盗んだことがばれると、恐らく村の者全員が罪に問われて、相当な咎《とが》を受けたに違いない」

「打ち首獄門とか……」

「村の有力者たちは、それくらいの処分を受けたかもしれないな。仮に本当の事故で、村人たちは何の罪も犯しておらず、不幸にも積荷は流されただけだったとしても、いったん盗みの疑いを役人に掛けられてしまったら、きっとお終《しま》いだったろう」

「怖あぁっ」

慄《おのの》く偲の横で、秀継が頻りに頷《うなず》いている。

「だから狼煙場《のろしば》や遠見峠《とおみとうげ》や物見櫓《ものみやぐら》が、この村の人たちには必要だったんですね」

「うん。難破による事故さえ起きなければ、そんな災厄に巻き込まれる懼《おそ》れもない。それで犢幽村の人々は、できるだけ多くの予防措置を取ろうとした」

「なるほど。さすが先生やわ」

「昔の犢幽村は、色々と大変だったんですね」

素直に感心と同情をしている偲や秀継とは違い、御堂島は険しい表情で、

「祭の話に戻してもらえるかな」

「潞霊様祭で難破の事故を逆に再現するのは、海難に遭う前の状態に船を戻すためではないでしょうか。そうやって乗組員だった死者たちを、元いた場所へ還そうとする。それが潞霊様祭の正体ではないか、と僕は解釈しました」

「普通なら供養祭にするところを、なかなか斬新だな」

事件とは関係のない話ながら、さすがに御堂島も感じるものがあったらしい。

「けど先生――」

偲が不思議そうに尋ねた。

「潞霊様にしても絶海洞にしても、ちゃんと仏さんは供養されてますよね。それと祭は矛盾しないんですか」

「そ、そこだよ、祖父江君」

言耶の反応に、びくっと偲と秀継は身構えたが、御堂島は普通にしている。

「琣霊様祭の真の目的は、いったい何処にあると思う？」

「えーっと、仏さんの供養……」

「それなら君の言うように、琣霊様や絶海洞を祀ることで足りるじゃないか」

「……死者の復活」

ぼそっとした秀継の呟《つぶや》きに、言耶が応じた。

「ある意味そうなんだ。ただし、復活という言葉が持つ明るい希望は、この場合ない。むしろ逆に、暗い絶望が纏《まと》いついている」

「何でです？」

「絶海洞に埋葬され、そこで供養されている死者たちを、無理に亡船に乗せたうえ、海の彼方へ追いやるからだよ」

「元いた場所に還すんやのうて……」

「婉曲《えんきょく》な表現をすればね。だけど行なっていることは、死者の魂の追放ではないだろうか」

「どうして、そんなことを？」

これには御堂島も興味を引かれたらしい。

「怪異を懼れる余り……ではないでしょうか」

怪訝《けげん》な顔の御堂島に、言耶は例の四つの怪談を思い出させてから、

「瀦霊様は獲備数様《えびすさま》だという見立てが、ここには昔からあります。この獲備数様は、笹女神社の祭神です。また漁師たちが海で見つけた遺体も、エビスと呼ばれてきた。そうしたエビスが祀られることで、獲備数様になられる。そう見做すこともできます。しかし、このエビスを上手く祀れなかった場合は、海に出没する亡者《ぼうもん》となる。亡者が奥埋島《おうしま》に渡ると、夜中に飛び交う人魂《ひとだま》と化す。人魂が陸まで飛んで竹林に入り、竹魔《ちくま》となる。竹魔が喰壊山《くえやま》に登ると、山鬼に変化《へんげ》する。そういう伝承が、ここでは長年に亘って生き続けてきた。そして四つの怪談に代表されるように、その怪異を村人たちは嫌でも肌で感じざるを得なかった。だから障《さわ》りの大本である絶海洞の死者たちを、瀦霊様祭によって海の彼方へ捨て去ろうとした。そうやって怪異の元凶そのものを、何とか無にしようとした。それが今の瀦霊様祭の、そもそもの起こりではないか。そんな風に僕は解釈したわけです」

偲と秀継だけでなく、御堂島も黙ったままである。容易には口を利けない雰囲気が、その場に漂っている。

「そういう怪異の伝承が存在する一方で、ここでは村が飢饉《ききん》に見舞われたとき、瀦霊様が唐食船を遣わして下さるという言い伝えもある。食べ物を一杯に積んだ唐食船が、海の彼方からやって来て、飢えに苦しむ村人を救って下さる。これはもう立派な信仰ですね。この唐食船の『唐』とは、昔の中国にあった唐の国を指しています。つまり海の向こうの異国からの渡来を、この一文字で表現している。唐紙や唐鍬《とうぐわ》や唐黍《とうきび》や毛唐なども、同じ意味からそう呼ばれてきたわけです。そんな村人にとっては宝船のような名称を、豬霊様祭では亡船を除いた二艘の船につけている。普通なら死者を送り返す船に、それほど大事な名前は与えないはずです。にも拘らず唐食船の名を使ったのは、死者たちに対してせめてもの敬意を表したかったためか、目出度《めでた》い名称によって少しでも祭の忌まわしさを払拭させたかったからか……。いずれにしても唐食船が持つ機能を、何とか利用しようとした。それはほぼ間違いないでしょう」

相変わらず誰もが喋《しゃべ》らない中で、

「これから私は、いったん県警に戻る」

唐突に御堂島が口を開いたと思ったら、さっさと三人を残して歩き去った。

「あの警部さん、何か取っつき難いですよね」

偲の実直な感想に、言耶は苦笑しながら、

「そんな風に見せつつも、こっそり捜査上の情報を教えてくれたりするからな」

「ええっ、ほんまですか」

偲はかなり驚いたらしい。

「なーんや、ええ人やないですかぁ」

「そう単純に喜べるかどうか、まだ分からないけど……。さて、神社に帰る道すがら、二人の聞き込みの成果を聞こうかな」

ところが結論から言えば、二人の報告には残念ながら、ほとんど何の収穫もなかった。偲には籠室篠懸《すずかけ》から、及位廉也と竹屋の亀茲将《きじまさる》と日昇紡績《にっしょうぼうせき》の久留米三琅《くるめさぶろう》の情報を聞き出すように、そして秀継には村人から、本事件に対する反応を探るように頼んであった。しかし前者は、既に言耶が知っていることしか分からず、後者はほぼ無反応という有り様である。

にも拘《かかわ》らず偲は、かなりご機嫌だった。

「それでね、篠懸さんが言わはるんですよ。私も祖父江さんのような、美人で可愛いサラリーガールになりたいです――なんてね。うち、そんな風に見えるんでしょうかねぇ」

もちろん言耶は無視して、秀継に確認した。

「村の人たちは、何も喋らなかったの？」

「普通に挨拶をしてくれて、無視はされませんでした。ただ、竹林宮の変死に触れると、誰もが口を閉ざしてしまって……」

「何も知らないからか。それとも関わりを恐れてだろうか」

「両方だと思います。その癖やたらと私や祖父については、向こうから質問して来るんですからね。閉口しました」

「それはご苦労様でした」

三人が籠室家に着くと、玄関で篠懸が出迎えてくれた。

「祖父が、宜《よろ》しければ先生方も、と申しております」

既に強羅の五人衆の宴会が、どうやらはじまっているらしい。

「ありがとうございます。でも我々は、まだ仕事の打ち合わせもありますので、失礼させて頂きます」

言耶が無難な言い訳をして断ると、彼女もそれ以上は無理強いしなかった。ただ突然、お礼の言葉を口にしたので、言耶はきょとんとした。

「はっ、何のことでしょう？」

「つい先程、竹屋の竹《たけ》ちゃんが来たんです」

篠懸によると、最初は叔父の亀茲将のあとを尾《つ》けて、籠室家に入り込んだらしい。そこで彼女と知り合ってからは、独りでも遊びに来るようになったという。

「そいであの子、どげんして先生にばぁお会いして磯屋までお連れしたか、ほんに詳しゅう教えてくれました。甘いもんまでご馳走《ちそう》して貰《もろ》たて、そりゃ喜んどりまして――あっ、方言が丸出しじゃった」

篠懸は色白の両の頰を赤く染めると、

「あん子がすっかりお世話になり、ありがとうございます」

丁寧に頭を下げてから、恥ずかしそうに奥へと引っ込んだ。

「彼女が喋ると、ここの方言も可愛く聞こえますね」

宮司が落ち込むような台詞《せりふ》を、さらっと偲が口にしている横で、

「ところで先生、仕事の打ち合わせとは、どういったことでしょうか」

秀継が真面目な顔で訊いて来たので、言耶はずっこけた。

それから三人は、先に風呂を使わせて貰った。さっぱりして夕食の席に着いたところで、五人衆が村の打ち上げに参加するため、もう籠室家を出たことを知った。

「だったら篠懸さんも、一緒に食べませんか」

言耶の誘いを、とんでもないと言わんばかりに彼女は固辞した。しかし偲も熱心に勧めたお陰で、最後は承知してくれた。

夕食の席では専ら言耶が喋り、それに偲が突っ込みを入れて、篠懸が楽しそうに笑う、という繰り返しだった。そんな中で偲は、篠懸と秀継の仲を取り持とうとしたらしい。でも余り上手くいかなかったようである。一番の原因は、秀継の乗りの悪さだろうか。

彼は鈍くて真面目過ぎます。

そう言いたげな顔を偲は、何度も言耶に向けた。彼女の度重なる振りにも拘らず、それを秀継が全く活かすことができなかったからだ。

　こういうことは、当事者同士の問題だから……。

　言耶としては、そういう気持ちを込めて偲に視線を返したのだが、まず間違いなく通じていなかったと思われる。

　よって夕食後、離れに引き取ったところで、偲の恋愛指南がはじまるかと思われたのだが、

「先輩、ちょっと失礼します」

　珍しく彼女を遮るように、秀継が口を開いた。

「先生、当初の予定の中には、ここから塩飽村と石糊村と磯見村を経て、閖揚村まで行くという計画もあったわけですが、どうされますか」

「そうだったね」

　できれば言耶も、強羅地方の五つの村を巡りたかった。だが犢幽村で奇っ怪な事件に遭遇してしまった。このまま立ち去るのは、ちょっと心残りである。

　そういう複雑な心境を、彼が素直に吐露すると、

「分かりました。それでは先に、祖父をはじめ五人衆の方々に、今の話だけでもして来ます」

　と言うが早いか、さっさと秀継は村へ下りて行った。

「あれくらいの積極性が、篠懸さんに対してもあったらええのに」

偲のぼやきを、やんわりと言耶が窘める。

「祖父江君、あんまり世話を焼き過ぎると、逆効果になるよ」

「恋愛音痴の先生に、そんなこと言われるやなんて……」

それから秀継が帰って来るまで、彼の代わりに偲の恋愛指南を、何と一から言耶が受ける羽目になった。

当の秀継は、しばらくして意気揚々と戻って来た。

「塩飽村の米谷医師も、石糊村の井之上村長も、磯見村の鹿杖寺の善堂住職も、自分の家に泊まってくれて構わないと、皆さん仰《おっしゃ》ってました。もちろん祖父の大垣秀寿も同様です」

「それは有り難い。大垣君もありがとう」

言耶が秀継を労《ねぎら》っている側で、偲は浮かない顔をしつつ、

「確かに有り難いですけど、米谷医師と善堂住職の所に泊めて貰うのは、できれば避けたくありませんか」

集会用テントでの二人の会話を思い出したのか、そんな不安を口にした。特に善堂住職には言い寄られていたため、鹿杖寺に世話になるのは嫌なのだろう。

そこで言耶は、彼女を安心させるように、

「大丈夫だよ。塩飽村に一日滞在して、その夜は石糊村の井之上村長宅に泊めて貰

い、翌日は磯見村に一日滞在して、その夜は大垣家にお世話になれば、別に問題もないだろ」

「さすが先生！」

偲が喜んでいる間に、秀継を前にして先程の恋愛指南を蒸し返されないようにと、言耶は素早く話題を変えた。

「僕は午前中に、再び竹林宮へ行って来たんだけど――」

これに偲は、すぐさま乗って来た。伊達《だて》に刀城言耶の秘書を名乗っているわけではない、と本人なら言うだろうか。

だが、いくら三人で検討しても、竹林宮の密室の謎は解けなかった。偲は「毒蛇説」が最も有力だと思ったようだ。自分が竹林宮へ行く途中の竹林で、実際にそれらしき気配を覚えたからだろう。しかし言耶が却下したように、「毒蛇説」には難点が多過ぎる。

結局、及位廉也に何らかの知覚障害がなかったか、その情報を御堂島警部から得られるまで、ここは待つしかないという結論に達した。

翌朝、刀城言耶たちが洗面を済ませて朝食の席に着くと、

「どうやら祖父は、瞑想《めいそう》に出掛けたようです」

申し訳なさそうな様子で、篠懸に言われた。

「朝早くにですか」

「日の出と共に瞑想に入るために、恐らく夜明け前に出たのでしょう」

物見櫓の板上に座る宮司の神々しい姿を、岬の付け根からでも良いので目にしたいと言耶は思ったのだが、そこで篠懸の様子が少し変なことに気づいた。

「どうかされましたか」

「……いえ」

篠懸は首を横に振ったが、やはり何処か妙である。言耶に代わって偲が尋ねると、ようやく彼女は弱々しい声で、

「祖父の部屋を見た瞬間、なぜか胸騒ぎを覚えて……」

「宜しければ宮司さんの部屋を、ちょっと拝見したいのですが」

篠懸は驚いたようだったが、こっくりと頷いて、改めて言耶に頼んだ。

「よろしくお願いします」

彼女の案内で宮司の部屋へ行くと、敷かれたままの乱れた蒲団《ふとん》と、その横に脱ぎ散らかされた作務衣《さむえ》が、まず目に入った。

「昨夜のうちに祭の打ち上げから帰られて、ちゃんと寝られたようですね」

「いつ戻ったのかは知りませんが、たとえ数時間でも睡眠を取ったのなら、私も安心ばぁできるのですが……」

と言いながらも篠懸は、何か引っ掛かるものがあるらしい。

「何か問題でも？」

「祖父は蒲団の上げ下ろしを、いつも自分でやります。こんな風に放って出掛けるなんて、よっぽど急いでいたとしか思えません」

「なるほど」

言耶は相槌《あいづち》を打ちながらも、脱ぎ散らかされた作務衣と敷きっ放しの蒲団が、逆に宮司らしいと感じたのだが、

「瞑想に出掛けたのだとすれば、何も急ぐ必要はなかったと思うんです」

もっともな篠懸の意見を聞いて、彼も少し気になり出した。

「他に変わったところは、何かありませんか」

篠懸が一通り室内を検《あらた》めた結果、箪笥《たんす》から白い着物と水色の袴《はかま》が、一揃えなくなっていることが分かった。

「……やっぱり祖父は、瞑想に行ったようです」

「物見櫓を見て来ましょうか」

それでも不安を拭えないらしい篠懸に、言耶が申し出た。

「ありがとうございます。でも、大丈夫です。瞑想の邪魔はしたくありませんし、また他の場所かもしれませんので……」

「竹林宮と、もう一箇所あるそうですね」

「はい。ただ竹林宮ですと、外から確かめる術がありません。あと一つは、私も場所を知らない秘密所で……」

「長いときは、丸々一日も瞑想されるとか」

「物見櫓よりも竹林宮、竹林宮よりも三つ目の秘密所という風に、瞑想する場によって時間も延びているようなんです。変な言い方ですが、日常的な瞑想は物見櫓で行ない、より高度な瞑想は秘密所でするとか……。また滅多にありませんが、場所を移動しながら連続で瞑想することもあるらしくて……。その場合は大から小へ、つまり秘密所から竹林宮、そして物見櫓へと瞑想の場を変えて行くか、逆に小から大へ移動するか、どちらかのようです。もちろん次へと進むのは、その場での瞑想を終えてからです」

いったん彼女は、息継ぎをするように口を閉じてから、

「竹林宮の事件があって、恐らく祖父は瞑想というよりも、もっと祈りに近いものを執り行なおうとしているのではないか……という気がします。そのためには、きっと秘密所が相応《ふさわ》しいのでしょう。とはいえもう歳ですから、仮に秘密所へ行ったにしても、それほど長くは瞑想できないかもしれません」

そう応えながらも篠懸は、かなり心配しているらしい。そこへ追い討ちを掛けるよ

うに、とんでもない連絡が大垣家から入った。

「またしても閖揚村で、食中毒が起きたようです」

電話に出た篠懸によると、今度も原因は茸汁だという。ただし前回の事件があるため、大垣秀寿が自ら茸の選別を行なった。にも拘らず被害者が出た。昨日の祭で振舞われた茸汁を食べた者のうち、二十数人が嘔吐《おうと》と下痢の症状に見舞われたという。しかも今回は、そのうち三人の子供が重体になっていると聞いて、言耶たちは暗い気持ちになった。

「誰かが、わざと毒茸を入れた……」

偲の呟きに、はっと秀継が息を呑んだので、

「あっ、違うんよ。大垣君のお祖父《じい》様が、そうしたって意味やないからね」

彼女が慌てて補足をした。

「お祖父様は毒茸が入らんように、もちろん注意した。けど誰かが茸の選別作業のあとに、こっそりと入れたんやないか……って思ったの」

「そうとしか考えられません」

はっきりと秀継は言い切ったが、その口調は妙に弱々しい。

「大垣君、実家に戻った方がいいんじゃないか」

言耶が水を向けたが、彼は首を横に振った。

「私は仕事で来ています。それを放り出して、家になど帰れません」

「しかし――」

「そんなことをすれば、祖父を助けるどころか、逆に怒られてしまいます。また仮に私が駆けつけたとしても、何の役にも立ちませんから……」

その後、言耶に加えて偲と篠懸の二人も、家に顔を出した方が――と言ったのだが、頑として秀継は聞き入れなかった。根が真面目なだけに、こうなると厄介である。宮司がいれば説得して貰うこともできたかもしれないが、それも望めない。

朝食のあと言耶は、物見櫓の物見板が見えるところまで、念のために行ってみた。しかし、そこに宮司の姿はなかった。次いで竹林宮に足を向け掛けたものの、篠懸が言った通り確認はできないので、行くだけ無駄だろうと諦めた。三つ目の秘密所となると、全くお手上げである。

まぁ子供じゃないんだから……。

しかし、そんな風に思っていられたのも、午後から降り出した小雨が、ようやく上がりはじめた夕方までだった。もう日が暮れようというのに、相変わらず宮司が戻らない。そこで言耶は竹林宮へ、秀継は物見櫓へと様子を見に行き、偲は寄合所に残る県警の刑事に、この件を知らせることになった。

竹林宮では外から声を掛けたあと、中心の草地まで入ってみたが、何処にも宮司は見当たらない。しかも言耶が二度目に行ったときから、何の変化もないように見受けられた。

物見櫓も外から板の上を確かめ、梯子《はしご》を上がって床穴から櫓小屋の内部を覗いたが、やっぱり宮司はいない。ただ雨傘と雨合羽《あまがっぱ》が広げて干されていただけだと、秀継は報告した。

偲の知らせを受けた県警の森脇《もりわき》刑事は、警部の御堂島には伝えるが、今すぐ警察が動くことはないと答えた。

こうして籠室家に宮司が戻らないまま、夜は更けていった。

そして翌朝、本人だけが瞑想のために上がっていたと思《おぼ》しき、他には誰もいないはずの物見櫓の上で、籠室岩喜宮司が忽然《こつぜん》と消える、とんでもない変事が出来《しゅったい》するのである。

第十三章　物見櫓の消失

九月が終わって十月を迎えた日の朝、元気のない籠室篠懸《かごむろすずかけ》を慮《おもんぱか》って、祖父江偲の指示の下、刀城言耶と大垣秀継《おおがきひでつぐ》も朝食作りに加わっていると、玄関の方が俄かに騒がしくなった。

篠懸が様子を見に行ったが、すぐに真っ青な顔で戻って来て、その場に頽《くずお》れてしまった。

「どうしたんです？　大丈夫ですか」

言耶が慌てて彼女の側《そば》まで行くと、それに偲も続いた。秀継は中腰のままで、おろおろしているだけである。

そこへ森脇《もりわき》と村田《むらた》の二人の刑事が、いきなり顔を出したため、言耶が途端に嫌な予感を覚えていると、

「実は今朝、こちらの宮司が物見櫓《ものみやぐら》から落ちた……と言う者がおりまして」

驚くべき知らせを、一切の感情を交えずに森脇が口にした。

「…………」

これには言耶たち三人も、ただ絶句するしかなかった。

「それを見たのは、いったい誰です？」

ようやく言耶が尋ねたが、森脇は苦い顔をしながら、

「それが、蓬莱《ほうらい》という身元不明の女のため、こちらも何処まで信じて良いのか、ちょっと迷ったのですが――」

「あ、あの人は……」

篠懸が頭《こうべ》を垂れた状態で、無理に声を絞り出すように、

「祖父が物見櫓で瞑想《めいそう》ばぁするとき、いつも小屋の小窓から見守ってくれてる……という風に、祖父から聞いております」

「佐波男《さばお》という年配の漁師が、全く同じことを言ってましてね」

渚霊様祭《はえだまさま》で宮司と言耶を乗せた小舟を漕《こ》いだ、あの老人である。

「我々としては昨日、宮司の行方が分からない、という知らせを受けたこともあって、念のためこちらへ伺ったわけです」

「詳細を教えて頂けませんか」

言耶の願いに一瞬、森脇は逡巡《しゅんじゅん》したように見えた。横にいた村田も、意味有り気な視線を先輩刑事に向けている。

だが、もしかすると御堂島《みどうじま》警部から、刀城言耶という人物には協力するように、とでも指示があったのかもしれない。彼は気持ちを切り替えるような素振りを見せたあと、飽くまでも事務的に語り出した。

それによると今朝の夜明け前に、例の掘っ立て小屋で寝ていた蓬萊は、角上《つのうえ》の岬を通る足音に気づいたらしい。宮司が瞑想のために物見櫓に上がるのは、いつも夜明け前後である。そこで蓬萊が小屋の窓から外を覗《のぞ》いて見上げると、ちらっと水色の袴《はかま》が見えたあと、白い着物の人物が岬の先へと歩いて行く姿が目に入り、やっぱり宮司だと喜んだという。

ところが、いつもなら余り待つことなく物見板に出て来るのに、なかなか姿を現さない。何かあったのかと心配していると、ようやく宮司が姿を見せて瞑想がはじまった。それで安心して見守りをはじめた。とはいえ彼女も、ずっと物見板を見続けていたわけではない。まだ眠気が残っており、ついうとうとしてしまう。

こっくりと何度目かの舟を漕いで、はっと蓬萊が我に返ったときである。物見板の上から、宮司の姿が消えていた。

普通なら瞑想が終わって、櫓に戻ったと思うところだが、このときの蓬萊は違った。なぜなら転寝《うたたね》から我に返って物見櫓に目を戻したとき、すっと岬の向こう側へと落ちて行く、宮司らしき姿が目に入ったような気がしたからだ。

宮司は泳ぎが得意ではない。それを篠懸から聞いていた蓬莱は慌てて小屋から出ると、角上の岬に攀《よ》じ登り、その突端まで駆けつけた。そうして賽場《さえば》を覗き込んだところ、ちょうど波間に白い着物が呑まれるのが見えたらしい。

ほぼ同じ頃、佐波男が角上の岬近くの浜にいた。彼は漁師を引退していたが、つい昔の癖で明け方の海の様子を確かめるために、そうやって浜に立つのだという。このときもそうだった。すると岬の先で、蓬莱が両手を振り回して、妙な踊りをしていることに気づいた。そのまま放っておくと海に落ちそうだったので、近づいて連れ戻そうとしたら、「宮司様が物見櫓から落ちた」と身振り手振りで訴えたので、急いで駐在の由松《よしまつ》に知らせた。そして由松から、寄合所に泊まっていた森脇にすぐ連絡が行った。そういうことらしい。

「今、村の漁師たちに協力を仰いで、物見櫓の下の海を捜索して貰っています」

森脇はそう言いながらも、

「ただ蓬莱という者は、ちょっと普通ではなさそうなので、こうして確認のために、こちらにもお邪魔したわけです」

そこで言耶が昨日の朝のことを、改めて森脇に説明した。

「宮司さんの部屋には、寝た形跡のある敷かれたままの蒲団《ふとん》と、その横に脱ぎ散らかされた作務衣《さむえ》がありました。そして篠懸さんに見て貰ったところ、箪笥《たんす》から白い着物と水色の袴の一揃《ひとそろ》えがなくなっていました」

「つまり宮司は村での打ち上げのあと、家に戻って就寝された。そして夜明け前に起床して、着替えをしてから、物見櫓へ行った――」

と言い掛けて森脇は、物凄《ものすご》く仰天したような表情で、

「そこで今朝まで丸々一日も、宮司は瞑想をされていたわけですか」

「いえ、物見櫓には行かれていないようです」

瞑想の場所は三箇所あって、うち一つは不明だという言耶の言葉に、森脇は苦い顔をした。宮司の昨日の足取りを摑《つか》むのに、これは苦労しそうだと考えたからだろう。

「ちなみに一昨日の夜、宮司が帰宅されたのは、何時頃です？」

「……わ、分かりません。普段から、そういったことは、余り気にして……」

そこで突然、篠懸が再び頽れた。しかも今度は、おいおいと号泣しはじめたので、すぐに偲が横について、彼女の背中を摩《さす》り出した。

「取り敢《あ》えず篠懸さんには、少し横になって貰うということで、宜《よろ》しいですか」

言耶が許可を求めると、森脇が答えた。

「もちろんです。御堂島警部が来られるまで、ここで休んでいて下さい」

「祖父江君、お願いできるかな」

言耶が頼む前から、既に偲は優しく篠懸を抱き起こしていた。それから二人で、す

ぐに台所を出て行った。

「刑事さんは今から、物見櫓に行かれるのですか」

「ええ、まぁ」

言耶の問い掛けに答える森脇の物言いが、何とも歯切れが悪かったのは、

「僕たちも、ご一緒して構いませんか」

こう訊かれるのを、恐らく警戒してだったのだろう。

「ご迷惑は掛けません。よろしくお願いします」

飽くまでも低姿勢ながら、何処か強引な言耶に押される格好で、森脇は同意した。

相変わらず村田は、そんな先輩刑事を心配そうに見詰めている。

村を抜けて浜に出ると、潞霊様祭のときとは比べ物にならないほどの、物凄い人出だった。特に酷《ひど》かったのは、角上の岬の上である。

これは……。

言耶は呆気《あっけ》に取られたが、そこに多くの女性と子供が交じっていることに気づき、なるほどと合点がいった。

「こらこら、道ばぁ開けて、お通しせんか」

岬の付け根で森脇と村田を待っていたらしい駐在の由松が、村人たちを邪険に蹴散らしはじめたが、そこに言耶の姿を認めて、ぎょっとした顔になった。

「状況は？」

由松の反応が目に入ったはずなのに、森脇は何ら取り合うことなく、

「その後、進展はあったか」

宮司の捜索について、素っ気なく駐在に尋ねた。

「いいえ、残念ながらありません。衣服なども、まだ発見されておりません」

言耶たちは村人を掻《か》き分けるようにして、どうにか物見櫓まで進んだ。

岬の突端から賽場を見下ろすと、漁師たちの小舟が十数艘《そう》も浮かんでおり、何人もの男たちが交代で海に潜っていた。しかし、海面に顔を出した者は、誰もが首を横に振っている。そんな光景が、繰り返し続くだけだった。

「上がっても宜しいですか」

言耶が物見櫓を見上げると、さすがに森脇も眉間に皺《しわ》を寄せて、

「御堂島警部が到着されるまでは、駄目です」

「やっぱりそうですよね」

かといって言耶は失望した素振りなど見せずに、一つの提案をした。

「もちろん森脇刑事も、既にお考えだと思いますが、警部さんが来られるまでの間に、宮司さんの一昨日の夜から今朝までの足取りを、僕たちで調べておきませんか」

「僕たち？」

森脇の口調が変わったのを敏感に察して、言耶は畳み掛けるように、

「一昨日の夜、宮司さんが祭の打ち上げに参加するために、籠室家から村まで下りられたのは間違いありません。ただ問題なのは、宴会場がいくつにも分かれていたことです。もしかすると夜が更けるにつれ、その場所が更に増えた可能性もあります。つまり宮司さんの足取り調べには、それなりの人数が必要になる。でも警察の皆さんの多くは、昨日のうちに引き揚げられている。そこで微力ながら僕たちも、お役に立てればと思ったわけです」

この申し出には森脇も、かなり悩んだようである。どちらかと言えば却下しそうな感じだったが、「相手の記憶が薄れる前に」という言耶の一言で、どうやら決心がついたらしい。

打ち合わせの結果、森脇たちは祭の実行委員会に協力を仰いで、宴会場ごとに名簿を作って聞き込みをする。そして言耶たちは既に帰宅している強羅《ごうら》の五人衆に電話をして、籠室家を出たあとの宮司の足取りを確かめる。という手分けをすることに決まった。

この作業だけで、ほぼ午前中が潰れた。いったん言耶は秀継と共に籠室家へ戻ると、篠懸の様子を偲に尋ねた。それから手伝いの人が作ってくれた朝昼兼用の食事を摂《と》り、県警の刑事たちが詰めている村の寄合所へと、秀継と共に向かった。

ちなみに賽場に於ける宮司の捜索は、いったん午前中で打ち切られた。漁師たちによると、絶海洞《たるみどう》内に流された可能性が高いらしい。そこで午後からは絶海洞の三途《さんず》の川まで小舟を入れて、川浚《かわざら》いが行なわれた。

寄合所で言耶は、森脇たちと互いに得た情報を交換し合い、それを纏《まと》めた。その結果、左記のような何とも奇妙な事実が判明することになった。ただし蓬萊は時計を持っておらず、かつ時間の捉え方も曖昧なため、彼女の証言に於ける時刻は推定になっている。

一昨日の午後七時頃、宮司を含む強羅の五人衆が籠室家を出て村へ向かう。家では普通に酒を飲んでいたが、なぜか途中から宮司は飲酒を止《や》めている。

同午後七時十分頃、五人衆は六つに分かれた宴会場に散らばる。このとき宮司は磯屋に入っている。

同午後七時二十分頃、宮司が磯屋を抜け出す。ここで酒を飲んだ気配は一切ない。

同午後七時二十分頃から五十分頃まで、宮司が磯屋を除く五つの宴会場に顔を出す。ただし、何処でも長居はせずに飲酒もしていない。

同午後七時五十分頃以降、宮司の所在が不明となる。彼は六つの宴会場の全てで目撃されていない。五人衆を含めた村人たち全員が、「宮司は何処かの宴会場にいる」と思い込んでいた。

同午後？時頃、宮司が籠室家に帰る。彼の部屋には作務衣が脱ぎ捨てられ、寝た形跡のある蒲団が敷かれたままだった。

昨日の午前？時頃、宮司が起床する。白い着物と水色の袴に着替えて、家を出る。

同午前から午後の丸一日、宮司の行方は完全に不明。

今日の午前五時三十分頃、宮司が物見櫓に向かうところを、蓬莱が目撃する。

同午前五時三十五分から四十分頃、宮司が物見板に出て来る。

同午前七時頃、宮司が物見板から落ちる？

同午前七時過ぎ、角上の岬の突端で踊っているような蓬莱の姿を、漁師の佐波男が見つける。

大きな謎が二つあった。一つ目の謎は「一昨日の午後七時五十分頃以降、帰宅するまでの間、いったい宮司は何処にいたのか」である。そこで何をしていたのか。また は誰かと会っていたのか。宴会を抜け出してでも、そうする必要があったのか。

宮司が酒を飲まなかった事実から、誰かと面談の約束があったのかもしれない、という見方が高まった。では、いったい何処で、誰と会っていたのか。これほどの騒ぎになっているのに、その人物は、どうして名乗り出ないのか。

すぐに村田刑事が笹女神社《ささめじんじゃ》へ走り、篠懸に心当たりがないか尋ねた。すると彼女は、亀茲将《きじまさる》の名前を挙げた。だが、その理由を村田が訊くと、「分かりません」と首を振った。尚も執拗《しつよう》に村田は尋ねたが、偲に「篠懸さんに絡まんといて下さい」と睨《にら》まれたらしい。そうぼやく村田に、偲の代わりに言耶が謝った。

この問題について言耶は、同じく一昨日の午後七時五十分頃以降に所在不明の者が他にもいないか、その確認が重要だという点で、森脇と意見が一致した。御堂島たちの到着を待って、更なる聞き込みが続けられることになった。

二つ目の謎は、「昨日の丸一日、いったい宮司は何処にいたのか」である。ただ、これには「瞑想をしていた」という蓋然性の高い解釈があった。更に蓋然性を高めるためには、「誰も知らない三つ目の場所で瞑想をしていた」と表現するべきかもしれない。

ちなみに言耶は、次のように考えた。

「昨日の明け方から夕暮れまでを三つ目の場所で、昨日の夕暮れから今朝までを竹林《ちくりん》宮《ぐう》で、そして今朝は物見櫓で瞑想をする。それが宮司さんの予定だったのかもしれません」

これを聞いた森脇が、

「だから宮司は疲れており、誤って物見櫓から落ちたわけか」

納得したような言葉を返した割には、なぜか腑に落ちない顔をしていることに、言耶は妙な胸騒ぎを覚えた。

「事故ではないと、もしかしてお考えですか」

「最初から決めつけることは、警察としてもできないでしょう。一昨夜からの宮司の足取りが不明なうえに、及位廉也《のぞきれんや》の件もありますからね」

にも拘《かかわ》らず森脇は、物見櫓の密室状況については、ほとんど問題にしなかった。恐らく御堂島も森脇に同調するのではないか、と早くも言耶は憂えた。なぜなら他殺説を検討する場合、この密室の謎が目の前に大きく立ち塞がるからだ。

左記は蓬莱と佐波男の証言を基に、より詳細に纏め直したものである。前記と同様、時刻の多くは推定になっている。


今日の夜明け頃（のちに午前五時三十一分と確認される）、角上の岬を物見櫓へ向かって歩いている何者かの気配を、蓬莱が察して目覚める。掘っ立て小屋の窓から岩壁の上を覗くと、白い着物と水色の袴が目に入ったので、蓬莱は宮司だと認める。

同午前五時三十五分頃、宮司が物見櫓に上がる。普段ならすぐ物見板に姿を現すのに、なかなか櫓小屋から出て来ない。

同午前五時三十五分から四十分頃、ようやく宮司が物見板へ姿を現す。頭を起こして背筋を伸ばした状態で、正座の姿勢を取っている。いつも通り両手は前で合わせているらしく、そのまま瞑想に入ったように見える。

同午前七時頃、蓬莱が少し目を離した隙に、いきなり物見板から宮司の姿が消える。その前から宮司の姿勢に、若干の崩れを彼女は認めていた。そのため具合が悪いのではないかと心配したという。蓬莱が眠気から、つい頭《こうべ》を垂れてしまったのは、ほんの数秒だったらしい。それ以上、宮司から目を離したことは、絶対にないと証言している。

ここで問題となるのが、宮司が物見板から落下する瞬間を、蓬莱が目撃したわけではないという点である。彼女が目にしたのは、飽くまでも岬の向こう側に消えたように見えた、何かの影に過ぎない。ただし、それを彼女は宮司と確信した。それで慌てて岬に攀じ登って物見櫓まで走り、その場から賽場を見下ろして、波間に消える寸前の白い着物を目撃する。

同午前七時過ぎ、夜明けと共に起床した佐波男が、村内を巡る日課の散歩のあと、いつものように浜で海を眺めていると、角上の岬の突端で踊っているような蓬莱の姿を見つける。急いで駆けつけると、宮司が物見板から落ちたと身振り手振りで訴えられた。賽場を見下ろして一通り探したが、それらしき人影は見当たらない。念のために物見櫓へ上がったが、誰もいない。それから駐在に知らせたという。

ここで問題となるのが、蓬萊が物見櫓へ向かう宮司を見てから、彼女自身が角上の岬の突端に駆けつけるまでの間、何人《なんぴと》をも目にしていないという事実である。つまり午前五時三十分頃から、佐波男が様子を見に来た午前七時過ぎまで、角上の岬と物見櫓には宮司だけしかいなかった、ということになる。

この状況と蓬萊の目撃証言——宮司の少し崩れた姿勢——に鑑みると、物見櫓からの墜落は事故だったと見做《みな》すのが妥当だろう。それが最も理に適《かな》った解釈である。だが、そこに竹林宮での及位廉也の不可解な餓死と、一昨夜からの宮司の行方不明が加わると、途端に事故説が怪しく感じられてくる。その点では言耶も森脇も、ほぼ同意見だった。

仮に及位廉也が他殺だった場合、宮司も同じ目に遭った可能性が出て来るのではないか。もちろん同じ犯人によって……。

二人が覚えた疑惑も、全く一緒だった。

「ですがね、あの蓬萊という女の証言が、何処まで当てにできるのか」

しかし森脇は、目撃者としての蓬萊の能力に、余り信用を置いていないらしく、

「角上の岬の付け根の岩壁の下に建てられた、あの掘っ立て小屋の中から、見上げる格好で覗いてたんですよ。それじゃ視界も限られてしまう。宮司の死が他殺で、犯人が物見櫓に出入りしていたとしても、あの女が見逃してしまった可能性は、かなり高いんじゃありませんか」

「その通りですが、もし他殺だった場合、宮司さんは物見板の上から、犯人に突き落とされたことになりますよね」

言耶の確認に、森脇が無言で頷《うなず》く。

「宮司さんの落下を認めて、蓬萊さんが慌てて小屋から岬の上に出るまで、掛かっても十数秒でしょう。その間に犯人は物見櫓から下りて、岬の先から付け根まで逃げる必要があります。いえ、蓬萊さんに姿を見られないためには、付け根どころか村へ逃げ込むしかありません。それを十数秒で行なうのは、まず無理です。いくら急いでも、一分は掛かりませんか」

「うーむ」

角上の岬の様子を脳裏に描いていたのか、少し考える仕草を見せてから、ぽつりと森脇が漏らした。

「……全速力で村まで走ったとしても、確かに一分は必要ですか」

「蓬萊さんの時間の概念は、かなり曖昧です。とはいえ宮司さんの落下から蓬萊さんが岬の上に出て、物見櫓の下に駆けつけるまでの間に、逃げる犯人の姿を見ていないという証言は、確かではないでしょうか」

またしても森脇が無言で頷く。

「佐波男さんが駆けつけるまで、蓬萊さんは角上の突端にいました。まだ物見櫓の上に犯人がいたにしても、こっそりと逃げ出すことはできません。そして佐波男さんは物見櫓の上を検《あらた》めて、誰もいないことを確認しています」

「犯人は宮司を手に掛けたあと、自分も海に飛び込んだのでは？　蓬萊が岬の上に攀《よ》じ登っている間なら、それを見られる心配もない」

「物見板から宮司さんを突き落としたのは、岩礁の多い浅瀬の賽場に落下したらまず助からない、と犯人が考えたからではないでしょうか」

「それは……」

「となると現場から逃げるためとはいえ、そんな危険な行為をするでしょうか」

しばらく森脇は黙り込んだあと、

「やっぱり犯人は、普通に物見櫓へ出入りしたんですよ。その姿を蓬萊が、うっかりと見逃したに違いありません」

如何《いか》にも警察が考えそうな結論に、結局は達したようである。

「ところで——」

これ以上の彼との検討は、余り意味がないと感じた言耶は、ずっと引っ掛かっていた疑問を口にした。

「宮司さんの件は他殺かもしれない、と思われたのは、及位廉也氏の件と宮司さんの一昨夜からの行方不明と、この二つの問題があったからですか」

「どういうことでしょう？」

逆に訊き返す森脇の眼差《まなざ》しが、妙に鋭い。その横で村田が変に緊張しているのも分かり、やはり何かあるなと言耶は確信した。

「いえ、現場に第三者の出入りが全くなかった、と判明した段階で、事故か自殺の見立てをするのが、警察のやり方ではないでしょうか」

「それは、事件によります」

「今回は更に、犯人が被害者を突き落とす瞬間を、目撃者が見ていたわけではありません。蓬萊さんが目にしたのは、落ちたらしい宮司さんと思《おぼ》しき影でした」

「何が仰《おつしや》りたいのです？」

「つまり二つの問題の他にも、他殺を疑うような何かが、例えば物見櫓の上などで、もしかすると発見されているのでは……と、ふと気になったものですから」

「ほうっ」

森脇は繁々と言耶を見詰めたあと、少し逡巡する素振りをしたものの、

「御堂島警部が来られるまで、お答えすることはできません」

はっきりとそう告げた。その途端、ほっとした顔を村田が見せた。先輩刑事が暴走するのではないかと、恐らく心配していたのだろう。

当の御堂島が到着したのは、それから間もなくだった。森脇の報告に耳を傾けているとき、かなり険しい顔をしていたが、終わると表情を戻して言耶を手招いた。

「これから物見櫓に上がるが、あなたも行くかね」

「宜しいんですか」

喜びながらも言耶が確認すると、

「既に鑑識の仕事は終わっている。別に問題はない」

そっけない返答があった。ただし同行できるのは言耶だけで、秀継は許されなかったので、そのまま彼は籠室家へ戻ることになった。

寄合所から物見櫓までの道すがら、言耶は森脇と検討した内容を御堂島に話した。

「今の段階で宮司の死を、単純に事故と断じることには、私も反対だ」

まず御堂島はそう応えてから、

「しかし、先生の指摘する物見櫓と岬の密室性については、森脇の見方に与《くみ》したい」

「つまり蓬莱さんが、犯人の姿を見逃した……と？」

いくら何でも無理があるでしょう、という言耶の口調だったが、御堂島は全く動じた様子を見せずに、

「それよりも私が気になるのは、これが他殺だった場合、物見板の上にいたはずの犯人の姿を、目撃者が少しも目にしていないことだ」

「犯人が何らかの凶器で、物見板の先に座る宮司さんを殴打したあと、急いで物見櫓へ引き返している間、蓬莱さんの視線が偶々《たまたま》逸《そ》れていた。そして宮司さんが物見板から墜落した直後に、再び彼女が視線を戻したと考えれば、別に可怪《おか》しくはないのですが――」

「そんな犯人に都合の良い展開が、本当にあったと思うか」

言耶は悪戯《いたずら》っ子のような顔で、

「同じく目撃者である蓬莱さんが、逃げる犯人の姿を見なかったというのも、相手に都合の良い展開ではないでしょうか」

御堂島が怒り出すのではないか、と言耶は身構えたが、そんなことはなかった。

「岬の上を逃げるのと、物見板の上で被害者を突き落とすのとでは、余りにも状況が違い過ぎるだろう」

「かといって前者が楽で、後者が難しいとも言えません。むしろ被害者を突き落とす

一瞬の行為を、偶然にも目撃者が目にしなかったと考える方が、岬の上を物見櫓から村まで逃げて行く犯人を、目撃者が見逃したと捉えるよりも、かなり自然ではないかと感じます」

「よく分かった」

かなり事務的に御堂島は頷いたあとで、

「とはいえ先生も、物見板の上で犯人が目撃されなかったのは、単なる偶然だとは思っていないのではないかな」

「はい。きっと何らかの理由があったと思われます。それが犯人の奸計《トリック》かどうかは、まだ分かりませんが――」

そういう会話を二人がしているうちに、物見櫓の下に着いた。

角上の岬の突端に建てられた物見櫓とは、四本の柱によって支えられた木造の高い台の上に小さな山小屋のような建物を載せて、そこから一枚の物見板を中空へと突き出させている、何とも異様な代物だった。

そう感じるのは、間違いなく物見板のせいだな。

張り番を務める駐在の由松が、ぱっと御堂島に敬礼をしている横で、繁々と言耶は物見櫓を見上げていた。そんな彼を、もちろん由松は無視している。

警部は軽く答礼をしてから、すぐに梯子《はしご》を上がり出した。梯子は櫓小屋の真下にあり、ちょうど四本の柱の中央に位置している。

ぎぃ、ぎぃ……という軋《きし》み音が、たちまち辺りに鳴り響く。民家の二階建てくらいの高さしかないが、思わず安全性を疑って上がるのを躊躇《ためら》うほど、かなり気味の悪い音色である。

御堂島が上がり切るのを待って、こちらを見ようともしない由松に一礼してから、言耶は梯子段に足を掛けた。

……ぎぃぃっ。

更に高い軋み音が鳴り、咄嗟《とっさ》にぎょっとする。だが同時に、この物音が蓬莱に聞こえなかったかどうか、忘れずに確かめる必要があると思ったのだから、いくら本人が否定しても探偵活動が板についている証拠かもしれない。

頭上に目をやると、梯子の上部には四角形の穴が、ぽっかりと空いていた。そこから御堂島が顔を出しているのは、言耶の身を一応は案じてのことか。

一段ずつ数えて上がったところ、梯子は全部で十三段あった。これが西洋の代物なら不吉かもしれないが、ここでは恐らく無意味だろう。

穴から顔を出すと、意外にも櫓小屋の中は狭く感じられた。南側の正面の壁が海側で、扉一枚分の長方形の空間が広がっており、そこから物見板が突き出ているのが分かる。この正面以外の三方は板張りの壁で、窓は一つも見当たらない。切妻屋根の下は、普通の屋根裏である。

　唯一の家具は、北壁の東寄りに置かれた箪笥だけだった。「物見の幻」の話によると、その中には手拭いと着替えと傘が仕舞われているはずである。ただ妙に気になったのは、箪笥が北東の隅にぴったり寄せられておらず、中央の穴側にずらされている点だった。

　どうして、こんな置き方をしてるんだろう。

　言耶は疑問に思いながら箪笥まで行こうとして、そこで改めて物見板への出入口の左手の壁際に、宮司のものと思しき草履が、きちんと揃えて置かれていることに気づいた。

「あっ……」

　その途端、彼の口から小さな叫びが漏れた。

　なぜなら宮司の草履の上には、ぽつんと一艘の笹舟が置かれていたからである。

第十四章　笹舟

「これだったのか」

刀城言耶の呟《つぶや》きに、御堂島《みどうじま》警部が問いた気な顔をしたので、

「なぜ森脇《もりわき》刑事が、宮司さんの墜落を他殺と疑ったのか、それが僕には謎でした。そその根拠が現場に残された笹舟にあったのだと、今ようやく分かったんです」

そう応えたあとで彼は、御堂島を正面から見詰めながら尋ねた。

「警部さんは、これが連続殺人事件だと思われますか」

「たった二つの笹舟でか」

かなり否定的な物言いの割には、言耶の指摘を完全に斥《しりぞ》けていない気配が、御堂島からは感じられる。

「及位《のぞき》氏の開襟シャツの、胸ポケットにあった笹舟は、てっきり本人が入れたものだと思い込んでいました。あの時点では、その可能性が最も高かったからです。しかし、宮司さんの草履の上の笹舟は、いくら何でも違うでしょう。確認する必要はあり

ますが、本人が物見板に出る前に、わざわざ置いたとは、ちょっと考えられません。となると及位氏の笹舟も、充分に疑う余地が出てきます」

「どちらも犯人が、わざと現場に残したと？」

「だとしたら、一種の犯行声明でしょう」

するとと御堂島は、如何《いか》にも皮肉そうな顔になって、

「どちらの事件の場合も、はっきり他殺とは断定できない。むしろ事故説に傾きそうな、そういう現場状況だ。これを犯人が意図して演出したのかどうか、それはまだ分からない。だが、そう考える方が、これらの場合は自然ではないか」

「他殺を事故に見せ掛けられるとしたら、もちろんそうです」

「にも拘《かかわ》らず現場に、犯行声明を残すだろうか」

「矛盾してますよね」

と言いつつも言耶が、相変わらず笹舟が犯人の犯行声明だと推察していることを、御堂島は分かっているようである。

「それでも、そんな代物を現場に残すとしたら、いったい何のためだ？」

「事件が事故として処理される幸運を望みながら、でも実際はちゃんとした動機に基づいた殺人であることを、陰ながらでも主張したい――とか。犯人の複雑な心理の表れが、この笹舟なのかもしれません」

「その場合、笹舟そのものに意味があると思うか」

「はい。我々には分かり難《にく》くても、犯人にとっては明確な何かが、笹舟には込められている気がします」

言耶は草履の上の笹で作られた舟に目をやりながら、

「それほど重要な物なのに、見てくれは単なる小さな笹舟です。村の稲荷や地蔵にも、普通にお供えしてあります。つまり被害者が身につけていようと、現場に残っていようと、ほとんど目立ちません」

「それでいて考えようによっては、かなり意味深長にも映る」

「今回のような事件で、犯行声明のために残す物として、正に理想的かもしれない――ということです」

すると御堂島が、ぐるっと櫓《やぐら》小屋《ごや》の中を見回してから、

「だがな、この物見櫓も竹林宮《ちくりんぐう》と同様に、先生の言うところの密室だったわけだ」

「見て回っても構いませんか」

警部の許可を得て、言耶は小屋の四隅を一通り巡りつつ、四方の壁を調べた。それから屋根裏と床を検《あらた》めたが、何の発見もできない。

「簞笥《たんす》を開けてもいいですか」

再び許可を求めると、一番下の段から順番に、四つある引き出しを開けていく。四

段目には雨傘が、三段目には雨合羽《あまがっぱ》が、二段目には手拭い類が、そして一段目には作務衣《さむえ》が仕舞われているだけで、特に不審なものは見当たらない。

「四段目の雨傘と三段目の雨合羽は、最初から箪笥に入っていたんですか」

「特に報告は受けていないから、そうだろう」

「昨日の夕方、手分けして宮司さんを捜した際に、ここを大垣《おおがき》君に覗《のぞ》いて貰いました。そのとき櫓小屋の中に、傘と合羽が干してあるのを、彼が見ています」

「こちらで雨は？」

「昨日の午後から小雨が降り出して、僕たちが宮司さんを捜しはじめた夕方には、ちょうど止《や》むところでした」

「すると宮司はその時間帯の何処かで、傘を差して物見櫓まで行ったのか」

「そして瞑想《めいそう》のあと、他の場所へと移動した。そのとき雨は止んでいたので傘を干した。そして今朝になって再び物見櫓へ行き、乾いた傘を箪笥に仕舞った」

「辻褄《つじつま》は合うな。それで合羽は？」

「雨傘を使っているのに、雨合羽はいりません。大雨なら分かりますが、昨日は小雨でした。となると合羽を着たであろう二人目が、瞑想中の宮司さんを訪ねて来た。そう見做《みな》すのが自然ではありませんか」

「犯人か……」

こっくりと頷《うなず》きながらも言耶が、更に考える仕草を見せていると、御堂島に訊かれた。

「何か引っ掛かるのか」

「いったい犯人は、何のために物見櫓まで来たのか。わざわざ来ておきながら、なぜそのとき宮司さんを手に掛けなかったのか」

「雨合羽も干されていることから、むしろ仲良く物見櫓をあとにしたみたいだな」

「それに瞑想の場所ですが――」

篠懸《すずかけ》から聞いた三つの場所の違いを、言耶は話したあと、

「宮司さんは大から小へ、つまり秘密所から竹林宮、そして物見櫓へと瞑想の場を変えて行ったか、その逆に小から大へ移動したか、どちらかになるわけです。ところが昨日の午後から夕方までの間に、この物見櫓にいたと考えた場合、この順番が崩れてしまいます」

「物見櫓が二番目になるからか」

再び頷く言耶を、御堂島は無表情に眺めてから、

「言わんとしていることは分かるが、それほど重要とは思えんな。一昨日の夜から今朝まで、宮司の姿を見た者がいないという事実から、ほとんど秘密所に籠っていたのは、まず間違いないだろう。ただし、何らかの考えがあって、その間に竹林宮や物見

櫓にも移動したのではないか」

「一箇所での瞑想を終えてからでないと、次へは進まなかった。そんな風に篠懸さんは言っていました」

「よし。この件は、もういいだろ。他に気になったことは?」

御堂島があっさり打ち切ったので、

「この箪笥ですが、ここの隅につけられていたのを、わざわざ今の位置まで動かしたのでしょうか」

言耶も気を取り直すと、北東の隅を指差した。

「鑑識の見立てでは、そうらしい」

「犯人が、ですか」

「そこまでは分からんが、宮司がやる理由があったかどうか」

東側の壁と箪笥の間に空いた隙間に、すっと言耶は入ってみた。

「大人が独りで、ちょうど立てるほどですね」

そこで彼が床に腰を下ろすと、箪笥の陰に隠れる格好になった。

「警部さん、すみませんが梯子《はしご》を少し下りて、また上がって来て貰えませんか」

意外にも御堂島は何の文句も言わずに、言耶の願い通りに動いた。

「どうでしょう?」

「先生がいるのは、私の左斜め後ろになるから、梯子を上がって来ただけでは、まったく見えない。だが身を隠すためなら、そもそも箪笥を動かす必要などないだろう。穴と北壁の間で、凝《じ》っとしていればいい。それなら梯子を上がって来た宮司の、正に真後ろだからな」

「そうですね。ここへ宮司さんよりも先に来ておき、櫓小屋の中に隠れていれば、少なくとも蓬萊《ほうらい》さんには見られずに、物見櫓に入れたのではないか。そう考えたのですが――」

「つまり犯人は、蓬萊が目撃者になる危険を、最初から見込んでいたわけか」

「宮司さんの瞑想に、彼女が付き合っていることは、村の人なら誰でも知っている事実ではありませんか」

「そのようだな」

「となると犯人も、蓬萊さんの存在を無視するわけにはいきません」

言耶は箪笥の陰から出て来ると、床の穴と北側の壁との間に立って、

「話を戻しますが、あの箪笥の隙間に隠れるよりも、警部さんの仰《おっしゃ》ったように、ここに立っている方が、遥かに良さそうです」

「事前に犯人が、そこに隠れていたとして、宮司が来てからどうした？」

「そ、そこなんですよ」

言耶は急に困った顔になって、

「ここで待ち伏せていた犯人が、やって来た宮司さんを背後から襲う。そのとき殺すにしろ、気を失わせるだけにしろ、普通なら物見板から賽場《さえば》へと、宮司さんを落とすと思うのです」

「だろうな」

「ところが、宮司さんが物見板から姿を消す前に、その上に正座している彼の姿を、ちゃんと蓬莱さんは目撃しています」

「つまり？」

「宮司さんを襲うところまでは一緒として、そのとき犯人は気を失わせるだけにした。そして被害者を担いで、物見板の上へと運んだ。しばらくして宮司さんの意識が戻るものの、まだ頭がぼうっとしているうちに、身体が傾いて落ちてしまう」

「筋は通るな」

「はい。ただ、物見板に座る宮司さんを見た、という蓬莱さんの証言とは、全く合いません」

「ちゃんと頭を起こして、ぴんっと背筋も伸び切っていたと、確か証言していたな」

「普通に正座をしていたと、この場合は考えるべきでしょう」

「つまり物見板の上に出て行ったのは、飽くまでも宮司の意思だった。彼が襲われたのは、そのあとだった。というわけか」

　そこで御堂島は、蓬莱の詳細な証言を持ち出した。

「実はな、宮司が物見板へ出て来るところを、蓬莱は相当はっきりと目撃している」

「えっ……」

「正座をしたまま、板の上を先端まで移動したらしい」

「茶室で正座のまま、両腕で畳を漕《こ》ぐようにして動く、あの作法と同じなのかもしれません」

「若い頃は立った状態で、物見板の先まで行って、そこで座っていたようだが、歳を取ってからは止めていると、例の五人衆の誰もが証言をしている」

「そうだったんですか――って、いや、警部さん。そんな大事な情報を教えてくれないなんて、あ、あんまりじゃないですか」

「先生の推理を聞くのは、なかなか面白いからな」

　言耶の抗議を、するっと躱《かわ》す御堂島に、

「そんな――」

　尚も言耶は食い下がろうとしたが、

「さて、物見板の先に座った宮司を、どうやって犯人は突き落としたのか」

　などと振られると、もう頭の中はその問題で一杯になってしまった。

「まず思い浮かぶのは――」

言耶は物見板の付け根まで移動すると、そこから板の先端を見詰めながら、

「及位氏が持っていたような長い竹の棒で、物見櫓の中から宮司さんの身体を突く方法です」

「瞑想中にふいを衝かれると、確かに危ないかもな」

「ただ、被害者は立っている状態ではなく、ちゃんと座っていました。竹の棒で身体の何処かを突いたくらいで、果たして落ちてしまうかどうか……」

「頭部を殴ったとしたら？」

「落とせる可能性は、もちろん高くなるでしょう。しかし物見板の長さは、二メートルはありますよね」

言耶は板の付け根に立ちながら、

「ここから竹の棒で頭を殴って、どれほどの衝撃を与えられるか」

「角材ならどうだ？」

「可能性は高まりますが、何処から調達します？」

「小舟の櫓《ろ》があるだろ」

御堂島の指摘に、言耶はなるほどと思ったものの、

「いずれにせよ、そんな長い凶器を持って歩くのは、かなり目立ちませんか」

「だからこそ犯人は、先生の言うように前以て、ここに潜んでいた。そして宮司を待ち伏せていたんじゃないか」

「その場合、宮司さんが今朝、ここで瞑想することを、犯人は知っていたことになります」

「もしくは犯人が、宮司を呼び出したか」

「呼び出しと言えば、一昨日の夜の宮司さんの妙な動きが、正にそう見えます。宴会で皆の注意が逸《そ》れているうちに、何処其処《どこそこ》まで何時に来いと、誰かが宮司さんを呼び出した。そんな風に思えませんか」

「同じ見方を、我々もしている。だがな、それが今朝の事件と、いったいどう繋《つな》がるのか」

「宮司さんを呼び出す前に、犯人は今朝の瞑想のことを知っていた。そこで犯人は一昨夜、宮司さんに遅効性の薬を飲ませた。睡眠薬か毒薬かは分かりませんが、瞑想の時間に効きはじめる薬です。この地方には蛇顔草《じゃがんそう》や幽鬼茸《ゆうきだけ》など、他にはない薬草があるようですから、そういう薬が作れるのかもしれません。宮司さんが落ちる前に、その姿勢が少し崩れていたと、蓬萊さんが証言しているのは、そういった薬のせいではないでしょうか」

「一日半後に効力の出る薬か」

「もしくは薬を飲ませたのが、昨日かもしれません」

「いずれにせよ調べてみよう」

「一昨夜か昨日のうちに犯人は、とにかく宮司さんに薬を服用させた。そして今朝、物見櫓に先回りして、薬が効果を発揮する頃合いを見計らい、竹の棒で宮司さんの身体を突いた」

「それなら薬を飲ませるだけでも、いいんじゃないか」

「薬が効きはじめさえすれば、宮司さんが勝手に落ちるからですね。でも、さすがに確実性がありません」

「それにしても、何とも回り諄《くど》いやり方だな」

「こんな方法を取ったのは、もちろん蓬萊さんに目撃させるためです」

「細長い竹の棒なら、蓬萊の小屋からは見えないと考えたのか」

「彼女にしてみれば、急に宮司さんの体勢が崩れて、物見板から落ちたように見えます。つまり事故死です」

「なるほど、筋は通るな」

納得しつつも御堂島は、何とも苦々しい表情を浮かべると、

「蓬萊は夜明けと共に起床して、日没と一緒に就寝するためか、日中の出来事はよく知っているらしいのだが、選《よ》りに選《よ》って物見板から落ちる直前の宮司を、有ろうこと

か目にしていない。犯人にとっても誤算だろうが、我々にとっても痛手だ。全く肝心なところを、何も見てないんだからな」

「何となく感じるのですが——」

言耶の意味深長な物言いに、御堂島が怪訝《けげん》そうな顔をした。

「この事件の犯人は、かなり悪運が強いような気がします」

「おいおい、弱気なことを言わんでくれ」

御堂島はわざとなのか、そこで険しい眼差《まなざ》しになると、

「どうやって犯人が、この物見櫓から蓬莱に見られずに逃げ出せたのか、まだ肝心な謎が残っているんだからな」

「ということは警部さんも、物見櫓の密室性を認められて——」

「それは前にも言ったが、先生の担当だ」

きっぱりと言い渡す物言いをしたあと、ずばり御堂島は訊いてきた。

「他殺の場合、容疑者は誰になると思う？」

「密室が僕の担当なら、犯人捜しは警察の得意分野じゃありませんか」

言耶の返しに、珍しく警部はふっと笑みを浮かべると、

「あなたのことを鬼無瀬《きなせ》が気に入ったのも、何となく理解できるな」

「そ、そうですか……」

「最も有力な容疑者は、竹屋の亀茲将《きじまさる》だろう」

いきなり御堂島が将の名前を口にしたので、言耶はびっくりした。

「次は英明館《えいめいかん》の編集者である大垣秀継《ひでつぐ》だな」

「まさか……」

「及位廉也《れんや》の餓死事件の聞き込みで、亀茲将と大垣秀継と籠室《かごむろ》篠懸の三角関係が、既に浮かび上がっていた。そこに宮司が影を落としていたことも含めてな。ただ、及位事件とは関係なさそうだったので、それ以上は突っ込まなかったわけだが――」

「ちょっと待って下さい。確かに亀茲将氏には、宮司さんを亡き者にしたい、という動機がありました。でも、これが連続殺人事件だった場合、彼は及位廉也氏も手に掛けたことになります。可怪《おか》しくありませんか」

「そうだ。及位廉也殺しに関しては、今のところ亀茲将に動機がない」

あっさり御堂島が認めたので、言耶はそのまま続けた。

「一方の大垣秀継君にしても、何ら動機がないでしょう」

「及位廉也殺しの最有力容疑者は、依然として籠室宮司になるが、それと同じ動機を大垣秀継も持っていたと見做せる。ただし宮司は神社の体面を気にしてだが、大垣の場合は篠懸を守りたいという動機があったはずだ」

御堂島の指摘はもっともだったので、言耶は少し焦ったが、

「いいえ、大垣君には、確実な現場不在証明《アリバイ》があります。及位廉也氏が笁磐寺《とくがんじ》を出て行方が分からなくなったのは、九月二十三日でした。人間が餓死するには、四、五日が必要です。遺体が発見されたのは二十八日で、二十三日から数えると、ちょうど五日あるわけです。つまり及位氏は二十三日の早い時点で、竹林宮の密室に閉じ込められたと見做せます。でも肝心の二十三日に、まだ大垣君は犢幽村《とくゆうむら》に着いていません。野津野《のづの》の鯛両町《たいりょうちょう》の宿で、僕と祖父江君の到着を待っていたのですから。つまり彼には及位廉也氏殺しなど、全く不可能だったわけです」

御堂島は少し考え込みながら、

「及位廉也殺しの現場不在証明があるのは、むしろ大垣秀継だけかもしれんな」

そう言ったので言耶は安堵《あんど》したが、次の台詞《せりふ》で仰《の》け反《ぞ》りそうになった。

「ならば籠室篠懸か」

「ば、莫迦《ばか》な……。及位氏はともかく、宮司さんは実の祖父ですよ」

言耶は呆《あき》れるよりも怒りを覚えたが、

「惚《ほ》れた男のために、肉親を殺害した例など、いくらでもある」

御堂島が冷たく言い放ったので、慌てて補足した。

「しかし彼女は、二人の男性との間に、そういう恋愛関係が希薄なように見受けられます。これは僕の見立てではなく、祖父江君の意見ですから、かなり信憑性《しんぴょうせい》があるはずです。よって惚れた男のために、という動機は有り得ません」

だが御堂島は何も言わない。

「及位廉也氏と宮司さん、このお二人に動機と機会を持つ者を、まず捜す必要があります」

すると唐突に御堂島が宣言した。

「二つの事件の動機と機会の問題は、これから我々が詰める。先生は二つの密室の謎に、心置きなく取り組めばいい」

そして言耶を促して、物見櫓を下りる素振りを見せたので、

「戻る前に一度、物見板に出ても良いですか」

訴えるような眼差しで頼んだところ、御堂島が目を剝《む》いた。

「先生、あなたは本当に物好きだな」

「後学のためにも、ぜひ」

「事件を検討する必要からではないのか」

文句を言いながらも御堂島が頷いたので、言耶はその場で四つん這《ば》いになると、そろそろと物見板へと出て行った。

これは……怖いな。

板も半分を過ぎる前から、もう真下は賽場である。いったい海面まで何十メートル

あるのか。

下を見たら、駄目だ。

言耶は四つん這いの状態から、ゆっくり胡坐《あぐら》を掻《か》くと、あとは両の腕の力で、少しずつ板の上を進むことにした。

宮司さんも、こうやったのか。

視線を海に向けながら、彼が物見板の先端まで辿《たど》り着いたときである。ぱっと右手の視界が開けたため、意外の感に打たれた。そこで思わず西を見やって、なるほどと納得した。

絶海洞《たるみどう》のある断崖絶壁が途切れて、その西側の外洋が目に入ってくる。

この板の役目は、ここにあったのか。

板の先に篝火《かがりび》を吊るした場合、犢幽村の岩礁地帯に入る前から、外洋を航行する船には、その明かりが見えるに違いない。同じことを角上《つのうえ》の岬の先端でしても、全く光が届かなくて駄目だろう。物見櫓の上でも同様である。

けど、それなら鉄の棒を伸ばせば良いのではないか。

こんな板を使う必要などなかったのではないか、と言耶が首を傾げていると、

「先生、瞑想でもしてるのか」

御堂島に声を掛けられたので、もう戻ることにした。後ろに下がりながら絶海洞を

見下ろしてみたが、小舟は一艘《そう》も見当たらない。恐らく洞内に入っているのだろう。

二人が物見櫓から離れて、角上の岬の付け根まで来たところで、

「蓬萊さんの小屋に、ちょっと寄っても構いませんか」

言耶が許可を求めると、その熱心さに半ば呆れ、半ば感心した顔を御堂島は見せながら、

「彼女は耳が聞こえるものの、全く口を利かんらしい。そのうえ偏屈者で、事情聴取は大変だったみたいだぞ」

彼の願いを認めつつも、そんな風に釘を刺した。

「すると事情聴取は、全て筆談ですか」

「物を書くのは、先生も得意だろ」

「蓬萊さんに確かめたいことは、実はそれほどありません」

物見櫓に上がる梯子の軋《きし》み音が、掘っ立て小屋にいる蓬萊に聞こえるか、という疑問は既に解決している。波の音のせいで無理だと、岬の付け根まで来た時点で、はっきりしたからだ。

「だったら何を？」

「小屋から物見櫓がどう見えるのか、それを確かめたいのです」

二人は岬の付け根の岩壁を下りることはせずに、いったん浜へ出てから蓬萊の小屋

へと足を向けた。その方が「正式な訪問」に見えると、言耶が主張したのである。

「こんにちは、お邪魔します」

言耶が外から声を掛けると、しばらく間があってから、やがて粗末な木戸が静かに少しだけ開いた。そして片目だけが覗《のぞ》いた布袋の頭が、ぬっと出て来た。

「…………」

その異様さに、さすがの言耶も言葉に詰まったが、それも一瞬だった。自己紹介から宮司の件まで卒《そつ》なく話したと思ったら、もう彼は小屋の中に入っていた。外には呆気《あっけ》に取られた御堂島だけが、ぽつんと取り残されていたのである。

蓬萊への質問は、次の二点だけだった。

宮司は物見櫓での瞑想のときに、笹舟を必要とするか。

昨日の午後から夕方に掛けて、宮司は物見板にいたか。

どちらも蓬萊の答えは「いいえ」だった。もっとも笹舟については、彼女も知りようがないと思われたのだが、はっきり否と表現した。宮司から瞑想に関する話を何度も聞いており、「身体一つで行なう」ことが大切だという説明を受けたらしい。そのため秘密所では、宮司は全裸で瞑想しているに違いない、と彼女は信じていた。いずれにしろ笹舟の必要性は、零だという。そして昨日の午後、この岬で宮司を見掛けた覚えは、一度もないと断言した。

蓬莱の許可を得て、言耶は小屋に入った。横引きの板戸の側《そば》には、突っ支《か》い棒に使うらしい竹の棒が立て掛けてある。ちゃんと内側から戸締まりをするのは、きっと女性故の用心のために違いない。世捨て人になろうとしても、なかなか現実は厳しいという証左が、その一本の竹の棒に見出《みいだ》せそうである。

言耶は窓に顔を寄せると、角上の岬と物見櫓を見上げてみた。その際に、色々な角度から外を見ようとして、彼が頭を動かし続けていると、彼女に大笑いされた。何とも滑稽な動きに映ったのだろう。

お陰で言耶が小屋を出るときには、すっかり蓬莱と仲良くなっていた。その様を御堂島が、非常に興味深い表情で眺めている。

「お待たせしました」

言耶が声を掛けて、二人は掘っ立て小屋を離れた。どちらからともなく浜辺をそのまま歩きはじめると、御堂島が面白そうに、

「あなたは、不思議な人だな」

「いきなり何ですか」

言耶が怪訝そうにすると、御堂島は真面目な顔で、

「いや、確かに探偵に向いているのかもしれない――と思ったもので」

と唐突に言ってから、

「それで何が分かったのか、良ければ教えて貰えるかな」

どんな反応をするべきか言耶は迷ったが、ここは最後の質問だけに答えれば良いと、彼なりに判断した。

「小屋の窓から見えるのは、物見板の前半分だということが、まず分かりました。よって犯人がいた場合、板の付け根から半分までは、宮司さんに近づけたわけです」

「そこからなら細い竹の棒でも、宮司を突いて落とすことが可能か」

「櫓小屋の中からやるよりは……ですが。ただし犯人が、蓬萊さんの小屋からの眺めを、事前に知っていたという条件がつきます。そんな人物が宮司さん以外に、果たしていたかどうか」

「調べておこう」

「次に分かったのは、犯人が先に物見櫓へ上がって、宮司さんを待ち伏せする必要が、必ずしもないことです。あとからでも蓬萊さんに姿を見られずに、物見櫓には近づけます」

「足音を殺して、岬の上を歩くのか」

「それも有効ですが、蓬萊さんが小屋の窓から外を覗いていれば、すぐに見つかってしまいます」

「特に宮司が物見板に出ているときは、そうなるな」

「彼女は今朝の証言で、『ちらっと水色の袴《はかま》が見えたあと、白い着物の人物が岬の先へと歩いて行く姿』を見たと言っています。下半身の袴が先で、上半身の着物があとです。しかも袴は、その一部だけしか見えていません。小屋の窓から覗いてみて気づいたんですが、あそこから岬の上を歩く者を目にした場合、ほぼその上半身しか視界に入らないみたいなんです」

「つまり地面を四つん這いで進めば、蓬萊に見られることなく、物見櫓に出入りできるのか」

「もちろん確かめる必要はありますが、恐らく間違いありません。ただ――」

そこで言耶が言葉を濁すと、既に御堂島は次の台詞を予想しているようだったが、それでも訊いてきた。

「何だ？」

「宮司さんが物見櫓に上がり、物見板に出て、そして姿を消したあと、すぐさま蓬萊さんは岬に上がりました。その状態で、まだ物見櫓にいたはずの犯人が、どうやって逃げたのか。その謎は依然として残ったままです。犯行時に角上の岬と物見櫓は、やはり密室状態にあったことになります」

第十五章　絶海洞の怪死

　その日の夕間暮れまで行なわれた絶海洞《たるみどう》の三途《さんず》の川の捜索でも、籠室岩喜《かごむろがんき》宮司は発見されなかった。もっとも刀城言耶は、地元の漁師たちを少しだけ疑っていた。

　果たして何処まで真剣に、あの川を浚《さら》ったのか……。

　一度しか目にしていない彼でも、絶海洞の三途の川には途轍《とてつ》もない怖気《おぞけ》を覚えた。他所者《よそ》でも思わず畏怖してしまう川を、地元の漁師たちが満足に浚えるだろうか。仮にやったとしても絶海洞の出入口付近だけで、なかなか奥までは無理ではないか。宮司は村人たちに慕われていたに違いないが、それとこれとは別だろう。

　御堂島《みどうじま》警部とは、寄合所の前で別れた。その際に及位廉也《のぞきれんや》の知覚障害の件を尋ねたが、今のところ該当するような報告はないという。これから磯霊様祭《はえだまさま》が行なわれた二十九日の夜の、関係者の行動を詳しく洗いつつ、同時に及位廉也と籠室岩喜の関係を調べると御堂島が言ったので、ぜひ結果を教えて欲しいと言耶は頼んだのだが、色好い返事は貰えなかった。

当たり前か。

と思いながらも、御堂島の自分に対する接し方に、言耶は首を傾げた。「そういうことは、お話しでき兼ねる」と言いながらも、警察の捜査で判明した事実を、これまで何度も告げてくれている。これは言耶に探偵の才があると、警部が認めているからではないのか。

……いや、そもそも僕は探偵なんかじゃない。

それこそ御堂島が耳にすれば、首を傾げるような独白を胸に、言耶は笹女《ささめ》神社《じんじゃ》へ戻った。

「篠懸《すずかけ》さんは？」

真っ先に彼女の様子を尋ねると、祖父江偲がやや安堵《あんど》した表情で、

「ずっと元気がのうて、とにかく暗かったんですけど、ちょっと良うなりました。竹屋の竹《たけ》ちゃんが遊びに来たんも、気分転換になったみたいで助かりました」

「そうか。あの子には、また甘い物でもご馳走《ちそう》しないとな」

言耶がほっとしたのも束《つか》の間、偲が不吉な知らせを口にした。

「クロさんから、電報が届いてます」

「また？　今度は何を送れって言うんだ？」

「あのー、一言しか書かれていません」

「何て？」

「不味《まず》い」

骨無し蛸《たこ》を食した感想を、どうやら送って来たらしい。もちろん言耶は無視することにした。平常時でも阿武隈川烏の相手をするのは大変なのに、今はそんな余裕など何処にもない。

籠室篠懸の部屋を訪ねると、偲が言っていたように、彼女の様子には変化が見られた。元々のおっとりしている雰囲気に、私がしっかりしなければ、という決意のようなものが、僅かだが加わった感じである。

これなら大丈夫だろう。

そう思った言耶は、物見櫓《ものみやぐら》に残された笹舟について、篠懸に訊いてみた。しかし彼女は、何の心当たりもないという。

「ただ――」

篠懸は思い詰めたような顔で、

「祖父が自分の草履の上に、その笹舟を置いたとは、ちょっと考えられません」

「どうしてですか」

「そうするからには、何か意味があったはずです。その場合の意味とは、間違いなく瞑想《めいそう》に関連したものでしょう。だったら私に、きっと話してくれたと思います。でも、これまで一度も、そんな話は出ていません」

それから言耶は、瀦霊様祭のあとの打ち上げの最中に、宮司が何処かで誰かと会うような素振りがなかったか、念のために尋ねてみた。

「刑事さんにも訊かれましたが、私は何も……」

知りませんとばかりに篠懸は首を振ったのだが、その仕草に彼は少なからぬ違和感を覚えた。笹舟に何の心当たりもないと応じたときの彼女に比べて、何処かぎこちなかったからだ。

実は思い当たることがある？

では、なぜ正直に言わないのか。宮司の身を心配するのなら、普通そんな大事なことを隠しておかないだろう。

誰かを庇《かば》ってる？

そう考え掛けたところで、亀茲将《きじまさる》の顔が浮かんだが、すぐさま言耶は否定した。有り得ない。

偲に言われるまでもなく、篠懸が選《よ》りに選《よ》って彼を庇うとは思えない。

だったら、なぜ？

遠回しに探ろうとしたが、彼女は飽くまでも「知らない」で通した。そうなると言耶も、もう何もできない。

篠懸と一緒に摂《と》った夕食のあと、言耶は離れで今日の午後からの出来事を、偲と大《おお》垣秀継《がきひでつぐ》の二人に全て話した。

「また密室の謎ですか。しかも連続殺人やなんて……」

偲は愕然《がくぜん》とした顔を見せたものの、すぐさま素に戻った表情で、

「けど、先生とご一緒してること思うたら、これくらい当たり前でしたね」

「ええっ、そうなんですか」

秀継が思わず仰《の》け反《ぞ》るような台詞《せりふ》を、彼女は平気で続けた。

「こらこら、人聞きの悪いことを――」

言耶が論そうとしても、もうお構いなしである。

「せやけど、ほんまにそうですよ。どばぁっと血が流れるような事件やのうて、まだ良かったんかもしれません」

「そんなぁ……」

秀継は完全に及び腰になっている。

「祖父江君、こちらの宮司さんが行方不明になっておられるんだから、滅多なことを言うものじゃない」

さすがに言耶が強い口調で窘《たしな》めると、

「あっ、私としたことが……」

偲は殊勝に頭を下げながら、

「篠懸さんにも、申し訳ない言い方をしてしまいました」

見る見る泣きそうな顔になってしまったのは、如何《いか》にも彼女らしい。

「その篠懸さんなんだけど――」

言耶が先程の彼女とのやり取りに覚えた、何とも言えぬ懸念を伝えると、

「それについては分かりませんけど、私も妙やなぁ……と感じたことがありました」

偲が意味深長な返しをした。

「どんなことで？」

「少し寝て食べて、ちょっとは元気にならはったんは確かです。ただ、飽くまでも増しになった程度やったのに、それが妙に……」

彼女が言い淀《よど》んだので、言耶は言葉を足した。

「変わってしまった？」

「そうなんです。けど理由がどうも分かりませんし、立ち直ったいうんとも違うようで……」

「君には、どんな風に映った？」

「そうですねぇ。何や覚悟を決めたような……、何かを決断したような……」

すかさず言耶が、秀継に尋ねる。

「心当たりはあるかな」

「……いえ、全くありません」

自分が役に立てないことを悔しがるように、彼は顔を歪《ゆが》ませた。

「いずれにしろ今夜は、もう止《や》めておいた方が良いだろう。明日の朝食のあと、篠懸さんと話してみよう」

この判断を翌朝になって、どれほど言耶自身が後悔する羽目になることか、もちろん本人にも分かろうはずがなかった。

明けて十月二日、離れでは夜明け前に秀継が起床して、そのまま着替えはじめたので、言耶はびっくりした。

「やけに早いな」

「あっ、すみません。静かに起きたつもりだったんですが……」

「それは構わないけど、どうしたんだ？」

秀継は手早く着替え終わると、言耶の前に正座して、

「こういう状況のときに、先生のお側《そば》を離れるのは心苦しいのですが、ちょっと九難《くなん》道《どう》に行って参ります」

信じられない台詞を口にして、彼を驚かせた。

「ええっ……今から？　いったいどうして？」

「犢幽村《とくゆうむら》に着いたとき、手帳を忘れて来たと申しましたが、その後の騒動ですっかり失念していたことを、昨日のうちに思い出したものですから、それを今から取って参ります」

「うーん、そうだったね」

言耶としては、「今は止めておけ」と注意したいところである。かといって「いつなら良いのですか」と仮に訊かれても、とても答えられない。九難道の何処かに置き忘れた手帳が、秀継にとって大切な物だと知っているだけに、無理に引き留めるのも気が引ける。

「それにしても、早起きし過ぎじゃないか」

「早く出掛ければ、それだけ早く戻って来られます。先生の民俗採訪のお手伝いに、できるだけ差し障りがないように――」

「うん、ありがとう。けど今は、それどころではないから、こんな時間に出掛けなくても、全く問題ないよ」

せめて朝食をちゃんと摂らせて、それから村外れまで送ろうと言耶は思ったのだが、昨日のうちに手伝いの小母《おば》さんに、お握りを頼んであると言われて呆《あき》れた。

「用意が良いのは、如何にも大垣君らしいけど……」

結局、言耶は籠室家の玄関で、秀継を見送ることになった。

「先生、どないしたんですか」

その直後に、偲が半分くらい寝惚《ねぼ》けた顔で現れた。隣の部屋で言耶たちが喋《しゃべ》っていたため、どうやら目覚めてしまったらしい。

「実は大垣君が――」

言耶が事情を説明すると、彼女が無茶苦茶な譬《たと》え方をした。

「彼の真面目振りを見る度に、実家の犬を思い出します」

「あのねぇ、祖父江君――」

「莫迦《ばか》にしてるんやありません。カイいう名前ですけど、彼は賢いんですよ。ほんまに。せやけど何かに夢中になると、もう他のことが見えんようになります。前に一本の枝を銜《くわ》えて、家に戻って来て、そのまま犬小屋に入ろうとして、何度も何度も出入口で閊《つか》えてました。いつものカイやったら、それくらい朝飯前です。さっさと解決します。けど、よっぽどその枝が気に入ったんか、絶対に口から離さんので、いつまで経っても小屋には入れず仕舞いでした。あの猪突《ちょとつ》猛進さが、大垣君の莫迦真面目なところと何や似てるなぁって、前からずっと思うてたんです」

「君が言わんとしてることは、まぁ分かるけど――」

「そうですよね」

言耶が一応とはいえ同意したので、偲は嬉《うれ》しそうに小躍りしたが、

「まさか本人に、そのカイ君のことは話してないよね？」

と疑わしそうに訊かれると、途端にばつの悪そうな顔を彼女はした。

「……言ったのか」

「ここへ来る前ですよ」

「時期の問題じゃないだろう。いいかい、祖父江君――」

「ああっ、朝食の用意をせんと」

言うが早いか、偲はその場から逃げてしまった。

「大垣君のことだから、特に堪《こた》えていないとは思うけど」

だから言耶が、そんな風に補足したのを、彼女は聞いていない。もし耳にしていたら、我が意を得たりとばかりに喜んだだろう。

「僕も手伝うよ」

すぐに言耶も台所に顔を出したが、手伝いの女性と一緒に料理をしている偲に、さっさと追い払われた。仕方なく支度ができるまで、彼は客間で新聞を読むことにしたのだが、あっさりと秀継を送り出して良かったのか、どうしても気になって集中できない。

やがて朝食の膳が整ったので、偲が篠懸を呼びに行った。

「先生、篠懸さんの姿が、何処にも見えません」

だが慌てた様子で、彼女は戻って来た。

「お部屋の蒲団《ふとん》は、ちゃんと上げられてました。お手洗いでもないし、他の部屋にもいないんです。もうとっくに家を出てて、何処かへ行ったような……」

「ひょっとして大垣君も、手帳を取りに行ったのではなくて、実は密《ひそ》かに篠懸さんと、さる場所で待ち合わせをしていて――」

「いやいや、ないです」

すかさず偲が、強く首を横に振った。

「彼が一方的に勘違いして、何処かで篠懸さんを待ってる可能性はあるにしても、そこへ彼女が向かったとは、全く、全然、少しも思えません」

「きついなぁ」

「そもそもあの彼がですよ、先生を前にして、そんな嘘が吐けると思います？」

言われてみれば正にその通りだったので、言耶も納得した。しかし、そうなると篠懸は、いったい何処へ行ったのか。

ただし神社の用事で出掛けている場合も考えられるため、ここで徒《いたずら》に騒ぐのは不味いかもしれない、という点で言耶たちは意見の一致を見た。とはいえ心配なことに変わりはない。そこで手早く朝食を済ませると、昨日の篠懸の様子をもう一度、一から振り返ってみることにした。

その結果、ある閃《ひらめ》きを言耶は得たので、すぐさま出掛けようとした。だが、当たり前のように偲が同行しようとする。

「祖父江君、ここは僕に任せ——」

「嫌です、駄目です、私も行きます」

一歩も引かなそうな彼女に、言耶は困った口調で、

「しかしね、これは緊急と同時に、慎重を要することなんだ」

「二人で押し掛けるよりも、僕だけの方が——」

「私も行きます」

「恐らく上手く——」

「うちも行きます」

ここで言耶は途方に暮れ掛けたのだが、

「そうだな。小さな子供というのは、綺麗なお姉さんが好きなものか」

そんな独り言を呟《つぶや》いて、偲をびっくりさせた。

「えっ？　何のことですか」

「よし、行こう」

呆気《あっけ》に取られた彼女を残して、さっさと言耶は玄関へ向かった。

「祖父江君、何をしてる？　早く来なさい」

偲を急《せ》き立てて籠室家を出ると、そのまま言耶は村へ下った。そうして彼が向かった先は、竹細工を作る竹屋だった。

「子供って、竹ちゃんのことですか」

偲の質問に言耶が答える前に、竹屋の側の路地で遊ぶ当の竹利《たけとし》の姿が、二人の目に入った。

「おーい、竹ちゃん」

声を低く抑えながら言耶が呼ぶと、こちらに気づいた竹利の顔が、ぱっと輝いた。しかし、すぐ恥ずかしそうに俯《うつむ》いたのは、偲がいたからに違いない。

「先生、何でそんな声を――」

「僕らは村の人たちに、決して歓迎されてるわけじゃない。それなのに村の子供と、こっそり話そうとしてるんだからね。いや、それよりも祖父江君、にっこり笑って。もっと――」

こういうときの偲は、途端に勘が良くなる。訳が分からないながらも、竹利に笑い掛けつつ、頻《しき》りに手招きをはじめた。その甲斐《かい》あって、少しずつ彼が近寄って来た。

そこから偲と竹利が仲良くなるのは、あっという間だった。

言耶は二人を人目につかない場所まで誘導しながら、竹利が喜ぶような探偵の手柄話を面白可笑《おか》しく喋った。常備している〈怪奇小説家の探偵七つ道具〉まで取り出して話したので、もう竹利は大喜びだった。

そんな彼の反応を確かめつつ、言耶は話の中で伝書鳩の活躍について触れ、それが如何に素晴らしい働きをしたかを、偲が首を傾げるほど熱く語った。そして竹利が、充分過ぎるくらい伝書鳩に興味と好意を持ったところで、こう尋ねた。

「もしかすると竹ちゃんは、将叔父さんに頼まれて、伝書鳩になったんじゃないかな。笹女神社の篠懸お姉さんに、お手紙を届けるために」

そのとき横で偲が、はっと息を吞んだ。その突然の気配に、思わず頷《うなず》き掛けていた竹利の頭が、ぴたっと止まった。

……駄目か。

やっぱり偲を連れて来るべきではなかった、と言耶が後悔し掛けたところに、

「すげぇぇ、ばれてもうた。ほんまもんの探偵じゃ」

竹利の感嘆した声が、路地に響いた。

「そ、そのお手紙には、な、何が書いてあったのかな」

自らの興奮を抑えつつ言耶は尋ねたが、正確な記述を知るためには、思わぬ時間が掛かった。手紙に書かれた漢字が、竹利には読めなかったからだ。

「一、二、三、四の数字は分かるよね」

「うん。十を超えても読める」

得意そうな竹利に、言耶は大いに感心する振りをしながら、手紙に数字がなかったかを訊いてみた。すると「七」という答えがあった。

「今朝の七時でしょうか」

偲が小声で囁《ささや》いたが、その声音には焦りが感じられる。既に八時近かったからだ。

「問題は、場所だな」

言耶は常に持ち歩いている取材ノートに、犢幽村内の名称を漢字で記し、それを次々と竹利に見せていった。その結果、彼は「絶海洞」に反応した。とはいえ自信はなさそうである。

「ありがとう。本当に助かったよ」

言耶が礼を言うと、竹利は喜びながらも、

「探偵さんの役ばぁ、ちゃんと立ったんじゃね」

やや不安そうな面持ちで確認してきたので、偲が笑いながら頭を撫《な》でた。そのとき竹利の顔に浮かんだ笑みが、どれほど愛らしかったことか。

「もう一つだけ、助けてくれるかな。佐波男《さばお》さんの家は、何処だろう？」

竹利の案内で佐波男の家まで行く途中、偲が小声で囁いた。

「篠懸さんが少し持ち直したように見えたんは、このせいやったんですね」

「恐らく亀茲将氏の手紙には、宮司さんの居所を知っている、というような内容が、彼女の気を引くために記されていたんだろう」

「酷《ひど》い奴です」

佐波男の家に着いたところで、

「祖父江君、竹ちゃんを竹屋まで送ってくれ。僕は佐波男さんに小舟を出して貰って、絶海洞へ向かうから」

言耶は偲に頼んだのだが、自分も行くと言って聞かない。

「君には竹ちゃんを送って行ったあと、僕がノートに書いた他の場所を当たる、という重要な役目がある」

「そんなこと言うて、私を厄介払いするつもりでしょ」

「もちろん、それもあるけど――」

「ちょ、ちょっと先生！」

怒るよりも呆れたような声を出した偲を、まぁまぁと言耶は宥《なだ》めながら、

「小舟に君が酔うとか、佐波男さんが女性の同乗をどう思うかとか、絶海洞でどんな事態が待ってるか分からないとか、色々と理由はあるのは間違いないけど、他の場所の確認が必要なのも確かなんだ」

そう言って言耶が、ちらっと竹利を見やったので、ようやく偲も納得したらしい。

手紙に書かれた漢字を、竹利が誤って覚えていた場合、彼女の確認作業が保険になる。その事実に、ようやく気づいたのだろう。

偲が竹利とその場を離れてから、言耶は佐波男の家の戸を叩いた。すぐに本人が顔を出したものの、「絶海洞まで小舟で送って欲しい」という彼の頼みは、鰾膠《にべ》もなく断られた。そこで仕方なく言耶が、「篠懸さんが絶海洞に、亀茲将氏によって呼び出された懼《おそ》れがある」と打ち明けたところ、途端に佐波男の態度が変わった。逆に言耶を急き立てるようにして、かなり慌てて浜へと駆け出した。

朝の牛頭《ごず》の浦《うら》は、きらきらと海原が輝いて眩《まぶ》しく、得《え》も言われぬほど綺麗な眺めだった。ただの遊覧であれば、もちろん言耶も楽しんだかもしれない。だが今は当然ながら、そういう気持ちには少しもなれない。

早く絶海洞へ――。

徒に気が急くばかりである。そんな状況にも拘《かかわ》らず幸いだったのは、佐波男が一切の無駄口を叩かなかったことだ。エンジンで走る小舟を一心に操っている。どうやら彼も言耶と同じく、一刻も早く絶海洞に着きたいと思っているらしい。

やがて小舟は角上《つのうえ》の岬を越えて、賽場《さえば》へと入った。前方の断崖絶壁の下部に、ぽっかりと口を開けた絶海洞が、いきなり両の目に飛び込んで来る。しかし、そこからでは洞内に小舟があるのかどうか、全く分からない。

小舟が更に絶海洞へ近づいたところで、言耶は洞内に妙な変化を認めた。ちらちらっと何かが蠢《うごめ》いたようなのだ。

そうか、松明《たいまつ》だ！

謎の揺らめきの正体を察した途端、彼は確信した。

ここに二人はいる。

小舟が絶海洞内に入って行くと、予想通り右手の岩場で松明が燃えていた。しかも、そこには引き上げられた二艘《そう》の小舟があった。

「どうやら二人は――」

洞内にいるようです、と言耶が口にするよりも先に、佐波男が二艘の小舟を指差したので見ると、その陰に誰かが倒れているではないか。

言耶は急いで小舟から降り、その人物を慌てて確かめた。

「……篠懸さんです。無事なようです」

彼自身も大いに安堵したが、佐波男もほっとしたようである。

「どうしました？　大丈夫ですか」

しかし彼女はぐったりとしたままで、よくよく観察したところ、半ば意識を失っているようにも映る。

「怪我はありませんか。何処か痛いところは？」

今更のように言耶は確認したが、微《かす》かに弱々しく首を横に振るのが、本当に精一杯という有様だった。

「篠懸さんを浜まで運んで、お医者さんに見せて下さい」

彼女を抱き抱えて佐波男の小舟に乗せ、そう頼んでから言耶は、独りで絶海洞の奥へと入って行った。

「気ぃつけろ」

佐波男の低い声が洞内に響き、一瞬びくっとする。無口な彼がわざわざ注意を促したことが、どうにも気味悪く感じられたからだろう。

幸いにも碆霊様祭のときと同様、全ての松明が点《とも》されているらしく、洞内を進むのに苦労はしなかった。すぐに岩場が終わって、大小の石を踏み締め出したかと思うと、それが無数の小石に変わっていく。賽《さい》の河原である。その両脇には小さな石積みの塔が、松明の炎によって無気味に浮かび上がっている。

ぐねぐねと蛇行する賽の河原を過ぎると、左右に延びる低い城壁の如き積石で遮られた、例の供養碑を祀《まつ》る砂地の境内に出たが、そこで言耶は思わず立ち止まった。

「……亀茲、将さん？」

彼が呼び掛けた先には、一人の男が倒れていた。供養碑と三途《さんず》の川の、ちょうど中間に当たる辺りである。辛うじて届いている松明の明かりで見る限り、亀茲将のようだった。ただし彼は、ぴくりともしない。全身の力が抜け切ったように、だらんと伸びている。

よくよく観察すると、頭部と両手が血塗《ちまみ》れだった。しかも左の横腹には、折れた銛《もり》の先が刺さっている。そして彼の腹の上には血の滲《にじ》んだ笹舟が、ぽつんと一つ置かれていた。

「三人目の被害者か……」

及位廉也、籠室岩喜に次いで、今度は亀茲将が死んだ。前の二人と違うのは、これが明らかに殺人だと分かることだろう。

「しかし……」

言耶が困惑した声を出したのには、大きな理由があった。

鳥居のような二本の竹の間から供養碑まで、被害者の足跡が点々と印《しる》されている。そして碑の前から三途の川側の岩場まで、何度か往復したらしい跡が見られた。だが、それ以外は綺麗な文様が残っている。他には何の痕跡も見当たらない。

いったい犯人はどのようにして、自らの足跡を残さずに被害者を殺《あや》めたのか。

言耶の眼前に出現したのは、またしても開かれた密室の謎だった。

第十六章　日誌と過去帳

刀城言耶は賽《さい》の河原と砂地の境内との境に当たる積石の前を、正に右往左往しながら考えた。

やっぱり連続殺人で、笹舟は犯行声明だったのか。

でも犯人は、なぜ今回だけ他殺の痕跡を残したのか。

にも拘《かかわ》らず現場が一種の密室状態なのは、どうしてか。

諸々の疑問が脳裏を駆け巡る。だが、一向に光明は見えて来ない。洞内の闇に抵抗する松明《たいまつ》の明かりのように、謎の闇を切り裂く明知の光を求めて、ひたすら彼は歩き続けた。

……じゃ。

そのとき洞内の何処かで、微《かす》かな物音が聞こえた。びくっとしながら足を止めた言耶は、凝《じ》っと耳を澄ませた。

……じゃ、じゃ、じゃりり。

誰かが賽の河原を歩いている。無気味な響きは、その足音だった。しかし、いったい誰が……と思ったところで、あっと言耶は声を上げそうになった。

……犯人？

亀茲将《きじまさる》を殺害した直後に、籠室篠懸《かごむろすずかけ》がやって来たので、咄嗟《とっさ》に犯人は洞内の暗がりに隠れたのではないか。そして逃げる機会を窺《うかが》っていた。

……じゃり、じゃりり。

だが、その推理が間違いらしいことに、言耶はすぐ気づいた。なぜなら足音が、こちらに近づいていたからだ。

まさか、亡者《ぼうもん》……。

慌てて武器になりそうな物を探すが、全く何もない。折れた銛《もり》や鉤竿《かぎざお》なら積石沿いに並べられているものの、果たして使えるかどうか。

だから犯人も最後は、頭部を殴って止《とど》めを刺したのか。

思わず事件の方に、言耶の意識が逸《そ》れたときである。洞内の暗がりから何者かが、ぬっとその姿を現した。

「…………」

必死に悲鳴を堪《こら》えて良かったと、つくづく言耶は思った。そこに立っていたのが、佐波男《さばお》だったからだ。

「……は、早かった、ですね」

だが彼と話して、自分の勘違いを悟った。予想以上に時間が経っていたのだ。

篠懸の具合を尋ねてから、言耶は亀茲将が殺されたらしい事実を伝えた。それでも佐波男が全く動じなかったので、安心して警察への連絡を頼むことができた。

もっとも御堂島《みどうじま》警部たちがやって来るまで、独りで洞内に残らなければならなかったのは、正直かなり堪《こた》えた。佐波男が戻るまでも同じだったとはいえ、あのときは目の前の謎の数々に、とにかく興奮していた。だから佐波男の足音を耳にするまで、特に恐怖は覚えなかった。

しかし、少し冷静になった今は違う。難破船の死者たちを祀《まつ》った絶海洞《たるみどう》の奥に、自分は独りでいる。「海原の首」の話のように、亡者が出て来る洞窟の直中《ただなか》に、自分だけしかいないのだ。如何《いか》に怪異的な現象に慣れている言耶と雖《いえど》も、この状況はやはり怖い。

……いかん。事件のことを考えよう。

そう強く思ったところで、最も肝心な問題を失念していたことに気づき、彼は愕然《がくぜん》とした。

亀茲将氏殺しの最有力容疑者は、篠懸さんになるんじゃないのか。

彼女は被害者に呼び出されて、絶海洞の中に入った。そのあとを言耶が追った。彼は洞の出入口近くに倒れている彼女と、砂地の境内で殺されている彼を見つけた。この二人の他に、洞内には誰もいなかった……。

本当にそうか。

そんな疑問が浮かぶや否や、言耶は常に身につけている細長い布巻きの中から、万年筆型ライトを取り出して明かりを点《つ》けた。この布巻きは彼の親しい編集者たちが、〈怪奇小説家の探偵七つ道具〉と呼ぶ代物で、他に蠟燭《ろうそく》や硫黄燐寸《マッチ》、小型ナイフや鑢《やすり》やペンチ、細引きや針金や磁石などが収納されている。

言耶は松明の明かりが届かない洞内の暗がりを、万年筆型ライトで照らしながら、砂地の境内の周囲から小舟が泊めてある洞の出入口まで、ゆっくりと戻った。だが、どれほどの闇の中であろうと、こっそり潜んでいるような者は一人もいなかった。絶海洞内にいるのは、間違いなく言耶だけだったのである。

それでも彼は何度も往復して、見落としがないかを確かめた。そうして動いていなければ、恐ろしい想像をしてしまいそうだったからだ。

やがて絶海洞の出入口が騒がしくなり、御堂島警部とその部下たちが現れた。言耶が事情を説明すると、取り敢《あ》えず現場検証が行なわれた。鑑識の到着には時間が掛かるため、できることはやっておく、という警部の方針である。

「鬼無瀬《きなせ》が言っていた」

いきなり御堂島に話を振られて、言耶が戸惑っていると、

「刀城言耶が訪れる先々で、不可解な事件が起こる……とな」

「そんな――」

「莫迦《ばか》なことは有り得ないか。しかしな、先生がこの村に来てから、いくらでも逃げ出せるはずの竹林宮《ちくりんぐう》で、なぜか及位廉也《のぞきれんや》が餓死した。他には誰もいないはずの物見《ものみ》櫓《やぐら》から、なぜか宮司は墜落して姿を消した。明らかに他殺としか思われない絶海洞の現場で、なぜか犯人の足跡が残っていない。こんな奇妙な事件ばかりが立て続けに起こるなど、私の長い警察官人生の中でもはじめてだ。けど先生は、もう何度もこういう事件に遭遇している。違うかね」

「そ、そうですけど……」

「しかも、見事に解決している」

「い、いや……」

「その先生に、お尋ねしたい。この現場は、いったい何なんだ？」

御堂島の表情は極めて真面目だったが、それが当てにならないのは、ここ数日の短い付き合いだけで充分に分かっている。だから言耶も安易には口を開かなかったのだが、相手は黙ったまま彼を見詰め続けた。

「その前に、お訊きしたいのですが」

「何だ？」

「篠懸さんに、その―容疑は……」

「もちろん掛かっている。現場にいたんだから、当たり前だ。もっとも――」

言耶が抗議の声を上げる前に、御堂島が付け加えた。

「彼女が呼び出しを受けた七時前から、先生が絶海洞に駆けつけた八時過ぎまで、牛頭《ご》の浦《うら》から賽場《さえば》の一帯に出ていた小舟がいなかったかどうか、今その目撃者捜しをやっている」

「しかし生憎《あいにく》、碆霊様祭《はえだまさま》の翌日から三日間は、漁が休みになりますよね。つまり明日にならないと、早朝から海に出る者はいないわけです」

「それで被害者は、ここに彼女を呼び出したのか」

「恐らく――」

相槌《あいづち》を打ちながらも、ふと言耶は心の中で思った。

どうして三日も、祭のあと休漁するのか。

彼の口調に引っ掛かりを覚えたらしく、御堂島が問いたそうな顔をしたので、

「今なら誰にも見られる懼《おそ》れなく、ここに来られます。いったん洞内に入ったら、それこそ他人《ひと》の目を気にする必要もなくなる。密会の場として、これほど相応《ふさわ》しい所もないわけです。ただ、如何に漁が休みとはいえ――いえ、だからこそ三日の休漁の間

に、牛頭の浦に小舟を出してしまうと、逆に目立つとは思いませんか」

「そうだな。いくら休漁中でも、佐波男のように早朝の海の様子を見に出るのが、習慣となっている者もいるだろうしな。けど仮に、そこで誰かが被害者や彼女の姿を見たとして、わざわざ追い掛けて小舟を出すか」

「先の小舟に亀茲将氏が、あとの小舟に篠懸さんが乗っていて、二人が絶海洞に向かっていると分かれば、もしかすると心配する人もいるかもしれません」

「そこまで目撃できる者が、果たしていたかどうか。そんな人物がいれば、ここへ先生が駆けつける前に、とっくに来ていただろう」

「仰《おっしゃ》る通りです。でも、そういう危惧を被害者が、少しも抱かなかったと考えるのは、ちょっと不自然ではありませんか」

「つまり亀茲将には、ここへ籠室篠懸を呼び出した理由が、何かあったというわけか。そうなると彼女の容疑が益々《ますます》――」

「深まるかもしれませんが、もし第三の小舟が目撃されており、かつ絶海洞への出入りが認められたとすれば、一気に篠懸さんの容疑は薄まりますよね」

「その目撃者が、被害者と彼女の小舟の、たった二艘《そう》しか目にしていなかったときは、やっぱり容疑は深まるがな」

「しかし――」

「そもそも現場の状況が、衝動的な殺人を物語っていないか」

「凶器の一つが、現場にあった折れた銛だからですね」

「そうだ。つまり被害者に呼び出された彼女が、一時の激情で相手を殺してしまった……そんな風に見えることに、あなたも異論はないだろう」

「でも彼女に犯行は、まず不可能です」

すかさず言耶が否定すると、御堂島が無言で先を促したので、

「被害者が倒れていた地点から最も近い積石まで、三メートル弱はあります。実はこの現場を見たとき、竹林宮で及位氏が右手に持っていた、あの竹の棒がふっと浮かびました。ここにも同じ竹の鳥居があるため、それを地面から抜いて、その先の穴に供物の折れた銛を差し込み、即席の槍《やり》を作って、被害者を突き刺したのではないか――と考えたのですが、如何《いかん》せん長さがとても足りません」

「彼女は折れた銛を拾い上げて、単に被害者を刺しただけかもしれんぞ」

「でも、それなら足跡が――」

「砂地の境内の中ではなく、外で刺したとしたら？」

単純な発想の転換に、言耶は一瞬はっとなった。

「そのあと被害者は、彼女から逃げようとして、咄嗟に境内へ入った。だから砂地には、被害者の足跡しか残らなかった」

「けど、それなら足跡が、もっと乱れているはずです」

言耶が確認のために目をやった砂地の足跡は、どう見ても竹の鳥居の間から供養碑の前まで、極めて普通に歩いているようにしか映らない。

「それに供養碑から三途《さんず》の川の前まで、何度か往復した跡も残っています。この状況から分かるのは、被害者は独りで砂地の境内に入り、その奥で左右に行ったり来たりしながら、彼女を待っていたということです」

「そうだな」

あっさり御堂島が認めたので、一先《ひとま》ず言耶は安堵《あんど》した。

「煙草が一本、碑の側《そば》で見つかったようだから、その見立ては恐らく正しいだろう」

言耶と話しながらも、さすがに御堂島は部下たちの動きを、ちゃんと把握しているらしい。

「ただ一本しかないのは、それほど待たずに彼女が来たからかも――」

「その割には、供養碑の前の動きが、少し激しくありませんか。被害者は何本も喫煙していたけど、吸い殻は全て三途の川に投げ捨てていた。最後の一本が碑の側に落ちたのは、そのとき犯人に襲われたからかもしれません」

「なるほど。で、どうやって犯人は、被害者を刺したんだ？」

「折れた銛だけが凶器なら、手で投げつける、何らかの道具で飛ばす、という方法も考えられますが――」

頭部への打撲がそれでは解決しない、と言耶が思っていると、

「先程の竹槍の件だが、何もここの鳥居の竹を使う必要はないだろ。最初から彼女が、もっと長い竹を用意してくれば済む」

御堂島が篠懸犯人説を更に進めたので、慌てて反論した。

「被害者が砂地の境内の中で待っていると、事前に分かるわけがありません」

「そんな長い竹を持って来れば、そもそも相手に警戒されるだけか」

「第一それでは、最初から殺意があったことになります」

「なぜ呼び出されたのか、彼女は知らなかったというのか」

「竹屋の竹利《たけとし》君が篠懸さんに渡した紙切れには、それほどの文章量がなかったみたいですからね」

「それでも彼女には思い当たることがあったので、念のために準備したとも考えられるだろ」

「警部さん自身も仰ったではないですか、これは衝動的な殺人に見える――と」

「これは一本取られたな」

「仮に計画的な殺人だったとしたら、凶器に折れた銛など使いませんよ」

「確かにな」

明らかに御堂島は、ここまでの会話を振り返っても分かる通り、刀城言耶の推理力を試していた。とはいえ言耶も、それは承知のうえだった。

「だがな、そうなると益々、彼女には不利な状況と言えるのではないか」

「どうしてですか」

「なぜ呼び出されたのか知らずに、彼女はここへ来た。そこで何か重大なことを聞かされた。あるいは言い寄られたのかもしれんな。とにかく彼女が咄嗟に、被害者に殺意を覚えるか、身の危険を感じるような出来事があった。だから彼女は衝動的に、供物の折れた銛を摑《つか》んで、それで被害者を刺した。しかし致命傷を与えられなかったので、積石の一つを手に取って頭部を殴打した。現場の状況に鑑みた場合、それが最も辻褄《つじつま》の合う見立てだろうな」

「でも彼女は、被害者に近づいていません」

そう応じながらも言耶は、瀆霊様祭で使われた砂熊手のことを思い出して、あっと声を上げそうになった。

「足跡を消す方法が、一つありました」

急いで御堂島に教えると、すぐに付近の洞内の捜索が行なわれた。だが、何処からも砂熊手は見つからない。そのうえ現場の砂地には、あとから均《なら》したような跡がないと分かった。祭のあとで綺麗に文様が描かれた境内に、被害者だけが足を踏み入れたことは、ほぼ間違いないと確認されたのである。

「やっぱり彼女は、被害者に近づけなかったわけです」

言耶の台詞《せりふ》に、御堂島が言い返した。

「砂地の上ではな」

「どういう意味ですか」

御堂島は三途の川を見やりながら、

「この川に落ちて流された振りをして、砂地の境内の左手の岩場まで行き、そこで這《は》い上がる。被害者は驚いて近づいて来るだろうから、それを待って折れた銛を突き刺し、止めとして側に転がっている大きめの石で頭部を殴る。被害者は殴られた勢いという物理的な理由と、彼女から逃げようとする心理的な原因により、その場から後退《あとずさ》って倒れる。すると、ちょうど彼が絶命していた場所にならないか」

「……お見事です」

言耶は素直に賛辞を述べてから、反撃を開始した。

「でも彼女は、どうして普通に境内へ入らずに、そんな妙な犯行方法を選んだのでしょう？」

「巫女《みこ》という立場上、境内を神聖に思ったのか……」

「そこで殺人を犯しているのに？」

苦笑する御堂島に、更に言耶は突っ込んだ。

「それに警部さんの方法では、完全に衣服が濡れてしまいます。少なくとも下半身は、ずぶ濡れになるはずです。しかし彼女には、不審なところは少しもありませんでした。それとも事前に、着替えや手拭いを用意していたと仰るのでしょうか」

「それだと最初から殺意があることになって、推理が元に戻ってしまう」

「彼女ではない第三者が犯人の場合は、警部さんの方法が有効になります。その人物は濡れた衣服のまま、さっさと洞内から逃げ出せば良いのですから」

そう言ったあと言耶は、いやいやと大きく首を横に振りながら、

「すっかり警部さんに乗せられてしまいましたが、今回の一連の事件が連続殺人だった場合、そもそも篠懸さんが犯人であるわけがありません」

「二番目の被害者が、宮司だからか」

「はい。日頃から敬愛している祖父を、篠懸さんが殺《あや》めるなど考えられません。動機があれば別だと仰るでしょうが、それでもです」

「しかも肝心の動機が、まったく彼女にはないか。前に例を挙げた惚《ほ》れた男のために、という理由も否定されたしな」

「そ、そうです」

勢いづいた言耶は、そのまま篠懸無罪説を推し進めようとした。

「被害者の腹の上に、血の滲《にじ》んだ笹舟が置かれていた事実からも、これは計画的な犯行ではありませんか」

「だとしたら犯人は、二人の密会を知っていたことになるぞ」

「それこそ犯人は偶々《たまたま》、絶海洞へ向かう被害者の小舟を目撃したため、これは犯行の好機とばかりに自分も急いだ。そのあと篠懸さんがやって来た――」

「そうなると今朝方、絶海洞に出入りした小舟の目撃情報が得られるかどうか、益々それが重要になってくるな」

ちょうど森脇《もりわき》刑事がそこへ、現場検証の報告に来たので、御堂島は言耶との話をここで打ち切った。

「よし、一度ここを出よう」

部下の報告を一通り聞いたあとで警部は、そう促して言耶と一緒に洞内を戻ると、佐波男の小舟に乗り込んだ。

絶海洞から出た途端、角上《つのうえ》の岬に犇《ひし》めく村人たちの姿が目に入った。誰もが好奇心と恐怖心が入り交じった眼差しで、小舟の上の言耶と御堂島を見詰めている。

浜まで戻って寄合所へ行くと、篠懸に寄り添うような偲の姿が目に入ったので、言耶はほっとした。しかし村田《むらた》刑事に、女編集者が容疑者の側を離れなくて困っていると言われ、どう説得しようかと焦っていると、すんなり御堂島が認めてくれたのには驚いた。

「そんなことよりも今朝、小舟を見た者はいたのか」

警部が気にしたのは、そっちの方だった。

「はい。いるには、いたのですが……」

村田は認めながらも、なぜか歯切れが悪い。

「何だ？　はっきり言え」

「はっ。それが、例の蓬萊《ほうらい》という女でして……」

村田の話によると、籠室岩喜《がんき》宮司が物見櫓から落ちるのを目撃したことが、彼女は忘れられないらしい。そこで今朝も角上の岬の突端まで行くと、賽場を眺めていたという。すると小舟に乗った亀茲将が、絶海洞に入って行くではないか。ただし何時だったかは分からない。それから十数分後——これも曖昧である——今度は小舟に乗った篠懸が、同じように洞内へ入るのを目撃して、彼女は胸騒ぎを覚えた。だからその場から動かずに、ずっと絶海洞を見張っていた。かなりの時間が経ってから、次にやって来たのは佐波男の小舟だった。そこに乗っていたのは、もちろん刀城言耶である。昨日の夕方、小屋を訪ねた彼のことを、彼女はよく覚えていたらしい。ちなみに将も篠懸も独りで、他には誰も乗っていなかった。また何らかの荷が載せられていることもなかったという。

「絶海洞に出入りしたのは、そ、その三艘だけだった……というわけですか」

興奮する言耶に問い掛けられ、村田は困惑した顔を御堂島に向けたが、警部が軽く領《うなず》いたためか、「そうです」と認めた。

「これで彼女の容疑が、いよいよ固まったな」

御堂島の視線の先には、どう見ても病人にしか映らない様子の篠懸がいる。

「でも彼女には、あの犯行はできません」

「本人を問い質《ただ》せば、それは分かることだ」

足跡のない殺人など警察は端《はな》から検討しない。最有力の容疑者がいるのなら、その人物を締め上げて、直に犯行方法を聞き出せば済む。そういう方針なのだろう。

「け、警部さん」

詰め寄ろうとする言耶を、やんわりと御堂島は押し戻すように、

「我々は民主警察です。手荒い取り調べなどしないので、どうかご安心を」

そんな台詞を吐かれると、言耶としてはどうしようもない。そのうえ偲と一緒に、体良《てい》く寄合所から追い払われる羽目になった。当の偲は、篠懸の側にいると言って聞かなかったが、彼が説得して何とか連れ出した。

「せやけど先生、あのまま篠懸さんを――」

寄合所から出た途端、予想通り偲には嚙《か》みつかれたが、

「現状では、彼女が取り調べられるのも仕方ないんだ」

亀茲将殺しの状況を一通り説明すると、途端に黙ってしまった。

「これから、どうします？」

「もう昼を過ぎてるから、まずは腹拵《はらごしら》えをしよう」

言耶が向かった先は、亀茲将と久留米三琅《くるめさぶろう》が「密会」をしていた磯屋である。

「ここって、美味《おい》しいんですか」

偲が小声で訊いてきたので、今更ながら言耶も小首を傾げながら暖簾《のれん》を潜ったのだが、彼女の心配は不幸にも当たっていた。不味《まず》かったのである。

しかも言耶が、一連の事件に対する村人たちの反応を、女将《おかみ》から聞き出そうとしたのに、逆に質問攻めに遭う始末だった。どうやら竹屋の竹利が、刀城言耶のことを「あん先生は、偉い名探偵じゃ」と言ったらしい。そのせいで女将の彼を見る目が、すっかり変わっていた。結局、何の収穫もないまま彼らは磯屋を出た。

「笹女神社《ささめじんじゃ》に戻りますか……」

偲は口にしてから、やや躊躇《ためら》う素振りを見せた。宮司も篠懸もいない籠室家に、自分たちが戻って良いものか逡巡《しゅんじゅん》したらしい。

「今は篠懸さんの帰りを、あの家で待つのが良いと思う」

言耶が応えると、彼女は我が意を得たりと言わんばかりに、

「そうですよね。彼女が帰って来ても、誰も出迎えてくれんかったら、そんなに淋《さび》しいことはありませんもの。そうと決まったら――」

「その前に僕は、竺磐寺《とくがんじ》に行って来るよ」

「何でです？」

「及位廉也氏が何を調べていたのか、遅蒔《おそま》きながら突き止めたいと思う。だから笹女神社に戻っても、しばらく宝物庫に籠るつもりだ」

するとは偲が、かなり不満そうな様子で、

「せやけど先生、そんな有るか無いか分からんような、神社か村の秘密を調べるよりも、一連の事件の謎を解く方が、遥かに大切なんと違いますか」

「個々の謎は、少しずつ解けて来ている気もするんだが……」

さり気なく言耶が言った台詞に、彼女が敏感に反応した。

「ほ、ほんまですか、先生！」

「いや、だから、飽くまでも少しずつで……」

「せやったら一気に、最後まで解いてしまいましょうよ」

「無茶を言うな。そもそも僕は、試行錯誤を繰り返しながらでないと、推理などというものは推し進められないと、君もよく知ってるだろ」

「ええっー、そうですけど――」

「それに遅かれ早かれ、及位廉也氏が何を調べていたのか、明らかにする必要が出てくる。警察が篠懸さんを取り調べているうちに、そっちに取り掛かるべきだと思う」

何とか偲を説き伏せて、言耶は独りで竺磐寺へ向かった。

「こんにちは。刀城言耶です」

寺の母屋の玄関で名乗ると、前のときとは違って座敷に通され、

「いやいや、偉いことばぁなったのう」

すぐに真海《しんかい》住職が姿を現した。亀茲将殺しの件と、その有力容疑者として篠懸が警察に疑われていることを、既に知っているらしい。しかも言耶に、新しい情報の提供を求めているのが、もう見え見えだった。

「日昇紡績《にっしょうぼうせき》の久留米さんは？」

あとから同じ説明をする羽目になるのは嫌だったので、そう住職に尋ねると、

「それがな、いきなり風邪ばぁ引いてもうて。昨日まで元気にしとったのに、ほんに人の運いうんは分からんもんじゃ」

何とも大袈裟《おおげさ》な運命論で返された。少なくとも同席するほど症状は軽くないようなので、言耶は喋《しゃべ》っても差し障りのない事件の内容を、取り敢えず住職に教えた。

それから寺の過去帳を見せて欲しいと頼んだところ、あっさり許可された。

「何じゃったら、持ち出しても構わん」

住職の信じられない言葉に、言耶が驚いていると、

「あの餓死した学者も、勝手にばぁ持ち出しとったからな」

そう言って笑った。どうやら全く気にしていないらしい。過去帳の高い資料性を理解していないのか、と言耶は大いに嘆いたが、もちろん口にはしない。

寺の宝物庫に案内された言耶は、江戸時代の前期と中期と後期と末期から、適当に数冊の過去帳を選んだ。そして住職に断ったうえで、それらを抱えて笹女神社に戻り、今度は神社の宝物庫に籠った。すると代々の宮司が遺した古文書の和綴《わと》じの日誌の間に、竺磐寺の宝物庫から持ち出されたらしい数冊の過去帳が見つかり、彼は呆《あき》れた。間違いなく及位廉也の仕業だろう。

本当に困った人だったんだ。

同じ研究者として言耶は恥ずかしくなったが、気を取り直して居住まいを正すと、まず日誌の潜霊様祭に関する部分にのみ目を通した。その結果、宮司が言っていたように、江戸時代は儀礼内容が多岐に亘《わた》っていた祭が、明治になって次第に簡略化されていった事実が、手に取るように分かった。かといって昔の方が、盛大で派手だったわけでは決してない。ただ、やたらと手順が多かったのである。

そこから言耶は、ある確認作業に没頭した。最初に過去帳の中から、この村の出身ではない他国の死亡者を見つける。次にその名前が記された帳面の、和暦と月日を確

かめる。それから同じ和暦の日誌を探して、同じ月日の頁を開いたところ、予想通り「何々藩の帆船が難破した」という旨の記述に出会《でくわ》した。過去帳に書かれた出身地も、間違いなく藩があった地域の一部に該当している。海難事故が一件もない年も当然あったが、船が沈んでいる月は現在の八月下旬から九月の下旬に、ほとんど集中していた。難破する原因の多くが、台風だったせいだろう。

そうやって調べていく中で、日誌に「唐食船《からたぶね》」の文字を見つけて、彼はどきっとした。こういった現実的な記述に於いて、この言葉を目にするとは思いもしなかったからだ。

いったいこれは……。

どういう意味かと深く興味を覚えたが、その三文字の他には何の書き込みもない。慌てて過去帳の同じ和暦の月日の頁を検《あらた》めてみたが、他国者の死亡は一名も記されていない。

つまり唐食船とは、少なくとも難破船ではないわけだ。

とはいえ奇跡的に死者が出なかっただけかもしれないと考え直し、日誌の別の箇所にも唐食船の記述がないかを探してみると、複数の書き込みが見つかった。そこで過去帳の該当する頁を確かめてみたが、やはり関連するような記述は一切ない。

この唐食船とは、いったい何なのか。

片手に過去帳を、もう片手に日誌を持ったまま、言耶は考え込んだ。薄暗い宝物庫の中で、ひたすら考え続けた。

村人が飢餓に苦しむとき、碆霊様が唐食船を遣わして下さる。

唐食船は食べ物を一杯に積んで、海の彼方《かなた》からやって来る。

あの「海原の首」の伍助《ごすけ》の言葉を借りれば、そういう意味になる。だが、そんな宝船にも似た都合の良い代物が、実際に存在したとはとても思えない。

唐食船と呼ばれるものは、実は船ではないのか。

船でもないのに、なぜ唐食船と言われるのか。

そして船でないならば、いったい何なのか。

言耶は何冊も日誌を捲《めく》り続けたが、唐食船の文字が数年に一度か二度ほど見つかるだけで、それに関する記述は、相変わらず全く出て来ない。同じ年月日に該当する過去帳の箇所も確かめてみたが、やはり何の記載もない。

和綴じの日誌の所々にぽつんと、ただ唐食船と記されているのみで、あとは全く不明である。

船ではない船……。

……笹舟。

あれは水に浮かぶが、もちろん船ではない。そのとき、どうして笹舟が道端の祠《ほこら》や地蔵に供えられているのか、という疑問が改めて言耶の脳裏に浮かんだ。

供養のため……。

笹舟は難破船を模しているのか。しかし、そんな昔の海難事故を未だに祀《まつ》るだろうか。いや、そのこと自体は別に珍しくない。御霊《ごりょう》信仰などは何百年も前の怨霊を恐れるが故である。とはいえ人々にとって祟《たた》りが身近だからこそ、そういう信仰は生まれる。確かに碆霊様は犢幽村《とくゆうむら》の人たちにとって近しい存在かもしれない。だが元を辿《たど》れば江戸時代に、数年に一回あるかないかの難破船に過ぎない。しかも死者たちは村人によって供養されている。日常的に笹舟で供養しなければならない出来事とはやはり思えない。にも拘らず碆霊様という魂鎮《たましず》めの儀式が今日まで連綿と行なわれ続けており、尚も蠅玉《はえだま》という新たな怪異となって閖揚村《ゆりあげむら》を脅かす事態にもなっているのはなぜか。

笹舟は唐食船なのか。

唐食船とは、いったい何なのか。

気がつくと言耶は、何とも言えぬ怖気《おぞけ》を覚えていた。それは得体の知れぬ存在に抱く、人間の本能的な畏れだったかもしれない。このとき彼の脳裏には、海上に広がる濃霧の中から、ぬっと現れる一艘の廃船の姿が朧《おぼろ》に浮かんでいた。

幽霊船……。

……莫迦な。

それこそイギリスのコーンウォール地方に相応しい伝説ではないか。

「先生ぇぇ」

そのとき偲の声が、宝物庫の表で聞こえた。

「どうした？」

篠懸に何かあったのかと思い、慌てて外へ飛び出すと、

「閖揚村の子供が、亡くなったそうです。たった今、お手伝いの人から聞きました」

悲しさと恐ろしさを同時に感じているような顔の偲が、そこに立っていた。

「その子供というのは……」

「瀯霊様祭で振る舞われた茸汁《きのこじる》に中《あた》って、重体やった三人の子供のうちの一人です。今日の午前中に、容体が急変して……」

次いで彼女は怯《おび》えた表情を見せつつ、

「この強羅《ごうら》地方はいったい、どうなってるんですか。犢幽村の怪談殺人事件は、閖揚村の妙な事件とも、何か繫《つな》がりがあるんでしょうか。先生、ちゃんと教えて下さい」

だが残念ながら言耶は、まだ何も答えられない状態だった。

第十七章　捜査状況

その日の夕方になって、籠室篠懸《かごむろすずかけ》は無事に笹女神社《ささめじんじゃ》へ帰された。かなり憔悴《しょうすい》していたため、祖父江偲がすぐに蒲団《ふとん》を敷いて寝かしつけた。それでも刀城言耶に話があるというので、彼女の部屋まで行って枕元に座ると、何とも奇妙な台詞《せりふ》を口にした。

「先生が竹《たけ》ちゃんと会われたとき、もう運命ばぁ決まっとったんかもしれません」

「どういうことですか」

驚いて言耶は尋ねたが、篠懸は泣きながら眠ってしまった。

「祖父江君、彼女は――」

偲は人差し指を唇に当てると、そっと言耶を廊下へ誘ってから、

「篠懸さん、蒲団に入れて落ち着かせるまで、かなり神経質になってはりました。このまま精神が崩壊するんやないかって、ちょっと怖かったです」

「無理もない。宮司さんは行方不明のままだし、亀茲将《きじまさる》氏に呼び出されたと思ったら、当人の惨殺死体の発見者になったんだからな」

「ようやく蒲団に寝かせて、少し落ち着いたなと思うたら、先生に言うとかんといかんことがあるって……」

「あの台詞の意味は？」

「そんなん私も分かりません」

すっかり偲も困惑しているらしい。

「竹ちゃんが伝書鳩の役目を果たしていると、僕が聞き出したことかな」

「それとも最初に会《お》うたときに、先生を磯屋まで案内したことでしょうか」

「いずれにせよ、そこに運命が決まるほどの出来事があったとは、とても思えないのだけど……」

「でも篠懸さんは、きっと感じるものがあったんですよ」

「何からだろう？」

「さぁ……」

二人とも黙り込んだあとで、言耶は気を取り直したように、

「僕は今から、寄合所へ行って来る」

「篠懸さんの容疑がどないなったか、あの警部に尋ねるんですね」

「こうして帰されてる以上、もう重要容疑者ではないとは思う。ただ……」

と言い掛けたあと、急に言耶は険しい表情で、

「僕が戻って来るまで、篠懸さんから目を離さないで欲しい」

「そんなこと先生に言われんでも、ちゃんと私が面倒を……」

偲は不満そうな口調だったが、はっとした顔になって、

「まさか次は、彼女が狙われるとか……」

「確信があるわけじゃない」

「けど先生は、そう危惧されてるんですよね」

そこで言耶は、しばらく躊躇《ためら》っていたが、

「及位廉也《のぞきれんや》氏の餓死遺体が見つかったとき、岩喜《がんき》宮司が疑われた。その宮司さんが物《もの》見櫓《みやぐら》から落ちて、亀茲将氏が容疑者になった。そして亀茲将氏が殺されて、篠懸さんが警察の尋問を受けた」

「犯人は個々の事件の容疑者を、次々と手に掛けてる……ってことですか。彼らや彼女らは容疑者でも何でものうて、真犯人は自分や……って、まるで主張するかのように？」

「そんな莫迦《ばか》なこと、とても有り得ないと思うんだけど……。いや、正直なところ、よく分からない。でも今は、そんな風に見えることが、どうにも恐ろしくて仕方ないんだ」

「現場に残された笹舟は、そのためなんですか」

「……うん」

「容疑者連続殺人事件ですね」

「やっぱり有り得ないか……」

言耶が力なく両肩を落とすと、逆に偲がしゃんと背筋を伸ばして、

「先生、分かりました。私が責任を持って、篠懸さんを見守ります」

「うん、頼むよ。彼女の容疑がどうなったのか、それも含めて新しい情報が聞き出せないか、ちょっと寄合所で試してみるから」

「御堂島《みどうじま》警部いう人は、先生に協力的なんですか」

そうするのが当たり前のような偲の口調に、言耶は苦笑しながら、

「表向きは違うけど、結局は色々と教えてくれるよ」

「警察の面子《メンツ》があるから、表立って先生に協力は求めん癖に、裏では助けて欲しいと思うてる。よくある例のやつですね」

「いや、あの警部さんは違うだろう。本当なら僕の相手などするつもりはない。でも、ちょっと興味があるので、本当に探偵の才があるのかどうか、まぁ試してみるか。といったところじゃないかな」

「何て失礼な！」

熱《いき》り立つ偲を適当に宥《なだ》めてから、言耶は村の寄合所へ向かった。

「おう、来たな」

彼の訪れを、御堂島は予想していたらしい。顔を見るなり声を掛けたかと思うと、さっさと寄合所から出て来て、そのまま浜へと歩き出した。

「篠懸さんの容疑は、晴れたんですか」

早速の言耶の問い掛けに、警部は首を横に振った。

「それでも薄まったんですよね。だから家に帰したんじゃありませんか」

重ねて訊くと、御堂島が重い口を開いた。

「彼女は昨日の夕方、竹屋の竹利《たけとし》という子供から、亀茲将の伝言メモを受け取った。そこには宮司のことで話があるので、今朝の七時に絶海洞《たるみどう》まで来るように、と書かれていたらしい。それを先生は、推理で突き止めたわけだ」

「そんな大層なものではありません」

否定する言耶を、ちらっと御堂島は見やってから、

「そして彼女が、ほぼ時間通りに行くと――」

「篠懸さんは、小舟が漕《こ》げるんですね」

「ああ、神社専用の舟もある。もちろんエンジンはついているが、音を立てては不味《まず》いと思ったらしい。蓬萊《ほうらい》が見たのも、手漕ぎをする亀茲将と篠懸の姿だった」

「すみません。話の腰を折りました」

「彼女が絶海洞に着くと、奥の砂地の境内で亀茲将が殺されていた。しかし蓬萊の目撃証言によると、今朝の夜明けから八時までの間に、亀茲将と篠懸の小舟以外で洞に入ったのは、佐波男《さばお》の小舟に乗った先生だけだった、ということになる。この状況にも拘《かかわ》らず彼女の容疑が薄まったとするのは、いくら何でも無理だろう」

「その一方で、彼女に犯行は不可能だった、という状況証拠があります」

足跡のない殺人など、警察は本気で相手にしない。そんな返しを言耶は警戒したのだが、

「確かにな。そこは頭が痛い」

意外にも御堂島が、ぼそっと呟《つぶや》いた。

篠懸を尋問して犯行を吐かせようとしたが、どうしても彼女が認めない。動機と機会の面から攻めたが、一向に落ちない。残ったのは方法だが、それが警察には分からないため、それ以上の突っ込んだ取り調べができなかった。

という予想を言葉に気を遣いつつ言耶は口にしたが、御堂島は無反応だった。

「及位廉也の知覚障害の件だが――」

とはいえ別の話題をいきなり持ち出したのは、実は痛いところを衝かれたからかもしれない。

「そんな事実は、何処をどう探しても出て来なかった」

「……違いましたか」

「宮司に飲ませたかもしれない例の薬だが、強羅《ごうら》地方で採れる蛇顔草に他の植物を混ぜて、眠り薬が作れると分かった。その配分によっては、睡眠時間の調整もできるというのだから、何とも重宝な薬じゃないか」

「村人なら誰でも、それを作れるんでしょうか」

「いや、さすがにそれはないみたいだ。ただし年配者には、その作り方を知ってる者が多いという」

「宮司さん殺しの容疑が一時、亀茲将氏に掛かっていましたが――」

彼の年齢では薬作りは無理ですね、と言耶が指摘する前に、

「そんなもの、年配者から盗めば済むことだ。彼の父も、その手の薬を持っていることが、既に分かっているからな」

あっさり御堂島は却下したのだが、

「でも、その将氏自身が、第三の被害者になったわけですから……」

という言耶の台詞には何も返さずに、そのまま話を続けた。

「それと前後するが、宮司が行方不明になる前の晩に行なわれた祭の打ち上げで、彼と同じく所在不明の者が他にもいなかったかという問題は、なかなか調べるのが大変だった」

「お疲れ様です」

「いやいや、確認作業は森脇《もりわき》や村田《むらた》がやった。私ではない。その結果、確かなことは分からないものの、亀茲将と久留米《くるめ》三琅《さぶろう》の二人が、ちょっと怪しいと分かった」

「久留米さんも、打ち上げに参加してたんですか」

「そうらしい。本人に訊いたところ、『会場から会場へと渡り歩いていたので、自分でもよく覚えていない』と答えた。実際にそういう者が複数いたので、これ以上の突っ込んだ確認は無理だろうな」

「そんな状況の中でも、その二人の名前は挙がったわけです。この事実は、もしかすると大切かもしれません」

「ただな、宮司が物見櫓から落ちたと思われる当日の午前七時前後だが、亀茲将には現場不在証明《アリバイ》がある」

「えっ……」

「そのとき彼は、竹屋にいたことが分かっている」

「証人は、家族ですか」

「身内の証言は、普通なら当てにできない。しかし碌《ろく》に家業を手伝わない奴は、竹屋でも爪弾《つまはじ》きにされていた節がある。にも拘らず事件当日の朝、彼は店の掃除をしたうえで、仕事の手伝いまでやったというのだ」

「祭の打ち上げの際、閖揚村《ゆりあげむら》の大垣秀寿《おおがきひでとし》から説教された彼は、その翌朝から竹屋の仕事場の掃除と手伝いを、率先して行なうようになったらしい。誰よりも奴の家族が、まず目を丸くしたというんだから、これは信憑性《しんぴょうせい》があるだろう」

「でも、余りにも胡散臭《うさんくさ》くないですか」

「確かにな。とはいえ彼自身が他殺体で発見されるまでの間、ちゃんと掃除と手伝いは続けていたらしいから、本当のところは分からない。間違いないのは、物見櫓の物見板から宮司が落ちたとみられる当日の午前七時より三十分も前から、亀茲将はずっと竹屋にいたってことだ」

それから御堂島は淡々とした口調で、

「籠室篠懸の現場不在証明も確認された。彼女は当日の少なくとも午前六時半から七時までの間、籠室家の台所にいたのを、手伝いの女性に目撃されている」

「当然です」

即座に言耶は応じてから、慌てて付け加えた。

「大垣秀継《ひでつぐ》君もその時間帯には、まだ僕の横で蒲団に入ってました」

「先生の目は、さすがに誤魔化せないか。例の五人衆の残り四人も、全く同じだ。各自が自分の村の家にいた」

「妙ですね」

「あの人たちまで調べたんですか」

感心する言耶に、御堂島は当たり前だという顔で、

「宮司との付き合いが一番長いのは、彼らだからな。特に閖揚村の大垣秀寿は、昔から家同士の確執があると聞く。調べないわけがない」

「そうすると関係者で、現場不在証明がないのは？」

「日昇紡績《にっしょうぼうせき》の久留米三琅と、竺磐寺《とくがんじ》の真海《しんかい》住職くらいか」

「住職も容疑者ですか」

言耶は驚いたが、御堂島は表情一つ変えずに、

「及位廉也が犢幽村《とくゆうむら》で泊まっていたのは、真海が住職の竺磐寺だ。その及位廉也が餓死状態で発見される前、被害者と急速に親しくなったのが、亀茲将だった。そして笹女神社と竺磐寺は、同じ宗教施設にも拘らず村内での力の差が大きい。言うまでもなく神社が強く、寺が弱い。この長年の力関係を、果たして住職はどう感じていたものか」

「三つ目の理由は、さすがにこじつけではありませんか。何処の地方であれ、神社と寺は共存しているものです」

「ここでも同じだと？」

御堂島は意味深長な物言いをしてから、

「この前の喈霊様祭《はえだまさま》だけ見ても、他所者《よそ》にも分かるほど、村では神社の存在が大きいとは思わないか」

「ああいった地方の祭を仕切るのは、大抵は神社ですからね」

言耶は一般論で返しつつも、相手が言わんとしていることは、実は充分に理解していた。それが警部にも伝わっているらしく、更にこの話を続けようとはしなかった。

「また蓬萊の小屋から角上《つのうえ》の岬と物見櫓が、どう見えるかを誰が知っていたのか、という問題だが――」

「分かりましたか」

「あの小屋に入ったことがある者は、たった一人だけだった」

「だ、誰です？」

「あなただよ」

「へっ？」

「あなた以外、誰も蓬萊の小屋には入っていない。本人が断言したらしい」

「うーむ」

思わず唸《うな》り声を上げる言耶を、御堂島はしばらく眺めてから、

「あれから私も、もう一度あの小屋へ行ってみた」

「えっ、それじゃ――」

「いいや、小屋の中には入らなかった。ただ、その側《そば》に立っただけでも、あの窓から岬と櫓が蓬萊にどう見えるのか、予想することは難しくないと思った」

「小さな窓から覗《のぞ》くわけですから、実際には彼女の視界は、もっと狭くなると分かりますか」

「そんな風に犯人も、きっと考えたんだろう」

つまり犯人を特定するための手掛かりには、まったくならないわけだ。

「ところで、閖揚村で子供が死んだ事件は、もう聞いているか」

「はい。痛ましいことです」

「食中毒は前にもあったが、死者が出たのは今回がはじめてだ。うちの署の別の班が、捜査に当たっているが、責任者から犢幽村での一連の事件との関連性を訊かれ、私も困った」

御堂島は真剣な眼差《まなざ》しで、凝《じ》っと言耶を見詰めながら、

「先生は、どう見ている？」

「……正直なところ、よく分かりません」

言耶の返答に、しかし警部は失望した風もなく、

「そうだろうな。食中毒に小火《ぼや》、それに閖揚村から平皿町《へいべいちょう》へ延びる山道での怪異と、取り留めもない出来事ばかりだからな」

「そもそも怪異は、本当に起きたのかどうか、それさえ不明ですからね」

「ほうっ」

御堂島は面白がっている顔になると、

「先生は真っ先に、そういう現象を認めるのだとばかり思っていた」

「端《はな》から否定はしませんが、かといって無条件に受け入れるつもりもありません。僕の立ち位置は、常に中間です。白でも黒でもなく、いつも灰色なんです」

「難しい立場だな」

そう言ってから御堂島は、何か意見を述べようとしたみたいだが、それよりも先に言耶が口を開いた。

「ところで警部さん、閖揚村の垣沼亨《かきぬまとおる》という人物をご存じですか」

「元は大垣家の分家ながら、自分の代で家を没落させた男か。及位廉也が接触していた節があったので、もちろん調べてある。ただし半ば世捨て人のような男と分かったので、それほど突っ込んだ調査はしていない」

そこで言耶は、磯屋での亀茲将と久留米三琅のやり取りを、もう一度お復習《さら》いして警部に思い出させたうえで、

「あのときは、たとえ及位氏が合併反対の集まりを作るために、垣沼氏を抱き込んだのだとしても、その効果は大いに疑問である、という久留米氏の指摘に納得しまし

た。しかし垣沼氏が、同じように考えたとは限りません。むしろ及位氏に焚《た》きつけられて、その気になった可能性もあります。第二の食中毒事件を調べる際に、念のため垣沼亨氏と強羅の四人衆に目を向けるのも、決して無駄でないと思います」

「なるほど。向こうの責任者に、ちゃんと伝えておこう」

二人は歩きながら喋《しゃべ》っているうちに、いつしか角下《つのした》の岬の突端へ足を運んでいた。

「こっちの岬に来たのは、これがはじめてです」

「私もそうだ」

しばらく無言で、互いに眼下の海を眺めていたが、

「前に先生は――」

海に顔を向けたまま、まず御堂島が口を開いた。

「及位廉也殺しを、『怪談殺人事件』と命名したな」

「はい。彼の餓死に第三者が関わっているのなら、そう呼ぶのが相応《ふさわ》しいと感じました。ちなみに警察は、あの事件をもう他殺と見做《みな》しているのですか」

「ほとんど他殺説に傾いているが、となると今は、『怪談連続殺人事件』になるのか」

「もしくは別名『笹舟連続殺人事件』でしょうか」

「その場合、四つ目の怪談はどうなる？」

御堂島の指摘に、言耶は何も答えようとしない。

「本当に怪談殺人事件が起きているのだとしたら、及位廉也殺しは『竹林の魔』に、岩喜宮司殺しは『物見の幻』に、亀茲将殺しは『海原の首』に、それぞれ呼応することにならないか」

「そうですね」

相槌《あいづち》を打つ言耶に、御堂島は言い聞かせるような口調で、

「すると残るは、『蛇道の怪』だけになる」

「つまり警部さんは、第四の殺人が起きると……」

「いやいや私ではなく、先生の考え方では、そうならないか」

「実は――」

「四番目の被害者候補として、僕は篠懸さんを心配しています」

いったん言耶は言葉を切ってから、

「何ぃ」

思わず言耶を見やった警部の眼差しが、かなり鋭い。

「どうして彼女だと思う？」

そこで言耶は、例の容疑者連続殺人事件のことを話した。

「うーむ。言われてみれば、確かにそう見えるな。しかし……」

「実際には、やはり有り得ませんよね」

ほんの一瞬の躊躇《ためら》いのあと、力強く頷《うなず》く御堂島を見やりながら、言耶は続けた。

「そんな妄想よりも、なぜ犯人は怪談殺人事件に拘《こだわ》るのか、という謎の方がよっぽど重要かもしれません」

「前に先生も言っていたが、及位廉也と籠室岩喜の二人の事件については、煙幕を張るためと考えて良いのではないか。どちらも自殺や事故の可能性が、どうしても残るからな」

「では亀茲将氏殺しで、それを捨てたのは？」

「余裕がなくなったのか。連続殺人の計画も、後半に入ったせいか」

「そこで分からなくなるのが、連続殺人の動機です。個々の事件には、個々の理由が見つかっています。でも、被害者の三人に通じる動機となると、どうでしょう？」

「個々の事件で動機を持つ者が、そもそもバラバラだからな。これでは同一犯による連続殺人事件に、なかなかならない」

「かといって不連続殺人を考えるには――」

「それこそ一連の事件が、余りにも似過ぎている。犢幽村という舞台が、まず同じだ。その中でも竹林宮《ちくりんぐう》、物見櫓、絶海洞という特徴的な場所が選ばれている。第一の被害者である及位廉也こそ他所者ながら、第二の籠室岩喜と第三の亀茲将の二人は、その他所者と生前に関係があった。加えて笹舟という犯行声明もあることから、やはり同一犯の仕業と見做すべきだろう」

「しかし、そうなると容疑者が一人もいないことに……」

「なってしまうか。正に堂々巡りだな」

そこで言耶は一瞬、ぎくっとなった。

「どうした？」

「……いえ。及位廉也氏と籠室岩喜氏の事件でも、自殺や事故説と他殺説との間で、僕は堂々巡りをしていた気がしたものですから……」

「警察も同じだ」

応えてから御堂島は、何とも言えぬ表情を浮かべると、

「つまり犯人は、事件の真相を巡って警察が堂々巡りを演じたうえに、結局は迷宮入りすることを願って、こんな怪談殺人事件を演出した……とでもいうのか」

「最早それは狂人の論理ですね」

「仮にその解釈が正しかった場合、なぜ亀茲将殺しで止《や》めたのか、という謎に戻る羽目にならないか」

「やっぱり堂々巡りです」

二人の間に、再び沈黙が下りたときである。

「警部ぅぅぅ」

大きな呼び声が聞こえたので振り返ると、こちらへ必死の形相で駆けて来る村田刑事の姿があった。

「どうしたぁぁ？」

部下の只《ただ》ならぬ様子に、御堂島が角下の岬を戻りながら叫び返す。すると村田がそのまま一気に走って来て二人の前に着いてから、物凄《ものすご》く荒い息を弾ませながら、

「……ゆ、閖揚村の、お、大垣秀寿の、く、く、首吊り死体が、発見されたと、向こうから、連絡が、たった今、ありました」

しかも彼は、更に信じられない台詞を吐いたのである。

「……現場の納屋は、内側から、閂《かんぬき》が下りており、だ、誰も入れない、状態でした。そして死体の、真下には、さ、笹舟が一つ、お、落ちて、いたそうです」

第十八章　大納屋の縊死

刀城言耶は御堂島《みどうじま》警部と共に、いったん寄合所へ戻った。そこで御堂島が、詳しい話を森脇《もりわき》刑事から聞くのを、それとなく言耶は立ち聞きした。森脇は明らかに気にしていたが、御堂島が何も言わないため、そのまま報告を続けた。彼の話を纏《まと》めると、次のようになる。

閖揚村《ゆりあげむら》の食中毒に於ける児童死亡事件の捜査は、県の警察本部の見崎《けんざき》警部の班が担当することになった。ちなみに彼は警部の階級だったが、御堂島の後輩らしい。

事情聴取は祭の関係者——と言っても犢幽村《とくゆうむら》に比べると少人数である——と茸汁《きのこじる》作りに関わった数人を中心に行なわれたが、どちらにも属していたのが大垣秀寿《おおがきひでとし》だった。しかも彼は前回の食中毒事件に責任を感じており、今回の茸汁作りには細心の注意を払った。茸の選別を自分だけで行なったのである。にも拘《かかわ》らず食中毒は起きてしまい、そのうえ子供の死者まで出てしまった。しかし彼は、「幽鬼茸《ゆうきだけ》を見誤って混入させるような不注意は決してなかった。全て岩鬼茸《いわきだけ》だった」と主張した。「茸の見分けには、絶対の自信がある」と言い張った。

　関係者全員の事情聴取を終えた見崎の見解は、「確かに調理の段階では、毒茸は入っていなかったかもしれない。だが茸汁が鍋一杯に完成して、村人たちに振る舞われるまでの間に、何者かが細かく刻んだ毒茸を密《ひそ》かに投入することは、当日の調理場の状況に鑑みても充分に可能だったと思われる」というものだった。つまり前回の食中毒が仮に不慮の事故だったとしても、今回は人為的である疑いが濃いと判断したのである。

　ただし、犯人捜しは難航した。調理場には誰でも入れる。祭と茸汁作りの関係者だけを疑って済む問題ではない。そんなとき平和荘《へいわそう》の住人である日昇紡績《にっしょうぼうせき》の久保崎《くぼさき》――彼は「蛇道の怪」の体験者である飯島勝利《いいじまかつとし》の友人に当たる――から、「垣沼亨《かきぬまとおる》が祭の様子を覗《のぞ》き見していた」という目撃情報が寄せられた。それを基に聞き込みを行なうと、村人の中にも垣沼や合併反対の他の四人衆を見たという者が出て来た。もっとも垣沼たちが覗いていたのは浜辺であり、調理場への出入りを見られたわけではない。それでも普段は家に籠っている彼が、わざわざ祭を見に来たのは解せない。そこで垣沼に事情を訊いたのだが、「出掛けた覚えはない」の一点張りで埒《らち》が明かない。念のために彼以外の四人衆にも当たってみたが、結果は同じだった。

　この時点で、もう夕方になっていた。見崎をはじめ捜査班の面々が、村の寄合所で今後の打ち合わせをしていると、大垣家の者が訪れた。そして「まだ秀寿は帰れないのか」と尋ねたので、「とっくに放免した」と答えたところ、「家に戻っていない」という。決して重要容疑者ではないが、事件の関係者である。勝手な行動をされては困る。「行き先に心当たりはないか」と訊くと、「久重山《くえやま》の飛び地の田畑かもしれない」と返されたので、念のため見崎は部下の沢田《さわだ》刑事を大垣家の者に同行させた。

久重山の飛び地には、大小二つの納屋がある。まず大納屋と呼ばれる建物に入ろうとしたところ、内側から閂《かんぬき》が下りているらしく開かない。そこで呼び掛けたが何の返事もない。大きな板戸には隙間があったため沢田が内部を覗くと、納屋の真ん中で大垣秀寿が首を吊っている姿が、いきなり片目に飛び込んで来た。

大垣家の者に小納屋から鍬《くわ》や鋤《すき》を持って来て貰い、それで沢田は大きな板戸に穴を空け、そこから片腕を突っ込んで長い閂の板を外し、納屋の中に入って大垣秀寿を助けようとしたが、残念ながら絶命してから時間が経っているのが分かった。そこで沢田は現場の納屋の板戸を閉め、自分は見張りのため残り、大垣家の者に急いで村の寄合所まで戻って貰い、見崎に事件を伝える役目を頼んだ。

この報告を受けた見崎は、犢幽村で起きている不可解な連続怪死事件との関係を憂慮して、すぐさま御堂島の捜査班に、新たな事件発生の連絡をした。

という森脇の説明を聞いたあと、御堂島は「今すぐ閖揚村へ向かう」と即座に判断を下した。しかも、言耶にもついて来るように言ったため、誰よりも当人が驚いた。とはいえ言耶にしてみれば、もちろん願ったり叶ったりである。ただし出発前に、笹女神社《ささめじんじゃ》の祖父江偲への連絡を頼むことを忘れなかった。大垣秀継《ひでつぐ》が九難道《くなんどう》から戻って来たとき、祖父の死を知らせて貰うためである。

犢幽村に滞在している捜査班から先方へ行くのが御堂島だけであり、かつ部外者の言耶を同行することに、その場にいた部下たち全員が仰天したようだが、誰も何も言わなかった。警部が独りで向かうのは、こちらの事件の捜査が進展していないため、余分な人員は割けないという判断だと、きっと理解したからだろう。ただし刀城言耶の同行を、果たして何人の部下たちが納得したか、それは分からない。当の言耶でさえ「一緒に行けるのか」と、寄合所を出るまで信じられなかったほどである。

車で山道を走っていては時間が掛かり過ぎるため、村長に頼んで漁船を出して貰った。もっとも犢幽村にある船は、どれも小さくて馬力も低い。それは隣の塩飽村《しあくむら》でも、更に隣の石糊村《いしのりむら》でも同じだった。ようやく磯見村《いそみむら》まで行くと、もう少し大きな漁船もあったが、その隣は閖揚村である。乗り換えの手間暇を考えると、そのまま進んだ方が速い。

そんな説明を受けつつ、二人は牛頭《ごず》の浦《うら》をあとにした。碆霊様祭《はえだまさま》のとき、言耶は角上《つのうえ》の岬を越えたが、今度は角下《つのした》の岬の向こう側である。絶海洞《たるみどう》が見える賽場《さえば》とは違い、波も荒い完全な外洋に出ることになる。

実際、角下の岬を越えて東方向へと舵《かじ》を切った途端、大きく船が揺れた。それまで会話をしていた二人も、思わず口を閉じたほどである。唯一の救いは、佐波男《さばお》が操っていたような小舟ではなく、もう少し大きい漁船に乗っていることかもしれない。

右手斜め前方には、こぢんまりとした小島が見えている。ほとんどが岩礁地帯である強羅《ごうら》地方の中で、その島の地形だけは穏やかに映ったにも拘らず、物凄《ものすご》い禍々《まがまが》しさが感じられた。毒々しいまでの朱色の夕陽に島全体が照らされているためか、それとも島の上空を無数の鴉《からす》が舞っているせいか。

いや、あそこが奥埋島《おうしま》だからだろう。

墓場島という別名の通り、そこは埋葬の地だった。島の一部に墓地があるのではなく、島そのものが墓場になっている。しかも犢幽村に加えて塩飽村と石糊村の仏たちも、この島に眠っていた。恐らく墓石も夥《おびただ》しい数に違いない。

ここに滞在してる間に、一度は渡っておきたいな。

大きく揺れる漁船の上から島を望みながら、そう言耶は強く願った。民俗学の中でも地方の葬送儀礼に関しては、特に関心があった。島丸ごとが埋葬地だと考えるだけで、妙な興奮が沸き起こってくる。

亀茲将《きじまさる》の葬儀に参列すれば、あるいは島に渡れるかもしれない。だが彼の遺体は現在、平皿町《へいべいちょう》の大学病院へ送られている。司法解剖が済めば戻されるものの、最低でも二、三日は掛かるはずである。

他人様《ひと》の葬儀を当てにするなんて……。

はっと言耶は我に返った。自分の浅ましさが恥ずかしくて、思わず反対の陸地に目をやったところ、たちまち彼は別の興奮に囚《とら》われた。

「物凄い眺めですね」

咄嗟《とっさ》に声が出たほど、角下の岬を過ぎた先には、高く聳《そび》えた見事な断崖絶壁が、ずっと東の方へと続いていた。水平線に沈み掛けている太陽の残照に照らされて、岩肌が赤銅色に鈍く光る様は、まるで獲物を嚙《か》み砕いた巨大な獣の歯のようで、何とも凄《すさ》まじい眺めである。

隣村の塩飽村との間に、これほどの規模の崖が立ち塞がっていたとは……。

かといって地続きで行こうにも、喰壊山《くえやま》の曲がりくねった細い山道を、蜿蜒《えんえん》と辿《たど》らなければならない。掛かる時間を考えれば、海の方が遥かに速いに違いない。

言耶が断崖絶壁に見惚《みと》れていると、楢本《ならもと》と名乗った五十代くらいの漁師が、風とエンジン音に負けない大声を上げた。

「塩飽村の者は昔々、あん断崖の中から唸《うな》り声ばぁ聞こえよると、よう言うたもんらしい」

「どんな風にですか」

すかさず言耶が尋ねると、楢本は少し困った顔をしてから、

「化物のような大男ばぁ叫びよる、そんな感じじゃ聞いたな」

「いつの時期に、それは聞こえるんです？」

「秋頃じゃいうけど、そいも昔々の話じゃ」

「ちょうど踏霊様祭のときですね」

この言耶の台詞《せりふ》に、楢本は嬉《うれ》しそうな様子で、

「あぁ、ほうじゃった。祭んときの掛け声が、そいの再現ばぁいう話を、前に宮司さんから聞いたんじゃった」

「例の『どうどと、どうどと、どんどん……』というやつですか」

言耶は正確に再現しながらも、それと同じ声を「蛇道の怪」の体験者である飯島勝利が、大垣秀寿が所有する納屋で耳にしたことを、ふっと思い出して寒気を覚えた。秀寿の首吊り死体が発見されたのが、正にその納屋だったからだ。

楢本に聞かれないように用心しつつ、言耶はこの件を御堂島に耳打ちした。もっとも犢幽村の人々は、とっくに知っているのかもしれない。

「これで怪談殺人事件は、とうとう完結したわけか」

飯島の体験には触れずに、御堂島がそう返したので、

「犢幽村の事件と閖揚村の怪異現象も、遂に繫《つな》がったと見るべきでしょうか」

言耶も逆に訊き返したのだが、相手の問い掛けに答えることは、二人ともできなかったようである。

塩飽村を通り過ぎて石糊村に入る辺りで、僅かに残っていた日の光が、すうっと海に呑まれるように消えた。たった今まで微《かす》かに明るかったのに、その輝きが一瞬でなくなり、あっという間に夜の闇が海原に降りた。

その途端、なぜか言耶はぞっとした。漁船に明かりは当然ついているが、進行方向の一部を照らすだけである。船の周りは圧倒的な暗闇に包まれており、それこそ亡船に追われていても全く分からないほどに、黒々としている。天空に星は一つも見えない。唯一の目に入る光は、北側に位置する石糊村の家々の明かりだけだった。

ただし、そんな希望の光も村の海岸線を通り過ぎたら、一つも見えなくなる。次の磯見村に着くまで、漁船の周囲は完全な闇に支配されてしまう。

大自然の恐怖……。

山中にいるときも折に触れて、ふっと覚える畏怖の念と同じものに、唐突に言耶は打たれた。古来、人間が山海に抱く粟立《あわだ》つような恐怖心に、このとき彼も囚われていたのは間違いない。それが僅かに軽減したのは、左手に磯見村の家々の明かりが見えて来たときだった。

あともう少しだ。

己に言い聞かせているうちに、意外にも早く磯見村を通過した。五つの中で最も戸数が少ないのが今の村であったと、遅蒔《おそま》きながら言耶が思い出した頃には、もう閖揚村の明かりが目に入っており、漁船が港を目指して方向転換したあとだった。

「誰ぞ浜で、懐中電灯ばぁ振り回しとるな」

楢本の指摘通り、前方の闇の中では、ぐるぐると光が回っている。そこには昔ながらの提灯《ちょうちん》の明かりもあるらしい。

その様を見ながら、言耶はほっとした。これで無事に閖揚村へ着くことができると、心から安堵《あんど》できたからだ。

ただ、それと同時に浜で動く明かりが、まるで今回の一連の事件を解決へと導く、恰《あたか》も光明であるかのように、なぜか映った。いや実際にこの瞬間、彼の脳裏に閃《ひらめ》くものが、確かに何かあったのは間違いない。だが……。

……駄目だ。

しっかりと摑《つか》む前に、するっと真相が逃げてしまった。そんな感覚を抱いたまま、彼は閖揚村に降り立った。そこで時間を掛ければ、もしかすると再び閃いたかもしれない。しかし、そんな暇はない。待っていた刑事の沢田に案内され、用意された車に乗り込むと、言耶と御堂島は一気に村を通り抜けた。そして背後に聳《そび》える久重山の例の蛇道に入り、あとは蜿蜒《えんえん》と続く山道をひたすら走る羽目になった。

日が暮れてからの蛇道は、とにかく無気味で危険に映った。山道の幅が余りないうえに、やたらと蛇行している。日中でも危なそうなのに、山中は真っ暗である。ヘッドライトの明かりがなければ、本当に全く何も見えない。

周囲の樹木の濃さが、更に増しはじめたところで、

「そろそろ暗闇峠ではありませんか」

と言耶は尋ねたのだが、運転席の沢田は首を横に振りながら、

「何処がそうなのかは、私には分かりません。大垣家の飛び地に行くときも戻るときも、その近くに道標があったのを見た覚えはあります。ただ、それがこの辺りかどうか……」

見当もつかない、と彼が口にする前に、山道が急な下りになったかと思うと同時に、右手下方に明かりが見えてきた。

「あそこが現場です」

ということは先程の地点が、やはり暗闇峠だったらしい。

坂を下り切って少し進んだところで、ほとんど車は折り返すように右へ曲がると、雑草が生い茂る枝道へ入った。その細い道をしばらく直進してから、左に曲がった草地の先に、大垣家の大きな納屋が現れた。納屋の手前には、県警のパトロールカーが

停まっており、屋内から人の騒めきが聞こえている。

大納屋は普通の民家の二階建てほどの大きさがあり、正面の出入口は両開きの大きな板戸だった。今は閉められているが、その左側の戸の真ん中に空いた穴から、捜査班の面々が動く様子を垣間《かいま》見ることができた。

「見崎警部、御堂島警部をお連れしました」

沢田が中に声を掛けると、すぐに温和な顔つきの男が納屋から出て来て、にこやかに微笑みながら御堂島に敬礼した。

「そちらが、例の先生ですね」

次いで言耶に目を向けながら挨拶をしたので、慌てて彼も頭を下げた。どうやら刀城言耶が何者で、どうして御堂島に同行しているのか、全てを承知しているらしい。

「どんな具合だ?」

御堂島に訊かれ、見崎は笑みを引っ込めると、

「自殺の線が、濃そうですね」

「発見までの経緯は?」

「大垣秀寿さんの事情聴取を終えたのが、午後五時頃です。それから彼がいったん家に戻り、すぐに軽トラで大納屋へ向かったとして、着くのは五時二十分頃でしょうか。家族から問い合わせがあったのは、六時過ぎでした。沢田が遺体を発見したのが

六時二十分頃で、我々が現場に到着したのが六時五十分頃になります。その時点での大凡《おおよそ》の死亡推定時刻が、約一時間前ということなので、被害者が事情聴取後すぐここへ向かったのは、ほぼ間違いないでしょう」

「首吊りの状態に、何処か不自然な点は？」

「大納屋と呼ばれる――」

見崎は後ろを見やりながら、

「あの小屋の前半分は、天井までの吹き抜けです。そして奥半分には、二階に当たる床があります。ほぼ納屋の中央に、屋根まで伸びる柱があって、それが二階の床を支えています。その柱に縄を結びつけて二階から垂らし、縄の先端に輪を作って、そこに首を突っ込んだあと、踏み台として使った椅子を蹴って、大垣秀寿さんは首を括《くく》ったものと思われます」

「一連の首吊りの手順に、何ら偽装は認められない、ということか」

「はい。極めて自然に見えます」

「あのー」

言耶が恐縮しつつ片手を挙げると、見崎が笑みを取り戻して、

「何でしょう？」

「例えば大垣秀寿氏に睡眠薬を飲ませて、意識が朦朧《もうろう》としたところで、首吊りに見せ

掛けて殺害した――という可能性は考えられませんか」

「可能性としては、もちろんあります。ただ、そうだと判断するためには、司法解剖の結果、胃から睡眠薬の成分が見つかるなどの、何らかの証拠が必要になります。それに――」

と見崎は急に意味深長な眼差《まなざ》しになると、

「現場の大納屋に出入りするためには、正面の両開きの板戸を通るしかありませんが、そこには内側から閂が下りていました」

「長い板のようなものですか」

「そうです。ここからでも見えますが、両開きの板戸の各々の表面には受け金具が、二つずつ取りつけられています。『L』の字のような格好の受け金具です。あれと同じものが、板戸の裏側にもあります。板戸を閉めると、このL字の受け金具が横に並びますので、そこに長い板の閂を嵌《は》めるわけです。冬など納屋の中で作業をするときには、それを内側から掛ける。そして仕事を終えて帰宅するときには、それを表側に掛ける。そういう仕組みですね。民家の勝手口にあるような、ちゃちな掛け金とは違い、この閂を受け金具に嵌めるためには、それなりの力が必要になります」

「閂が内側から掛かっていた場合、それは屋内側で嵌められたとしか考えられない、ということになるか」

こっくりと頷《うなず》く見崎から、御堂島は言耶へと視線を移すと、

「つまり大納屋の現場も、また密室だったというわけだ」

「窓はどうですか」

言耶の問い掛けに、見崎は首を横に振りながら、

「二階に当たる部分に、明かり取り用の窓があります。ただし前半分は、二階に届くより更に長い梯子《はしご》がないと、そもそも近づけません。奥半分は二階に上がれば大丈夫ですが、何処の窓にも螺子《ねじ》締まり錠が、きっちり掛かっていました。それは前半分の窓も同様です」

真っ黒な顔が覗いていた……と、「蛇道の怪」の飯島勝利が語った、あの明かり取り用の窓である。化物なら手が届くかもしれないが、人間には無理だろう。

「大納屋の周辺から、物凄く長い梯子が見つかったとか……」

「ないですね」

仮に発見されていても、螺子締まり錠の問題が残る。

「自殺の動機は、やはり子供の死か」

御堂島の質問に、見崎の表情が暗くなった。

「食中毒事件の事情聴取をしたとき、大垣秀寿は憔悴《しょうすい》し切っていました。自責の念が、本当に半端なく強かったのです。それを思うと、安易に家へ帰してしまったこと

が、非常に悔やまれてなりません」

御堂島は何も言わなかったが、見崎の辛い立場は充分に理解しているようだった。

「あのー、すみません」

そんな重苦しい雰囲気の中にも拘らず、言耶は再び片手を挙げた。

「何ですか」

しかし見崎は怒ることなく、嫌がりもしなかった。

「少しでも不可解に思えることが、現場にはなかったのでしょうか」

「それなんですが――」

見崎は困ったような顔で、御堂島と言耶を交互に見詰めると、

「ご連絡したように、首を吊った遺体の真下には、笹舟が一つ落ちていました。犢幽村の事件の詳細は、署でも聞いていましたので、もしかすると関係があるのかと思ったのですが……」

「とはいえ――」

すかさず御堂島が応じた。

「首吊りに偽装の跡がなく、現場が内側から戸締まりされており、はっきりした動機もあるとなると、やはり自殺と見做《みな》すのが当然だろう」

「他に不可解な点は、何かありませんでしたか」

言耶の割り込みにも御堂島は動じず、逆に見崎を促す仕草を見せたので、当人が躊躇《ためら》いながらも答えた。

「もう一つあります」

「何です？　教えて下さい」

「板戸の内側に、竹の棒が転がっていました」

そこで言耶は徐《おもむろ》に、竹林宮《ちくりんぐう》の祠《ほこら》と絶海洞の砂地の境内の前に、それぞれ立てられていた鳥居のような二本の竹の棒の説明をしてから、見崎に訊いた。

「そんな感じの竹でしょうか」

「今お聞きした、その通りの竹の棒です。長さが二メートル弱というのも合っています。異なっているのは、竹の両端に縄が結ばれていたことですね」

「な、縄が……」

途端に言耶は身を乗り出すと、その詳細を尋ねた。

「解くと三十センチくらいの縄が、それぞれ竹の両端に結びつけられていました。どちらも縄の両端は、刃物で切った跡がありました」

「その縄つきの竹は、どんな風に板戸の内側にあったのですか」

「ちょうど閂と、平行になるような格好ですね。板戸から一メートルも離れていない地点に、そのまま転がっていました」

「閂の長さは？」

「二メートルくらいです」

「沢田刑事が遺体を発見されたのは、板戸の隙間から内部を覗けたからですよね。そして問題の板戸は表側に開き、奇妙な縄つきの竹が内側に落ちていた……」

と言ったまま言耶が黙ってしまったので、御堂島も見崎もしばらく待っていたようだが、

「何か思いつかれたことがありますか」

そのうち見崎が痺《しび》れを切らしたように言った。

「……いえ、すみません」

力なく首を横に振る言耶に、何処か見崎は申し訳なさそうな様子で、

「繰り返しますが、あの閂を受け金具に嵌めるためには、それなりの力を内側から掛ける必要があります」

機械的な奸計《トリック》など通用しない、と暗に言っているようである。

「板戸と竹の棒を見せて貰ってもいいかな」

御堂島の申し出に、

「現場検証はもう済んでいますから、どうぞ」

見崎は応じながら、言耶も誘いつつ、二人を大納屋まで案内した。

まず言耶は板戸の隙間を調べた。だが本当に狭いもので、細い糸ならともかく縄などは通りそうにもない。他に隙間はないかと探すと、方々で見つかるのだが、どれも狭くて使えないのは同じである。

……いや、釣り糸ならいけるか。

縄の先に釣り糸を結びつけ、それを板戸の隙間から外へ出す。それなら充分に可能だろう。しかし問題は、そうやって板戸の内側に吊った竹の棒で、どうすれば閂を下ろせるのか、その奸計が全く分からないことである。

いや、それ以前にそもそも左右の板戸で、ほぼ同じ位置に隙間が開いている箇所は、どうやら一つもなさそうだった。納屋の内側で仮に竹の棒を吊れたにしても、これでは斜めに傾いてしまう。そんな塩梅《あんばい》では如何《いか》なる仕掛けを作動させることも、ほぼ無理ではないだろうか。

それとも……。

傾いた竹の棒でこそ可能な方法が、何かあるとでもいうのか。

言耶は板戸の表裏と閂と竹の棒を調べたあと、明かり取り用の窓も検《あらた》めたが、不審な点は全く見つからない。それどころか長年に亘って全ての窓が、碌《ろく》に開けられていなかったことを逆に認めたほどである。

「完全な密室ですね」

三人が一緒に納屋から外へ出たところで、ぽつりと言耶が呟《つぶや》いた。

「それでも先生は、大垣秀寿が四人目の被害者だと考えられるのですか」

見崎の問い掛けに、言耶は困った顔を見せたあと、

「どの現場も密室のうえに、そこには笹舟が残されていた。この共通点は、やはり無視できないと思うのですが……」

「かといって、その二点だけで連続殺人事件と決めつけてしまうのも、やはり無理がないか」

すかさず御堂島が突っ込んで来たが、そこで言耶は急に興奮したように、

「そう、問題は連続殺人なんです。大垣秀寿氏が亡くなったことで、四人の被害者が本当に綺麗に、ちょうど半分に分かれると思いませんか」

「いったい何の話だ？」

御堂島だけでなく見崎も、怪訝《けげん》な表情を浮かべている。

「四人の被害者の属性を考えた場合、及位廉也《のぞきれんや》氏と亀茲将氏の組と、籠室岩喜《かごむろがんき》氏と大垣秀寿氏の組に、きっちり分かれませんか」

「なるほど、そういう意味か」

いったん御堂島は合点をしたあとで、先を促した。

「で、そこからどんな推理ができる？」

「たった今、思いついた解釈に過ぎませんが――」

と言耶は断ったうえで、

「三人の被害者に対して、動機と機会を持つ容疑者が誰もいない状態にも拘らず、なぜか四人目の犠牲者が出てしまった。被害者が三人でも五里霧中なのに、四人目が加わったせいで、余計に分からなくなった。というのが今の状態です。しかし実は、四人の被害者は二つの組に分けられるのではないか、と気づけた途端、それぞれの組に別々の犯人がいる――つまり本件は、二人の犯人による不連続殺人事件だった、と解釈することが可能になりませんか」

これには二人の警部も驚いたようで、何も言わずに言耶を見詰めている。

「前の組である及位廉也氏と亀茲将氏の事件に対して、動機と機会を持つ犯人は、逆に後の組である籠室岩喜氏と大垣秀寿氏の事件に対しては、その二つを持っていない。同じことが後の組の犯人にも、もちろん言えます」

「……要するに二人の犯人は最初から、全てを示し合わせていたのですか」

見崎の躊躇いがちな物言いに、言耶は答えた。

「笹舟の存在を考えると、恐らくそうでしょう」

「具体的には、どうなる？」

御堂島の直截《ちょくせつ》的な質問に、言耶は噛《か》んで含めるように、

「及位廉也氏と亀茲将氏を殺害した犯人は、籠室岩喜氏と大垣秀寿氏の事件に対しては、何の動機も持っていないうえに、ちゃんと現場不在証明《アリバイ》がある。だから仮に及位氏殺しと亀茲氏殺しで疑われたとしても、籠室氏殺しと大垣氏殺しによって、その容疑が晴れるわけです。それと全く同じことが、もう一人の犯人にも当て嵌まる。そのため二人の犯人による不連続殺人事件が成立した。それが事件の真相ではないでしょうか」

凝《じ》っと耳を傾けていた見崎が、

「連続殺人の動機と機会を持つ者が誰もいない……という問題は、その推理だと確かに解決しますね」

かなり感心した様子を見せたが、御堂島は違った。

「前の組と後の組で、本当に容疑者が浮かぶのかどうか。それが分からないうちは、糠喜《ぬかよろこ》びにしかならないぞ」

そんな厳しい台詞を吐いたが、既に彼が目紛《めまぐ》るしく頭を働かせていることは、手に取るように分かった。もちろん言耶も同様である。

しばらく沈黙の時が流れて、最初に口を開いたのは御堂島だった。

「前の組の一人、及位廉也殺しで現場不在証明が完全にあるのは、大垣秀継だけだ」

「そうですね」

言耶が相槌《あいづち》を打つと、

「大垣秀継を後の組の犯人と考えた場合、籠室岩喜殺しはともかくとして、果たして自分の祖父を殺害する動機があったかどうか……」

御堂島の疑問を受けて、見崎が遠慮がちに意見を述べた。

「食中毒事件の取り調べで、一応は大垣家内に何か問題がなかったか、その点も考慮して捜査しました。しかし今のところ、特に何も出て来ておりません」

「当たり前です」

言耶は怒りを抑える口調で、

「大垣君が自分の祖父を殺《あや》めるなど、絶対に有り得ません」

「我々も仕事ですので、ご理解を頂きたい」

それに見崎は律儀に応えたが、御堂島は構わず続けた。

「前の組のもう一人、亀茲将殺しの現場不在証明については、まだ調べているところだから措《お》いておくとして、後の組の一人、籠室岩喜殺しで現場不在証明を持つ者は何人もいる。だが、その中で前の組の事件で、それがないのは全員ではないか」

「そこから絞り込めない限り、前の組の犯人は分からないってことですね」

はっきりと犯人の一人が浮かび上がると期待していただけに、言耶は途端に意気消沈した。

「前の組の容疑者を絞り込むことが、今のところは無理で、後の組の唯一の容疑者である大垣秀継が、どう考えても犯人ではない以上、怪談殺人事件は二人の犯人による不連続殺人だった、という解釈自体が崩れないか」

「……はい」

「それに計画的殺人のはずなのに、亀茲将殺しの現場が衝動的殺人に見えることも、その解釈とは矛盾する」

「……そうですね」

「だったら前に二人で検討したように、第三の殺人を実行した際には、もう犯人に余裕がなかったから……と考える方が、まだ自然ではないか」

「大垣秀寿さんに限った場合ですが――」

見崎が再び遠慮がちに、横から口を挟んだ。

「彼は事情聴取のあと、すぐに大納屋へ向かっています。他殺だとした場合、どうやって犯人は彼の動きを知ることができたのか。その謎が生まれますね」

「……見張っていた者がいて、すぐさま犯人に連絡したのかもしれません」

「例えば誰ですか」

「……垣沼亨氏とか。または彼以外の四人衆の一人かもしれません」

「なるほど。しかし、間に合うでしょうか」

「大垣秀寿氏が事情聴取を終えたのが五時頃で、縊死《いし》したのが五時五十分頃ですから、五十分の猶予があります。仮に犯人が犢幽村にいたとしても、氏を殺害することは可能だったことになりませんか」

「だがな――」

二人のやり取りを聞いていた御堂島が、

「連続殺人事件と考えた場合、依然として全ての犯行に動機と機会を持った容疑者が、一人も浮かばないという状況は、全く変わっていないことになる」

「……仰《おっしゃ》る通りです」

言耶が両肩を落としている間に、御堂島と見崎は少し離れた場所で、今後の打ち合わせをしているようだった。

それから見崎に別れを告げ、言耶と御堂島は一足先に閖揚村へ戻った。そこで言耶は大垣家に寄ってから、再び御堂島と合流して楢本の漁船で犢幽村まで帰った。

その船上、真っ暗な海を見詰めながら言耶は思った。

竹林宮の開かれた空間での異様な餓死。

物見櫓《ものみやぐら》の視線による密室からの謎の消失。

絶海洞の砂地の境内に於ける足跡なき殺人。

大納屋の偽装自殺にしか映らぬ不自然な縊死。

こうして怪談殺人事件あるいは笹舟殺人事件は、遂に堂々と完結してしまったのだ
——と。

第十九章
事件を巡る数多の謎

　その夜のうちに刀城言耶と御堂島《みどうじま》警部の二人は、それぞれ笹女神社《ささめじんじゃ》の籠室家《かごむろ》と県警が詰める寄合所へ戻ることができた。

　ちなみに大垣秀継《おおがきひでつぐ》が籠室家に帰って来たのは、午後六時頃だった。目当ての場所では手帳が見つからずに、かなり九難道《くなんどう》を戻る羽目になったらしい。それで疲れたため夕食まで横になっていると、祖父の死の知らせが届いた。慌てて言耶たちを追う格好で、彼も漁船で閖揚村《ゆりあげむら》へと向かった。ただし現場へ駆けつけるわけにはいかない。実家で両親と共に、突然の祖父の死を悲しむことしか彼にはできなかった。

　言耶が大垣家を訪ねたとき、かなり重苦しい空気が屋内には漂っていた。

「大垣君、気をしっかり持つんだよ」

　一通り悔やみの挨拶を大垣家の人々にしたあと、秀継と二人になったところで、そんな言葉を言耶は彼に掛けた。

「祖父は責任感の強い人でした」

しかし秀継は落ち込むよりも、警察が大垣秀寿《ひでとし》の死を自殺と見ていることに、どうやら怒りを覚えているらしい。

「だから子供が亡くなった責任が、もしも自分にあると判断したら、ひょっとすると死を選んだかもしれません。でも、誰かが茸汁《きのこじる》に毒茸を入れた可能性があり、かつ肝心の犯人が分からない状況なのに、さっさと自死するなど絶対に有り得ません」

「殺されたに違いない、ということか」

「そうです。先生、怪談殺人事件を解決して下さい」

閖揚村の大垣家を辞してから、再び船上の人となって犢幽村《とくゆうむら》の籠室家に戻るまで、言耶の頭脳は目紛《めまぐ》るしく働いていた。

いったい連続殺人を貫く動機は何なのか。

どのようにして四つの密室は構成されたのか。

そしてこの事件の真犯人は、果たして何者なのか。

これらの謎に対する数多《あまた》の解釈が、彼の脳裏を駆け巡っていたのである。だが、一向に光明は見えて来ない。

やはり謎を纏《まと》めないと駄目だ……。

過去に巻き込まれた事件でも、数多の謎を解くために、言耶はそうして来た。そこで翌日の朝から、彼は離れに籠った。そして改めて、取材ノートに記した四つの怪談に目を通すと共に、これまで見聞きした情報や出来事を振り返りつつ、今回の事件に関する謎を全て書き出す作業に取り掛かった。

その結果、謎は大きく二つに分類することができた。「跫霊様《はえだまさま》に纏《まつ》わる謎」と「怪談殺人事件に纏わる謎」である。すると既に答えが出ていると思《おぼ》しき謎まで含めて、左記のように合計七十項目にもなった。

〈跫霊様に纏わる謎について〉

一、跫霊様の正体は何か。牛頭《ごず》の浦《うら》にある跫霊様の岩礁に祀《まつ》られているのは、本当に江戸時代の難破船の死者たちなのか。

二、なぜ笹舟が犢幽村の祠《ほこら》や地蔵に祀られているのか。いったい笹舟は何を意味するのか。

三、当時の犢幽村の人たちは、狼煙場《のろしば》や遠見峠《とおみとうげ》や物見櫓《ものみやぐら》を使ってまで、どうして必死に帆船の難破を防ごうとしたのか。海難事故の死者の祟《たた》りを恐れる以外に、何か理由はあるのか。

四、なぜ跫霊様祭は不定期に執り行なわれるのか。

五、跫霊様祭に於いて、どうして浜辺で供物となる塩が焼かれるのか。また角上側《つのうえ》の竈《かまど》の数が少なく、角下側《つのした》が多いのはなぜか。

六、〓霊様祭の参加者が男衆だけに限られ、女性と子供が除外されているのは如何《いか》なる理由でか。また男衆の全員が無言なのはなぜか。
七、〓霊様祭のときに狼煙場や遠見峠や物見櫓で、なぜ狼煙も松明《たいまつ》も用意されなかったのか。そういう再現を行なうのが祭ではないのか。
八、〓霊様祭の翌日から、どうして漁が三日間も休みになるのか。
九、刀城言耶が遠見峠に立ったとき、イギリスのコーンウォールを連想したのは如何なる訳があったのか。
十、及位廉也《のぞきれんや》の手帳に書かれていた「全ては逆だったのか」は、〓霊様祭に関する記述だったのか。その意味は刀城言耶が行なった解釈で正しいのか。
十一、同じく及位廉也の手帳に書かれていた「〓霊様の正体は人魚か」は、どういう意味か。
十二、唐食船《からたぶね》の正体は何か。笹女神社の日誌に記された唐食船とは、いったい何を意味しているのか。
十三、その唐食船を招くのが、笹女神社の祭神でもある獲備数様《えびすさま》と言われるのはなぜか。
十四、「海原の首」で、唐食船は夏が終わり掛けて秋がはじまる頃、寒さと飢えが来る冬の前にやって来るが、同じ時期に女の子がいなくなることもある、とされるのはどうしてか。
十五、「海原の首」で伍助《ごすけ》の祖父が、唐食船の周りには亡者《ぼうもん》がうじゃうじゃ纏わりついて泳いでいる、と言ったのはどういう意味か。
十六、「海原の首」で祖父が伍助に対して、碆霊様の本当の恐ろしさが厭《いや》でも分かる日が来る、と口にしたのはなぜか。
十七、「海原の首」で伍助が、秋口から初冬に掛けての風の強い真夜中に、碆霊様の方から聞こえる物凄《ものすご》い咆哮を耳にしているが、あれは何だったのか。
十八、「物見の幻」で笠磐寺《とくがんじ》の住職が浄念《じょうねん》に、時が来れば厭でも分かるかもしれないし、分からないかもしれない、と諭したのは十六の項目と同じ理由からか。
十九、「物見の幻」で浄念が、神仏分離と廃仏毀釈が広く行なわれたにも拘《かかわ》らず、犢幽村の笹女神社と笠磐寺の関係には何ら問題がなかった、と感じたのはどうしてか。
二十、「物見の幻」で浄念が、犢幽村には魔所が多過ぎることを指摘しているが、それには何か理由があるのか。
二十一、笹女神社の祭神の獲備数様は、実は碆霊様でもある。漁師たちが海で見つけた遺体がエビスと呼ばれることから、そこには獲備数様との同一視が考えられる。エビスが成仏できずに化けると、海に出没する亡者になる。亡者が奥埋島《おうしま》に渡ると、夜中に飛び交う人魂《ひとだま》と化す。人魂が陸まで飛んで竹林に入り、竹魔《ちくま》になる。竹魔が喰《く》壊山《えやま》に登ると、山鬼に変化《へんげ》する。つまり全ての怪異の正体は、谺霊様と見做《みな》すことができるのではないか。これらの関係性は、いったい何を意味しているのか。

二十二、漁師の楢本《ならもと》が言っていた、昔の塩飽村《しあくむら》の者は秋頃になると、犢幽村との境の断崖の中から化物のような大男の叫び声が聞こえると恐れていたらしいが、それは何なのか。十七の項目と同じものなのか。

二十三、「蛇道の怪」で飯島勝利《いいじまかつとし》が、大垣家の大納屋で聞いた「どうどと、どうどと、どうどと、どんどん……」も、十七と二十二の項目と同じものなのか。だとしたら、なぜそれが大納屋で聞こえたのか。

二十四、時代の異なる四つの怪談に、合理的な解釈を下すことは可能か。

二十五、なぜ「蛇道の怪」のみ他の三つの話と怪異の毛色が違っているのか。どうして現在進行形なのか。

二十六、「蛇道の怪」の蠅玉《はえだま》は谺霊様のことか。時代と共に怪異が変化を遂げたため、舞台も犢幽村から閖揚村（正確には閖揚村と平皿町《へいべいちょう》を繋《つな》ぐ蛇道の怪）に変わったのか。

二十七、「蛇道の怪」の閖揚村での出来事（小火《ぼや》や食中毒など）も、蠅玉（谺霊様）に関係しているのか。

二十八、及位廉也が平和荘《へいわそう》の前川《まえかわ》に、蠅玉の化物は存在しないが、それが恐ろしいのは本当である、と言ったのは如何なる意味か。

二十九、犢幽村の笹女神社と閖揚村の大垣家との代々の確執には、どんな原因があるのか。

〈怪談殺人事件に纏わる謎について〉

及位廉也殺しについて

一、及位廉也は何を調べていたのか。碆霊様についてか、笹女神社についてか、竺磐寺についてか、犢幽村についてか、その他のことか。

二、彼が竺磐寺の住職の法衣《ほうえ》を着ていたのは、如何なる理由からか。

三、なぜ彼は、竹林宮《ちくりんぐう》から出なかったのか。または出られなかったのか。どのような訳があって、あの中で餓死したのか。犯人は如何なる奸計《トリック》を用いたのか。

四、彼は調べ物のせいで、犯人に殺されたのか。その動機は何か。

五、祠の鳥居のような二本の竹のうち、どうして彼は一本だけ引き抜いたのか。

六、その竹の棒で、彼が祠を打ち据えたのはなぜか。その殴打の跡が弱々しく映ったのはどうしてか。

七、竹林宮の草地から迷路に入った辺りの竹に、なぜ擦ったような跡があるのか。

八、同じく草地の周囲の三箇所の竹林に、やはり擦った跡があるのはどうしてか。

籠室岩喜《がんき》殺しについて

一、瀦霊様祭の打ち上げの夜に、籠室岩喜は宴を抜け出して何処へ何をしに行ったのか。

二、いったん家に帰って寝たあと、翌日の早朝に出掛けたらしいのは、本当に瞑想《めいそう》のためだったのか。

三、事件の前日の丸一日、いったい宮司は何処で何をしていたのか。全ては瞑想のためだったのか。

四、事件の前日、蓬萊《ほうらい》が物見櫓を訪れた宮司の姿を見ていないにも拘らず、大垣秀継が櫓小屋内で傘と雨合羽《あまがっぱ》を目にしたのはなぜか。

五、事件の前日、降雨の前後に宮司ではない誰かが物見櫓を訪れたのか。だとしたら目的は何だったのか。

六、事件の当日、物見櫓に上った宮司は、どうして物見板へ出るまで時間が掛かったのか。

七、物見板の上で瞑想中の宮司の様子が少し変だったのは、如何なる理由からか。

八、宮司は物見板から賽場《さえば》へ、犯人によって突き落とされたのか。だとしたら蓬萊に目撃されないような、どんな方法を犯人は用いたのか。
九、犯人の動機は何か。
十、犯人は犯行後、如何にして蓬萊に見られることなく逃げたのか。
十一、宮司の遺体は絶海洞《たるみどう》に流れ込んだのか。三途《さんず》の川の奥へと流されてしまったのか。

亀茲将《きじまさる》殺しについて

一、どうして亀茲将は、籠室篠懸《すずかけ》を絶海洞に呼び出したのか。あの洞窟でなければならない理由が何かあったのか。
二、彼は絶海洞で彼女を待つ間、なぜ砂地の境内に入ったのか。
三、犯人が第一の凶器に供物の折れた銛《もり》を選んだのは、如何なる理由からか。
四、犯人は砂地に足跡を残さずに、どのようにして折れた銛で彼を刺したのか。
五、犯人が第二の凶器に大きめの石を選んだのは、如何なる理由からか。
六、犯人は砂地に足跡を残さずに、どうやって石で彼の頭部を殴打したのか。
七、どうして犯人は二つの凶器を使ったのか。
八、犯人の動機は何か。
九、角上の岬にいた蓬萊に目撃されることなく、どうやって犯人は絶海洞に入り、また抜け出したのか。
十、事件のあと篠懸が、刀城言耶が亀茲竹利《たけとし》と会ったとき、既に運命は決まっていたのかもしれない、と言ったのは如何なる意味か。

大垣秀寿殺しについて
一、なぜ大垣秀寿は警察の事情聴取のあと、大納屋へ行ったのか。
二、彼の首吊りは、犯人による偽装なのか。
三、犯人の動機は何か。
四、閂《かんぬき》が内側で下りていた大納屋から、如何にして犯人は逃げたのか。
五、板戸の内側に落ちていた両端に縄が結ばれた竹の棒は、いったい何に使われたのか。

四つの事件について
一、怪談殺人事件の犯人は誰か。
二、どうして四つの怪談に纏わるような事件を、わざわざ起こしたのか。
三、四人の被害者に対して共通する動機はあるのか。だとしたら何か。
四、犯人は四つの事件に於いて、それぞれ現場不在証明《アリバイ》を持つのか。だとしたら如何なる奸計《トリック》があるのか。
五、なぜ犯人は現場に笹舟を残したのか。笹舟にはどんな意味があるのか。
六、第一と第二と第四の事件は事故や自殺に偽装できそうなのに、なぜ第三の事件のみ明らかに他殺と分かる方法を用いたのか。
七、怪談殺人事件と「蛇道の怪」の一連の怪異は、果たして関係があるのか。

この作業に言耶は、午前中一杯を使った。それから昼食を摂《と》り、籠室篠懸の具合を見てから、祖父江偲を離れに呼んだ。

「君にお願いがある」

言耶の真面目な口調に、彼女は思わず居住まいを正したが、

「これから僕に付き合って欲しい」

その言葉を聞いて、急に挙動不審になった。どうやら「僕に」を「僕と」だと勘違いしたらしい。だが、もちろん言耶には分からない。

「どうした？　祖父江君、大丈夫か」

「そ、そんなこと、突然、急に、言われても、うち……」

「何か用事があるのか」

「い、いいえ」

「だったら事件を解決するためにも、ぜひ付き合って欲しい」

「……へっ？」

偲の間の抜けた顔に、彼はきょとんとしながら、

「いやいや、へっ……じゃないよ。しっかりしてくれよ、祖父江君」

事件に纏わる謎を列記した取材ノートの、その該当頁を言耶は広げつつ、

「これを参考にしながら僕が、事件の解釈を試みるので、その相手になって欲しい。言ってる意味が分かるかな」

少しの間、偲はぽかーんとしていた。それから突然、

「あ、当たり前です！」

なぜか怒り出して、ぷうっと膨れたので、言耶は首を傾げた。

それでも彼から、これまで見聞きした情報や出来事を改めて全て聞かされ、そのうえでノートを読み出すと、すぐさま彼女の様子が元に戻った。その真剣な眼差《まなざ》しは原稿に目を通すときの、正に編集者の顔と同じだったかもしれない。

「よう纏まってると思います」

無言で一気に最後まで読んでから、偲が感心したように言った。

「敬称は略したけど、何か抜けている項目はないかな」

「うーん、私は気づきませんでした。むしろ、こんなことまで謎に加えるんですか、

と思う項目がありましたけど」

「気になったことを、全て洗い出したからだろう」

「でも先生、これらが全て解けるんですか」

「いや、無理だ」

即座に否定した言耶を、偲は呆気《あっけ》に取られた顔で、

「そんな……」

と言い掛けてから、いきなり怒った物言いで、

「取り掛かる前から諦めて、どないするんですか。しっかりして下さいよ、先生」

「そうは言うけど、例えば怪談を解くなんて、そもそも意味がないだろ」

「事件に関わってる場合は？」

「もちろん別だし、そこに奸計があるとなると解ける可能性も出てくる。要は最初から全てを解くなんて、決めつけるのは無理だってことさ」

「分かりました」

偲も一応は納得したようだが、そこで改めて疑問に感じたのか、

「でも、どうして御堂島警部を呼ばないんです？　事件の検討をするのなら、はじめから警察に立ち会って貰った方が、何かと都合良くありませんか」

言耶は大きく息を吸って、そして吐いてから、

「君も承知してると思うけど、僕の推理は試行錯誤を何度も経つつ、何処へ向かうのか本人にも分からない状態で進んで行く」

「そうですね」

「だから僕にも、果たしてどんな解が出るのか、全く予測がつかない」

「……はい」

偲は返事をしながらも、物凄く不安そうな表情をしている。

「つまり最終的に到達した解が、とんでもない真相を暴いており、できれば警察には知らせたくない場合もあるかもしれない――という心配を、最初からしておく必要があるってことだよ」

第二十章　帰還

一

「それにしても、いったい何処から手をつけたらええのか……」

祖父江偲は途方に暮れたように、二人の間に置かれた取材ノートを見ている。

「全ての大本とも言える、それは猪霊様《はえだまさま》だろう」

刀城言耶が応えると、彼女は期待の籠る眼差《まなざ》しで、

「及位廉也《のぞきれんや》が調べてたんも、やっぱり猪霊様のことやったんですね。その秘密を先生も、ようやく突き止められたんですか」

「より正確には、唐食船《からたぶね》のことになる。とはいえ唐食船の正体が分かれば、ほぼ猪霊様に纏《まつ》わる謎も解けると思う」

「いったい何なんですか、唐食船って？」

「僕は最終的に、船であって船でないもの……という印象を受けた。飽くまでも印象なので当てにならないが、この線で考えを進めてみよう」

「分かりました」

「かつての犢幽村《とくゆうむら》で船と言えば、現実的には磯漁で使う小舟と沖を通る帆船、非現実的には伝説の唐食船になる。その中間に位置するのが、潜霊様祭の唐食船と亡船、それに村の祠《ほこら》や地蔵に供えられた笹舟だろう」

「中間いうんは、実在するけど本物の船やないいう意味ですね」

言耶は頷《うなず》きながらも、頭の中では全く別のことを考えている顔つきで、

「今こうして挙げながら、もう一つ忘れていた船があることに、僕は気づいた」

「えっ、他に何かありましたか」

「直接は村に関係ないというか、実際に出て来た船ではないけど」

「だったら何処に？」

「浄念《じょうねん》の話の中だよ。彼は『物見の幻』で、その船について触れている」

「どんな船です？」

「補陀落渡海《ふだらくとかい》の小さな木造船……」

「あぁ、ありましたね」

偲は思い出したらしいが、そんな彼女を凝《じ》っと言耶が見詰めている。

「な、何ですか」

「犢幽村に入る前の最後の難関を、君は覚えているか」

「はぁ？」

訳が分からないという表情を彼女はしたが、それも一瞬だった。

「あぁ、あの吊り橋でしょうか」

「うん。僕は三人が渡れるかどうか不安だったので、君を先に渡そうとした」

「それを私は、てっきり……」

「何だと思った？」

「それを今ここで蒸し返しますか」

呆《あき》れ顔の偲に、更に言耶が詰め寄った。

「何だと思った？」

「まず私で試すのかなぁ……って」

「それを君は、何と表現した？」

「えーっと、確か……うちを人身御供《ひとみごくう》にするやなんて、とか何とか……」

「補陀落渡海は行者の捨身行とされるが、その中には自らの意思ではなく強制的に木造船に乗せられ、海の彼方《かなた》へ流された者もいた……という話も伝わっている」

「つまり一種の人身御供ですか」

「瀦霊様祭が行なわれる時期と同じ頃、かつて犢幽村では女の子がいなくなることがあった」

「えっ、まさか……」

その先は聞きたくありません、と言わんばかりの偲の反応だったが、言耶は淡々と続けた。

「唐食船とは人身御供の女の子を乗せた、補陀落渡海の木造船だったのではないか。満足に漁業ができないが故に貧し過ぎた犢幽村の人たちにとって、少しでも豊漁を願うための祈りとして、そんな悍《おぞ》ましい風習が行なわれていたのだとしたら……」

彼女は慌ててノートに目を落とすと、

「だったら狼煙《のろし》場《ば》や遠見《とおみ》峠《とうげ》や物見《ものみ》櫓《やぐら》は、いったい何のためにあったんです？」

「木造船を流すところを、他所者《よそ》に目撃されないための用心だろう。特に沖を通るのが藩の帆船の場合は、役人が乗っている可能性が高い。いくら他の藩の者とはいえ、相手は役人だ。村ぐるみの人身御供がばれたら、徒《ただ》では済まないと思う」

「瀦霊様祭が執り行なわれる時期と、それが不定期なのは？」

「台風を待っていたからだよ。完全にやって来られては困るが、海が少しは荒れた方が木造船を流し易いからな」

「浜辺で塩焼きをしたのは、どうしてです？」

「一種の送り火ではないだろうか。竈《かまど》の数が角上《つのうえ》よりも角下《つのした》の岬の方が多くなるのは、そっちに磐霊様の岩礁があるからだ。そこを目指して木造船を浜から出したんだろう」

「祭で宮司さんと先生の小舟が出発したのも、正にその位置でしたね」

「磐霊様祭の参加者が男衆だけだったのも、これで頷ける。母親たちには辛過ぎるからな」

同じ女性として思うところがあるのか、偲が黙り込んだ。

「伍助《ごすけ》が聞いた咆哮《ほうこう》も、塩飽村《しあくむら》の人たちが耳にした大男の叫び声も、祭のときに『どうどと、どうどと、どんどん……』と口にされる絶叫も、全ては木造船を流す男衆たちの掛け声だった」

「それにしては、余りにも大き過ぎませんか」

「無理矢理に乗せられたために、木造船の中で泣き喚《わめ》き続ける、そんな女の子の悲鳴を消す役目もあったとしたら……」

「……酷《ひど》い」

彼女の表情は暗くなる一方だったが、それでも疑問に感じたことは口にした。

「隣の塩飽村には、一度も気づかれなかったんでしょうか」

「二つの村を隔てているのが、物凄《ものすご》く幅のある断崖だからね。だから塩飽村の人たちも、その崖の中から声が聞こえると錯覚した。当時の犢幽村は、完全に陸の孤島状態だった。だからこそ世間に伏せたい人身御供の儀礼を、全く秘密裡に行なうことができた」

「実際はそんなに騒いでいたのに、あの祭のとき男の人たちが完全に無言だったのは、いったいどうしてです？」

「及位廉也氏が手帳に書いた『全ては逆だったのか』は、僕の解釈で合っていた。ただし、それ以上に祭全体のことを言っていたんだよ。だから男衆たちは沈黙した。狼煙場や遠見峠や物見櫓では、狼煙も松明《たいまつ》も用意されなかった。かつての補陀落渡海の儀式とは、全く逆の行為を潛霊様祭で実施することで、一切の祟《たた》りを祓《はら》おうとしたわけだ。祭の翌日から漁が三日間も休みになるのも、同じ意味だと思う。本来なら大漁を期待して、すぐにも漁を行なうはずじゃないか。そのための人身御供なのだから」

「……ほんまに酷いです」

「伍助の祖父が、唐食船の周りには亡者《ぼうもん》がうじゃうじゃ纏わりついていると言ったのも、無理はないな」

「潛霊様の本当の恐ろしさが厭《いや》でも分かる日が来る……っていうお祖父《じい》さんの言葉は、伍助も大人になれば木造船を流す男衆にならざるを得ないから……ですね」

「浄念が竺磐寺《とくがんじ》の住職に言われた、そのうち時が来れば厭でも分かるかもしれぬ……

という台詞《せりふ》も、村に溶け込んでいけば、そのうち自然と知ることになるかもしれない、という意味だろう」

「まだ村人たちの記憶に、この悍ましい風習が残っていたからですか」

「もしくは笠磐寺にいれば、笹女神社《ささめじんじゃ》との付き合いで、そのうち知ることになるだろう、という意味だったのかもしれない」

「そっちでしょうか」

「昔から女人は祭の関係者になれない、と宮司さんが言ったのも、こうなると意味深長だったことになる。関係者ではなく、当事者だったわけだから……」

　ぶるっと偲は身震いしたあと、

「それじゃ潛霊様は……」

「表向きは難破船の死者たちを祀《まつ》っていたが、本当に鎮めたかったのは、生贄《いけにえ》となった女の子たちだった。そもそも年に一回か、数年に一度しかない難破船の死者を、そこまで丁重に祀るものだろうか。いや、供養するのは自然だけれど、それを恐れるのは違うのではないか」

「罪の意識が、さすがにあったんですね」

「及位廉也氏が平和荘《へいわそう》の前川《まえかわ》氏に、蠅玉《はえだま》の化物などは存在しないけど、それが恐ろしいのは本当だと言ったのは、潛霊様の正体を知ったからだ」

「そら、そういう表現になりますよね」

「神仏分離と廃仏毀釈にも、笹女神社と笠磐寺の関係が揺らがなかったのは、共通の大きな秘密を抱えていたせいだろう。そして犢幽村に魔所が多過ぎるのも、全ての怪異の大本に碆霊様がいるらしいのも、この悍ましい風習があったからだ」

「となると四つの怪談のうち、『蛇道の怪』だけ毛色が違うんは、場所が閖揚村《ゆりあげむら》やからですか」

「いいや、あの怪談だけ人為的だからだよ」

説明を求めるような偲の眼差しに、

「もう少しあとで」

と言耶が断ると、彼女は別の問い掛けをした。

「先生が遠見峠に立たれたとき、イギリスのコーンウォールを思い浮かべたのは？」

「一番の理由は、崖の多い地形を見たからだろう。でも『海原の首』の女の子たちがいなくなる話を、もしかすると無意識に思い出して、そこから人間を攫《さら》うコーンウォールの人魚伝説を連想したせいかもしれない」

「まさか及位廉也も、先生と同じように……」

二人が同様の発想をしたことが、まるで許せないかのような偲の物言いである。

「実際は分からないけど、及位廉也氏が気づく切っ掛けになったのは、篠懸《すずかけ》さんかもしれない」

「ええっ、どうして彼女が？」

「篠懸さんは河童《かっぱ》のように、泳ぎが得意だという。そして巫女《みこ》だ。そんな彼女から人魚を連想して、それが唐食船に結びつき、やがて補陀落渡海を用いた人身御供へと、彼の発想が進んで行ったのではないか、と僕は感じたんだ」

「つまり笹舟は、唐食船を表してたんですね」

「その唐食船を招くのが、笹女神社の祭神の獲備数様《えびすさま》だ。獲備数様は海難事故の死者のエビスでもある事実を考えると、何とも皮肉だな」

「食べ物が一杯に積まれてるはずの唐食船が、実は生贄の女の子の他は何も積んでない、恐ろしい補陀落渡海の木造船なんですから……」

「自分たちが生きるために生贄を捧げる。だけど本当に唐食船がやって来ることはない。ひたすら豊漁を祈るだけで、相変わらず貧しいままだった。遣《や》り切れないな」

「その痛ましい現実に犢幽村の人たちは、いつ気づいたんでしょうね」

二人の間に沈黙が降りた。しばらく偲は俯《うつむ》いていたが、すっと立ち上がったかと思うと、

「お茶を淹《い》れて来ます」

そう言って離れを出て行った。

やがて偲は淹れた茶と共に、ちゃっかりと茶菓子も盆に載せて戻って来た。いったい何処で調達したのか、言耶も敢《あ》えて訊かない。しばらく二人は茶を飲み、菓子を食した。それから言耶が徐《おもむろ》に話を続けた。

「この唐食船の秘密を、恐らく及位廉也氏は突き止めたのだろう」

「だから殺された……。せやけど先生、一番に動機があるはずの宮司さんも、二番目の被害者になってます」

偲の口調が不安そうだったのは、次の言耶の指摘を予想していたからか。

「すると次点の容疑者として、どうしても篠懸さんが浮かぶ」

「けど、彼女が自分の祖父である宮司さんを――」

「手に掛けるわけがない」

「そうですよね」

彼女はほっとしている。

「あと残るのは、竺磐寺の真海《しんかい》住職くらいか。ただし彼にも、宮司さん殺しの動機がない」

「唐食船の秘密を守るという意味では、宮司さん側ですもんね」

「いや、そもそも住職が唐食船の真の意味を知っていたかどうか……。昔はともかく、明治、大正、昭和と時代を経るにつれ、この秘密を知る者はどんどん減って行ったはずだ。そして最後に残ったのが、笹女神社の人たちだったのかもしれない」

「なるほど。それが自然でしょうね」

「いずれにしろ住職は、容疑者から外れることになる」

「そうなったら、もう犯人候補がいません」

再び不安そうな様子を見せる偲に、言耶は御堂島《みどうじま》と見崎《けんざき》の両警部に話した、二人の犯人による不連続殺人事件説を口にしてから、

「あの解釈は間違ってたけど、容疑者ではなく被害者たちに目を向けるのは、決して無駄ではなかったのかもしれない」

「どういう意味です？」

「四人の被害者たちの中で、よくよく考えると一人だけ可怪《おか》しな者が、実はいないだろうか」

「可怪しい？」

「言葉を換えれば、仲間外れだな」

「だったら及位廉也ですよ。一人だけ他所者ですから」

「では、殺人事件の被害者として見た場合、一人だけ仲間外れになるのは誰か」

「及位廉也、宮司さん、亀茲《きじ》将《まさる》、大垣秀寿《おおがきひでとし》さん……」

偲は頭の中で一人ずつ被害者を吟味したあと、

「ひょっとして、宮司さんですか」

「どうして？」

「物見櫓から賽場《さえば》に突き落とされたため、絶海洞《たるみどう》の奥へと流されてしまい、宮司さんだけ遺体が見つかってないから……」

「つまり彼の死だけ、確認されていないことになる」

「…………」

「宮司さんが真犯人だった場合、残り三人に対する動機は、ちゃんとあるんだよ」

「そんな……」

絶句する偲を前に、言耶は自らの推理を続けた。

「瑙霊様の秘密を知ってるぞと、及位廉也氏は宮司さんを脅した。お金が目当てだったのかどうか、今となっては分からないけど、間違いなく碌《ろく》なものではなかっただろうことは確かだ」

「最低ですね」

「とはいえ普通に脅しただけでは、惚《とぼ》けられてしまって終わりだ。何か物的証拠があるわけじゃないからな。そこで脅しをより効果的にするために、彼は閖揚村の垣沼《かきぬま》亨《とおる》氏をはじめとする四人衆に、『蛇道の怪』で起きた怪異を起こすように誘導した」

「何でです？」

「村の合併話の中心となる閖揚村で、潜霊様を思い起こす蝿玉による騒ぎを起こせば、宮司さんも自分の脅しを無視するわけにはいかなくなる。及位氏の狙いは、そこにあった」

「あくどいですねぇ」

「彼一人では無理でも、垣沼氏たち四人衆を使えば、不可思議に見えるような現象など難なく起こせるからね」

「そう言えば『蛇道の怪』で、飯島勝利《いいじまかつとし》さんが出遭った化物は、四度も姿を現しています。あれは四人衆が演じていたんですね。けど、そうなると他の化物たちも、全て四人衆が扮してたんですか」

「いや、閖揚村で起きた全ての怪異が、どれも四人衆の仕業だと断じるのは、さすがに無理だろう。その中には勘違いや錯覚や作り話なども、きっと含まれていたと思う。その他の多様な化物たちは、間違いなく怪談話に尾鰭《おひれ》がついただけだよ」

「そういうことですか」

「このまま怪異が起こり続ければ、村の合併話に水を差す。蝿玉とは潜霊様であり、その正体はこれこれこれです……とばらしても良いのか。そう言って及位氏は、宮司さんに詰め寄った」

「でも日昇紡績《にっしょうぼうせき》の久留米《くるめ》さんが、そんなことしても合併は揺らがないって――」

「それはいいんだよ。及位氏の目的は、別に村の合併の阻止ではない。飽くまでも宮司さんを脅すことにあったんだから」

「あっ、そうか」

「仮にお金を払ったところで、及位廉也のような人物は決して厄介払いなどできない。そう考えた宮司さんは、彼を亡き者にする決意をした」

「そして竹林宮《ちくりんぐう》に、及位廉也を案内した」

「そのとき被害者は、笠磐寺の住職のお古の法衣《ほうえ》を着ていたか、もしくは宮司さんが寺から失敬して用意していたか、どちらかだろう」

「法衣の存在が重要なんですね」

「宮司さんは竹林宮の中心へと誘いながら、被害者に豬霊様や唐食船の話をした。そうやって相手の警戒心を解いたうえで、恐らく蛇顔草を基に作った睡眠効果のある薬を混ぜた酒を、被害者に飲ませた。彼は無類の酒好きだったため、きっと何の抵抗もなかったんだと思う」

「そして眠ってしまった及位を、宮司さんは竹林宮の中心に置き去りにした……」

「だけだったら目を覚ました被害者が、そのまま竹林宮から出て行ってしまう。だから宮司さんは、彼の自由を奪った」

「けど及位の身体は、全く縛られていませんでした。それどころか、自由に草地を動き回ってました」

「確かに両足だけは、完全に自由だった。しかし両腕は、イエス・キリストの磔《はりつけ》と同じような状態だったに違いない」

「どうやって？」

「被害者が右手に持っていたと思われた、元々は祠の前に立てられていた、あの鳥居のような二本の竹の片方でだよ」

「あれを抜いたんは……」

「被害者ではなく、宮司さんだった。法衣を着た状態の被害者の両腕を、まず左右に伸ばす。それから法衣の袖から袖へと、竹の棒を通す。あとは本来なら垂れる袖の部分を、それぞれの腕に巻きつけ、その上から細く裂いた手拭いで縛る。手首と肘と脇と三箇所も縛れば、被害者が自ら外すことは、絶対にできないだろう。また法衣のお陰で、両腕に縛った痕が残ることもない」

「上半身だけの、磔ってわけですか」

その格好を想像したのか、偲が何とも言えない表情をした。

「やがて被害者は目を覚ますが、両腕の自由は全く利かない。それでも両足は何ともないので、立ち上がることはできる。それから被害者は、きっと竹林宮を出ようとしたのだろう。でも参道である迷路の幅は狭く、かつ草地から入った通路は、すぐ直角に曲がっている。左右に両腕を一杯に伸ばした状態では、どう足掻《あが》いても通れない。両腕を斜めにしても駄目だった。被害者は小太りだったため、余計に難しかっただろう。それでも無理に通ろうとしたため、その辺りの竹に擦った跡が残った」

「あれ、その状態って……」

「君の実家で飼っている、カイ君と同じだよ」

「ああっ、木の枝を銜《くわ》えたまま、犬小屋に入ろうとした――」

「あの話が役立ったわけだ」

普通なら偲は、ここで大いに気を良くして自慢するはずなのに、このときは違った。それよりも先を知りたかったようである。

「草地の周囲で見つかった、あの三箇所の痕跡も……」

「迷路が駄目なら、竹林そのものを抜けようと考えた。でも、やっぱり駄目だった。そこで腹癒せに祠を、自らを縛っている竹の棒で叩いた。でも不自由な体勢だったため、それほど強くは叩けなかった。そういうことだと思う」

「まさか……」

大変なことに気づいた、という顔で彼女が、

「宮司さんが及位の縛りを解いたんは……」

「僕たちを竹林宮に案内した、あのときだと思う。被害者が餓死するまで、四、五日

ほど掛かることを、宮司さんは知っていた。そのため五日が過ぎるまで、できれば放置しておきたい。言わば僕たちは、出しに使われたわけだ」

「けど下手をしたら、私たちに見られる危険がありましたよね」

「いいや、ない。竹の群生の密度が濃い竹林宮では、迷路から草地は全く覗《のぞ》けなかった。あのとき宮司さんは、列の先頭だった。不慣れな僕たちが参道で迷っているうちに、自分だけが先に草地へ到着して、礫の痕跡を消し去ることが充分に可能だと、きっと計算していたんだ」

「言われてみれば……」

「しかも宮司さんは、非常に大胆だった」

「えっ、まだ何か」

「被害者を縛っていた裂いた手拭いを、わざわざ僕たちに見せたじゃないか」

「そんなこと……あっ、私が竹の葉で、掌《てのひら》を切って……」

「血が出ているのを見て、宮司さんが汚れた襤褸《ぼろ》の手拭いを取り出した。あれは被害者を縛った一つだった。その証拠に、まだ持っている素振りがあったからね」

「でも、どうして……」

「純粋に君の手当てのため、という理由もあったと思う。それにしては汚れ過ぎてたけど、そういうことに構わないのは、如何《いか》にもあの宮司さんらしいじゃないか」

「ええ、確かに。今ちょっと感じたんですけど、あそこで手拭いを出すことで、実は先生に対して手掛かりを与えたかった……とか」

言耶は少し躊躇《ためら》ってから、

「有り得るかもしれない。礫の奸計《トリック》を考えたのは、村の秘密を守るために、及位廉也氏の死の真相を有耶無耶《うやむや》にして、事件を迷宮入りにさせる目的があった。それに悔いはないけど、人を殺《あや》めてしまったのは事実である。どうしても罪の意識を覚える。かといって自分が捕まれば、篠懸さんの将来が無茶苦茶になる。その板挟みの苦しみから、他所者である僕に、つい手掛かりを与えそうになったんじゃないかな」

「何かよう分かるような……」

「被害者の開襟シャツの胸ポケットに、わざわざ笹舟を入れたのも、村と神社を守るためという意思表示だった」

「どっちも宮司さんらしい気がします」

しんみりとした物言いをしたあと、偲は気を取り直したように、

「すると物見櫓の事件は……」

「自作自演になる。もっとも宮司さんは、何もしていない。蓬莱《ほうらい》さんに嘘を吐くように、彼は頼んだだけだろう」

「そんなことができるのは、笹女神社の宮司さんくらいでしょうね」

彼女は充分に納得したあとで、

「すると亀茲将殺しは、どうなります？」

「宮司さんが自分自身を抹殺したのは、この機会に亀茲将氏も排除しようと考えたからだ。そして彼は笹女神社に身を隠した。ただし篠懸さんには知らせなかった。でも、もちろん孫娘の心配はしていた。だからこそ竹《たけ》ちゃんの伝書鳩に、宮司さんは気づいた。それで絶海洞へ、先回りをすることにした」

「亀茲将よりも先に入るのを目撃しながら、蓬萊さんは見て見ぬ振りをした」

「蓬萊さんは再び嘘を吐くことで、宮司さんを助けたわけなんだが――」

そこで言耶の声音が、なぜか急に弱々しくなった。

「どうしたんですか、先生？」

「宮司さんが絶海洞に入るまでは、確かにそれで良い」

「はい」

「ただ……」

「何です？」

「そのあと宮司さんに、亀茲将氏殺しができたとは、ちょっと思えないんだ」

二

「な、何を言うてはるんですか」

偲が呆れた声を出した。

「篠懸さんに足跡のない殺人ができなかったように、それは宮司さんにも不可能だった……」

「ちょ、ちょっと――」

「いやはや困った」

巫山戯《ふざけ》ているのかと偲は勘ぐったようだが、言耶は極めて真面目な顔をしている。

「けど先生、竹林宮の謎解きは――」

「宮司さんでないと実行できない、という方法ではない。あの奸計を思いつきさえすれば、誰にでも可能だ。それよりも問題は、及位廉也氏殺しの動機だよ」

「宮司さんでも、もちろん篠懸さんでもないとしたら、もう誰もいません」

「……そうか。篠懸さんか」

言耶の呟《つぶや》きに、偲が強く反応した。

「彼女は違うでしょう」

「ああ、篠懸さんは犯人ではない。だが、動機にはなる」

「えっ……」

「及位氏が宮司さんを脅してることを知り、犢幽村や笹女神社ではなくて、篠懸さんを守りたいと考えたとしたら――」

「誰が？」

「大垣秀継《ひでつぐ》君だよ」

一瞬の間のあと、

「そ、そんな……、彼が真犯人だなんて……」

ふるふると偲は、弱々しく首を振っていたが、

「やっぱり有り得ません」

突然しっかりとした口調で、真っ向から否定した。

「だって及位廉也殺しで、現場不在証明《アリバイ》が唯一あるんは、彼やないですか。それに彼が、自分の祖父を手に掛けるわけないでしょう」

「一つずつ片づけよう」

彼女の全否定を、言耶が真正面から受け止めると、

「及位廉也が竹林宮に入ったと考えられる日、大垣君は野津野《のづの》の鯛両町《たいりょうちょう》で、先生と私を待っていました」

「しかし彼は、九難道《くなんどう》を探るために、あの山径に入っている」

「そうですけど、如何に男性の足でも一泊もせずに、鯛両町と犢幽村を往復することは、絶対に無理なんやないですか」

「荷物を運ぶのが専門の剛力なら、もしかすると可能かもしれない。でも、大垣君には不可能だろう」

「かといって宿に帰らなければ、不審に思われます。彼は毎夜、その日の探索の模様を、宿の主人夫婦に喋《しゃべ》っていたんですからね。その話をご主人から、私たちは聞きました。もし彼が戻らなかった夜があれば、きっとご主人も触れたはずです」

「つまり大垣君は、一日で行って帰って来た」

「無理です」

「九難道を使った場合はね」

「えっ……」

「多喜《たき》さんが通った蟒蛇《うわばみ》の通り抜けなら、充分に可能だ」

「……あっ、あの『竹林の魔』の話の、毒消し売りの多喜さんですね」

「蟒蛇の通り抜けは危険なため、とっくに通行止めになっている。だが、かといって通れないわけではないだろう。男一人が往復するくらいは、別に問題ないのではないかな」

「……そうかもしれません」

「ただし、物凄く疲れたはずだ」

「そりゃそうです」

「だからこそ彼は、この離れに泊まった初日の翌朝、なかなか起きられなかった。それを僕は、九難道の下調べのせいだと思ってしまった」

「でも、大垣君は竹林宮を知らないんじゃ……」

「宮司さんが竹林宮の前で、『秀継も子供の頃以来じゃろ』と言っていた。つまり彼は、あの中に入った経験があるんだ」

「せやからいうて彼が、あの礫の奸計を思いつくかいうたら……」

さぁぁっと偲の顔色が、見る見る青くなった。

「まさか、そんな……」

「うん。ここへ来る前に祖父江君は、実家の飼い犬のカイの話を、大垣君にした。それから彼は発想して、あの礫の方法を考えついた」

「…………」

激しく落ち込む彼女に対して、敢えて言耶は淡々と続けた。

「被害者の礫を解いたのは、恐らく当日の夜明け前だろう。さすがに僕も、まだ夢の中だから気づかなかった」

「無理ないですけど……」

「笹舟を現場に残したのは、宮司さんと同じ気持ちだと思う。もっとも彼の場合、篠懸さんを守りたいという想いだけだったわけだが」

「け、けど……」

偲が必死に反論するかのように、

「篠懸さんを守るために、及位廉也を殺害したのなら、なぜ宮司さんまで？　彼女が悲しむと、普通なら分かりますよね」

「殺人は癖になる……という言葉がある」

言耶の呟きに、ぞくっと彼女が背筋を震わせた。

「篠懸さんとの仲を考えたとき、宮司さんは邪魔になる。及位氏殺しで箍《たが》が外れた彼は、そのまま籠室岩喜《かごむろがんき》氏殺しを企《たくら》んだ」

「どうやって？」

「潜霊様祭の打ち上げの夜、大垣君は出掛けたよね。塩飽村から閖揚村までの強羅《ごうら》の五人衆に会って、僕たちの滞在先の確保をするために」

「そうでした」

「あのとき彼は、宮司さんを物見櫓に呼び出した。誰もが宴会場を行き来していたから、そんな耳打ちくらい簡単にできただろう。蓬莱さんは日没と共に就寝するため、目撃される心配もない」

「いったい物見櫓で、何をするために？」

「殺人だよ」

「ええっ……。だって宮司さんが、物見板の上から落とされたのは、その翌々日の早朝やないですか」

「いいや、宮司さんは祭の夜、既に殺されていたんだ」

「訳が分かりません」

混乱する偲に、言耶は噛《か》んで含めるような口調で、

「殺害方法は、正直なところ全く分からない。現場に血痕などがなかったことから、浜辺の砂を詰めた靴下で頭部を殴って自由を奪ったあとで、もしかすると絞殺したのかもしれない」

「そう言えば祭の準備を浜辺で見たとき、私も彼も靴に砂が入って難儀したんですけど……」

「そのときの経験から考えついたとしたら、大したものだな」

「感心するようなことやありません」

怒り出した彼女を見て、むしろ言耶はほっとした様子で、

「宮司さんを物見櫓の中で殺害してから彼は、その遺体を箪笥《たんす》と壁の間に置いた。そ

の置き方というのが、背中は床に、両足は正座をさせた状態で壁に、それぞれつけるような格好だった」

「どういうことですか」

「箪笥が元々あったのは、物見櫓の北東の角だ。まず北側の壁に正座をさせた状態の両足をつけて、その体勢が崩れないように、東側の壁と箪笥の側面によって、遺体を挟んだんだよ。両手は腹の前で組ませておいた。もし床の上に寝転んで、箪笥越しに遺体を見たら、恰《あたか》も北側の壁の上で正座している格好にしたわけだ」

「……死後硬直」

「さすが祖父江君だ。だから宮司さんは丸々一日以上も、姿を消す必要があった。遺体の全身に及んだ死後硬直が解けるのは、死後三十時間から四十時間と言われている。そういった知識を大垣君は、僕の編集担当になって学んだんだと思う」

「勉強熱心ですからね」

偲の表情と物言いは、どちらも非常に複雑そうである。

「祭の当夜からの大垣君の動きを追うと、恐らくこうなる。物見櫓で宮司さんと落ち合った彼は、そこで殺害を行なう。それから遺体に細工をして、急いで籠室家へ戻り、僕に五人衆と話をした報告をする。そして寝るまでの間か、翌日の夜明け前に、宮司さんの部屋に入って蒲団《ふとん》の偽装を行ない、白い着物と水色の袴《はかま》をこっそり拝借する」

「篠懸さんが、宮司さんの部屋に違和感を覚えたのは、本人が本当に蒲団に寝たわけではなかったからですね」

「蒲団を上げてなかったことも、やっぱり引っ掛かったんだろう。それから大垣君は事件当日の夜明け前まで、別に何もしなかった。いや、行方の分からなくなった宮司さんを捜しに、彼は物見櫓に行っているな」

「そのときに見た、干された傘と雨合羽《あまがっぱ》というのは？」

「物見櫓になど誰も上がらないけど、箪笥の陰に隠した遺体を、万一のことを考えて更に傘と雨合羽で見えないようにしたんだろう。仮に物見櫓へあの日、宮司さんを捜しに行ったのが僕だったとしても、階段を上がった先の穴から櫓小屋の内部を覗いて、そこに誰もいなかったら、何ら不審に思わずに引き返して来たに違いない。けど彼は念には念を入れた」

「まさか宮司さんが殺されて、その遺体が箪笥と雨合羽によって隠されてるなんて、普通は考えませんよ」

「そうだな」

「でも大垣君が、わざわざ傘と雨合羽のことに触れたのは、どうしてです？」

「万に一つ、僕が物見櫓へ行ったときの用心だろう。干してあったと言っておけば、それを検《あらた》めることはないと考えたわけだ」

「真面目なだけやのうて、頭が回りますね」

「話を戻そう。事件当日の夜明け前、まだ寝ている僕を起こさないように、大垣君は離れを抜け出すと、物見櫓へ向かった。そして角上の岬に入る前に、白い着物と水色の袴に着替えて、わざと足音を立てながら歩いて蓬萊さんに目撃させた」

「彼女が見たのは、袴と着物の一部でした」

「物見櫓に上がった宮司さんが、なかなか物見板に出て来なかったのは、もちろん大垣君が死後硬直で固まった遺体を、えっちらおっちら移動させていたからだ。蓬萊さんの小屋の窓から物見板は、前方の半分しか視界に入らない。だからこそ大垣君は板の上に腹這《はらば》いになって、遺体を押し出すことができたわけだ」

「宮司さんが両手を使って板の上を移動していないと、そのとき蓬萊さんには分からなかったのでしょうか」

「よくよく見ると気づいたかもしれないけど、それを彼女に求めるのは、ちょっと酷だろう。そんな犯行が目の前で進んでいるとは、普通は想像もできないからな」

「そうですよね」

「遺体を物見板の上に出した大垣君は、角上の岬を這いながら戻って、蓬萊さんの目に触れないようにした。そして僕が目を覚ます前に、籠室家の離れへと戻った」

「せやけど、それでは宮司さんの遺体が、いつ落ちるのか分かりませんよね」

偲は小首を傾げたが、言耶は何の問題もないという様子で、

「蓬萊さんという目撃者がいる限り、いつ遺体が物見板から落ちても、全く構わない。なぜなら瞑想《めいそう》は短い時間で済むときもあれば、丸々一日掛かる場合もあるからだ。それに遺体が落ちるのに時間が掛かることで、もしかすると蓬萊さん以外の目撃者も得られるかもしれない。そうなれば事故死と見做《みな》される確率が、余計に高くなる。大垣君が気をつけなければならないのは、遺体が落ちるまでの間、自分が必ず誰かの側《そば》にいるか、少なくとも物見櫓へは行っていないと印象づけることだった」

「完璧な現場不在証明ですね」

決して感心したくないのに、大垣秀継の計画を認めざるを得ない、という感情が偲の口調には表れている。

「瞑想中の宮司さんの姿勢が、少し崩れたように蓬萊さんに見えたのは、死後硬直が解け掛かっていたからですか」

「うん。遺体が落下する瞬間を、もし彼女が目撃していれば、きっと宮司さんはひとりでに落ちたと証言しただろうな」

「その場合は、間違いなく事故死扱いになっていて、及位廉也に次ぐ連続殺人だとは、誰も思いもしなかったでしょうね」

「全く見事な奸計だよ。見事と言えば、死後硬直した遺体に宮司さんの白い着物を羽織らせ、賽場に落ちると脱げて、海原に浮かぶように意図したのも、大した考えだ。着物を羽織らせることで、蓬莱さんに生きている宮司さんだと誤認させ、それを海原に漂わせることで、彼が落ちた事実を補強させたわけだな」

「でも先生、さすがに絶海洞内での亀茲将殺しは、彼にも不可能じゃないですか」

期待と不安が半々のような偲に対して、だが言耶は静かに首を横に振った。

「いいや、大垣君だからこそ、あの犯行は可能だった」

「いったい、どんな方法で？」

「九難道の極楽水地獄水の洞穴から入って、絶海洞内へと抜ける手によって」

「…………」

両目を見開いたまま、偲は口をもぐもぐさせたが、全く言葉は出て来ない。

「あそこへ着く前に大垣君は、極楽水地獄水から山を挟んだ海側に、ちょうど絶海洞がある感じだと言っている。真水の極楽水ではなく、海水の地獄水が出るのは、あの穴が絶海洞と繋《つな》がってる証拠じゃないだろうか」

「大事な手帳を忘れた、という口実で彼は、極楽水地獄水まで戻ったんですか」

「手帳を忘れたのは、きっと本当だろう。恐らく彼は、それとなく篠懸さんを気に掛けていたところ、竹ちゃんの伝書鳩に気づいてしまった。そこで手帳を口実に九難道を戻り、先回りして亀茲将氏を殺害した。その方法は御堂島警部が、篠懸さん犯人説を唱えたときと、全く同じだと思う。違うのは真犯人が、絶海洞の奥からやって来た点だな」

「三途《さんず》の川側から亀茲将を刺して、そのあと撲殺した……」

「被害者に気づかれないように、まず折れた銛《もり》を手にしたんだと思う。それから刺したが、致命傷を与えられなかったので、急いで手近の岩で殴った」

「砂地の境内に入らなかったのは、濡れた身体が砂塗《すなまみ》れになるからですか」

「それもあるだろうけど、一番大きな理由は、恐らく篠懸さんだ」

「彼女が？」

「被害者を殺害したあとに、篠懸さんはやって来る。どう考えても彼女が疑われてしまう。そこで足跡のない殺人を演出することで、彼女に容疑が掛けられないようにしたわけだ」

「……歪《ゆが》んでるとはいえ、それも愛ですね」

偲は大きく溜息を吐いてから、

「あの日の夕方、彼が帰って来たとき、何処も濡れてませんでしたけど、予《あらかじ》め着替えと手拭いを持って出ていたってことですか」

「うん。そういう準備さえしておけば、帰路の途中でいくらでも取り繕える」

そこで偲は急に放心したように、

「つまり大垣君には、どの事件の犯行も可能やった……いうことですね」

未だに信じられないという表情で、ぽつりと漏らした。

「ただ……」

しかし言耶がそう続けると、途端に彼女の表情が、すうっと引き締まった。

「何ですか、先生？」

「被害者の腹の上に笹舟を置くことは、大垣君には無理だった。それこそ砂地の境内に、彼の足跡が残るからね」

「えっ……」

「また宮司さんの遺体を物見板まで移動させるために、その日の夜明け前に、僕に気づかれることなく起きるのも、よく考えたら無理だよ。大垣君が手帳を取りに行くと言った日も、彼は夜明け前に起きている。けど僕は、そのとき普通に目覚めてしまったからね」

「ちょっと……」

「それに大垣君に祖父の大垣秀寿氏を殺す動機があったとは、やっぱり思えない」

「なっ……」

「本当に極楽水地獄水を利用して、絶海洞の殺人を行なったのだとしたら、そこから久重山《くえやま》まで移動して大垣秀寿氏を手に掛けることなど、絶対にできなかったはずだ」

「な、何を……」

「つまり彼には、大垣秀寿氏殺しの動機と機会の、その両方がなかったことになる」

三

「大垣君は子供の頃、海で溺れているのを篠懸さんに助けられた。それから水泳が上達したとも考えられるけど、そんな彼が果たして、極楽水地獄水と絶海洞の往復ができたかどうか」

偲が心底、呆れたという声を出した。

「何を言うてはるんですか」

しかし当の言耶は気にした風もなく、そのまま喋り続けている。

「竹林宮はともかく物見櫓の現場に笹舟を置く理由が、彼の場合は何もない」

「……確かに」

「竹林宮の事件で、あそこに入った朝、彼と君は参道で蜘蛛《くも》の巣を浴びた」

「……そうです」

「つまり蜘蛛の巣が張られるほどの日数、あの迷路の参道には誰も入っていない、という証拠ではないだろうか」

「そうなると真犯人は、やっぱり宮司さんになりませんか」

偲の両の瞳が、いきなり輝き出した。

「極楽水地獄水を利用して、絶海洞に出入りする方法は、もちろん宮司さんにも可能ですよね」

「二つの穴が通じていることを知る立場にある、という意味では大垣君よりも、宮司さんの方が相応《ふさわ》しい」

「竹林宮も物見櫓も絶海洞も、宮司さんなら全て犯行が可能でした。そのうえ大垣秀寿さんに対しては、長年に亘る家同士の確執があります」

「死んだと思われている宮司さんには、大垣秀寿氏殺しの現場不在証明も必要ない」

「動機も機会も、全ての事件にあるわけです」

「そうだ」

「つまり真犯人は、やっぱり宮司さん……」

「ではないと思う」

言耶の否定に、偲が悲鳴を上げた。

「な、何でです？」

「宮司さんは泳ぎが得意ではないと、篠懸さんが蓬莱さんに教えている。そんな人が極楽水地獄水と絶海洞の往復など、まずできるわけがない」

「…………」

偲が黙り込んでしまった。言耶も口を閉ざしたまま、時間だけが流れて行った。

「せやけど先生……」

やがて彼女が、途方に暮れたように口を開いた。

「もう容疑を掛けられる犯人候補が、ほんまにいませんよ」

「神戸《ごうど》地方の奥戸《くまど》で巻き込まれた、六地蔵《むつじぞう》様の童唄による見立て連続殺人事件も同じだった。容疑者が一人もいなくなって……」

「それでも先生は、ちゃんと解決されたんですよね」

励ますような偲の物言いだったが、言耶の耳には届いていない。

「もしかすると……」

「何です？」

「もしかすると我々の、完全な盲点になっている人物が……」

「まさかぁ」

彼女は全く受け入れられないと言わんばかりに、

「そんな人、いったい何処にいます？」

「…………」

「先生？」

俯いていた言耶は、はっと突然その顔を上げて、

「……蓬莱さん」

「えっ？」

偲は一瞬、ぴんと来なかったらしい。だが、すぐに誰か分かったのか、

「そ、そんな無茶な……」

「彼女は誰よりも篠懸さんに、非常に世話になっていた。だからこそ及位廉也氏の不穏な動きを知ったとき、篠懸さんを守らなければならないと考えた。大垣君の動機と一緒だよ」

「世捨て人のような彼女に、及位の動向が分かりますか」

「宮司さんが言っていた。彼女は村内の出来事を、不思議とよく知っている――と」

「……確かに、そうでしたね」

偲も思い出したようだが、

「けど蓬莱さんに、あの竹の棒の奸計が、果たして思いつけるでしょうか」

「彼女の小屋に入れて貰ったとき、横引きの板戸の突っ支《か》い棒として使うために、一本の竹の棒が立て掛けてあった」

「突っ支い棒って、内側から戸に嚙ませて、外から開けられなくする長い棒ですか」

「そうだ。あれから発想したのかもしれない」

「蓬莱さんが同じ動機で、亀茲将を手に掛けたのは理解できますが――」

偲は小首を傾げながら、

「宮司さんはどうなります？　そもそも動機がないですし、何より篠懸さんが悲しむじゃないですか」

「それは蓬莱さんの正体に、深く関わっていると思う」

「えっ……だって身元は、誰にも分からないんでしょ？」

「うん。でも推測することはできる」

「いったい彼女の正体って、何ですか」

「多喜さん」

「はっ？」

と訊き返し掛けたものの、見る見る偲の表情が変わった。

「ま、まさか……、『竹林の魔』の多喜さん……」

「初代の蓬莱さんが、『海原の首』の伍助さんだったのなら、今が『竹林の魔』の多喜さんだとしても、何の不思議もない」

「そ、そうですけど……」

「蓬莱さんの正体が多喜さんだとしたら、彼女は竹林宮と笹女神社に対して、かなりの恨みを持っていると見做せないか。だからこそ及位廉也氏殺しの現場に、まず竹林宮を選んだ」

「筋は通りますね」

一応は納得しながらも、

「けど、例の蜘蛛の巣は？」

「多喜さんだったら、余裕で避《よ》けられただろう。僕たちが竹林宮に行った日の早朝、こっそりと忍び込むことも普通にできたはずだ」

そこで言耶は強調するように、

「真犯人が蓬莱さんだった場合、何よりも第二と第三の事件の説明が、物凄く簡単になる。これは重要だよ」

「えーっと……」

「どちらも彼女が嘘を吐いていた――で、見事に解決できるからね」

「……言われてみれば、確かにそうです」

「篠懸さんの意味深長な発言も、僕が竹屋の竹ちゃんと会ったとき、あの子が烏天《からすてん》狗《ぐ》の面を被っていたことを、暗に指していたんじゃないだろうか」

「顔に被るお面から、蓬莱さんが頭に被ってる布袋を、篠懸さんは連想した。それを遠回しに先生に、彼女は伝えようとした」

「普段から蓬萊さんの世話をしていた篠懸さんは、事件の犯人が彼女であることを、いつしか知るようになったとしても、それほど不自然ではない」

「なるほど」

思わず偲は頷いたようだが、次いで急に不安そうな顔をした。なぜなら言耶の次の言葉を、彼女が予想したからだ。

「ただ……」

「先生、やっぱり『ただ……』と言わはるんですね」

もう言耶のことを、全く信用していない表情である。

「だって祖父江君、蓬萊さんが真犯人だったとしたら、大垣秀寿氏殺しの説明が、少しもつかないじゃないか」

「あのね先生、『だって』と言われても、うちは知りませんよ。たった今、蓬萊さん真犯人説を唱えられたのは、先生なんですからね」

「……うん。でも彼女は、やっぱり犯人じゃない」

「そうなると本当に、容疑者が一人もいなくなります」

「…………」

「犯人候補として考えられる人物が、もう誰もいません」

「…………」

「先生、ほんまに怪談殺人事件は、ちゃんと合理的に解決できるんでしょうか」

四

沈思黙考する言耶を、偲は静かに見詰めている。先程まで浮かんでいた「全く信用できない」という表情も、最早すっかり消えていた。むしろ「先生やったら絶対に謎を解けるはずや」と強く信じている思いが、今やはっきりと彼女の顔に見て取れる。

ところが当の言耶は、ずっと黙り込んだままである。ひたすら沈思黙考を続けている。もしかすると側に偲がいることさえ、一時《いっとき》とはいえ忘れていたかもしれない。

やがて――。

ぶつぶつ言耶が何やら呟き出した。

「先生、何です？」

そんな彼の様子を慎重に確かめながら、偲が優しく問い掛ける。

「竹林宮の餓死事件が起きたとき、僕は怪談殺人事件と命名した」

「はい」

「次いで物見櫓の墜落事件が起き、現場に笹舟が残されているのを見て、咄嗟《とっさ》に笹舟殺人事件という新たな呼び名をつけた」

「言わば改名したわけです」

「そして絶海洞の殺人が起こり、これは容疑者殺人事件ではないかと思った」

「けど四人目は篠懸さんやのうて、大垣秀寿さんが被害者に……」

「そこで僕は、本件は犯人が二人いる、不連続殺人事件ではないかと考えた」

「でも、その解釈は間違っていた……」

偲の顔を凝っと、本人が恥ずかしくなるまで言耶は見詰めてから、

「そこから僕は、真犯人の指摘をはじめた。だが、悉《ことごと》く外れてしまった。ふと気がつくと、もう容疑者が誰も残っていない」

「…………」

彼の台詞に対して、偲は何も言い返せない。

「もしかすると僕はこれまで通りに、この事件の真の名称を考えるべきではなかったのか」

「ど、どういう……」

「その手掛かりが篠懸さんの、あの謎の言葉にあったのだとしたら――」

「……意味です？」

不安が半分、期待が半分という顔の偲に対して、

「竹屋の竹ちゃんとはじめて会ったとき、あの子は確かに烏天狗の面を被っていた。

だが、それと同時に竹の桶《おけ》で遊んでもいた」

「坂を転がって来た桶を、先生が手に取ったんですよね」

「うん。篠懸さんが言いたかったのは、それじゃないだろうか」

「やっぱり意味が分かりません」

「つまり今回の一連の事件の真の名称は、『風が吹きゃ桶屋が儲《もう》かる殺人事件』だったのではないだろうか」

「はぁっ？」

「風が吹きゃ桶屋が儲かるの意味は、君も知ってるだろ」

「それは、まぁ……」

「大風が吹く↓砂埃《すなぼこり》が舞い上がる↓目を痛める人が続出する↓細かい作業ができなくなった職人衆が出る↓彼らが身過ぎ世過ぎのために、道具を三味線に持ち替える↓三味線用に猫が捕らえられる↓天敵のいなくなった鼠《ねずみ》が大繁殖する↓鼠が好き放題に桶を齧《かじ》り捲《まく》る↓その結果、桶屋が儲かる。という流れだ」

「そ、そこまで詳しくは……」

「今回の一連の事件は、及位廉也氏を竹林宮で籠室岩喜氏が餓死させ、その竹林宮事件の犯人の籠室岩喜氏を物見櫓で亀茲将氏が殺害し、その物見櫓事件の犯人の亀茲将氏を絶海洞で籠室篠懸さんが手に掛けた——という風に連鎖して行ったと考えれば、全ての筋が通るんだよ」

「……う、嘘ぉ」

と言ったまま偲は、完全に絶句している。

「本事件の真の名称は、連鎖殺人事件だったんだ」

「風が吹きゃ桶屋が儲かる殺人事件よりも、そっちの呼び名の方が確かにええですけど……」

とはいえ彼女は立ち直りも早いため、言耶も安心して続けた。

「竹林宮の餓死事件は、籠室岩喜氏犯人説の通りに行なわれた。だから参道には、蜘蛛の巣が張られていた。あそこへ被害者を誘い込み、竹による磔の仕掛けを施してから、再び犯人が現場へ赴くまでの間に、誰も竹林宮に入っていなかったからだ」

「その蜘蛛の巣を、私と大垣君が被った……」

「及位廉也氏の開襟シャツの胸ポケットにあった笹舟は、きっと被害者が自分で入れたものだったんだ」

「それを亀茲将が利用した？」

言耶は頷きながら、

「竹林宮の餓死事件を知った途端、亀茲将氏には犯人が分かった。そこで親しくなったばかりとはいえ、彼とは馬が合った及位廉也氏の復讐《ふくしゅう》と、篠懸さんを我が物にするために邪魔者を消すという一石二鳥を狙い、宮司さん殺害計画を企てた」

「ほんまに酷うて嫌な奴です」

「物見櫓内に残った宮司さんの草履の上に、意味有り気に一艘《そう》の笹舟を置くことで、彼は不連続殺人事件を連続殺人事件に見せ掛けることに成功した。彼には及位廉也氏殺しの動機が一切ないことから、仮に籠室岩喜氏殺しを疑われても、遅かれ早かれ容疑の圏外に逃れられるだろう、という計算があったわけだ」

「そうなると死後硬直の奸計を考えたのも、亀茲将やったんですか」

「彼は探偵小説の愛読者だった。それに浜尾四郎の『博士邸の怪事件』を読んでいる。あの作品には正に死後硬直の話が出てくるから、彼は興味を持って更に調べたのかもしれない」

「亀茲将はいつ、どうやって物見櫓まで、宮司さんを呼び出したんでしょう？」

「村での打ち上げの最中と見るよりも、五人衆が籠室家にいた間に、何らかの連絡をしたと考えるべきかもしれない。なぜなら家では飲酒をしていた宮司さんが、村に下りた途端、ぴたっと飲まなくなってるからな」

「まさか、竹ちゃん……」

「うん、その可能性が極めて高いと思う。頻繁に籠室家に出入りしても、あの子なら全く不審がられない」

「竹屋の仕事場の掃除と手伝いを、亀茲将が急にやり出したのは、現場不在証明を作るためだったんですね」

「それを事件の前後で続けたのは、さすがに一日だけでは不自然だったからだろう」

「とんでもものう計算高い奴です」

偲は吐き捨てるように言ったが、そのあとで突然、痛ましそうな表情になると、

「宮司さんの遺体は……」

「絶海洞に流れ込んだあとで、三途の川の奥へ流されてしまった……と見るべきだろうな」

すると偲が、更に悲壮な表情で、

「そして亀茲将を絶海洞で、今度は篠懸さんが……」

「彼が呼び出した目的は、宮司さんが及位廉也氏殺しの犯人だと告げて、黙っていて欲しかったら自分と添い遂げろ――というような要求を、彼女に突きつけるためだったと思う」

「何て卑劣で卑怯《ひきょう》な」

「絶海洞を選んだのは、邪魔が入らないという理由の他に、供養碑があったからだ。及位氏が犢幽村と笹女神社の秘密を探ったせいで、宮司さんに殺された――と彼女に説明するのに、あそこほど相応しい場所もないからね」

「だから亀茲将は供養碑の前で、篠懸さんを待っていたんですね」

納得した様子から一転、偲は疑わし気な顔つきで、

「けど篠懸さんには、犯行が不可能やったんやないですか。また先生はそう言うて、連鎖殺人事件も間違うてたって、ひっくり返すんや――」

「もう否定はしないよ。篠懸さんに嫌疑を、僕は全く掛けていなかった。だから考えもしなかっただけで、彼女が犯人だと分かれば、その方法も簡単に察しがつく」

「どうやったんです？」

「これは想像だけど、亀茲将氏と話すうちに、彼女は悟ったんじゃないだろうか。彼が祖父を手に掛けたのだ……と」

「充分に有り得ますね。物見櫓の事件があったあと、祭の夜に宮司さんが誰かと会《お》うてたんやないかって、村《む》田《らた》刑事が籠室家へ訊きに来たとき、篠懸さんは亀茲将の名前を挙げました」

「そのときから既に、彼を疑っていた証拠かもしれない」

「亀茲将ほど計算高い奴は、その分かなり自己顕示欲もある思うんです。さすがに篠懸さんの前で、宮司さん殺しを喋りはせんかったでしょうけど、ちょっと仄《ほの》めかすくらいのことは、この男ならやったんやないですか」

「既に疑っていたこともあり、篠懸さんは事件の真相を察した。だから衝動的に彼女

は、目の前の彼を殺そうとした」

「……痛ましいです」

「飽くまでも殺人は、衝動的だったと思う。とはいえ咄嗟に彼女は、物凄く考えたんじゃないだろうか」

「何をです？」

「竹林宮と物見櫓の事件が解決を見ないのは、不可解な状況下で人が死んでいるからだ。だったら自分が砂地の境内へ入らずに、もし彼を殺害できれば、この現場も同じように見做されるのではないか……とね」

「頭がええです」

亀茲将は酷くて嫌な計画を企てた、とんでもなく計算高い奴なのに、それが篠懸になると途端に表現が変わることに、偲は全く気づいていない。

もっとも言耶も、それには触れずに、

「しかし、すぐ手に入る凶器は、折れた銛くらいしかない。そこで彼女は鳥居の竹の棒で、即席の竹槍《たけやり》を作った」

「けど先生、それでは被害者に届きません」

「一本ではね。でも竹は二本あった。おまけに二本の竹を結ぶための注連縄《しめなわ》も、ちゃんとある」

「なるほど」

「ところが長過ぎる竹槍では不安定で、被害者に致命傷を与えられなかった。それに脇腹を刺した途端、折れた鋸が竹の先から抜けてしまった」

「だから石を使った。どうやったんです？」

「長い竹の先に、やはり供物としてあった破れた網を結びつけ、その中に手頃な石を入れる。あとは竹を立て掛けて、被害者の頭部を狙って一気に振り下ろす。仮に失敗しても、これなら何度でも行なうことができる」

「刺された衝撃から、そのうち亀茲将の動きも鈍くなるでしょうから、その頭上に振り下ろすのは、意外に簡単かもしれませんね」

偲は納得し掛けたが、はっと思い出したように、

「けど先生、亀茲将殺しが衝動的な行為なら、笹舟はどないしたんです？　事前に用意してるわけありませんよね」

「現場の不可解な状況と同じく、そこで笹舟が見つかっていることも目眩《めくら》ましになっている、と篠懸さんは考えた。だから、その場で作った」

「そんな、無理ですよ。材料の笹の葉は？」

「竹林宮の祠の前と同様、絶海洞の鳥居の竹の根本にも、笹の葉のついた枝がそれぞれ突き刺してあった。咄嗟に彼女は、それで笹舟を作ったんだ。そして凶器に使用し

た長い竹の先に載せて、被害者の腹の上に置いた。折れた銛をつけていた竹の先端には、恐らく血痕が付着していたのだろう。だから笹舟も血に染まっていた。あとは注連縄を解いて竹を元の二本にして、再び鳥居の姿に戻した。そのとき血で汚れた竹の先端を下にして、そのまま砂地の地面に突き刺したんだと思う。さすがに警察も、注連縄が張られた鳥居のように見える竹を、わざわざ引き抜いて調べることはしないと、きっと彼女は読んだんだ」

「はぁ、大したもんです」

「とはいえ篠懸さんにとっては、予想以上に大変な行為だった。だから洞窟の出入口まで戻ったものの、そこで倒れ込んでしまった」

「警察の事情聴取のあと籠室家へ戻されてからも、なかなか立ち直れなかったのは、祖父の敵討ちのためとはいえ、人を殺めてしまったから……」

偲は思わず俯くと、ぽつりと漏らした。

「ほんまに可哀相……」

だが、それも僅かな間だった。すぐに、はっと顔を上げると、

「せやけど先生、今回の事件の真相が連鎖殺人事件やったとしたら、大垣秀寿さんの死は、いったいどうなるんです？」

そう言いながらも、またしても疑いの表情を浮かべている。

「まさか思いますけど、また全部ひっくり返すんやないでしょうね」

「いいや、それはない。怪談殺人事件の真の姿は、連鎖殺人事件だった。それは揺るがない。ただし大垣秀寿氏の死だけが、それから外れていた」

「何でです？」

「自殺だったからさ」

「ええっ。でも大垣君が、はっきり言うたんでしょ」

と偲は反論しそうになったが、

「ただ……」

という言耶の呟きを耳にした途端、

「ちょっと待って下さい。やっぱり『ただ……』なんですか」

「うん。警察が見解を下したような、そんな自殺ではなかった」

「えっ？」

「そういう意味では大垣秀寿氏の死も、怪談殺人事件の一部だったんだ」

五

「どういう意味です？」

偲の問い掛けに、言耶は答えた。

「大垣君が言っていた。お祖父さんは責任感の強い人だったので、誰かが茸汁に毒茸を入れた可能性があって、その肝心の犯人も分からないのに、自死するなど絶対に有り得ない——と」

「ほんなら、やっぱり殺されたんじゃ……」

「そう考えると連鎖殺人事件の解釈も、また崩れることになる。僕は四人の被害者たちの中で、一人だけ仲間外れになる者がいると言ったけど、あれは正しかった。ただし、それは籠室岩喜宮司ではなく大垣秀寿氏だった」

「しかも、真犯人やったいう真相ではのうて、一人だけ自殺やったいうことで……」

「いいや、その両方だよ」

「はっ？」

「茸汁に毒茸を入れた犯人は、大垣秀寿氏だった。もっとも人の命を奪うためではなく、あくまでも食中毒を起こすことが目的だった。にも拘らず子供が亡くなった。だからこそ彼は自責の念から、首を縊《くく》ってしまった」

「な、何で……」

「そんなことをしたのか。小火《ぼや》騒ぎや一連の怪異な出来事も含めて、どんな動機が五人衆にあったのか」

「よ、四人衆の仕業やないんですか」

偲の素っ頓狂な声に、言耶は動じることなく、

「碆霊様祭の日に、垣沼亨氏をはじめ四人衆が少し姿を見せただけで、平和荘の住人である日昇紡績の久保崎《くぼさき》氏や、村人たちの目撃談が出ている。そんな状況で彼らに、いったい何ができただろう。普段は引き籠っているだけに、ちょっとでも怪しい動きをすれば、かなり目立つのは間違いない。たちまち見つかってしまうのが落ちではないか」

「……そうですね」

「しかも飯島勝利氏が化物に出遭ったのは、確かに四回だったけど、この仕掛けは四人衆では絶対にできない」

「えーっと……あっ、運転手が必要なんや」

「それに及位廉也氏が亡くなったあとも、怪異は続いている。変じゃないか」

「……確かに」

「実際はこうだったと思う。大垣秀寿氏が運転する軽トラの荷台に、笹女神社の籠室岩喜氏、塩飽村の米谷《よねたに》医師、石糊村《いしのりむら》の井之上《いのうえ》村長、磯見村《いそみむら》の鹿杖寺《ろくじょうじ》の善堂《ぜんどう》住職の四人が、化物に扮した格好で乗り込み、閖揚村から平皿町《へいべいちょう》まで蛇道を走る。対向車が来ることでもあれば、筵《むしろ》などを被って誤魔化す。そして一人ずつ車の離合用の待避

所で降ろし、大垣氏は車に乗ったまま平皿町に近い山道の何処かに隠れる」

「そして日昇紡績の社員が帰路に就くまで、凝っと待つんですね」

「彼らは個人によって、帰宅する時間が決まっていたようだから、特定の誰かを選んでいた可能性はある。その日は飯島氏だったわけだ。待避所で待っていた者が彼を脅したあと、大垣氏の軽トラが仲間を拾いながら大納屋まで戻る。そういう手順だった。板戸に閂が掛かっておらず、明かりも点けっ放しだったことから、村へ帰る前に大納屋に寄るつもりだったのは、まず間違いない。恐らく大納屋の中で、化物の扮装を解くつもりだったんだろう」

「それなのに飯島さんが、その大納屋へ助けを求めに行ってしまった」

「彼の車のあとを尾ける格好になっていた大垣氏は、当然それに気づいた。だから駄目押しとばかりに、大納屋に入った飯島氏を更に脅した」

「明かり取りの窓から覗いた、真っ黒な顔ですね」

「きっと三人で、肩車をしたんじゃないか」

「あんなお年寄りが？」

驚く偲に、言耶は何でもないと言わんばかりに、

「祭のときに、全員を見ただろ。年齢の割には、誰もが矍鑠《かくしゃく》としていた。それくらいは余裕だったろう」

「例の気味の悪い声は……」

「一番下の人物が、より効果を出すために、咄嗟に思いついて口にした。だから顔は窓から覗いているのに、声は下の方から聞こえる……という演出ができた。この出来事のあと、平和荘の大家が飯島氏の部屋を訪ねて、過去の祭の写真を見せた際、わざわざ大垣家から借りて来た、祭の様子を録音したテープを聴かせたのも、きっと大垣氏の差し金だと思う」

「飯島さんが耳にした気味の悪い声と、なぜか同じ掛け声を聴かせるために……」

「更なる駄目押しだよ。もっとも大家には、自分たち五人衆の真意を悟らせないようにした」

「念が入ってるいうか……」

「この強羅の五人衆に、もっと早く注目するべきだった」

「そんなぁ、無理ですよ」

「いいや。少なくとも五人の一人には、あからさまに挑発されてたからね」

「いつ？　誰に？」

「豬霊様祭の日、仮設テントで五人衆に会ったとき、酔って絡んで来る塩飽村の米谷医師と磯見村の鹿杖寺の善堂住職に、探偵先生に探られて困ることでもあるのか――と宮司さんが仰った。すると善堂住職が意味有り気に、まず右手の小指を立てた。だから僕は、きっと米谷医師の女性問題を揶揄してるんだろうと、あのときは思った」

「私もそうでしたけど、違うんですか」

「その前に宮司さんから、竺磐寺の真海住職の女癖の悪さを、僕は教えられた。ただし同じことが、五人衆の生臭坊主にも言えると、宮司さんは仰っていた」

「善堂住職ですね。私も言い寄られましたから……」

「うん。そのとき宮司さんが口にしたのは善堂住職のことで、決して米谷医師ではなかった。だとしたら善堂住職が最初に小指を、それから残りの四本の指を全て立てた行為には、いったい如何なる意味があったのか」

「まさか、自分たち五人衆を指していた……と？」

「だからこそ他の四人の顔色が、あのとき変わったんだ。その場を宮司さんと大垣秀寿氏が取り繕《つくろ》ったから済んだけど、下手をしたら僕に、要らぬ疑いを掛けられていたかもしれない。そんなことを言うと自分にも跳ね返ってくるぞ――という大垣秀寿氏の台詞は、こうして五人衆が何をしていたかが判明した今、何とも意味深長ではないだろうか」

「いったい五人衆は何を考えて、そういう怪異を起こし続けたんです？」

全く訳が分からない、という顔を偲はしている。

「それは村の合併話を、もちろん阻止するためだよ」

「村と神社の秘密を守りたいから？」

言耶が即座に頷くと、偲は納得できないという表情で、

「せやけど先生、村と神社の秘密が明るみに出たところで、合併話が流れる心配はないと、日昇紡績の久留米さんも断言されたんですよね」

「うん。それは間違いないと、僕も思う」

「だったら――」

「ただ……」

言耶の呟きに、偲が天を仰いだ。

「またですか」

「僕が妙だと感じたのは、そうまでして守るべき秘密だろうか、という疑問なんだ」

「そりゃまぁ……人身御供の風習があったやなんて、あんまり外聞が……」

「良くないのは確かだけど、同じ伝承は日本の各地に残っている。しかも、それが真実だったかどうかなんて、ほとんど分かっていない。むしろ伝説に過ぎない、という見方をする民俗学者が多いほどだ。それを及位廉也氏が知らなかったとは、とても思えない」

「つまり……」

「及位氏の手帳に書かれていた、あの『全ては逆だったのか』の僕の解釈も、よく考

えると可怪しいと思わないか」

「どの部分です？」

「もっとも肝心な点だよ。最初の解釈では、難破船である唐食船を海へと戻すことで、海難事故で死んだ亡者の祟りを祓おうとした——と僕は考えた。現実に起きた出来事と全てを逆にすることで、死者たちを海へ還そうとしたわけだ」

「そうでした」

「だけど唐食船が難破船ではなく、補陀落渡海の木造船だったとしたら、全てを逆にするためには、どうすればいい？」

「木造船は村の浜辺から出発するので、逆にすると唐食船は海から来ないといけない……って、あれ、逆になってませんよね」

「祭の肝ともいうべき部分が、それでは可怪しい」

「ということは？」

「やっぱり唐食船の正体は、難破船だったんだよ」

「そうなると人魚は？　及位の手帳にあった『婆霊様の正体は人魚か』は？」

偲の疑問には答えず、言耶は一心な様子で、

「唐食船は、やはり難破船だった。そう改めて認めたとき、とんでもない見逃しをしていたことに、ようやく僕は気づいたんだ」

「な、何です？」

「笠磐寺の過去帳に他所者の仏が記された年月日と、全く同じ日付の笹女神社の日誌を見ると、当時の何処そこの藩の帆船が難破したという事実が、そこには書き込まれていた」

「……それは別に、合ってますよね」

「うん、何ら問題はない。だけど難破するのは、藩の帆船だけだろうか」

「いえ、それは普通の商船も……」

と言ったところで僕は、はっと息を吞んだ。

「そうなんだよ。過去帳には一般の商船の死者たちの、日誌にはその難破の事実の、それぞれ記載が一切なかったんだ」

「…………」

「藩の帆船だけが難破して、一般の商船が全て無事なんてことは、どう考えても有り得ない」

「…………」

「では、どうして一般の商船の記録が一切ないのか」

「…………」

「なぜなら唐食船とは、牛頭《ごず》の浦《うら》の岩礁地帯と季節の暴風雨を利用して、犢幽村の沖を通る商船を座礁させ、乗組員たちを皆殺しにしたうえで、一杯に積まれた価値ある荷を奪い、極貧の自分たちの糧とするための船を指していたからなんだ」

「…………」

偲は絶句するばかりで、もう何も言えないらしい。

「狼煙場や遠見峠や物見櫓の本当の役目は、自分たちの獲物を探すためだった。と同時に藩の帆船には、間違っても手を出さない用心も兼ねていた。浜辺で供物となる塩を焼いたのは、もちろん竈の炎で商船を誘《おび》き寄せるためだ。楢本《ならもと》氏の漁船で閖揚村まで送って貰ったとき、浜辺で振り回される目印の懐中電灯と提灯《ちょうちん》の明かりを目にして、それが僕には事件を解決へと導く光明のように映ったんだけど、正にそうだったわけだ。もっとも故意に難破させられた商船の人たちにとっては、完全に悪魔の輝きだったことになる。ただの松明でなく塩焼きにしたのは、もしも誤って藩の帆船を座礁させたとき、その言い訳にできるからだろう。竈の数が角上より角下の岬の方が多かったのは、碆霊様の岩礁に船を誘導させる目的があった。牛頭の浦にある碆霊様の岩礁こそ、貧しい犢幽村の人々が外部に対して使うことができた、言わば唯一の武器にして凶器だったんだよ」

偲の反応にはお構いなしに、言耶は喋り続けた。

「この襲撃は、もちろん夜に行なわれた。だから碆霊様祭は『逆』に、昼間に開いたんだ。祭の参加者が男衆だけなのは、実際の殺人と略奪には大人と見做された男しか参加できなかったためで、『海原の首』の伍助が何も知らなかったのは、まだ子供だったからだろう。その伍助や塩飽村の者が、秋頃または初冬に聞いた化物の叫びとは、商船を襲う犢幽村の男衆の鬨《とき》の声だった。風の強い夜が多かったのは、もちろん暴風雨が来ていないと船を襲えなかったからだ。だからこそ碆霊様祭は不定期に執り行なわれた。いつ唐食船となる船が来るなんて、誰にも予測できないからね。伍助の祖父が言っていた、唐食船の周りには亡者がうじゃうじゃ纏わりついて泳いでいる、という台詞の意味は説明するまでもないだろう。その唐食船を招くのが獲備数様という意味も同じだ。言わば死者たちが次の犠牲者を呼んでいたことになる。祭の翌日から漁が三日間も休みになるのは、実際の襲撃に於ける休養と、戦利品を公平に分配するための期間だったのではないだろうか」

「……に、人魚は？」

ようやく偲が、それだけ口にした。

「人魚の歌声を聴くと、船が難破する……という伝承を、きっと指していたんだと思う。僕が遠見峠に立ったとき、イギリスのコーンウォールを連想したのは、無意識に犢幽村の秘密を察したからかも……。いやいや、いくら何でも、そんなことは有り得ないか」

「あるいは、先生なら――」

「今ふっと思い出したけど、学生時代に読んだ欧米の児童文学で、コーンウォールが舞台の作品があった。その話には、崖の上で村人たちがカンテラの明かりを振って、やはり沖を通る船を誘き寄せて座礁させる……という犯罪が描かれていた。その本の記憶が頭の片隅に残っていて、この地方の地形を目にしたとき、ふいに浮かびそうになったのかもしれない」

「そのとき思い出していれば、もっと早く唐食船の謎は解けたんでしょうか」

「……どうだろう。ルネサンス期のデンマークで、政府がハンザ同盟の諸都市との交易を安全に行なうために、石炭を燃やす灯台を要所に設置したところ、わざと危険な場所で灯火を点して、通り掛かる船を難破させて積荷を略奪していた海賊たちが、『灯台のせいで我々の生活が脅かされる』と反対したという逸話があったことを、今頃になって思い出してるくらいだからね」

顔色が少し元に戻りはじめた偲に、言耶は自信なさそうに応えた。

「唐食船と人魚の解釈がその通りならば、村で女の子がいなくなるのは、いったいどんな理由があったんですか」

「村が極貧だった事実から考えて、恐らく身売りじゃないかな。それが子どもだった伍助には、まだ理解できなかった」

「……そういうことですか」

「犢幽村の次に閖揚村が拓《ひら》かれたのは、略奪するために難破させた商船から流れ出した荷が、今の閖揚村の浜辺に打ち上げられることが、度々《たびたび》あったからだろう。そこで今の大垣家の祖先に当たる者が、犢幽村から移り住んだ。その後、二つの村の間に、塩飽村、石糊村、磯見村と新たな村が開拓されていったが、何処よりも閖揚村が発展し、かつ大垣家が栄えたのは、地理的な条件もあったけど、この漁夫の利ともいうべき収益のせいだった」

「それが笹女神社の籠室家との、確執の原因になって……」

「今日まで引き摺《ず》っているのかもしれない」

「だとしたら、遣《や》り切れませんね」

「この村の秘密は代々に亘り、五人衆の家系にだけ伝えられて来た。それぞれが元を辿《たど》れば、犢幽村の出身になるからだ。だからこそ彼らは家の跡継ぎ一人にだけ、この恐るべき村ぐるみの犯罪を教え、何としても明るみに出ないように……と言い聞かせて来た」

「さすがに、この秘密は……」

「御堂島警部は泥棒村の話をしてくれたけど、意図的に商船を座礁させて略奪と殺人を繰り返した村の存在となると、もう別格としか言いようがない」

「とても外部には、そんなこと漏らせませんよね」

偲は大きく溜息を吐いたが、どうしても訳が分からないという様子で、

「それにしても宮司さんたち五人衆は、いったい何をやりたかったんです？」

「彼らが皆、村の合併話に賛成だったのは、まず間違いない。強羅地方の発展を考えて、誰もが賛成した。しかも彼らの家は、村を結ぶ今よりも便利な道ができれば、村の背後の山が買い上げられて、何と言っても潤うからね」

「あっ、分かりました」

偲は両手を叩くと、

「けど、それだけでは済まんようになった。日昇紡績の久留米さんが、観光計画まで考えていたからです。そこには牛頭の浦から絶海洞まで、遊覧船を走らせる案もある。そうなると唐食船の秘密が、外部に漏れる懼《おそ》れが出て来る。すぐではないまでも、第二、第三の及位廉也のような者が現れれば、そう安心してもいられない。それで……」

と言い掛けたところで彼女が口を閉ざしたので、すかさず言耶があとを受けた。

「合併話を妨害するために、一連の怪異を起こした――と見做すのは、何度も検討しているように無理がある。垣沼亨氏をはじめとする四人衆が、日頃の鬱憤を晴らすためにやったと考えた方が、まだ筋が通るかもしれない」

「日昇紡績の久留米さんは、閖揚村で起きた出来事くらいで、合併話は流れないと言ったんですよね。宮司さんも国の政策だから、どれほど自分たちが足掻《あが》いても、どうにもならないと確かに仰《おっしゃ》ってました」

「だから五人衆は、蛇道での怪異を起こした。それだけでは効果が薄いと分かり、今度は閖揚村内でも動いた。とはいえ当然、誰かを傷つける気は毛頭なかった。食中毒事件は違うだろうと、さすがに僕も憤りを感じるけど、あれは一種の暴走だったのかもしれない。より効果的な脅しとして、そんな方法を選んだ。それなのに二度目は、有ろうことか茸の選別を誤って、ついに子供を死なせてしまった。大垣秀寿氏が自殺したのも頷ける」

「言うてはる意味が……」

偲は完全に当惑している。

「宮司さんが言ったように、村の合併は国策だ。だからこそ如何なる理由があれ、五つの村の人口が八千人に達しなかった場合は、合併話が流れてしまう」

「えっ……」

「五人衆の目的は、たった一つ。閖揚村の人口を増やさないことにあった。そのために日昇紡績の社員を脅した。村で小火や食中毒の騒動を起こしたのも、これから移住を考えている人たちに対して印象を悪くするためだった。特に家族がいる人や結婚を考えている人には、とても安心して住めない所だと思わせようとした」

「その結果、閖揚村の人口が増えなければ……」

「五つの村の人口を足しても、決して八千人には達しない」

「すると合併話は、自動的に流れてしまう」

「悍ましい犢幽村の秘密が漏れる懼れも、それでなくなる」

「大垣秀寿さんは自分の死を、他殺に見せ掛けたかったんですね」

「自殺と分かれば、その動機が詮索される。食中毒事件の子供の死があるとはいえ——いや、それが本当の動機なんだけど——更に突っ込まれた場合、五人衆の計画にまで及んでしまうかもしれない」

「だから意味有り気な竹の棒や笹舟を、現場の大納屋にわざと残した……」

「怪談殺人事件の四番目の被害者に、自分を見立てるためにね」

「そう考えたら、何や悲壮な気が……」

沈み込む偲とは違い、言耶は複雑な顔つきで、

「つまり怪談殺人事件など、最初から存在していなかったわけだ」

「けど先生、結果的にそない見えたのは、歴然とした事実です」

「それが逆に、僕には恐ろしく感じられてならない」

と言いながらも言耶は、尚も何処か様子が可怪しい。

「何ですか、先生？　まだ気になることが、他にもあるんですか」

それに気づいた偲が尋ねると、彼は躊躇いながらも、

「大垣秀寿氏に殺意がなかったのは確かだけど、結果的に子供を殺してしまったことに間違いはない」

「はい。その罪は消えないと思います」

「そう考えると食中毒事件は、一つの村の人口を減らすために起こした殺人だった……ということにならないか」

「…………」

「これは犯罪史上、希《まれ》に見る狂った動機としか言いようがないよ」

それから二人が互いに口を利き合うまで、しばらく時が流れた。

「先生、今の推理を警察には、どない言うて説明なさるおつもりですか」

ようやく偲が、かなり案じる口調でそう尋ねたのだが、それに対して言耶は、こう返しただけだった。

「……祖父江君、帰ろうか」

終章

刀城言耶が籠室《かごむろ》家の離れに於いて、祖父江偲を相手に怪談殺人事件に対する解釈を行なった翌朝、二人は犢幽村《とくゆうむら》に別れを告げた。

その前に篠懸《すずかけ》を見舞い、村の寄合所で御堂島《みどうじま》警部に挨拶をして、竹屋の亀茲竹利《きじたけとし》と少しだけ遊び、漁師の佐波男《さばお》に世話になった礼を述べ、蓬萊《ほうらい》の掘っ立て小屋にも顔を出した。

もっとも御堂島の班は、午前中に閖揚村《ゆりあげむら》の見崎《けんざき》警部の班に合流したあと、その半分はいったん県の警察本部に戻るらしい。

「さすがの先生も、今回の事件はお手上げだったか」

この御堂島の発言に、言耶が素直に頷《うなず》いたところ、偲が思わず何か返しそうな様子を見せたので、

「警察が最初に下した判断が、やっぱり正しかった……ということに、落ち着くのかもしれませんね」

そう言って彼女を制した。

実際に、竹林宮《ちくりんぐう》事件の犯人は籠室岩喜《がんき》、物見櫓《ものみやぐら》事件の犯人は亀茲将《まさる》、絶海洞《たるみどう》事件の犯人は籠室篠懸、大納屋事件は大垣秀寿《おおがきひでとし》の自殺と、全て警察の見立て通りだったのだから、決して間違ったことを言耶は口にしていない。

「そうか」

御堂島は短く応じただけだった。しかし警部の眼差《まなざ》しは、まるで射るように言耶を見詰めていた。私を誤魔化せると思っているのか、と恰《あたか》も言っているかのように。

楢本《ならもと》の漁船を雇って、言耶たちは牛頭《ごず》の浦《うら》を出た。偲は早くも気分が悪そうに蹲《しゃが》み込んだが、言耶は一心に遠ざかる犢幽村を見詰めた。そして深々と頭を下げた。

鎮魂の想いからだったのかどうか、それは本人にも分からない……。

閖揚村では大垣家へ寄り、大垣秀継《ひでつぐ》をはじめ同家の人々に改めて悔やみを述べた。それから言耶は秀継だけに、怪談殺人事件の解釈を伝えた。

「そんな……、まさか……」

秀継は相当な衝撃を受けたらしく、顔面が蒼白《そうはく》になっていたが、

「篠懸さんの力に、どうかなってあげて欲しい」

言耶の頼みに、はっと我に返ったようになった。

「五人衆の一人である石糊村《いしのりむら》の井之上《いのうえ》村長に、まず相談するのが良いと思うよ」

そのため言耶の助言も、秀継は素直に受け入れたみたいに見えた。

大垣家では宿泊を勧められたが、言耶たちは丁重に断って、同家が用意してくれた車で平皿町《へいべいちょう》の鬼柳亭《きりゅうてい》まで送って貰った。

もっとも宿に着いて部屋へ通された途端、

「あんな不味《まず》い蛸《たこ》を、ようお前は送りつけて来たな」

阿武隈川烏の大声に出迎えられ、やっぱり大垣家の世話になるのだった、と早くも言耶は一抹の後悔を覚えた。

「ほんで事件の経緯は、いったいどないなっとる？」

それでも阿武隈川の求めに応じて一通り説明したのは、二人の腐れ縁があったからだろう。

「で何や、結局お前には解決できんかったんか」

「はい。僕には無理でした」

言耶の敗北宣言を聞いて、阿武隈川が子供のように喜んだのは言うまでもない。その横で偲が不満そうな顔をしていることに、彼は全く気づいていない。

「やっぱりなぁ、名探偵の阿武隈川烏が出て行くべきやったか」

などと頗《すこぶ》る上機嫌にしていたが、それから本人が繰り出す迷推理と珍推理に、悉《ことごと》く言耶が理路整然と反論をし続けたところ、

「そこまで分かっとるんやったら、とっととお前が解決せえ」

　終《しま》いには癇癪《かんしゃく》を起してしまった。

　ただし風呂と夕食が終わり、阿武隈川烏から某地方に伝わる「割れ女」と呼ばれる奇っ怪な女の怪談話を聞き、そろそろ寝ようかというときである。偲が言耶の部屋を出るのを待っていたかのように、

「ほんまはお前、ちゃんと謎を解いとるんやないか」

　自分の部屋へ戻る前に、ぼそりと阿武隈川が呟《つぶや》いた。

　言耶はどきっとしたものの、何も言わなかった。恐らく阿武隈川も、彼の返事は期待していなかったに違いない。

　翌朝、「もっと泊まってけ」と駄々を捏《こ》ねる阿武隈川と、「もう帰ります」という言耶の間で一悶着《ひともんちゃく》があったお陰で、出発が昼前になってしまった。そして今度は「昼飯を食ってから行け」と主張する阿武隈川に手古摺《てこず》っているうちに、大垣秀継から電話が入った。

「もしもし、刀城です」

　しかし言耶が電話に出てみると、物凄《ものすご》く秀継が取り乱している。どうにか宥《なだ》めて話を聞くと、彼は次のような信じられない体験を語った。

　今朝、秀継は閖揚村で漁船を雇い、犢幽村へ向かった。祖父の遺体は司法解剖のた

め大学病院へ送られており、まだ帰って来ていない。通夜と葬儀がはじまると大変になるため、その前に篠懸の様子を見に行こうと考えた。

ところが、漁船が牛頭の浦に入り、村の浜辺へと近づき出した途端、漁師が接岸を頑として厭《いや》がり出した。それを秀継は何とか説得して、彼だけが浜に降り立つと、一散に笹女神社《ささめじんじゃ》の籠室家へと駆けつけた。

だが、篠懸どころか手伝いの女性も含めて、全く誰もいない。家の中は綺麗に掃除がされており、乱れたところが一つもない。まるで荷物など何一つ持たずに、それでいて長期の旅行にでも出掛けたような、そんな矛盾した気配がある。

秀継は村まで戻ると、知り合いの家を何軒か訪ねた。しかし、何処も籠室家と同じだった。気味の悪いほど整えられた家内は、全くの無人だった。

村全体が、しーんとしていた。何処の家にも、誰もいなかった。にも拘《かかわ》らず全ての家が、きちんと整理整頓されている。それなのに村には人っ子ひとりいない。

浜辺に戻ると、漁船が消えていた。秀継を見捨てて、どうやら逃げ帰ったらしい。

それも無理はなかった。彼は自分の周囲を見回して、改めて身震いした。

碆霊様祭《はえだまさま》で流したはずの竹製の唐食船《からたぶね》が、無残な姿で浜に打ち上げられている。

それも今年のものだけではない。過去に流したと思《おぼ》しき、もう襤褸襤褸《ぼろぼろ》になった唐食船が何艘《そう》も、いや何十艘も浜辺に犇《ひし》めいていた。

その代わりに、村の船が一艘もなかった。エンジンつきの漁船から手漕《てこ》ぎの小舟まで、完全に消えている。

村人たちは全員、船に乗って出て行ったのか。

しかし荷物も持たずに、いったい何処へ……。

そもそも如何《いか》なる理由があって……。

ぞわぞわっと背筋が震える怖気《おぞけ》を覚えて、秀継はその場に居ても立っても居られなくなった。慌てて動かせる車を探して、五人衆の一人である塩飽村《しあくむら》の米谷《よねたに》医師の医院まで急いで走らせ、犢幽村の異様な状態を知らせたうえで、言耶に電話をしてきたらしい。

「こうして話してる間にも、四つの村の有力者たちと、閖揚村に残っている県警の人たちが、犢幽村へ向かっていると思います」

そう聞きながらも、このとき言耶の脳裏に浮かんでいたのは、岩喜宮司と交わした会話だけだった。

『もしも還したはずの船が戻って来たら、どうなるんでしょう？』

『そんときは村が、きっと滅びよるじゃろう』

この犢幽村の不可解な集団失踪事件が、同地で起きた怪談殺人事件と共に、やがて迷宮入りとなることを、さすがの刀城言耶も予想できなかった。

戦後最大の未解決事件として、後世まで無気味な謎を残す羽目になろうとは、誰も想像さえできなかったのである。

主な参考文献

横井雄一、杉岡碩夫、内田星美『紡績　日本の綿業』岩波新書／一九五六
ラフカディオ・ハーン、田代三千稔訳『日本の面影』角川文庫／一九五八
柳田国男『日本の昔話』角川文庫／一九六〇
宮本常一『海に生きる人びと』未來社／一九六四
牧田茂『民俗民芸叢書11　海の民俗学』岩崎美術社／一九六六
室井綽『竹　ものと人間の文化史10』法政大学出版局／一九七三
松谷みよ子『民話の世界』講談社現代新書／一九七四
西岡一雄『泉を聴く』中公文庫／一九七九
宮本常一『忘れられた日本人』岩波文庫／一九八四
長岡日出雄『日本の灯台』交通研究協会／一九九三
井村君江『コーンウォール　妖精とアーサー王伝説の国』東京書籍／一九九七
佐藤康行『毒消し売りの社会史　女性・家・村』日本経済評論社／二〇〇二
池田哲夫『近代の漁撈技術と民俗』吉川弘文館／二〇〇四
藤井満『消える村生き残るムラ　市町村合併にゆれる山村』アットワークス／二〇〇六

安室知、野地恒有、小島孝夫『日本の民俗1　海と里』吉川弘文館／二〇〇八
田中昭三監修『世界遺産　熊野古道を歩く　紀伊山地の霊場と参詣道』ＪＴＢパブリッシング／二〇〇八
甲斐崎圭『もうひとつの熊野古道「伊勢路」物語』創元社／二〇〇九
筒井功『日本の地名　60の謎の地名を追って』河出書房新社／二〇一一
筒井功『新・忘れられた日本人　辺界の人と土地』河出書房新社／二〇一一
田中宣一『名づけの民俗学　地名・人名はどう命名されてきたか』吉川弘文館／二〇一四
白日社編集部＝編、鬼窪善一郎＝語り『新編　黒部の山人　山賊鬼サとケモノたち』山と溪谷社／二〇一六
筒井功『忘れられた日本の村』河出書房新社／二〇一六
平井憲太郎、本多正一、落合教幸、浜田雄介、近藤ようこ『怪人　江戸川乱歩のコレクション』新潮社／二〇一八

解説

大崎梢
（作家）

これまで読んだ本の中で、もっとも印象に残る特別な一冊をあげるとしたら、私の場合、横溝正史の『悪魔の手毬唄』になりそうだ。他にも心を揺さぶられた本はいろいろあるけれど、寝るまも惜しんで布団の中で読みふけったのはあれが初めて。たまらなく面白く、トイレに行くのは恐くなった。

そんな人間が刀城言耶《とうじょうげんや》シリーズに惹《ひ》かれないわけがない。小さな村や集落に昔から伝わる因習、しきたり、儀式、怪しげな童歌、弔いの碑、朽ち果てた廃屋、過去の対立、祟《たた》り。こういったいかにも曰くありげなモチーフがふんだんに盛り込まれ、あとからあとから怪奇現象が起こり、ほんとうに解決するのだろうか、無理じゃないのかと叫びたくなる終盤、論理的な真相が示される。

そしてふむふむなるほどと納得しかけてからの一転、二転、三転。まるで手品を見るようなひっくり返しラッシュ。ほとんど茫然自失になりかけていると、恋い焦がれた真実が明らかになり、切れ味鋭い幕切れが突きつけられる。

お腹いっぱいだ。これらすべて、作者のただならぬ筆力があってこそだと、シリーズのいくつかを読み返しあらためて思った。

主人公の刀城言耶は物書きにして怪異譚蒐集家《たんしゅうしゅうか》であり、行く先々で奇々怪々な事件に巻きこまれる。この、行く先々の描写がまず素晴らしい。読み手からすると、地名からして覚えのない初めての場所に連れて行かれるのに、気候や地形、交通事情、地場産業、住民たちの暮らしぶりなどが抑制の効いた筆致で綴られているので、無理なく情景が浮かぶ。高度成長に至る前の戦後日本、という時代設定も絶妙だ。地方の寒村ならばなおさら生活は苦しいだろうと想像が追い付き、古い言い伝えにしがみつく不条理に説得力が増す。

加えて、探偵役をつとめる言耶の個性。地方の怪異譚に明るく、土地の人たちに難なく分け入り、権威権力に臆することなく自然体で、知的好奇心に富んでいる。けっして万能な人間ではなく、父親との確執を抱え、ときに内向的で後ろ向きで弱腰だったりもするけれど、それがあるからこその親しみやすさだろう。おどろおどろしい難事件が始まっていくとわかっていても、彼がいてくれるならなんとかなると、お気に入りの毛布のような安心感を得られる。これまた、安らぎが多すぎても緊迫感をそこない、少なすぎれば読み進めるのが苦痛になる。難しい匙加減だ。

さらに、探偵役の個性を平気で踏み台にしかねない相棒役まで用意されている。担当編集者の祖父江偲《そふえしの》だ。刀城言耶のよき理解者であり、その才能を高くかっていながら歯に衣着せぬ物言いで堂々意見し、豊かすぎるほど豊かに感情を表し、ときに優れた洞察力を発揮する。明けない夜はあるんじゃないかと思わせるような暗い出来事の連続や、異世界に紛れ込んでしまったような閉塞感に、風穴を開けてくれる存在だ。いつも彼女が、帰るべき当たり前の日常を指し示してくれる。

隅々まで行き届いているからこそその人気シリーズ。でも一作ごとに上がっていく読者の期待値はかなりのものだろう。プレッシャーになりかねないのに、本作『碆霊《はえだま》の如き祀るもの』は、涼しい顔でそのハードルを飛び越える。

冒頭に語られる怪談の恐ろしさよ。しかも四つ。ひとつめは子どもの語りで、小舟に乗ってのおぼつかない蛸《たこ》漁が身の毛もよだつ体験へと繋がる。ふたつめは僧侶が物《もの》見櫓《みやぐら》で瞑想にふけっていると、そこに何者かの気配が。みっつめは薬売りの少女が迷い込む竹林と突然の飢餓。よっつめは車を運転する男性が山中で遭遇する得体の知れない物（個人的にはこれが一番恐かった）。どれもこれも単独行動の最中の出来事なので焦りや不安がひしひしと伝わる。

刀城言耶はこれらの怪談を調査すべく、祖父江偲と共に急峻な山径に分け入る。途中、断崖絶壁や岩礁地帯を目の当たりにして、イギリスのコーンウォール半島を連想するのは導入部にふさわしい趣だ。単なるエピソードではなく物語に密接に絡んでくる。毎回、古今東西の言い伝えや神話、民話が差し込まれ、専門的な蘊蓄《うんちく》が語られるのは読書の醍醐味だ。本作においても天宇受売命《あめのうずめのみこと》や天照大神《あまてらすおおみかみ》、柳田國男の『巫女《みこ》考《こう》』などが登場する。

そして一行がたどり着いた先で待ち受ける、意外な人物の、わけのわからない死体。もはやお約束とも言えるだろうが、不気味さにぞくぞくするというより、死因も状況も奇妙で不可解だ。

言耶は押しつけられる形で事の次第を調べるが、村人たちは協力的でない。警察もすべてを教えてくれるわけではない。事件が起きているにもかかわらず、恒例の磯霊様祭は行われ、第二、第三の事件が生じていく。

手がかりを求め寺の過去帳と日誌をあたったところ、日誌には「唐食船《からたぶね》」の文字が。言い伝えによれば、村人が飢餓に苦しむとき、磯霊様が遣わして下さる船だそうだ。そんな都合のいい代物が現れるとは信じがたい。正体はなんだろう。そもそも磯霊様とは何を指しているのか。事件は怪談をなぞっているようにも見える。となれば、一話ごとの読み解きも必須だ。

終盤、ずらりと並んだ謎は実に七十項目。うっかり忘れましたの出来事はなく、すべて正々堂々と列挙されている。そこから繰り広げられる推理劇にはただもう圧倒される。今ひとつ心もとなかった探偵役が、頭脳をひらめかせるのは期待通りとしても、自ら打ち立てた説を壊しては作り、また壊しては作り。偲の、「もう容疑を掛けられる犯人候補が、ほんまにいませんよ」のひと言に全力でうなずきたくなる。怪異譚で背筋も肝も冷やしてからの、論理的解明がどんなに人を熱くさせるか、作者は熟知しているのだ。真相までの道のり、曲がりくねった悪路を踏破したときの痺れるような快感も。

この作品は第19回本格ミステリ大賞のノミネート作であり、私が作者の三津田信三さんとお話しさせていただくようになったのも、本格ミステリ作家クラブの会合やイベントがきっかけだ。それまで三津田さんのイメージは、本の積まれた書斎に身を置く硬派な研究者の背中だった。寡黙で知的で近寄りがたい。

ところがじっさいにお話ししてみると、言葉も表情も生き生きとしていて自由闊達。いたずらっ子のように「ニカッ」と笑う。もちろん聡明で奥深くはあるけれど。

ふと気がついた。これまで単純に、主人公である刀城言耶のイメージを重ねていたが、そうではなく彼と、祖父江偲と、もうひとり、阿武隈川烏《あぶくまがわからす》を足して三で割ればいいのだと。

　ご本人は、あんなに騒がしくないし、まちがっても骨無し蛸など食べたがらないと強くおっしゃるだろうが、好奇心旺盛で生命力にあふれた登場人物たちの個性を我が物とし、これからもシリーズを続けてほしい。また痺れさせてほしい。

　とりあえず、最新作『忌名《いな》の如き贄《にえ》るもの』が出ることをご本人のツイッターで知った。忌み名？　贄？　きっとまた恐れおののいてしまうだろうが、とても楽しみだ。

本書は二〇一八年六月、原書房より単行本として刊行されました。

|著者|三津田信三　編集者を経て2001年『ホラー作家の棲む家』(講談社ノベルス/『忌館《いかん》』と改題、講談社文庫)で作家デビュー。2010年『水魑《みづち》の如き沈むもの』(原書房／講談社文庫)で第10回本格ミステリ大賞受賞。本格ミステリとホラーを融合させた独自の作風を持つ。主な作品に『忌館』に続く『作者不詳』などの〝作家三部作〟(講談社文庫)、『厭魅《まじもの》の如き憑くもの』に始まる〝刀城言耶《とうじょうげんや》〟シリーズ(原書房/講談社文庫)、『禍家《まがや》』に始まる〝家〟シリーズ(光文社文庫/角川ホラー文庫)、『十三の呪《じゅ》』に始まる〝死相学探偵〟シリーズ(角川ホラー文庫)、『どこの家にも怖いものはいる』に始まる〝幽霊屋敷〟シリーズ(中央公論新社/中公文庫)、『黒面の狐』に始まる〝物理波矢多〟シリーズ(文藝春秋/文春文庫)などがある。刀城言耶第三長編『首無《くびなし》の如き祟るもの』は『2017年本格ミステリ・ベスト10』(原書房)の過去20年のランキングである「本格ミステリ・ベスト・オブ・ベスト10」1位となった。

碆霊《はえだま》の如《ごと》き祀《まつ》るもの

三津田信三《みつだしんぞう》

講談社文庫
定価はカバーに
表示してあります

2021年6月15日第1刷発行

発行者──鈴木章一
発行所──株式会社　講談社
東京都文京区音羽2-12-21　〒112-8001
電話　出版　(03) 5395-3510
　　　販売　(03) 5395-5817
　　　業務　(03) 5395-3615

Printed in Japan

KODANSHA

デザイン─菊地信義
本文データ制作─株式会社新藤慶昌堂
印刷───豊国印刷株式会社
製本───加藤製本株式会社

ISBN978-4-06-523817-2

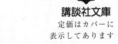

講談社文庫刊行の辞

二十一世紀の到来を目睫に望みながら、われわれはいま、人類史上かつて例を見ない巨大な転換期をむかえようとしている。

世界も、日本も、激動の予兆に対する期待とおののきを内に蔵して、未知の時代に歩み入ろうとしている。このときにあたり、創業の人野間清治の「ナショナル・エデュケイター」への志を現代に甦らせようと意図して、われわれはここに古今の文芸作品はいうまでもなく、ひろく人文・社会・自然の諸科学から東西の名著を網羅する、新しい綜合文庫の発刊を決意した。

激動の転換期はまた断絶の時代である。われわれは戦後二十五年間の出版文化のありかたへの深い反省をこめて、この断絶の時代にあえて人間的な持続を求めようとする。いたずらに浮薄な商業主義のあだ花を追い求めることなく、長期にわたって良書に生命をあたえようとつとめるところにしか、今後の出版文化の真の繁栄はあり得ないと信じるからである。

同時にわれわれはこの綜合文庫の刊行を通じて、人文・社会・自然の諸科学が、結局人間の学にほかならないことを立証しようと願っている。かつて知識とは、「汝自身を知る」ことにつきていた。現代社会の瑣末な情報の氾濫のなかから、力強い知識の源泉を掘り起し、技術文明のただなかに、生きた人間の姿を復活させること。それこそわれわれの切なる希求である。

われわれは権威に盲従せず、俗流に媚びることなく、渾然一体となって日本の「草の根」をかたちづくる若く新しい世代の人々に、心をこめてこの新しい綜合文庫をおくり届けたい。それは知識の泉であるとともに感受性のふるさとであり、もっとも有機的に組織され、社会に開かれた万人のための大学をめざしている。大方の支援と協力を衷心より切望してやまない。

一九七一年七月

野間省一

講談社文庫 最新刊

浅田次郎
天《てん》子《し》蒙《もう》塵《じん》(3)(4)
満洲の溥儀。欧州の張学良。日本軍の石原莞爾。龍玉を手に入れ、覇権を手にするのは⁉

上田秀人
要《よう》訣《けつ》〈百万石の留守居役㈦〉
数馬は妻の琴を狙う紀州藩にいかにして対抗するのか。シリーズ最終巻。〈文庫書下ろし〉

朱野帰子
対岸の家事
名も終わりもなき家事を担い直面する孤独。専業・兼業主婦と主夫たちに起きる奇跡！

神津凛子
スイート・マイホーム
選考委員が全員戦慄した、衝撃のホラーミステリー。第13回小説現代長編新人賞受賞作。

森 博嗣
ψ《プサイ》の悲劇〈THE TRAGEDY OF ψ〉
失踪した博士の実験室には奇妙な小説と、ある名前。Gシリーズ後期三部作、戦慄の第2弾！

三津田信三
碆霊《はえだま》の如き祀るもの
海辺の村に伝わる怪談をなぞるように起こる連続殺人事件。刀城言耶《とうじょうげんや》の解釈と、真相は？

虫眼鏡
東海オンエアの動画が6.4倍楽しくなる本〈虫眼鏡の概要欄 クロニクル〉
大人気YouTubeクリエイター「東海オンエア」虫眼鏡の概要欄エッセイ傑作選！

創刊50周年新装版

西村京太郎
七人の証人〈新装版〉
ある事件の目撃者達が孤島に連れられた。十津川警部は真犯人を突き止められるのか？

北村 薫
盤上の敵〈新装版〉
読まずに死ねない！ 本格ミステリの粋を極めた大傑作。極上の北村マジックが炸裂する！

瀬戸内寂聴
ブルーダイヤモンド〈新装版〉
愛を知り、男は破滅した。男女の情念を書き切った、瀬戸内寂聴文学の、隠された名作。

三浦綾子
あのポプラの上が空〈新装版〉
一見裕福な病院長一家をひそかに蝕《むしば》む闇を描き、誰もが抱える弱さ、人を繋ぐ絆を問う。

講談社文芸文庫

ヘンリー・ジェイムズ　行方昭夫 訳
ロデリック・ハドソン
解説=行方昭夫　年譜=行方昭夫

弱冠三十一歳で挑んだ初長篇は、数十年後、批評家から「永久に読み継がれるべき卓越した作品」と絶賛される。芸術と恋愛と人生の深淵を描く傑作小説、待望の新訳。

シA6
978-4-06-523615-4

ヘンリー・ジェイムズ　行方昭夫 訳
ヘンリー・ジェイムズ傑作選
解説=行方昭夫　年譜=行方昭夫

二十世紀文学の礎を築き、「心理小説」の先駆者として数多の傑作を著したジェイムズの、リーダブルで多彩な魅力を伝える全五篇。正確で流麗な翻訳による決定版。

シA5
978-4-06-290357-8

講談社文庫 目録

宮城谷昌光 湖底の城〈呉越春秋〉六
宮城谷昌光 湖底の城〈呉越春秋〉七
宮城谷昌光 湖底の城〈呉越春秋〉八
宮城谷昌光 湖底の城 九
水木しげる コミック昭和史1〈関東大震災～満州事変〉
水木しげる コミック昭和史2〈満州事変～日中全面戦争〉
水木しげる コミック昭和史3〈日中全面戦争～太平洋戦争開始〉
水木しげる コミック昭和史4〈太平洋戦争前半〉
水木しげる コミック昭和史5〈太平洋戦争後半〉
水木しげる コミック昭和史6〈終戦から朝鮮戦争〉
水木しげる コミック昭和史7〈講和から復興〉
水木しげる コミック昭和史8〈高度成長以降〉
水木しげる 総員玉砕せよ！
水木しげる 敗走記
水木しげる 白い旗
水木しげる 姑《クー》娘《ニャン》
水木しげる 決定版 日本妖怪大全〈妖怪・あの世・神様〉
水木しげる ほんまにオレはアホやろか
宮部みゆき 新装版 震える岩〈霊験お初捕物控〉

宮部みゆき 新装版 天狗風〈霊験お初捕物控〉
宮部みゆき ICO《イコ》―霧の城―(上)(下)
宮部みゆき ぼんくら(上)(下)
宮部みゆき 新装版 日暮らし(上)(下)
宮部みゆき おまえさん(上)(下)
宮部みゆき 小暮写眞館(上)(下)
宮部みゆき ステップファザー・ステップ〈新装版〉
宮子あずさ 看護婦が見つめた人間が死ぬということ
宮子あずさ 看護婦が見つめた人間が病むということ
宮子あずさ ナースコール
宮本昌孝 家康、死す(上)(下)
三津田信三 忌《い》館《かん》〈ホラー作家の棲む家〉
三津田信三 作者不詳〈ミステリ作家の読む本〉(上)(下)
三津田信三 蛇《じゃ》棺《かん》葬《そう》
三津田信三 百《ひゃく》蛇《じゃ》堂《どう》〈怪談作家の語る話〉
三津田信三 厭魅《まじもの》の如き憑くもの
三津田信三 凶鳥《まがとり》の如き忌むもの
三津田信三 首無《くびなし》の如き祟るもの
三津田信三 山魔《やまんま》の如き嗤《わら》うもの

三津田信三 水魑《みづち》の如き沈むもの
三津田信三 密室《ひめむろ》の如き籠《こも》るもの
三津田信三 生霊《いきだま》の如き重《だぶ》るもの
三津田信三 幽女《ゆうじょ》の如き怨むもの
三津田信三 シェルター 終末の殺人
三津田信三 ついてくるもの
三津田信三 誰かの家
三津田信三 忌《い》物《ぶつ》堂《どう》鬼《き》談《だん》
道尾秀介 カラスの親指〈by rule of CROW's thumb〉
道尾秀介 水の柩
深《み》木《き》章《あき》子《こ》 鬼畜の家
湊かなえ リバース
宮内悠介 彼女がエスパーだったころ
宮乃崎桜子《みやのさきさくらこ》 綺《き》羅《ら》の皇女《ひめみこ》(1)
宮乃崎桜子 綺羅の皇女(2)
三國青葉 損料屋見鬼《けんき》控え 1
宮西真冬 誰かが見ている
村上 龍 愛と幻想のファシズム(上)(下)
村上 龍 村上龍料理小説集

講談社文庫　目録

講談社文庫 目録

森 博嗣 今はもうない〈SWITCH BACK〉
森 博嗣 数奇にして模型〈NUMERICAL MODELS〉
森 博嗣 有限と微小のパン〈THE PERFECT OUTSIDER〉
森 博嗣 黒猫の三角〈Delta in the Darkness〉
森 博嗣 人形式モナリザ〈Shape of Things Human〉
森 博嗣 月は幽咽のデバイス〈The Sound Walks When the Moon Talks〉
森 博嗣 夢・出逢い・魔性〈You May Die in My Show〉
森 博嗣 魔剣天翔〈Cockpit on knife Edge〉
森 博嗣 恋恋蓮歩の演習〈A Sea of Deceits〉
森 博嗣 六人の超音波科学者〈Six Supersonic Scientists〉
森 博嗣 捩れ屋敷の利鈍〈The Riddle in Torsional Nest〉
森 博嗣 朽ちる散る落ちる〈Rot off and Drop away〉
森 博嗣 赤緑黒白〈Red Green Black and White〉
森 博嗣 四季 春～冬
森 博嗣 φ《ファイ》は壊れたね〈PATH CONNECTED φ BROKE〉
森 博嗣 θ《シータ》は遊んでくれたよ〈ANOTHER PLAYMATE θ〉
森 博嗣 τ《タウ》になるまで待って〈PLEASE STAY UNTIL τ〉
森 博嗣 ε《イプシロン》に誓って〈SWEARING ON SOLEMN ε〉
森 博嗣 λ《ラムダ》に歯がない〈λ HAS NO TEETH〉
森 博嗣 η《イータ》なのに夢のよう〈DREAMILY IN SPITE OF η〉
森 博嗣 目薬α《アルファ》で殺菌します〈DISINFECTANT α FOR THE EYES〉
森 博嗣 ジグβ《ベータ》は神ですか〈JIG β KNOWS HEAVEN〉
森 博嗣 キウイγ《ガンマ》は時計仕掛け〈KIWI γ IN CLOCKWORK〉
森 博嗣 χ《カイ》の悲劇〈THE TRAGEDY OF χ〉
森 博嗣 イナイ×イナイ〈PEEKABOO〉
森 博嗣 キラレ×キラレ〈CUTTHROAT〉
森 博嗣 タカイ×タカイ〈CRUCIFIXION〉
森 博嗣 ムカシ×ムカシ〈REMINISCENCE〉
森 博嗣 サイタ×サイタ〈EXPLOSIVE〉
森 博嗣 ダマシ×ダマシ〈SWINDLER〉
森 博嗣 女王の百年密室〈GOD SAVE THE QUEEN〉
森 博嗣 迷宮百年の睡魔〈LABYRINTH IN ARM OF MORPHEUS〉
森 博嗣 赤目姫の潮解〈LADY SCARLET EYES AND HER DELIQUESCENCE〉
森 博嗣 まどろみ消去〈MISSING UNDER THE MISTLETOE〉
森 博嗣 地球儀のスライス〈A SLICE OF TERRESTRIAL GLOBE〉
森 博嗣 今夜はパラシュート博物館へ〈THE LAST DIVE TO PARACHUTE MUSEUM〉
森 博嗣 虚空の逆マトリクス〈INVERSE OF VOID MATRIX〉
森 博嗣 レタス・フライ〈Lettuce Fry〉
森 博嗣 僕は秋子に借りがある I'm in Debt to Akiko〈森博嗣自選短編集〉
森 博嗣 どちらかが魔女 Which is the Witch?〈森博嗣シリーズ短編集〉
森 博嗣 探偵伯爵と僕〈His name is Earl〉
森 博嗣 喜嶋先生の静かな世界〈The Silent World of Dr.Kishima〉
森 博嗣 実験的経験〈Experimental experience〉
森 博嗣 そして二人だけになった〈Until Death Do Us Part〉
森 博嗣 つぶやきのクリーム〈The cream of the notes〉
森 博嗣 つぼやきのテリーヌ〈The cream of the notes 2〉
森 博嗣 つぼねのカトリーヌ〈The cream of the notes 3〉
森 博嗣 ツンドラモンスーン〈The cream of the notes 4〉
森 博嗣 つぼみ茸《きのこ》ムース〈The cream of the notes 5〉
森 博嗣 つぶさにミルフィーユ〈The cream of the notes 6〉
森 博嗣 月夜のサラサーテ〈The cream of the notes 7〉
森 博嗣 つんつんブラザーズ〈The cream of the notes 8〉
森 博嗣 ツベルクリンムーチョ〈The cream of the notes 9〉
森 博嗣 100人の森博嗣〈100 MORI Hiroshies〉
森 博嗣 的を射る言葉〈Gathering the Pointed Wits〉
森 博嗣 カクレカラクリ〈An Automaton in Long Sleep〉
森 博嗣 DOG&DOLL

講談社文庫　目録

諸田玲子　其《そ》の一日《いちにち》
諸田玲子　森家の討ち入り
森　達也　「自分の子どもが殺されても同じことが言えるのか」と叫ぶ人に訊きたい
森　達也　すべての戦争は自衛から始まる
本谷有希子　腑抜けども、悲しみの愛を見せろ
本谷有希子　江利子と絶対〈本谷有希子文学大全集〉
本谷有希子　あの子の考えることは変
本谷有希子　嵐のピクニック
本谷有希子　自分を好きになる方法
本谷有希子　異類婚姻譚
本谷有希子　静かに、ねぇ、静かに
茂木健一郎　「赤毛のアン」に学ぶ幸福《しあわせ》になる方法
茂木健一郎 with ダイアログ・イン・ザ・ダーク　まっくらな中での対話
森川智喜　キャットフード
森川智喜　スノーホワイト
森川智喜　一つ屋根の下の探偵たち
森　林原人　セックス幸福論〈偏差値78のAV男優が考える〉
桃戸ハル編・著　5分後に意外な結末〈ベスト・セレクション〉
桃戸ハル編・著　5分後に意外な結末〈ベスト・セレクション　黒の巻・白の巻〉

森　功　高倉　健〈隠し続けた七つの顔と「謎の養女」〉
山田風太郎　甲賀忍法帖〈山田風太郎忍法帖①〉
山田風太郎　伊賀忍法帖〈山田風太郎忍法帖③〉
山田風太郎　忍法八犬伝〈山田風太郎忍法帖④〉
山田風太郎　風来忍法帖〈山田風太郎忍法帖⑪〉
山田風太郎　新装版　戦中派不戦日記
山田正紀　大江戸ミッション・インポッシブル〈顔役を消せ〉
山田正紀　大江戸ミッション・インポッシブル〈幽霊船を奪え〉
山田詠美　晩年の子供
山田詠美　A《エイ》2《トゥ》Z《ズィ》
山田詠美　珠玉の短編
柳家小三治　ま・く・ら
柳家小三治　もひとつ ま・く・ら
柳家小三治　バ・イ・ク
山口雅也　垂里冴子のお見合いと推理
山本一力　深川黄表紙掛取り帖
山本一力　牡丹酒〈深川黄表紙掛取り帖(二)〉
山本一力　ジョン・マン1　波濤編
山本一力　ジョン・マン2　大洋編

山本一力　ジョン・マン3　望郷編
山本一力　ジョン・マン4　青雲編
山本一力　ジョン・マン5　立志編
椰月美智子　十二歳
椰月美智子　しずかな日々
椰月美智子　ガミガミ女とスーダラ男
椰月美智子　恋愛小説
柳　広司　キング&クイーン
柳　広司　怪談
柳　広司　ナイト&シャドウ
柳　広司　幻影城市
柳　広司　風神雷神(上)(下)
薬丸　岳　天使のナイフ
薬丸　岳　闇の底
薬丸　岳　虚夢
薬丸　岳　刑事のまなざし
薬丸　岳　逃走
薬丸　岳　ハードラック
薬丸　岳　その鏡は嘘をつく

2021年3月12日現在